KB176076

SHADOW HOUSE

새도 하우스

THE SHADOW HOUSE

섀도 하우스

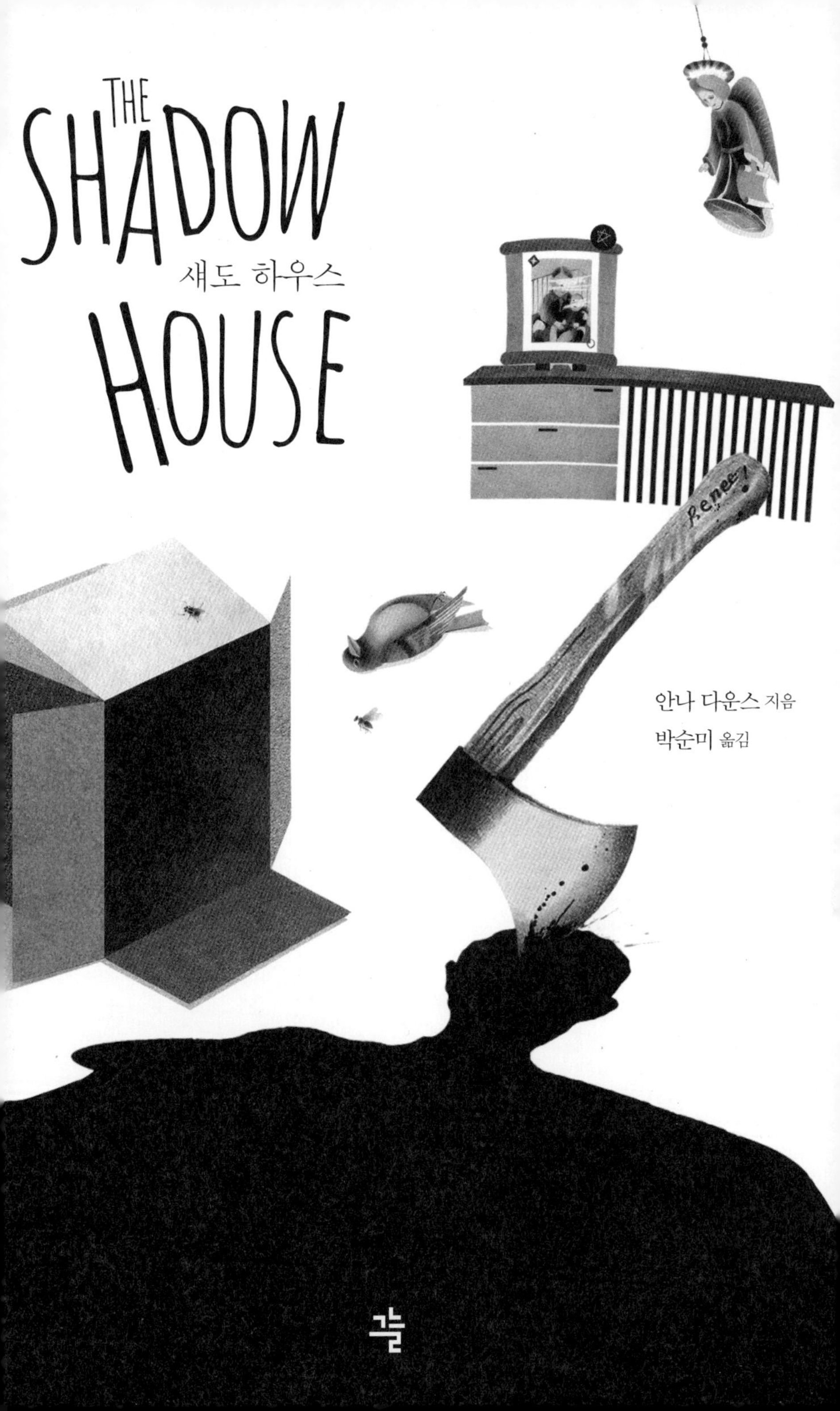

안나 다운스 지음

박순미 옮김

글

할아버지 켄에게 이 책을 바칩니다.

차례

일러두기

본문 속 각주는 모두 옮긴이 주입니다.

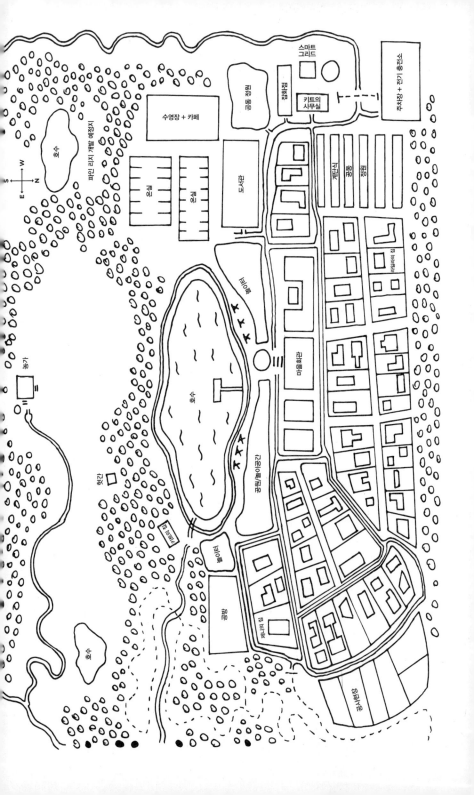

프롤로그

뼈. 누구도 원치 않는 선물. 다음으로 인형이 배송된다. 닮은 얼굴은 곧 약속이고 피는 일종의 선택. 얼굴을 찾으면 알 수 있지.

도와줘. 도움이 필요해. 그 목소리를 똑똑히 기억해.

밤의 목소리, 녹색 양탄자 위의 부드럽고 느린 발걸음, 푸른 하늘과 다이아몬드 달로 올라가는 풀로 뒤덮인 길, 새들이 북쪽으로 날아가는 곳. 사건이 일어난 장소를 보며.

소음… 차례로 발생하는 두 개의 소리는 처음엔 조용하다가 나중엔 거세진다. 아! 핏빛이 낭자하다! 무엇을 해야 할지, 어떻게 도와야 할지 알 수 없던 그때…

모든 것을 기억했지만 곧 잊어버렸지.

모든 것을 잊어버렸지만 순서만은 떠올랐어. 잘 듣고 따라 해. 뼈, 인형, 피. 사건이 일어나는 순서를 알아야 한다고! 물건이 도착하고 그다음엔 악마의 속임수로 일 분 후 다 사라져 버릴 거야! 그가 어디로 갔는지는 아무도 몰라. 새들만이 알지. 모든 것을 목격했으니.

그의 잘못이 아니야. 막을 수 없었어.

물건이 도착하면

당신을 데려갈 거야.

9

알렉스

"자, 얘들아."

차를 세우고 창밖을 내다봤다.

"여기가 맞는 것 같네. 다 왔어."

둘 다 대답이 없었다. 두 아이의 얼굴을 차례로 들여다보는데 맥이 탁 풀렸다. 올리는 조수석에서, 카라는 뒷좌석에 앉아 잠에 빠져 있었다. 아이들도 파인 리지에 처음 도착해서는 나처럼 황홀해 할 줄 알았다. 정확히는 올리가 말이다. 동물과 채소도 제대로 구별 못 하는 8개월 아기 카라한테 어떤 반응을 기대하는 것은 무리였지만 14살짜리 아들은 분명히 좋아할 줄 알았다. 헤드폰 낀 머리를 한쪽으로 축 늘어뜨린 채 코를 고는 아이의 한쪽 입가에는 침이 흘러내려 반짝이고 있었다.

"얘들아."

이번엔 좀 더 큰 소리로 불러보았다. 마치 대답이라도 하듯 올리의 무릎 위에 있던 휴대폰 액정에 불이 들어왔다. 신호음이 울리는 전화기를 노려보다 가까이에 있는 휴지통에 집어 던지고픈 충동이 일었다.

주소와 거리 이름을 다시 확인했다. 마을 끝에 일렬로 늘어선 네 채의 집 중 마지막 집. 우리를 맞이하는 사람은 아무도 없었다. 며칠 전 보낸 이메일에 도착 시간을 알리지 않은 것이 떠올랐다. 적적한 이유가 있었구나.

일전에 언제 **출발**할 수 있을지, 아니 갈 수나 있을지 상황을 지켜봐야 할 것 같다고 머뭇거리자 걱정마시라는 답신이 돌아왔지만 오던 길에 들렀던 사무실은 막상 비어 있었다. 어쩔 수 없이 설명 들은 대로 좁은 간선 도로를 따라 배정받은 집을 먼저 향했다. 누군가 우릴 찾아오거나 아니면 우리가 찾아가면 될 일이니 서두를 필요는 없었다. 층간 분리형 구조, 흰 벽, 파란 지붕, 목재 계단이 있는 두 개의 측면 발코니. 집에 대한 설명과 주소를 보니 정확히 일치했다.

차 안에는 잡동사니로 넘쳐났다. 숨을 들이켜자 발 냄새와 맥도날드 해피밀 세트 냄새가 훅 끼쳐왔다. 장거리 가족 여행 때마다 나는 특유의 냄새였다. 짐이 빼곡하게 들어차 있어 창문이 터져나갈 것 같았다. 틈이 있는 모든 공간이라면 보관 박스, 널브러진 신발, 책, 급하게 산 대형 플렉시 욕조와 그 안에 가득 찬 빨랫감 따위를 테트리스 쌓듯 모조리 쑤셔 넣었다. 이런 일이라면 전문가 수준이지. 하지만 내가 정말 잘하는 일이 있다면 그건 떠나는 일이었다. 짐을 꾸려 떠나버리기.

창을 내리니 달콤한 흙냄새 비슷한 송진 향이 상쾌한 산들바람과 함께 밀려 들어왔다. 바람은 삼촌이 취했을 때처럼 내 머리를 헝클어뜨리고 지나갔다. 전율과도 같은 흥분이 온몸을 훑고 지나갔다. 이제 이곳에 사는 거야.

고개를 조금 숙여 모자로 가려진 올리의 얼굴을 다시 한번 살펴보았다. 너무 덥지도 끈적거리지도 않는, 더할 나위 없이 매력적인 호주의 11월 날씨였다. 그런데도 올리는 여전히 후줄근한 초록색 후디를 껴입고 있었다. 옷 앞부분 주황색 원 안에 동전 크기만 한 토마토 소스 얼룩이 묻어 있었다. 세탁해야겠네.

"뭐 해. 왜 계속 쳐다봐?"

올리가 갑자기 한쪽 눈을 뜨며 물었다.

"어, 미안. 깨어 있었네."

한 쪽 귀에서 헤드폰을 떼자 쿵쾅거리는 음악 소리가 새어 나왔다. 공습 사이렌과 흡사한 새된 소리가 베이스 기타 뜯는 소리에 섞여 흐르고 있었다.

"뭐라고?"

"깨어 있는지 몰랐다구."

"그랬겠지."

그는 모자를 뒤로 젖히고 헤드폰을 내려 목에 두르며 물었다.

"왜 멈춘 거야?"

"다 왔어. 바로 여기야."

올리는 어깨를 으쓱하며 휴대폰을 집어 들더니 엄지손가락으로 빠르게 알림을 확인했다. 톡-휙-톡-톡-휘리릭.

"나가서 한 바퀴 둘러보자."

휴대폰에서 여전히 눈을 떼지 못한 채 올리는 차 문을 열고 밖으로 나섰다. 자고 있던 카라를 한 번 확인하고 따라나선 나는 숨을 들이켰다. 오렌지 재스민과 릴리필리, 레몬 머틀, 가벼운 바다 소금 냄새가 났다. 자동차 매연과 아스팔트, 넘쳐나는 대형 쓰레기 수거함 따위는 없었다. 숨을 더 깊게 들이쉬자 폐에 맑고 신선한 기운이 가득 차는 듯했다.

주변을 살피며 올리와 천천히 한 바퀴 돌았다. 파인 리지 생태 마을은 시드니 중심부에서 두 시간, 센트럴 코스트 외곽에서는 북동쪽으로 불과 삼십 마일 벗어난 거리지만 실제보다 훨씬 더 동떨어진 느낌이었다. 높은 언덕 위에 농지로 사용되던 터에 자리를 잡아서인지 도심의 혼잡과는 완전히 단절돼 보였다. 곧 흔들리게 시끄러운 도로 공사도, 난폭 운전으로

13

귀청을 찢는 듯한 타이어 소리와 그 주범인 무모한 십 대도, 심전도 신호음처럼 삐-삐-삐 소리를 연이어 울려대는 횡단보도도 없었다. 25만 평에 달하는 부지 한가운데에서 들리는 소리라고는 새 소리, 벌 소리, 속삭이는 듯한 바람 소리뿐이었다.

고즈넉한 분위기를 자아내는 데는 둥글게 파여 접시같이 보이는 얕은 계곡과 거대한 물웅덩이처럼 넓게 펼쳐진 푸르고 잔잔한 호수도 한 몫 거들었다. 마을 주변을 둘러싼 나무들은 자연스럽게 주변 소음을 차단해 주는 역할을 했다. 소음이 거의 들리지 않아 이 정적이 인공적으로까지 느껴질 정도였다. 마을의 아름다움도 비현실적이긴 마찬가지였다. 산등성이부터 계곡 아래까지 레고를 쏟아 놓은 듯 들어차 있는 건물들은 직소 퍼즐이나 우편엽서에서 보던 포시타노, 친퀘 테레, 산토리니섬 등 유럽 마을들을 연상시켰다. 호수와 인접해 있는 지형도 경탄을 자아냈다. 십 대 때 배낭여행에서 본 평온한 호수 마을 블레드, 할슈타트, 세이디스피외르뒤르, 산 마르코스 라 라구나와 닮아 있었다.

올리는 여전히 무덤덤했다. 열쇠를 흔들며 올리의 반응을 기다려 보기로 했다. 사실 나는 아직 흥분이 수그러들지 않은 상태였다. 허겁지겁 빠져나와 파인 리지를 향해 속도를 잔뜩 높여 운전하면서부터였다. 연신 백미러를 살피던 눈, 운전대에 놓여있던 두 손, 바짝 마른 입과 갈라진 입술, 또 몇 주 동안 신경질적으로 물어뜯어 아리고 피가 배어 나오던 손톱 밑.

나와 같이 이곳을 마음에 들어 하길 간절히 바라는 마음으로 아들의 얼굴을 살폈다. 이사 온 이상 마음에 들지 않아도 어쩔 수 없다, 아들아. 조금 전 산등성이를 운전하던 때만 해도 나는 자신감에 차 있었다. 어떻게 이런 호젓하고 완벽한 안정감을 사랑하지 않을 수 있겠어. 고속도로를 벗어난 도로는 무성하게 우거진 유칼립투스 숲을 휘감아 돌고 있었다. 에메

랄드로 반짝이는 호수가 보였다. 컵 모양으로 오므린 양손처럼 집들을 감싸 안은 지형까지 완벽했다. 하지만 당장 올리의 시선으로 바라 본 파인 리지 풍경은 아직 거무튀튀한 듯했다.

마을의 일부 지역은 여전히 공사 중이었다. 지저분한 타이어 자국과 흙덩어리로 얼룩져 도로는 온통 먼지투성이였다. 진흙을 뿜어대는 레미콘 차가 새로 깔린 콘크리트판과 목재 프레임 옆으로 나란히 서 있었다. 곧 허물어질 듯한 낡은 헛간이 토라진 아이처럼 한쪽 구석에 구부정하게 세워졌고 군데군데 버려진 트레일러, 녹슨 전선 뭉치, 내팽개쳐진 파이프 더미가 오래된 농장 터 위로 마을이 들어설 것을 짐작케 했다.

처음 본 이후 진행된 개발 속도로 보면 모두 곧 버려지거나 소각되어 없어질 모양이었다. 도로를 깔고 평평하게 다듬어 낡은 것들을 금방 새롭고 질 좋은 것으로 바꾸겠지. 느낌이 좋았다. 파인 리지같은 장소에 과거가 들어설 여지는 없었다. 내가 바라는 궁극적인 목표이기도 했다.

"나를 이런 히피들의 소굴로 데려오다니 믿을 수가 없네."

마침내 입을 연 올리가 나 들으라는 듯 경멸조로 구시렁거렸다.

"히피 소굴 아니고 생태 마을이야."

"그게 그거지."

다시 휴대폰을 들여다보며 말했다.

"쓰레기 같아."

맥이 풀리면서 한숨이 절로 나왔다.

"올리, 저 위로 올라가서 더 둘러보자."

집으로 연결되는 넓은 계단 여섯 개를 올랐다. 양옆 테라스 벽에 조성된 정원은 그레빌레아와 병솔, 제멋대로 자란 관목으로 뒤덮여 다소 황량하고 흐트러진 느낌이었다.

"차라리 다른 부모들처럼 외출 금지를 시켜. 학교에서 빼내 와서 이런 데 처박아 두는 부모가 어딨어?"

올리가 뒤에서 말했다. 계단 맨 위에서 창을 들여다보고 인기척을 살피며 대답해주었다.

"벌 주는 게 아니고 시험 삼아 지내 보는 거야. 렌트라고 해봐야 겨우 삼 개월이고 살아보고 아니다 싶으면 떠나면 돼."

"그래. 늘 그런 식이었지."

"내가 언제? 항상 그러진 않았어."

"맨날 그랬잖아."

"참 그리고 너, 외출도 금지야."

"뭐?"

"다른 얘기 떨어질 때까지. 그게 네가 받아야 할 벌이야."

올리는 놀라서 입을 다물지 못했다.

"미안하지만 네가 자초한 일이야."

"난 아무 짓도 안 했다고!"

올리는 분노에 찬 눈으로 노려보았다.

"이미 엄마한테 말 했잖아—"

"알아. 다시 듣고 싶지 않아. 특히 지금은. 나중에 얘기해."

올리는 잠시 더 쏘아보더니 다시 휴대폰을 들여다보았다. 무표정한 얼굴로 입을 앙다물고서 저러다 목에 무리가 가지 싶을 정도로 고개를 푹 숙인 채였다.

현관문을 열어 보았지만 잠겨 있었다. 문을 두드려 봐도 아무런 반응이 없었다. 뒤로 물러나 1층 창문을 통해 안을 들여다보았다. 주변의 다른 집처럼 급경사 면에 지어진 집이었다. 자세히 살펴보니 각 층의 출입구가 분리되어 위층 문은 뒤쪽 도로와 연결되었고 아래층은 위층보다 더 작고 독립된 구조로 앞쪽 도로와 이어져 있었다.

"왜 세 달만 산다는 거야?"

올리가 날카로운 목소리로 불쑥 물어왔다.

"무슨 말이 하고 싶은 건데?"

"저번이랑 좀 다르잖아. 보통 육 개월이나 일 년 아니었어?"

"여기는 다른 데 하고는 운영 방식이 달라. 영구 거주자만으로 공동체를 만들어서 확장될 예정이야. 삼 개월 동안 시범적으로 살아 보고 나서 투자할지 말지 결정하면 돼. 일종의 체험판인 건데 그 후에 구입할 생각이 없다? 이사를 가면 그만이야."

"만약 계속 살고 싶으면?"

"그럼 그땐 집을 지어야지."

집 옆을 따라 돌아서 잔디밭에 돌을 깔아 만든 안뜰 공간으로 걸어 들어갔다. 길에서 얼핏 보이는 목재 계단은 1층의 작은 테라스와 이어져 있었다.

"이른바 '공동 거주' 계획이라고 해. 명단에 이름을 올려서 같이 살고 싶은 사람들과 연결되면 블록을 공동으로 사들이는 거야."

"공동으로?"

"땅값은 나누지만 집은 각자 짓기 때문에 시장 가격의 절반에 집을 사는 거지."

1층 창을 돌아보았다. 비어 있는 집처럼 보였다.

"아무도 없는 것 같아. 2층으로 올라가 볼까 아니면 사무실로 다시 돌아갈까?"

올리는 내 질문을 무시했다.

"이해가 안 돼. 지금 낯선 사람들이랑 같이 집을 사겠다는 거야?"

"집이 아니라 땅 한 블록이고 일단 집을 지으면 그 집은 우리 거야. 네가 설계에 참여할 수도 있고. 멋지지?"

"아니. 터무니없어."

집 앞쪽으로 한 바퀴 빙 둘러 보았다. 올리가 따라오며 물었다.

"왜 한 번도 만나본 적도 없는 사람들이랑 뭔가를 공동으로 사겠다는 거야?"

"당연히 먼저 만나야지. 한시적으로 임대 계약을 맺는 이유는 같이 지내볼 만한 사람들인지 알아보려고 그런 거야. 일종의 테스트 기간이라니까."

물론 그 사람들도 우리를 살펴보겠지. 마음속으로 덧붙였다.

"그 사람들이 우리랑 살기 싫다면 어쩔 건데?"

마치 내 마음을 읽기라도 한 듯이 올리가 물었다.

"그럼 떠나면 돼."

어깨를 으쓱하며 말했다.

"맞아."

올리가 모자를 눈까지 내려쓰며 말했다.

"당연해. 또 떠나면 돼."

"제발. 심술만 부리지 말고 경치를 좀 봐."

팔을 활짝 펼쳐 왼쪽의 숲과 오른쪽 집들, 계곡 건너편의 아직 개발되지 않은 쪽을 가리켰다. 계단식 정원에는 빗물 탱크가 설치되어 있었고 태양전지판에는 햇빛이 반사되어 빛이 났다. 나비와 벌은 제라늄과 한련화 주위를 맴돌았고 바로 앞집 너머로 보이는 언덕과 호수 주위는 점묘화를 연상시키는 초록빛 잔디로 뒤덮여 있었다. 비어 있는 방목장에는 낡은 농가 건물 한 채가 우아하게 서 있었다. 집을 빙 두른 테라스에 흰색 비막이 판자를 대고 박공지붕을 이고 있는 농가는 한 폭의 그림처럼 아름다웠다.

"아름답지 않니?"

숨을 들이켰다.

"구려."

올리의 퉁명스러운 대답이 돌아왔다.

"사람들은 다 어디에 있어? 가게나 카페, 서핑 클럽은? 서핑장은?"

나는 두 장대 사이에 걸려 있는 배구 네트와 밝은 주황색 차양 돛을 펼쳐둔 놀이터를 가리켰다. 바비큐장, 이동식 테이블, 반짝이는 호수 표면 위로 쭉 뻗어 있는 방파제. 새로 포장된 도로는 자전거와 스쿠터 타기에도 완벽했다.

"자연공원 같지 않아?"

아들은 고개를 가로저어 동의하지 않는다는 표현을 분명히 했다.

"엄마, 자동차 열쇠 좀. 휴대폰 충전해야 돼."

심드렁한 반응에 마음이 상했다. 주머니를 뒤져 열쇠를 찾아 건넸다. 차가 세워져 있는 도로로 터벅터벅 걸어가는 올리의 모습을 보다가 계단 맨 위 무언가를 발견했다. 갈색 마분지 상자였다. 꽃과 나뭇잎에 반쯤 가려진 채로 웃자란 관목 그늘에 놓여있었다. 좀 더 자세히 보기 위해 몸을 수그렸다. 나한테 온 건가? 이름도 주소도 붙어있지 않은 소포는 완전히 밀봉되지 않은 상태였다. 호기심에 차서 덮개 한쪽을 들어 올렸다. 깃털과 작은 비늘 모양의 발톱이 드러났다. 구슬 같은 눈 하나… 그리고 물기로 반짝이는 분홍색 덩어리.

"어머 이게 뭐야!"

화들짝 놀라 상자에서 뒷걸음질 쳤다. 죽은 새… 인가? 확인하기 위해 다시 들춰 보았다.

"아, 끔찍해라."

분명히 새였다. 고양이나 여우가 내장을 파낸 것처럼 짓이겨지고 뭉개져 죽은 새. 깃털의 일부가 뜯겨 벌어진 살 틈 사이로 작은 뼈가 튀어나와 있었다. 또 상자 안은 기름진 검은 물질로 얼룩져 있었다. 도대체 죽은 새가 왜 현관에 있는 걸까? 입주자가 새로 들어오기 전이니 분명히 청소했을 텐데.

그때 가까운 곳 어딘가에서 휙휙, 탁탁, 긴 풀을 헤치고 다가오는 발걸음 소리가 들렸다. 나는 벌떡 일어섰다. 2층의 벽과 창, 돌출된 처마를 따라 천천히 작은 원을 그리며 집을 돌아보았다. 근처 이웃집과 숲을 살펴보았지만 시선이 닿는 곳까지 확인되는 것은 아무것도 없었다.

올리 쪽으로 고개를 돌렸다. 헤드폰을 낀 채 조수석에 앉아 문을 열어 놓고 있었다. 벌써 이곳이 싫다고 오만상을 찌푸리는 올리가 동물 사체에 대해 알게 된다면 상황만 더 악화될 테니 얼른 치워 버려야겠다는 생각이 앞섰다. 곧장 상자를 집어 들어 집 건물을 따라 걸어갔다. 뒤쪽에서 쓰레기통을 보고 뚜껑을 열어 상자 채로 던져버렸다. 한결 기분이 가벼워졌다.

집 앞으로 천천히 돌아가자 격렬한 공포가 파도처럼 덮쳐왔다. 머리가 빙글빙글 돌아 너무 어지러워서 벽에 기대 누그러지기만을 기다려야 했다. 파인 리지로 이사 온 게 과연 잘한 일일까? 결정을 내린 후부터 누적되어 온 중압감이 나를 더욱 짓눌렀다. 할 수 있었으나 하지 않았던 일들, 하지 말았어야 했지만 감행했던 모든 일들… 불현듯 모든 선택이 잘못된 것처럼 느껴졌다. 심장이 두근거리고 속이 뒤틀렸다. 다 네가 모자라서 이렇게 된 거 아냐. 애미 자격도 없는 게. 눈을 감고 마음을 가라앉히려고 애를 썼지만 스튜어트의 목소리가 귓가에 맴도는 듯 했다. 어디 한 번 그렇게 달아나 봐. 도망쳐 보라고. 기다려. 내가 너 꼭 찾아낼 거니까. 숨을 들이마셨다가 다시 천천히 내쉬었다. 진정해 알렉스! 아이들은 네가 필요하다구.

바로 그때 열린 차창 너머로 카라의 소리가 들려왔다. 잠에서 깬 딸이 새끼 고양이처럼 부드럽게 칭얼거렸다. 그 소리에 반응이라도 하듯 가슴에 젖이 돌아 욱신거렸다. 아기가 얼추 배고플 시간이었다. 카라의 울음소리가 커지자 신경이 날카로워졌다. 올리에게 했던 말이 머릿속에 울리는 듯 했다. 네가 자초한 일이야. 내가 왜 그렇게까지 했을까. 카라를 따라 엉엉 울고 싶어졌다.

아니야. 아무 문제 없을 거야. 점차 나아지겠지. 제일 힘들었던 상황에서 이젠 빠져나왔으니까 이제 새 삶을 시작하면 돼. 우린 괜찮을 거야. 눈을 뜨고 시드니로부터 훌쩍 멀어진 우리, 그 거리감을 느껴 보았다. 개울과 깎아지른 듯한 절벽, 그 모든 것을 품은 거대한 국립공원과 열대 우림, 드넓게 펼쳐진 강, 언덕, 나무와 물 그리고 새로 지어 반짝이는 집들을 바라보았다. 그 위로 희망으로 가득 찬 밝은 하늘이 있었다.

숨을 들이쉬고.

숨을 내쉬고.

다 괜찮을 거야.

새로운 출발보다 더 좋은 건 없었다.

알렉스

카라를 달래며 이제 뭘 해야 하나 고민하고 있던 그때 처음으로 이웃과 마주쳤다. 긴 리넨 원피스 차림으로 노란 두건을 머리에 두른 마른 몸집의 여자였다. 그녀는 문 쪽 도로를 따라 서둘러 건너왔다.

"안녕하세요!"

그녀가 악수하며 인사했다.

"새로 이사 오신 거죠? 전 제니라고 해요. 위층에 살아요."

"안녕하세요. 알렉스예요."

그녀의 손을 맞잡으며 말했다.

"만나서 반가워요, 제니. 갑작스럽게 알렸는데도 이사 올 수 있게 도와줘서 고마워요."

"뭘요. 고마워할 필요 없어요. 엄밀히 말하면 집주인이기는 한데 우리는 서로 그런 식으로 대하지 않아요. 땅이 공동소유라서요."

시선을 의식하는 듯한 웃음을 지으며 제니가 말했다.

"알렉스, 어디 출신인가요? 내가 아는 악센트인지 모르겠네요."

"영국에서 자라긴 했지만 호주에 산 지 오래됐어요. 여기 오기 직전에는 시드니에서 살았구요."

"아, 그럼 파인 리지가 굉장히 생소하겠네요. 열쇠 여기 있어요. 도착했을 때 맞아주지 못해 미안해요. 십 분 정도 잠깐 집 밖에 있었네요. 둘러보니 좀 어떤가요? 내가 도울 일은 없구요?"

제니에게 바로 호감을 느꼈다. 수척한 얼굴과 마른 체구에도 불구하고 그녀에게선 활기찬 에너지가 뿜어져 나왔다.

"안녕, 아가. 아유, 귀여워라."

제니가 카라의 턱 밑을 간지럽히자 카라가 까르륵 웃었다. 올리도 그 때만큼은 미소 지었다. 세상에, 미소를 짓다니. 작은 기적 같았다.

생선 몸에서 내장을 빼내듯 올리와 내가 차에서 짐을 빼 계단 위로 옮길 동안 제니가 카라와 놀아 주었다. 열성적으로 아이를 돌봐주는 친절한 제니에게 상자 속에 담겨있던 죽은 새 얘기는 차마 꺼낼 수 없었다. 만나자마자 불평부터 늘어놓고 싶지는 않았다.

다행히 다른 문제는 보이지 않았다. 집 자체는 나무랄 데가 없었다. 거실에는 소파와 양탄자, 커피 테이블, 작은 TV가 갖춰져 있었다. 두 개의 대형 창과 유리 미닫이문으로 햇빛이 쏟아져 들어와 집 안이 환했다. 유리 미닫이문으로 나가면 야외의 작은 목재 데크와 이어졌다. 환기가 잘되는 주방에는 새 전기 오븐이 설치되어 있었다. 북유럽식 타일로 마감된 벽, 목재 상판으로 된 아일랜드식 조리대, 그 위에 놓인 노란 레몬 한 그릇까지 모든 것이 스페인의 휴양지처럼 경쾌하게 반짝였다. 너무 예뻐서 눈물이 날 지경이었다.

제니가 다가와 뭐가 어디에 있는지, 또 어떻게 사용하는지 알려주고 있었다. 이야기를 마치고 떠나려는 찰나 한 남자가 문간에 나타났다. 손에 와인과 갈색 종이백을 들고서였다.

"아, 키트군요. 마침 잘 왔어요. 그렇잖아도 사무실에 전화하려던 참이었거든요. 알렉스, 전에 이곳 설립자를 만난 적 있나요?"

"네, 그럼요."

키트에게 친근하게 손을 흔들었다.

"알렉스!"

키트가 열정적으로 말했다.

"마침내 오게 돼서 기뻐요."

심장이 요동쳤다. 그가 얼마나 매력적인지 깜빡 잊고 있었다. 그을린 피부, 엷은 턱수염, 꽁지머리 스타일로 묶은 짙은 색 머리… 몸에 딱 붙는 티셔츠와 잘라 만든 반바지, 보기 좋게 드러나는 탄탄한 체격은 또 어떤가. 햇빛에 잘 마른 침대 시트처럼 하얗고 깨끗한 미소까지 완벽한 남자였다.

키트 베스티와는 몇 달 전 '본디 요가 스튜디오' 밖에서 딱 한 번 우연히 만난 게 전부였다. 카라와 나는 '엄마랑 아기랑 함께 하는 요가'의 첫 번째이자 마지막 수업을 끝내고 집으로 돌아가는 중이었다. 우리는 둘 다 짜증이 나 있었다. 카라는 낮잠을 못 자서 심통이 나 있었고, 나는 말도 안 되게 얌전한 아이들을 뒀을 뿐 아니라 어찌나 유연한지 모든 요가 자세를 척척 해내는 엄마들 때문에 속이 상해 있었다. 그녀들은 부유한 사업가들이기까지 했기에 내 자신이 그토록 초라할 수 없었다. 카라는 수업 내내 발버둥 치며 빠져나가려 했다. 다른 아이들을 두리번두리번 곁눈질하며 이렇게 이야기하는 것만 같았다. 고급 기저귀랑 명품 헤어 밴드! 우리랑 다르게 '그들이 사는 세상'이야, 엄마! 아주 틀린 말은 아니었다.

비록 기분은 엉망이었지만 로비에서 전단지 나눠주는 남자를 보고는 웃으며 인사하지 않을 수 없었다. 남자의 웃는 표정이 친근한 인상을 풍겼기 때문이다. 수업은 즐거웠냐는 그의 질문은 마치 우리가 구면인양 대화가 잘 통할 것이라는 확신을 주었다. 오랜 친구이기라도 한듯 로비에 한동안 서서 요가에 관해 수다를 떨었다. 그가 전단지를 내민 것은 그 후였다. 파인 리지에서 원하는 삶을 이루세요.

그제야 깨달았다. 처음 만난 판매원과 수다를 떨었다는 것을 말이다. 빠져나갈 구실을 찾기 시작했지만 기시감이 들어 그가 홍보에 여념이 없는 순간에도 단칼에 자를 수 없었다 공동체, 지속 가능성, 친환경, 합리적인 주택가격, 어쩌고저쩌고.

"당장 필요한 것은 아니라서요."

마무리를 지으며 말했다.

"좋아요. 그래도 만나서 반가웠어요."

며칠 시간이 흐르자 파인 리지라는 이름이 그 남자의 따뜻한 미소와 함께 머릿속을 맴돌기 시작했다. 가방 안에 넣어 둔 전단지가 자꾸만 떠올랐다.

그러다 상황이 몹시 안 좋던 어느 날, 드라이브를 나섰다. 올리는 학교로, 스튜는 직장을 향해 각각 집을 나선 뒤였다. 며칠이 몇 달처럼 길게 느껴질 정도로 카라가 잠을 제때 안 자던 시기였기에 내 몸과 마음은 상당히 지쳐있었다. 처음엔 카라가 잠들 때까지만 집 주위를 돌 생각이었다. 무슨 이유에서인지 나는 도시 밖으로 점점 더 나아가고 있었다. 기진맥진할 때까지 계속 운전하다 정신을 차려 보니 고속도로를 타고 있었다. 모퉁이를 돌면 요크 곳 근처 어딘가에 도착하겠지 그제야 생각했다.

그때 아스팔트 바닥에 흰색 화살표로 출구가 표시된 구불구불한 지선 도로가 나타났다. 마음속 어디선가 화살표를 따라가라는 목소리가 들리는 듯해 본능을 따랐다. 20분 후, 파인 리지를 향한 이정표가 나타나자 비로소 깨달았다. 날 여기까지 이끈 건 다름 아닌 내 잠재의식이구나.

차를 주차하고 주위를 둘러보았다. 파인 리지를 보자마자 금세 반하고 말았다. 굽이치는 언덕, 숲, 색, 빛… 마치 고향에 돌아온 듯한 기분이었다. 무언가에 홀렸나? 환각 상태에 이르기 전에 정신 차리려면 카페인을 쏟아부어야 겠다는 생각이 들었다. 그날은 파인 리지에 오래 머물지 않았다. 키트도 만나지 못했다. 내가 길을 잃은 줄 안 어떤 여자와 잠깐 몇 마디 얘기를 나눴을 뿐이다. 모르고 온 곳이 아닌데. 고속도로 가는 길에 관해 설명을 들을 때까지도 굳이 내 상황을 밝히지 않고 곧장 집으로 향했다. 파인 리지는 '힘들 때'를 대비해 일단 미음 한편에 접어 두자고 스스로 밀했다.

마침내 어김없이 '그때'가 왔고, 나는 키트에게 전화를 걸었다. 다행히 그는 도착하자마자 석 달 치 임대료를 먼저 현금으로 지불하겠다는 내 제안을 선뜻 받아 들였다.

당시에는 더할 나위 없이 훌륭한 아이디어라고 생각했다. 하지만 지금 새로 만들어진 주방에 서 있자니 너무 성급했던 것이 아닌가 하는 걱정과 함께 내가 내린 모든 결정에 의문이 들기 시작했다.

"두 분이 이미 안면이 있는 것 같으니 이만 가 볼게요. 알렉스, 만나서 반가웠어요. 정리 잘하고 필요한 게 있으면 알려주고요."

제니는 팔을 가볍게 두드리더니 나와 키트만 남겨둔 채 떠났다.

"일 처리가 빠르시네요."

그가 집안으로 들어서더니 상자와 가방들을 보며 고개를 끄덕였다.

"이미 이곳 주민이 다 되신 것 같아요."

"이사를 자주 다녀 봐서요. 제니도 많이 도와줬어요. 좋은 분 같아요."

"나도 있었어야 했는데 미안해요. 오늘 하루가 어떻게 지나갔는지 모르겠네요. 용서의 의미로 선물을 받아 주겠어요?"

그가 건넨 화이트 와인에 손 글씨로 쓰인 라벨이 달려 있었다. 부드럽고 풍미가 깊은 와인인 모양이었다.

"마을 주민이 직접 만든 와인인데 작은 환영 선물로 준비했어요. 빵과 치즈도 있어요."

그가 작은 종이백을 주방 조리대 위에 올려놓으며 말했다.

"먼 길 오느라 배고플 것 같아서요."

"고마워요."

나도 모르게 당황해서 목부터 빨개지기 시작했다. 평균 키와 체격, 푸른 눈, 짙은 눈썹, 웃을 때 입 양옆으로 흐르는 날카로운 선. 키트는 그다지 눈에 띄는 인상은 아니었다. 하지만 어딘가 모르게 카리스마가 풍겼다. 그에겐 시선을 뗄 수 없게 하는 무언가가 있었다. 시선을 유독 사로잡는 예술 작품이 있지만 그 이유를 명확히 설명하기 어려운 경우와 비슷했다.

어색한 침묵이 한동안 이어졌다. 갑자기 내 몰골이 형편없다는 사실이 떠올라 괴로워지기 시작했다. 지저분한 머리에 민낯, 새벽에 어둡다는 이유로 대충 걸치고 나온 청 반바지, 볼품없는 티셔츠… 심지어 샤워도 하지 않은 상태였다. 나와는 대조적으로 키트는 산뜻하고 깔끔하고 자신감 넘쳐 보였다. 그가 입은 티셔츠에 소용돌이치는 눈 형태의 문양이 그려져 있었다. 문양 위에 너의 진실은 뭐냐? 라는 글귀가 쓰여 있었다. 하마터면 웃음이 튀어나올 뻔했다. 내 진실이 뭐냐고? 이봐, 모르는 게 좋을 거야.

목청을 가다듬고 말했다.

"미안해요, 음… 제 아이들을 소개할게요. 얘는 카라예요."

안전 보호막이 둘러쳐진 아기용 매트에서 옹알이를 하며 발가락을 잡고 구르고 있는 딸아이를 번쩍 안아 올렸다. 카라는 손을 통째로 입에 집어넣으며 내게 매달렸다. 키트가 손을 흔들었다.

"아기가 예쁘네요."

나는 카라를 보며 자랑스럽게 웃었다.

"자기도 아는 것 같죠?"

카라가 입에서 손을 빼며 침방울을 불었다. 옹알이를 하더니 마치 마술이라도 보여줄 듯 손뼉을 쳤다.

"아들 올리도 근처 어딘가에 있을 거예요. 나가서 찾아볼게요."

"아니에요. 둘러보도록 놔두세요. 짐 나르는 걸 도울까요?"

"아니요. 다 가져왔어요."

"그렇다면 마을을 좀 안내해 드릴게요. 온 마을을 다 둘러봐도 될 만큼 시간이 충분하거든요."

카라를 유모차에 태우고 올리는 거의 끌고 가다시피 해서 나선 길이 었다. 키드의 안내로 파인 리지의 주요 장소들을 둘러보는데 감탄이 절로 나왔다. 우리는 정문 쪽으로 돌아가 작은 정원 속에 있는 현장 사무실을 바라보았다. 컨테이너를 솜씨 좋게 개조한 사무실이었다. 유리로 마감된 컨테이너 한쪽 벽면으로는 내부를 들여다볼 수 있었다. 말끔히 정리된 긴 탁자와 그 위에 놓인 대형 컴퓨터 모니터, 그 앞에는 의자 두 개가 있었다.

"하루 일과 중 대부분의 시간을 보내는 곳이에요. 무슨 문제가 생기거나 문의 사항이 있으면 이곳으로 오면 돼요."

사무실 옆에는 커다란 창고가 있었다. 문에 기계식 코드 잠금장치와 식품 매장이라는 표지판이 붙어 있었다. 식품 매장 뒤로 색색으로 우거진 정원이, 그 너머로는 비닐 시트를 덮은 곡선 모양의 온실이 길게 늘어서 있었다.

"원래는 온실이 열네 개였다는데 땅을 살 당시에는 한두 개만 사용되고 있었어요. 비닐은 모두 날아가 버렸고 모판도 너무 무성하지만 잠재력이 엄청나죠. 아홉 개를 복원해서 재배 중이고요."

호수가 내려다보이는 마을 한 가운데는 회관과 체육관, 자원봉사자들이 운영하는 카페가 있었다.

"온실 옆에 수영장이랑 체육관이 딸린 큰 건물을 세울 계획이에요."

'도구 라이브러리 서비스'도 마련되어 있었다. 주민이라면 필요에 따라 누구나 DIY 도구를 대여할 수 있었다. 물론 신간이 구비된 '진짜' 도서관도 있었다. 키트는 두 종류의 놀이터 또한 연달아 보여 주었다.

"우리는 아이들이 휴대폰이라든지 TV 화면에서 벗어나 야외에서 더 많이 지낼 수 있도록 가능한 한 많은 놀거리를 제공하려고 하고 있어요. 따로 부추길 필요도 없어요. 이곳 아이들은 날씨가 궂을 때도 종일 야외에서 보내고 싶어 해요."

암벽 등반 시설과 스케이트 경사로는 현재 설치 중이라고 했다. 더 많은 집과 정원, 세 번째 놀이터를 지나 계속 앞으로 나아갔다. 마을은 붐비지 않았지만 우리집 위치에서는 보이지 않던 것들이 눈에 들어왔다. 바로 일상 활동이 빚어낸 조용하면서도 정겨운, 끊임없는 웅성거림이었다. 호숫가에서 놀고 있는 어린아이, 그들의 부모, 발코니에서 커피를 마시며 휴식을 취하는 재택근무자, 정원 장갑과 모자 차림으로 무릎을 꿇은 채 잡초를 뽑는 은퇴자 모두가 웃으며 우리에게 손을 흔들어 주었다. 우리는 나무 그늘에서 잠시 멈췄다. 유모차에 있던 카라가 칭얼거렸다. 덥거나 배가 고픈 모양이었다.

"보다시피 아직 할 일이 많이 남아 있어요. 위쪽 도로 빗물 배수관은 지난주에 설치되었고 저기 둥근 집, 석회로 벽을 바른 집 보이죠? 저 집도 막 마무리되었어요. 다음에는 낡은 농장 건물 일부를 개조하려고 해요."

배낭여행자를 위한 호스텔과 목공예 공방, 기념품점을 설명할 때 그의 눈이 반짝였다. 나는 눈살을 찌푸렸다.

"기념품 가게요?"

"알아요, 알아요."

키트는 웃으며 어깨를 으쓱했다.

"하지만 우리는 소득이 필요해요."

올리가 옆에서 크게 한숨을 내쉬더니 나와 눈이 마주치자마자 입 모양으로 말했다. 가면 안 돼? 지루해. 작은 공범자인 카라도 발길질을 해대며 칭얼거렸다. 화난 표정을 지으며 검지를 들어 올렸다. 딱 일 분만 더.

피곤하고 짜증 나기는 나도 마찬가지였다. 며칠 동안 잠을 제대로 못 잔 탓이다. 이곳에 오기 전 마지막으로 해야 할 일들의 목록을 초조한 마음으로 정리하고 아이들을 위한 안전조치를 강구하느라 내내 잠을 설쳤다. 엄마로서 낯선 환경, 자칫 죽음에 치달을 수 있는 수많은 경우에 철저히 대비해야 했기 때문이다. 노출 콘센트, 질식, 병균, 고리 전선, 안전하지 않은 찬장, 날카로운 모서리, 끓는 물이 담긴 팬, 공격적으로 돌변할 수 있는 맹견과 그 주인, 괴팍한 이웃에 이르기까지 주위에 발생할 수 있는 모든 위험 요소를 확인해야 한다는 강박에 시달리곤 했다.

"숲을 가로지르는 등산로가 있어요."

우리의 비밀스러운 대화를 알아채지 못한 키트가 말했다.

"표지판을 찾아보세요. 그리고 호수는 안전하니 원할 때 언제든지 수영해도 됩니다."

"멋지네요!"

대화에 참여하려고 애쓰며 말했다.

"호수가 참 아름다워요. 이곳은 모든 것이 훌륭해요."

키트가 미소 지었다.

"고마워요. 여기 주민 모두가 이곳을 좋아하죠."

"짓는 데 시간은 얼마나 걸렸나요?"

"지금까지요? 육 년 정도요."

"그 전에는 그냥 농장이었구요?"

"맞아요. 보이는 모든 곳이 농장이었어요."

"어떤 농장이었어요?"

"규모가 꽤 큰 화훼 농장이었어요. 한때는 그랬죠. 헛간이나 온실 같은 경우는 아직 그 일부가 남아있어요. 호수 끝 쪽에 있는 방목장은 거의 처음 모습 그대로고요."

호수와 아직 개발되지 않은 언덕을 훑어보았다.

"저쪽도 개발 예정지인가요?"

"계획상으로는 네, 맞아요."

"저기는요?"

좀 전에 본 버려진 건물을 가리키며 물었다. 그림같이 아름다운 단층 건물이었다. 지면위로 기둥을 대어 앉힌 본체에 넓은 처마를 이고 농장 스타일의 난간을 두른 집이었다. 내 시선을 따라오던 키트가 말했다.

"한때 어떤 가족이 살았던 농가예요."

"너무 예뻐요."

어렸을 때 제일 좋아하던 동화책이 떠올랐다. 어느 시골 소녀가 말뚝 울타리가 산뜻하게 둘러져 있는, 하얗고 커다란 집에 살면서 흥미진진한 모험을 즐기는 이야기였다. 이야기 속 공간으로 뛰어들고 싶어서 페이지 속 삽화를 따라 손끝으로 그리던 기억이 떠올랐다.

"멋지죠."

키트도 동의했다.

"아직 손볼 데가 많아요. 건물 개조에 관해서 의논 중이긴 하지만… 글쎄요. 그냥 허물어야 할 것 같아요. 저곳에 살고 싶어 하는 사람이 없기도 하고요."

"왜요?"

"좀 터무니없는 이야기처럼 들리겠지만 사연이 좀 있는 집이에요. 저기 살던 가족이 아이를 잃었거든요. 아들이 실종됐죠. 대부분의 사람들은 아이가 달아났다고 생각하는데 사실은 그렇지 않다고 주장하는 사람도 있고 귀신 들린 집이라고까지 말하는 사람도 있어요."

그는 다시 웃었다.

"물론 아무도 믿지 않지만. 알잖아요. 이런 얘기는 쉽게 사그라들지 않죠. 이곳 사람 모두가 피하는 집이에요."

"흠."

카라를 간지럽히려고 유모차에 손을 뻗었다. 카라가 좋아라 하며 까르륵거렸다.

"유령이 나오는 생태 마을이라니 처음 들어본 이야기네요."

키트도 웃었다.

"그냥 우리 마을이 좀 독특하다고 해둘게요."

올리가 눈짓을 하며 또 다시 재촉했다. 나는 못 본 체 하며 지나가던 노부부에게 상냥한 미소를 지었다. 두 사람은 호수에서 수영을 한 후 젖은 머리와 맨발로 집에 돌아가는 중인 듯했다. 젖은 수건을 몸에 두른 채 손을 흔드는 그들을 키트가 손짓해 불러 세우더니 우리를 소개하기 시작했다. 자기들끼리 이런저런 이야기를 나누는 틈을 타 나는 아이들을 살피기 위해 몸을 돌렸다. 올리가 다시 휴대폰을 꺼냈다.

"올리버."

낮은 목소리로 속삭였다.

"좀 집중할 수 없어?"

"어디에 집중하라고? 다들 관심 없는 얘기만 하는데."

올리가 웅얼거렸다. 평정심을 잃지 않기 위해 안간힘을 썼다. 최근 힘든 시기인데다 이사에 적응하려 애쓰고 있다는 것도 모르지 않지만 도착한 이후 줄곧 비죽거리며 불평만 늘어놓고 있지 않은가. 올리의 휴대폰에 시선이 닿았다.

"누구한테 문자 보내?"

"아무도 아니야."

"올리."

"문자 보내는 거 아니라고."

"그럼 뭐 하고 있는데?"

"알 바 아니잖아."

입술을 깨물며 목소리를 높이지 않으려 애썼다.

"스튜어트야?"

"아니."

"설마 얘기한 건 아니지?"

올리가 한숨을 쉬었다.

"말하면 어떻게 되는데?"

나는 망설였다. 올리는 얼마나 알고 있을까? 어디까지 말해줘야 하는 거지? 분명한 건 최소한이어야 했다.

"그냥… 우리가 어디에 있는지 모르는 게 더 낫지."

"그래?"

올리는 매몰차게 말했다.

"스튜어트 아이를 갖기 전에 미리 알았더라면 좋지 않았을까?"

카라의 유모차에 경멸에 찬 시선을 던지며 말하는 올리에게 아무런 반응도 할 수 없었다. 완전 한 방 먹었구만. 나는 다시 은퇴한 노부부와 키트에게 관심을 기울였지만 대화에 끼어들 틈은 없었다. 그림책에 나올법한 아름다운 농가를 바라보며 대화가 끝나기를 참을성 있게 기다렸다.

그때, 저 멀리 농가 테라스 기둥 뒤로 검은 형체가 얼핏 비쳤다. 누가 있나? 형체가 움직이기를 기다렸나. 하지만 계속해서 보고 있자니 나무 그림자나 난간에 방치된 물건일지도 모르겠다는 생각이 들었다. 눈이 부셔서 손으로 눈을 가렸다. 더 명확히 보고 싶었다.

"엄마, 이제 진짜 가면 안 돼?

키트도 들을 수 있을 만큼 충분히 큰 소리로 올리가 말했다.

"더 이상 못 참겠다고."

당황스러웠다.

"올리버."

올리는 나를 노려보았다. 악의로 가득 찬 내 머리 속으로 결코 용서받지 못할 생각이 스쳐 지나갔다. 농부들이 운이 좋았네. 난 올리가 사라진다고 해도 신경 안 쓸 거야.

르네

"아이보리? 아이보리-이이이. 어디 있니?"

몸을 굽혀 빈 철제 손수레 아래를 살폈다. 르네 켈러맨은 갈라진 입술을 오므려 연신 쪽쪽 소리를 냈다.

"아이보리-이이이이. 어서 나와, 야옹아. 아침 먹자."

이미 살펴본 다른 곳처럼 손수레 아래에는 아무것도 없었다. 보이는 거라곤 먼지 뭉치와 마른 잎뿐. 쏜살같이 움직이는 흰 털이나 꼬리, 날름대는 분홍빛 혀는 코빼기도 보이지 않았다. 르네는 일어서서 허리춤에 손을 올린 채 현관을 둘러보았다. 도대체 고양이는 어디로 간 걸까?

출입구 너머에서 남편 마이클이 아침 회의를 열고 있었다. 눈을 반쯤 감긴 팀원 열한 명이 발을 끌며 커다란 헛간 지붕 아래 마이클 주변으로 모여들었다.

이십 년 전 갓 결혼한 르네가 농장으로 처음 이사 왔을 무렵만 해도 헛간의 아침은 지금과는 사뭇 다른 분위기였다. 대규모 파티를 방불케 했는데 사람들은 무리 지어 돌아다니며 웃고, 수다 떨고, 전날 밤 축구 시합에 대해 떠들어대거나 주말 시장 운영 봉사자 순서에 대해 논의하곤 했다. 르네는 웨이트리스처럼 종종걸음으로 돌아다니며 따뜻한 커피와 베이컨 에그롤을 나눠 주었다. 또 당일 할 일이 모두에게 적절하게 배분되었는지 확인하는 일도 도맡아야 했다. 스무 명이 넘는 사람들이었으니 아침 식사 준비에만 한 시간이 넘게 걸렸지만 그녀는 크게 개의치 않았다. 그때만 해도 서로 등을 토닥이며 정감 어린 농담을 주고받는 일은 아침 해가 떠오르는 것만큼이나 일상이었다.

그러다 가뭄이 찾아왔다. 십 년 가까이 이어진 악천후로 작업 인원이 삼분의 일로 줄어들었다. 흥겹게 와자지껄 떠들던 목소리는 낮고 음울한 웅웅거림으로 바뀌어 있었다. 아침 준비 시간도 커피 끓이는데 10분, 버터 바른 토스트 만드는데 5분, 다해서 15분 이상 걸리지 않았다. 유쾌한 농담도, 베이컨 에그롤도 사라졌다. 가뭄은 팀원과 그들의 희망을 모두 앗아가 버렸다.

괜찮아. 커다란 잿빛 하늘을 바라보며 그녀는 생각했다. 이제 다 지나갔어. 지난 여섯 달은 비가 유례없이 많이 내렸다. 전처럼은 아니지만 앞으로도 꾸준히 비가 올 것으로 예상된 터라 이전의 활력까지는 되찾지 못할지라도 머지 않아서 원상 복구될 것이란 걸 그녀는 알고 있었다. 실제로 마이클이 사업 유지를 위해 고군분투한 결과, 어느 정도 눈에 띄는 성과를 거두었고 재확장이 시작되자 베이컨도 다시 제공되기 시작했다. 도마뱀 쫓는 일에 싫증 나면 고양이도 반드시 되돌아올 것이었다.

헛간을 떠나기 전 르네는 냉장 창고를 열어 걸쇠로 고정해 놓은 후 머리를 들이민 채 내부를 확인했다. 아이보리가 지난 밤 냉장고에 갇혔을 가능성을 배제할 수 없었기 때문이다. 르네는 아들 가브리엘에게도 매일 끊임없이 안전에 대해 당부했다. 물론 옆에 있던 불쌍한 고양이는 그 내용을 알아들었을 리 없었다. 냉장고 문이 절대 등 뒤에서 닫히지 않도록 해. 문은 항상 걸쇠로 고정해 둬. 밤에는 절대 호수에 가면 안 돼. 화학 약품을 가지고 장난하면 안 돼. 헛간에 들어가거나 장비를 가지고 장난치면 안 돼. 컨베이어 벨트가 작동 중일 때는 절대 손가락을 집어넣지 마. 거미가 있는지 확인하기 전에는 좁은 구멍 안에 손가락을 집어넣지 마. 길게 자란 풀 사이를 뛰어다니면 안 돼. 그녀의 공포가 전혀 근거 없다고는 할 수 없었다. 몇 년 전엔 한 남자아이가 싱크홀에 빠졌는가 하면 같은 지역 여자아이가 뱀에 물린 적도 있었기 때문이다. 엄마들은 안전에 대해 계속 신신당부했다.

르네는 농부와 결혼한 이후에야 농사가 얼마나 위험한 일인지 알게 되었다. 백 년 전만 해도 농가에서 조심해야할 사고라고는 쇠스랑에 찔리거나 말에 치이는 정도였다. 이제는 그 위험의 범위가 확대되었다. 곡물 저장고 안에서의 질식사, 트랙터 전복, 가스 누출, 가축 사고, 감전사, 기계에 사지가 찢기거나 걸리는 일까지 아주 다양했다. 이 정도면 일상 속에 죽음이라는 존재와 함께 살아간다고 보는 편이 나았다.

르네는 눈살을 찌푸렸다. 화훼 농장이 다른 농장만큼 위험하지 않다고 해도 위험 요소를 나열하다 보면 고양이와 아들이 지금까지 살아남은 것도 기적이나 다름없었다. 다행히 둘 다 집에서 지내는 것을 좋아했다. 햇살이 비치는 실내라든지 쿠션 주변을 크게 벗어나지 않아서 크게 위험할 일은 없었다. 하지만 지금까지 아무 일도 일어나지 않았다고 해서 앞으로도 괜찮으리라는 보장은 어디에도 없었다.

손수레 사이를 샅샅이 뒤졌지만 지저분한 모퉁이만 눈에 들어왔다. 결국 냉장 창고가 비어있다는 사실을 인정해야만 했다. 시계를 보니 7시 20분. 학교 버스가 곧 도착할 시간이라 집에 돌아가야했다. 그녀는 떨면서 마지막으로 냉장 창고 주위를 훑어보았다. 한 번 더 아이보리-이이이이 부르며 문밖을 향했다. 걸쇠를 올려 무거운 은색 패널을 다시 제자리로 끌어당겼다.

아들을 배웅하기에 이미 늦은 시간이었다. 언덕 위로 차를 몰고 가다

도로를 따라서 사라지는 아들의 멀쑥한 실루엣을 먼발치에서 바라볼 뿐
이었다. 너무 멀리 떨어져 알아들을 수 없을 텐데도 그녀는 손을 흔들며
아들을 불렀다. 그 부질없음에 잠시 가슴이 저렸다. 아들이 길을 따라 자
기에게서 점점 멀어지는 것 같았다.

　자질구레한 집안일을 마무리한 후 온실 작업에 합류했다. 사륜차에 물
양동이를 가득 채운 후 처음엔 백합, 그다음엔 프리지어, 마지막으로 달리
아를 수확해 종류별로 꽃다발을 모아 두었다. 보고 있자니 만족감이 차올
랐다. 이전만큼 생산량이 많지는 않았지만 품질만큼은 최상급에 속했다.
그녀는 농장이 예전의 영광을 되찾으리라 확신했다. 모든 양동이가 가득
차면 르네는 헛간으로 사륜차를 몰고 가서 짐을 내렸다. 꽃을 손수레에 가
지런히 쌓아 냉장고에 옮긴 후 양동이에 다시 깨끗한 물을 채워 차에 싣
는 작업을 시작했다.

　수확을 끝낸 나머지 팀원들이 온실을 떠나 갈퀴질과 식재 작업을 이어
가는 동안 르네는 쇼핑에 나섰다. 바쁜 시기라면 인터넷 쇼핑 후 배송을 받
기도 했다. 직접 쇼핑에 나서는 것보다 훨씬 편리해서 굳이 농장 밖을 나설
필요가 없었다. 농사는 그야말로 온종일 매달려야 하는 일이었다. 휴가도 휴
식도 없이 일주일 7일 하루 24시간. 그러나 비교적 한가했던 가뭄기에는
직접 쇼핑센터에 가는 편이었다. 가장 가까운 쇼핑센터조차도 왕복 1시간
반 남짓한 거리였지만 쇼핑은 그녀에게 하나의 즐길 거리였다. 농장이 다
시 바빠졌더라도 르네는 쇼핑의 즐거움을 조금 더 만끽하기로 했다.

　매장을 느긋하게 돌아보았다. 선반 위 물건들을 손가락으로 쓸어 보기
도 하고 잼을 들어올려 살피거나 육즙이 많은 고기 부위를 지역 생산품으
로 골라 사기도 했다. 샘플로 제공되는 치즈 조각을 맛보았고 어딘가에 커

피 한 잔 하러 가기도, 새로 출시된 세제를 테스트하기도 했다. 다른 모습의 삶도 그녀에게 어울리는지 확인하는 것 같은 체험이었다. 집에 돌아오면 기분이 늘 좀 더 나아져 있었다.

오늘은 뭔가 이상한 기분이라고, 르네는 생각했다. 대문을 통과하여 자갈 깔린 울퉁불퉁한 진입로에 평소처럼 차를 세우고 주위를 둘러보는데 갑자기 소름이 돋았다. 눈에 띄게 이상하거나 다른 점은 보이지 않았다. 다만⋯ 집 뒤에 있는 나무에서 바스락거리는 소리가 들렸다. 들짐승인가? 가끔 사슴은 보였는데. 르네는 진입로 한 가운데 가만히 서서 귀를 기울였다. 바스락거리던 소리는 처음 느닷없이 찾아왔듯 그렇게 사라졌다. 식료품을 지프차 트렁크에 남겨둔 채 현관 계단을 올라 방충망 문을 열어젖혔다.

"누구 있어요?"

그녀의 목소리가 집안 전체에 울려 퍼졌다. 시계는 4시 30분을 가리키고 있었다. 가브리엘의 낡아빠진 검은색 아디다스는 신발장 구석에 내팽개쳐져 있고 가방도 매트 위에 나뒹굴고 있었다. 마이클의 작업 부츠는 보이지 않았다. 그가 오려면 삼십 분은 더 지나야 했다. 평소와 다른 특별한 점은 없었다. 그런데 왜 그렇게나 불안한 것일까?

그녀는 복도를 내려다보다 문득 실내를 다시 꾸며야겠다는 생각이 들었다. 지금까지 아마 천 번은 결심한 듯했다. 대대로 물려받은 집에는 온갖 종류의 장식이 뒤섞여 있었다. 먼저 마이클의 할아버지가 쓰던 추레한 참나무 콘솔 테이블 위에 르네가 장만한 앙증맞은 튤립 모양 조명이 다소 뜬금없이 놓여 있었다. 또 그녀가 고른 화려한 꽃무늬 벽지와는 절대 어울리지 않는 건초용 갈퀴와 쇠스랑, 핸드메이드 정글도 등 골동품에 가까운 농기구들이 볼썽사납게 나란히 놓여 있었다. 농기구야 정직한 노동의 결과인 땀 또는 보람을 상징하니 그대로 놓아두었다지만 다른 사람이 본다면 고문실을 떠올릴지도 모를 일이었다.

주방으로 가는 길 중간 참에 있는 가브리엘 방에서 언제나처럼 웅웅대는 기운이 뿜어져 나왔다. 방의 가장자리에서 우울함마저 배어 나왔다. 등 뒤의 방충망 문이 닫히도록 내버려 둔 채 가브리엘 방으로 먼저 다가갔다.

"게이브? 안에 있니?"

잠깐의 침묵 후 낮게 끙 앓는 소리가 들려왔다.

"별일 없지?"

"네?"

"필요한 거 없니?"

"네."

정적. 르네는 문 앞으로 곧장 다가가 손잡이를 잡았다.

"들어가도 될까?"

기다렸지만 반응이 없었다. 르네는 심호흡을 몇 번 하고 천장에 시선을 둔 채 다시 물었다.

"가브리엘? 들어간다. 괜찮지?"

침묵. 그녀는 문을 열었다. 문이 열리자마자 깜짝 놀란 듯한 부산한 움직임에 르네도 덩달아 놀랐다. 책상 위 대형 게임 장비 앞에서 가브리엘은 헤드폰을 낀 채 부자연스럽게 앉아 있었다. 한 손은 급하게 닫은 노트북 덮개 위에 놓였고 스프링 제본된 두터운 종이 뭉치가 그의 무릎 위에서 균형을 잡고 있었다. 르네는 얼어붙어 말을 더듬었다. 얼굴이 화끈 달아올랐다.

"어. 미안해. 음, 노크했는데-"

"아, 엄마, 나가요!"

르네는 문 앞에 얼어붙은 채 아들의 모습을 바라보았다. 어깨가 너무 굽은 나머지 가슴이 움푹 꺼진 것처럼 보였다. 늘어난 고무마냥 긴 다리는 헐거운 운동복 바지에 파묻힌 상태로 책상 아래에 툭 튀어나와 있었다. 누런 피부는 여드름으로 뒤덮였고 머리는 기름져서 마치 젖은 듯이 보였다. 방에서 아침 입 냄새처럼 달걀 썩는 냄새가 났다. 그럼에도 르네는 찡그리지 않으려 애썼다. 햇빛을 본 적이 없는 동굴 속 개구리 같은 아들을 마주하고도.

그때 가브리엘의 팔에 시선이 닿았다. 팔꿈치 바로 아래 붉고 깊은 자국이 줄지어 늘어서 있었다. 톱니 모양으로 패인 네 개의 빨간 상처, 그 주변에 부풀어 번들거리는 피부를 보고 르네는 숨이 턱 막혔다.

"이게 무슨…"

본능적으로 상처를 살펴보려 했지만 미처 다가서기도 전에 가브리엘은 팔을 등 뒤로 감추며 벌떡 일어났다. 회전의자가 둘 사이에서 빙글빙글 돌았다.

"게이브? 무슨 일이야? 왜 이렇게 됐어?"

가브리엘은 소매를 끌어내리며 반쯤 감은 듯한 눈으로 그녀를 쳐다보았다. 눈을 깜박였다. 한 번. 두 번.

"고양이가 할퀸 거예요."

가브리엘이 중얼거렸다. 이상한 점이 한두 가지가 아니었지만 무엇부터 물어봐야 할지 혼란스러워 머뭇거렸다. 아이보리가 그랬다고? 확실해? 대체 언제! 어쩌다가? 괜찮은 거니? 아이보리는 어디 있어? 상처 소독은 했어? 엄마가 보고 치료해야 하지 않을까? 우리 이거―그러나 가브리엘은 급히 몸을 움직여 그녀를 방 밖으로 몰아냈다.

"게이브, 잠깐만."

41

그녀는 비틀거리며 밀려났다. 그때 방문이 닫혔고 다시 한번 혼란스럽게 서 있을 수밖에 없었다. 혼자가 된 그녀의 귀에 날카로운 정적이 고통스럽게 울려댔다.

그날 밤늦게 귀가한 마이클과 함께 저녁을 챙겨 먹은 르네는 쓰레기를 버리러 집 밖으로 나갔다. 게이브의 팔에 있던 상처와 고양이의 행방에 정신이 팔린 나머지 하마터면 현관 앞에 놓인 마분지 상자를 밟을 뻔했다. 처음에는 일꾼 중 한 명이 놓고 간 물건이려니 생각했다. 빌려 갔다가 되돌려준 장비라거나 누군가 선물로 준비한 케이크같은 것. 그것도 아니라면 가브리엘이 인터넷으로 주문한 무언가겠지. 하지만 상자가 닫혀있지 않고 열려 있는 게 의문스러웠다. 원래 같으면 잘 포장되어 있을 텐데. 게다가 상자엔 어떤 주소도 써 있지 않았다.

손을 뻗어 뚜껑을 열어보기 직전 멈칫했다. 상자 겉면에 무언가 묻어나온 것이다. 그림인가? 아니면 로고? 더 찬찬히 살펴봤다. 크고 검은 얼룩이 번져 있었다. 잉크나 페인트 같았다. 얼룩이 상자 안에서 새어나온 것이란 사실을 알아채고 르네는 얼굴을 찡그렸다. 상자 안에 있는 게 무엇이든 분명 젖은 물건이었다.

"마이클!"

그녀의 코에 파리가 앉았다. 움찔하며 파리를 쳐내는 그 순간 상자 덮개에 손이 닿아버렸다. 그 바람에 상자 안이 훤히 드러났다. 짓이겨진 털과 뭉개진 살, 스며 나오는 피를 본 르네는 숨을 헐떡이며 진저리를 쳤다. 9년이 넘는 시간동안 함께 살아온 고양이, 사랑하는 아이보리의 생명이 빠져나간 몸이었다! 떨려오는 마음을 붙잡고 윤곽을 눈으로 따라갔다. 이내 르네는 비명을 질렀다. 고양이의 머리가 있어야 할 곳을 바라본 후였다.

알렉스

처음 며칠은 여행 가방에서 물건을 하나씩 꺼내 쓰며 생활했다. 이사는 생각보다 더 지치는 일이었다. 걱정에 사로잡혀 있던 데다 다시 이사 나갈 가능성을 염두에 두자니 차마 짐을 전부 풀 수도 없었다. 셋째 날이 되자 긴장이 조금 풀려서 박스 몇 개를 열어 물건 일부를 정리하기 시작했다. 일단 시작하니 멈출 수가 없었다.

옷과 수건 더미를 한 아름 안고 온 집안을 돌아다니며 사용하기 편할 만한 곳에 수납했다. 등에 땀이 흐르고 어깨가 화끈거렸다. 기저귀를 갈아 수유하는 중간중간 상자와 가방을 열어 물건을 정리하는 동시에 머릿속으로는 리스트를 체크했다. 노트북, 확인. 충전기, 확인. 유축기, 기저귀, 우유병, 봉제 장난감, 신발, 화장품, 속옷, 수유 패드, 전부 오케이. 상태 좋은 냄비, 잘 드는 칼, 오케이. 가장 좋아하는 머그잔과 아기 담요 몇 개를 제외하고 다 잘 챙겨온 듯했다.

아직 확인해야 할 중요한 물건이 남아 있었다. 내 인생에서 가장 중요한 두 가지. 낡은 원통형 가방 안에 든 큰 밀폐 용기와 아이스크림 막대로 만든 액자였다. 세탁실로 가방을 가져가 등 뒤로 조용히 문을 닫았다. 밀폐 용기를 꺼내 뚜껑을 열고 내용물을 확인했다. 모든 것이 제자리에 있는 것을 확인하고는 마음을 놓았다. 잘 보이지 않도록 쓰레기 봉투를 용기에

싼 다음 싱크대 하부장 맨 뒤쪽 세제 상자 뒤로 밀어 넣었다. 그것만으로는 충분하지 않아서 스펀지와 행주 더미까지 세제 주변에 쌓아 두었다. 침실로 돌아와서 서랍장 위 가장 잘 보이는 위치에 액자를 올려 두었다.

"아 젠장, 그 쓰레기 아직도 안 버렸어?"

화장실을 가던 올리가 문 앞에 어정거리며 말했다.

"쉿."

카라가 잠든 아기 침대를 가리키며 낮게 말했다. 올리는 그러거나 말거나 계속 큰 소리로 말했다.

"엄마! 생필품은 모두 잘 챙겨왔어? 타이다이 티셔츠는? 마유 크림은? DIY 콤부차 세트도 잘 챙겼지?"

"목소리 좀 낮춰."

살금살금 빠져나와 방문을 닫았다.

"그리고 쓰레기 아니야. 예뻐서 둔 거야."

올리의 세계가 나를 중심축으로 돌아가던 시절, 어린이집에서 만든 액자였다. 물론 초록색 글리터는 색이 바래고 스티커 보석은 일부가 떨어지고 없지만 지금까지도 내가 애지중지하는 올리의 어버이날 선물이었다. 액자는 어디를 가든 항상 가지고 다녔다. 액자 안에는 카라가 태어나던 날 카라를 안고 있는 올리의 사진이 담겨있었다. 유일하게 인화해둔 가족사진이었다.

"그나저나 너 왜 이렇게 버릇이 없어?"

한마디 덧붙였다.

"네 짐은 도대체 언제 풀 거야?"

올리가 화장실 문을 쾅 닫자 나는 낮은 소리로 욕을 뱉었다. 고집스럽고 비협조적인 데다 심각하게 반사회적인 올리를 집안에 가둬 둔다면 올리가 아니라 내가 힘들어질 거란 사실을 깨달았다. 외출 금지 결정을 번복하고 올리에게 주변 환경을 살펴보라 권했다. 그러거나 말거나 올리는 아침 내내 속옷 차림으로 소파에 누워서 음량을 최대로 키워 휴대폰 게임만 할 뿐이었다. 나를 열받게 하려는 노골적인 행동이었다. 올리에게 혼자만의 공간이 필요하겠다고 생각했다. 혼자 있게 내버려 두고 집안 정리에 몰두했다.

한동안은 기분이 괜찮았다. 가구를 가져오지 않았지만 꼭 필요한 가구는 다행히 비치되어 있었다. 가져온 몇 가지 물건은 원래부터 그 자리에 있었던 것처럼 가구와 썩 잘 어울렸다. 집은 점점 더 그럴싸해졌다.

날이 더워져서 그런지 금세 기진맥진해졌다. 상쾌하던 봄이 갑자기 후덥지근한 여름 날씨로 바뀌자 무리가 온 듯했다. 천장의 선풍기만으로는 역부족이었다.

카라는 새로운 집에 아직 적응을 못한데다 이가 나기 시작해 밤새 칭얼거렸다. 나는 가까스로 잠이 들었다가도 숲에서 음산한 소리가 들리는, 죽은 새가 하늘에서 떨어지는 생생한 악몽에 시달렸다.

밤낮 가리지 않고 시도 때도 없이 전화가 울려댔다. 문자도 작은 폭탄처럼 연이어 밀려 들어왔다. 문자는 모두 삭제하고 음성 메일은 무시했다. 아예 꺼 놓을 수는 없어 늘 전화기를 곁에 두었다. 메시지에 답할 생각은 딱히 없었다. 다만 한심하고 미숙한 내 작은 특징으로 말하면 나는 지금 아드레날린 샘솟는 반전에 이끌리고 있었다. 비뚤어진 쾌감을 느끼고 있다고나 할까.

변기 물 내리는 소리가 났고 올리가 화장실에서 나왔다. 올리는 늘 신경이 곤두서 있었다. 하도 오래 누워 있어 몸 모양 그대로 움푹 눌려버린 소파에 돌아가 털썩 드러눕는 모습을 나는 가만히 지켜보았다.

"이젠 제발 휴대폰 좀 치워라."

"뭐."

"오전 내내 들여다봤잖아. 이제 그만 해."

"조금만 더."

"안 돼. 그만 하고 엄마 좀 도와."

올리는 내 말을 무시했다. 핑. 핑. 핑. 이보다 더 신경을 긁을 수는 없었다. 호주머니 속 내 휴대폰에서도 계속 진동 알림이 울려댔다. 복도를 가로질러 거실로 돌진했다.

"내려놔. 휴대폰. 이제. 진짜로."

침실에 있는 아기 침대에서 부드러운 울음소리가 들려왔다. 젠장. 카라가 깼다.

"꺼, 얼른. 엄마 폭발하기 일보직전이니까."

"새로운 건 없어?"

그를 말없이 노려보았다.

"어떡하라고!"

올리가 도저히 못 참겠다는 듯 이야기했다.

"엄마가 원하는 게 뭔지 말을 하라니까!"

"몰라서 하는 소리야?"

내 목소리가 몇 옥타브 올라갔다.

"엄마가 바라는 건 약간의 도움이야. 아주 작은 열의여도 좋고!"

카라의 칭얼거림이 격렬한 울부짖음으로 변했다.

"열의?"

올리는 전화를 내팽개치더니 벌떡 일어나 앉았다.

"열의라고? 여기 소굴에서의 삶 말이야? 좋아, 대단해, 또 시작이군. 아, 내가 잠시 잊고 있었네. 엄마, 집에서 끌어내 아무도 없는 이런 반쯤 짓다 만 쓰레기장 같은 곳으로 데려와 줘서 정말 고마워요. 오, 여기 올 수 있어서 너무 행복해요! 너무 지루해서 죽든가, 렌즈콩인가 뭔가를 너무 많이 먹어서 죽든가 할 거 같아요. 우리 함께 가서 드림캐처도 만들고 오월제 기념으로 기둥 돌며 춤도 춰요. 이건 완전히 꿈에 그리던 삶이네요. 엄마는 세계 최고의 엄마고요!"

"비아냥 대지 마. 멋지기만 한데."

"엿 같은 깡촌 같으니라고."

"너 말조심해."

"깡촌 맞다니까. 할 게 아무것도 없어. 그야말로 아무것도. 가게도, 클럽도, 버스도 아무것도 없어!"

"핵심 한 번 잘 짚었다. 우리가 여기 와 있는 이유가 바로 그거야."

"엄마가 와 있는 이유겠지."

카라의 울음소리가 귀청을 찢는 듯한 비명으로 바뀌어 있었다. 미간을 짚은 채 깊게 심호흡했다.

"올리, 네가 요즘 얼마나 힘든지 엄마도 알아. 지금 당장은 주위에서 벌어지고 있는 일들이 완전히 이해되지 않더라도 엄마를 조금만 믿어줘."

"믿어달라고?"

올리가 따라 말했다.

"지금 엄마를 믿어달라고 했어?"

카라의 울음이 흉포한 동물의 울음소리처럼 변했다. 소파 위에 있던 올리의 전화에 불이 들어왔다. 핑. 핑. 핑. 손으로 이마를 짚었다. 여기저기서 난리였다.

47

"그거 알아?"

올리가 일어서더니 나를 밀치고 지나가며 말했다.

"나 여기 뜰 거야."

"올리, 너."

그를 따라 성큼성큼 걸으며 말했다.

"너 감히 그런 식으로 빠져나갈 생각하지 마. 아직 끝난 거 아니야. 그리고 그 빌어먹을 전화 좀 꺼. 도대체가 생각을 못하겠어."

올리가 나를 뿌리쳤고 그 바람에 화가 치밀어 오른 나는 그의 옷을 잡아챘다. 툭-툭-툭 실밥 뜯어지는 소리가 났다. 셔츠가 완전히 뜯겨 나갔다. 세상에. 나는 손에 한 줌의 천을 쥔 채 그대로 얼어붙었다. 올리도 찢겨나간 부분을 같이 쳐다보고 있었다. 일순간 정적. 서로 웃음이 한바탕 터져나왔다. 이 모든 상황이 견딜 수 없이 우스꽝스러웠다. 올리 어렸을 때가 생각났다. 공룡 놀이 중에 내가 공룡이 포효하는 걸 완벽하게 따라해 보겠다고 애쓰다 결국 사달이 났는데.

바로 그때 카라의 최후의 일격. 더 큰 울부짖음이 터져나왔다. 바위 뚫는 기계처럼 골을 흔들어대는 소리에 올리의 얼굴이 다시 일그러졌다.

"쟤 때문에 돌겠네."

침실을 향해 소리 질렀다.

"입 닥쳐!"

그는 붉게 달아오른 얼굴로 두 주먹을 꽉 쥐고 있었다. 말문이 막혔다. 이를 드러내며 눈을 부라리는 올리는 마치 다 자란 남자같았다. 내가 필사적으로 탈출하려 했던 그 남자가 올리의 얼굴 위로 겹쳐 보였다.

"올리, 나가."

너무 놀란 나머지 겨우 입을 뗐다. 하지만 그는 내 말대로 움직여 주지 않았다.

"내 말은 그러니까, 진짜로 머리 좀 식히고 와. 얼른. 어디든 상관없으니까 그냥 가. 그리고 다시는 카라한테 그런 식으로 말하지 마. 아직 아기고 네 동생이야."

그래도 올리는 버티고 서 있었다. 그의 들끓는 흥분이 온 집안을 가득 채웠다. 나는 마음을 다잡고 대답을 기다렸다. 결국 올리는 물러났다.

"아빠가 다른데 동생은 무슨."

나지막이 얘기하더니 방으로 곧장 향한 다음 문을 쾅, 하고 닫았다.

한 시간이 지나 할 일이 바닥났다. 다 같이 산책을 하거나 둘러보지 못한 마을 군데군데를 돌아다닐 생각이었지만 올리는 방에 틀어박혀 꼼짝도 하지 않았다. 나 또한 화가 풀리지 않은 상태였다. 무거운 기분을 떨쳐 내기 위해 운동화를 신고 나갈 채비를 했다. 아기 캐리어에 카라를 앉혀 산책에 나섰다.

집을 빠져나와 왼쪽으로 갔다가 숲 가장자리 왼쪽 길로 한 번 더 접어들었다. 언덕을 오르면서 가장 높은 곳에 있는 주택 단지를 따라 천천히 돌았다. 다른 집들을 기웃거리며 걸어다니는 동안 기분이 좋아진 카라는 주먹을 빨며 작은 발을 바동거렸다. 대부분의 집은 밝고 환한 외관에 큰 데크와 무성한 채소밭을 갖추고 있었다. 그중 가장 맘에 드는 집은 심령술사의 마차 혹은 화려한 정원 창고를 연상시키는 초소형 주택이었다. 얼핏 봤을 때는 한 사람이 편히 살기에도 비좁아 보였다. 창문을 통해 이곳저곳 몰래 들여다봤더니 놀랍게도 공간이 꽤 알차다는 것을 알 수 있었다. 완벽한 설비를 갖춘 주방과 욕실, 사다리로 올라가는 다락방 형태의 침실이 딸려 있었다.

집 구경을 마치고 한 바퀴 돌아 나와 키트가 일러 준 숲길 산책로를 찾아 나섰다. 우리집 바로 옆을 지나는 수목 한계선 가장자리에서 첫 번째 표지판을 발견했다. 다시 오르막길로 이동하며 이번에는 산마루까지 곧장 갔다가 골짜기 바닥까지 내려왔다. 카라는 가슴에 안긴 채 키 큰 유칼립투스 나무, 덩굴 식물, 거대한 교목성 흰개미 진흙 둥지를 신기한 눈으로 쳐다보았다. 반면에 나는 덤불에서 독사라도 기어 나오진 않을지 경계하며 주위를 연신 살폈다. 숲이 우거진 위쪽에서 언제 떨어질지 모르는 거미도 계속 신경 쓰였다. 도시에서만 자란 탓에 나는 작은 소리에도 깜짝 놀라며 움츠러들었다. 호주 자생 진드기, 모기, 거머리는 영국에서 늘 보던 온순한 개미, 민달팽이, 지렁이와는 천지차이였고 좀체 적응되지 않았다.

카라가 팔을 뻗어 내 손가락을 잡았다. 둘 다 진정할 필요가 있었다. 나는 온갖 종류의 나무를 가리키며 노래하듯이 말했다. 근육질의 팔처럼 매끄러운 갈색 나뭇가지, 옹이구멍이 나있는 붉은 나무, 붓으로 살짝 덧댄 것 같은 노란색과 구릿빛 줄무늬 은색 나무. 저것 봐! 새 둥지가 있어. 저건 거미줄이야! 호주 유칼리 나무에 지그재그 낙서를 한 듯한 나방 유충의 흔적을 손으로 더듬어갔다. 그때 어떤 표시를 발견했다. 누군가 의도적으로 나무껍질 위에 새긴 조잡한 선이었다.

이름이나 하트 모양이겠거니 하며 좀 더 자세히 보기 위해 가까이 다가갔다. 누구는 누구를 영원히 사랑할 거야, 같은 귀여운 문구를 예상했지만 아리송하게도 집 모양처럼 네모에 화살표가 하나 얹힌 모양이었다. 표시 안에 세 개의 작은 기호가 삼각형으로 배열되어 있었는데 선명하지 않아서 정확히 무엇인지 알 수 없었다. 조금 더 가다 보니 다른 나무에도 똑같은 표시가 새겨져 있었다. 세 개의 그림이 담겨있는 집 모양은 나무마다 반복되고 있었다. 무슨 의미인지 알 수 없었지만 어쩐지 오싹했다.

바로 그때, 등 뒤에서 무슨 소리가 들렸다. 깜짝 놀라 껑충 뛰어올랐다. 미끄러지듯 다가오는 어떤 물체가 우리를 추격할 것이란 직감이 들었다. 본능적으로 카라를 팔로 엉거주춤 감싸 안고 곧바로 앞을 향해 질주했다. 어느 순간 뒤돌아서 보니 불안에 떨었던 비늘이나 송곳니 따위는 없었다. 대신 검은색 러닝셔츠와 반바지 차림의 키트 베스티가 있었다.

"키트!"

"알렉스?"

그가 놀라서 입을 떡 벌리며 말했다.

"미안해요. 알렉스 당신이 거기 있을 줄이야. 괜찮아요?"

"괜찮아요."

나는 숨을 고르기 위해 잠시 멈췄다.

"좀 놀랐을 뿐이에요."

"미안해요."

그의 입꼬리에 미소가 걸렸다.

"저도 몇 마일 떨어진 곳에서 꽤 빠르게 달리고 있었거든요. 당신만큼 은 아니네요. 와, 뭐가 쫓아왔다고 생각한 거예요? 퓨마?"

나는 웃어넘기려 애썼다.

"그럼요. 여기선 꽤 흔하지 않나요?"

"네, 꽤 흔해요. 그런 의미로 당신의 반사 신경이 훌륭하다는 것을 알 게 되어 다행입니다."

그가 웃으며 카라를 향해 손을 흔들었다.

"안녕, 아가."

카라는 옹알거리며 발을 바동거렸다. 나는 나무를 향해 고개를 끄덕이 며 말했다.

"아름다운 곳이에요. 예상보다 훨씬 크고 평화로워요."

"맞아요. 나도 이곳을 좋아해요."

이마의 땀을 닦으며 키트가 동조했다.

"산책로를 매일 한 바퀴씩 돌려고 노력 중이에요. 반대편 호수 뒤에도 산책로가 있고요. 알렉스 당신도 한 번 확인해 봐요. 달리기 좀 하나요?"

"전혀요."

고개를 저었다. 아기 캐리어가 뱃살을 짓눌렀다. 살이 허리띠 위로 치약마냥 삐져나와 있다는 것을 잘 알고 있었다. 벨벳 같은 카라의 머리를 쓰다듬었다. 카라가 손을 뻗어 내 머리카락을 한 움큼 잡았다.

"보이죠? 이렇게 아기를 매달고서는 불가능해요."

"아, 물론 그렇겠네요."

"요즘 아기 체중이 1톤은 족히 나가는 느낌이에요."

움찔하며 카라의 통통한 손에서 머리칼을 빼냈다.

"이제 저희 모녀는 집으로 돌아갈 시간이 온 것 같네요."

키트가 고개를 끄덕였다.

"그렇군요. 같이 걸어도 될까요?"

"그럼요. 물론이죠."

누군가 곁에 있으니 숲은 더 이상 음산하지 않았다. 뱀이나 거미, 나무에 새겨진 조각 같은 소름 끼치는 일은 잠시 잊고 가벼운 대화를 나누며 산책로를 내려가기 시작했다. 긴장되는 모습을 숨기기 위해 거의 쉬지 않고 수다를 떨었다. 친절하게 미소 짓는 준수한 외모의 남성을 마주할 때면 늘 머리와 마음이 따로 놀았다. 피부에 맺힌 땀방울, 어깨의 주근깨, 파도처럼 쏟아지는 열기… 그와 가까이 있는 것만으로도 마음이 들떴다. 몰려오는 감정을 떨쳐버리려 했지만 소용 없었다. 평정심을 되찾을 수 있으면 좋으련만. 애써 감정을 다스려야 했다.

키트가 아이들에 대해 점잖게 질문해왔다. 올리는 어떻게 적응하고 있는지, 다음 해에 어느 학교에 보낼지… 올리가 전에 다니던 학교에서 적응하는 데 어려움을 겪은 적이 있어서 남은 학기의 마지막 몇 주는 건너뛰고 1월에 새 학교에 등록할 생각이라고 대답했다. 사실 우리는 홈스쿨링까지도 고려 중이었다. 얼마나 힘들까? 상상을 초월하겠지. 카라는 하루 24시간을 나랑 붙어 있으려 할 텐데 그럼 내 주의가 산만해질 테고 올리는 지루하다고 난리칠 것이 분명했다. 그렇게 내 인내심이 바닥날수록 아이의 불만 또한 깊어질 것이고 휴대폰 사용을 통제하려는 내 노력을 무시한 채 게임과 유튜브에 이끌려 다닐 거야. 어디 그 뿐이겠는가. 냉장고 음식을 먹어 치우는 데도 시간을 허비할 텐데. 나는 죄책감에서 벗어나기 위해 올리가 하고 싶은 대로 내버려 둘 테고 결국 엉망이 될 것이 불보듯 뻔했다.

감사하게도 음식에 관한 이야기로 주제가 넘어갔다. 전날 오후에 우리 집으로 이웃들이 이 지역에서 생산한 우유와 달걀, 꿀과 잼, 사과와 양파를 들고 환영한다며 줄지어 찾아왔었다. 어떤 사람들은 채소 라자냐, 버섯 스트로가노프, 김이 피어오르게 따뜻한 라따뚜이같은 집에서 직접 만든 요리를 가져왔다. 캠프용 밴을 타고 호주 전역을 여행할 때나 만날 수 있음직한 다섯 명의 땀투성이 가족도 방문해 왔고, 예술적 감성이 엿보이는 두 여자와 그들의 딸, 뽀글머리 파마를 한 노인, 금빛 털을 가진 퍼그 알의 주인 폴과 사이먼 커플도 만날 수 있었다. 특히 내 또래의 여자를 만나 너무도 반가웠다. 그녀는 검은 머리에 상냥한 성격의 소유자였다. 집에서 만든 당근 케이크를 건네며 자신을 라일라라고 소개한 그녀는 나처럼 혼자서 아이를 키우는 싱글맘이었다.

"파인 리지에 오신 것을 환영해요."

그녀가 소탈한 목소리로 말했다.

"만나게 돼서 반가워요."

솔직히 말해 처음엔 생태 마을이 어떤 곳인지 몰랐다. 올리의 생각과 별반 다르지 않았다. 요가 광신자 아니면 열렬한 환경운동가로 가득 차 있을 거라 생각했기 때문이다. 하지만 막상 알고 보니 다양한 사람이 모인 가족적인 공동체였고 나는 이 점에 적잖이 놀랐다. 배낭여행을 하면서 호스텔, 버스 정류장, 해변의 바에서 조건 없이 친구가 되고, 환영 받았던 시절 이후로 이런 느낌은 처음이었다. 키트에게 이러한 소감을 말했더니 흡족한 모양이었다. 갑자기 궁금증이 일었다. 그에게 어디에서 학교에 다녔고 어떻게 자랐는지 물었다. 대답은 짧고 모호했다.

"여기저기요. 대부분 시드니에서 보냈는데 유럽과 미국에서도 살았죠. 들리는 것보다 실제는 훨씬 더 지루한 내용이에요. 당신은 어때요? 이곳저곳 많이 다녀봤나요?"

그에게 몇 가지 여행에 관해 들려주다가 버킷 리스트로 화제를 돌렸다. 그다음은 좋아하는 영화에 대한 이야기로 넘어갔고 그간 과소평가된 드웨인 존슨의 천재성을 열정적으로 분석하기에 이르렀다. 카라는 내 이야기에 옹알대는 추임새를 넣기도 하고 꺄악 거리며 말을 끊기도 했다. 나는 약간의 지성을 보여 줄 요량으로 생태 마을을 설립하는 건 어떤 것인지 물었다.

"이 모든 일을 당신 혼자 했다는 게 믿기지 않아요."

그러기엔 당신은 너무 젊어요, 라고 덧붙일 뻔했지만 내가 키트보다 연상이라는점만 부각될 거라는 것을 금방 깨달았다. 십 년은 족히 차이 나

보였으니까.

"혼자서 한 일이 아니에요. 팀으로 일을 했죠. 처음에는 그냥 활동가 협회에서 만난 친구들이었어요. 땅을 찾고 대략적인 계획을 세운 이후에는 아무래도 진지하게 임하게 되더라고요. 우리는 투자자, 건축가, 건축업자, 시 공무원, 지방 의회를 만나러 다녔어요. 돌이켜 생각해 보니 세상에… 회의의 연속이었고 끝이 보이질 않았어요. 허가를 받고 나서 농작물을 심고, 폐수 처리 시스템을 설치하고, 습지를 건설하고, 또 테스트를 통과하고. 여러가지 기준을 충족해야 했죠. 혼자 할 수 있는 일이 절대 아니에요."

"상상이 가네요."

파인 리지에 관해 얘기하는 키트의 얼굴이 환하게 피어나 미소 짓지 않을 수 없었다. 자기 일에 열정적인 사람을 바라보는 일은 늘 즐거웠다.

"할 일이 많겠군요, 키트."

키트는 어깨를 으쓱했다.

"이상하게 들리겠지만 작업 자체는 어렵지 않아요. 오히려 할 일이 있을 때 더 느긋해지는 편이에요. 힘든 단계는 오히려 그 사이에 있는 의사 결정, 끝없는 토론이죠. 때때로 감당하기 어려울 만큼 긴장될 때도 있지만 하나하나 해결해 나가고 있어요. 그리고 그만한 가치가 있고요. 이곳을 보자마자 완벽할 곳이라는 걸 알았거든요."

동의하지 않을 수 없었다. 올리의 나쁜 편견과 나의 의문에도 불구하고 나는 파인 리지가 우리를 위한 장소가 되기를 희망했다. 자연미, 공동체, 고립, 보호, 불확실성. 체육관이나 카페, 수영장이 운영되면 일자리가 생길지도 몰랐다.

숲에서 나와 마을 입구에 다다르자 걸음 속도가 자연스레 느려졌다.

수레국화처럼 푸른 하늘 아래에서 몇 시간이고 계속 서서 이야기할 수 있으면 좋겠다는 생각이 들었다. 키트가 마치 오랫동안 알고 지낸 친구 같다는 이상한 느낌에 휩싸였다. 집에 다다랐을 때쯤엔 거의 물어볼 뻔했다. 당신을 어디서 알게 됐죠? 하지만 정말로 물어보려 돌아섰을 때 내 주머니 속 휴대폰이 윙윙거렸다. 한 번, 두 번, 세 번.

살그머니 휴대폰 액정을 살펴봤다. 심장이 쿵 내려앉았다. 스튜어트였다. 키드가 계속해서 말을 이어 나갔지만 더 이상 대화에 집중할 수 없었다. 진동음이 네 번 다섯 번 계속되었다. 산만해진 나를 보고 키트는 괜찮은지 물어왔다. 어쩔 수 없이 카라 핑계를 댔다.

"미안해요. 시계를 보고 있었어요. 아, 그러니까… 낮잠 시간을 놓치지 않는게 육아의 아주 중요한 원칙이라서요."

바들바들 떨리는 다리로 현관 계단을 딛었다.

"참, 알렉스!"

키트가 길에서 나를 불러 세웠다.

"깜빡 잊고 얘길 못했네요. 목요일마다 모두 온실에 모여 저녁을 먹어요. 간단한 요리 하나 가지고 다섯 시쯤 오면 돼요."

윙. 윙. 윙. 나는 미소를 지으며 엄지손가락을 치켜세웠다. 그러고는 두려움에 사로잡혀 속이 뒤틀린 채 집으로 들어갔다. 등 뒤의 문을 굳게 닫았다.

한 손으로는 카라에게 퓌레와 고구마를 먹이며 다른 한 손으로 스튜어트의 협박 메일을 스크롤하여 확인했다. 좋은 소식이 있다면 그가 우리의 행방을 짐작도 못하고 있다는 것, 나쁜 소식이라고 하면 그의 불만이 점점 고조되고 있다는 것이었다.

개같군

씨발

조심해 이 망할 년아. 너 내가 꼭 찾아낸다

너랑 네 구제불능 유튜버 찌질이 애새끼 다 같이 파묻어 줄게

마지막 메시지는 혼란스러울 뿐만 아니라 심히 모욕적이었다. 다시 한 번 읽어보았다. '유튜버'가 무슨 뜻이지? 신종 욕 같은 건가. 올리는 유튜버 아니었다. 만약 유튜브로 뭔가를 하고 있다면 내가 모를 리 없지 않은가? 이유식을 다 먹은 카라를 안고 아들 방에 찾아갔다.

"올리?"

문을 부드럽게 두드려 봤지만 아무 대답이 없었다. 방은 비어 있었고 침대 위에 휘갈겨 쓴 쪽지가 있었다. 스케이트 타러 감. 적어도 올리는 지금 집에 없었다. 좋아.

카라를 낮잠 재운 뒤 뭘 찾으리라는 큰 기대 없이 올리의 페이스북 페이지를 살펴봤다. 페이스북은 늙은이들을 위한 거야. 언젠가 그렇게 말했다. 올리는 게임과 다른 웹사이트에 접속하기 위해 가끔은 페이스북을 사용했지만 주로 스냅챗과 인스타그램을 이용했다. 비공개 계정이라 올리의 휴대전화에 들어가지 않고는 활동을 살펴볼 수 없었는데 접속은 용에게서 여의주 훔치는 것만큼이나 힘들고 까다로운 일이었다. 올리의 페이스북 프로필은 이전과 동일했다. 새로운 게시물이나 등록된 태그가 없었다. 사진 섹션에서 비디오 하나를 발견했다. 불과 3주 전에 유튜브에 게시된 비디오였다. 두 번 생각하지 않고 바로 클릭했다.

영상 속 올리는 예전 스튜어트와 함께 살던 집 자기 방에서 서 있었다. 뒤쪽 벽을 침대 시트로 덮어 위장하려고 했지만 어설펐다. 코르크 보드판

이 튀어나왔고 RM 그라임이라는 뮤지션 포스터의 가장자리가 슬쩍 보였다. 올리는 책상을 방 한가운데로 끌어다 놓고 그 뒤에 파란색 수술용 장갑을 낀 채 큰 판지 상자 앞에서 자신을 소개했다. 뭘 하려는 거지? 마치 대답이라도 하듯 아이는 '비트코인으로 다크웹 미스터리 박스 구매하기'에 대해 설명했다.

"안에 뭐가 있는지 전혀 모르겠네요. 조금 긴장됩니다."

악센트가 이상했다. 미국인 어투를 흉내내고 있었다.

"네에. 한쪽이 조금 찢어졌지만 그 외에는 별로 망가지지 않았어요. 좋아요. 열었어요! 들여다볼게요…… 으, 상자 전체에서 지독한 악취가 나는군요."

그는 코앞에서 손을 흔들어댔다.

"자자, 세상에! 잠깐만요! 여기 뭔가가 있어요. 잘은 모르겠지만 가방 같은데요! 바로 도시락 가방입니다."

그는 나비 그림이 그려진 분홍색 도시락을 꺼냈다.

"우웩! 냄새가 역겨워요. 무슨 냄새인지는 모르겠지만 일단 되게 지독해요."

그가 지퍼를 내렸다.

"냄새가 안에서 나는 것 같아요. 그리고 이 얼룩을 보세요."

가방 겉에는 녹슨 듯한 붉은 물질의 흔적이 길게 남아 있었다.

"안에 뭔가가 들어있는 걸까요? 네! 있는 것 같군요."

안을 들여다본 그는 다시 카메라로 시선을 돌렸다.

"여러분. 끔찍해요."

그는 가방에 손을 넣어 작은 노란색 유니콘 티셔츠를 꺼냈다. 티셔츠는 지저분해 보였는데 도시락 가방과 같이 녹슨 자국으로 얼룩져 있었다.

또 실 한 뭉치를 꺼내 보여주었다. USB 스틱, 휴대폰, 검은 쓰레기봉투 한 통. 그리고 하얀 가루가 든 작은 비닐봉지까지.

방금 뭘 본 거지? 손가락 끝으로 양쪽 관자놀이를 눌렀다. 무슨 일이 벌어지고 있는 거야. 한참을 멈춰 서서 생각에 잠겼다. 요즘 아들을 이해 하려고 애쓰기는 하지만 한참 먼 기분이었다. 예전에는 배변 훈련이나, 짜 증, 죽음에 관해 엉뚱한 질문을 하는 등의 단순한 문제를 다뤘다면 이제는 감당할 수 없을 만큼 통제 범위를 벗어난 문제들이었다. 칠흑같이 깜깜한 방문을 열고 그 안을 들여다보는 것만큼이나 막막했다.

물론 모두 내 잘못이나 마찬가지였다. 이사하느라 너무 바빴다. 스튜 어트와 이사, 카라에 정신이 팔려 올리는 거의 방치되다시피 했으니 말이 다. 제기랄. 하나를 잘라내면 다른 두 개의 머리가 생겨나는 히드라 머리 처럼 문제가 끝도 없이 발생했다.

알렉스

최고점을 지나 산등성이를 향해 저물어 가던 태양은 호랑이 줄무늬 모양의 구름 뒤로 가려져 하늘을 옅은 금빛으로 물들였다. 키트가 선물해 주었던 와인을 마시며 현관 맨 아래 계단에 앉아 달콤한 오후 공기를 가슴 한가득 들이마셨다. 매미 소리가 왁자했다. 학교를 마치고 돌아오는 동네 아이들같기도 했고 구애하는 남자들의 요란한 노랫소리 같기도 했다. 매미 소리 너머 귀에 익은 스케이트보드 소리가 달가닥달가닥 들려왔다. 올리가 곧 도착한다는 뜻이었다.

약간 신맛이 돌긴 하지만 제법 풍미가 살아 있는 와인을 홀짝이며 잠시 구름을 올려다보았다. 그러다 뭐라도 할 게 없나 싶어 우편함을 열어 보았다. 갈색 크래프트지 한 장이 들어 있었다. 둘둘 말린 두루마리에서 뜯어낸 종이를 한 번 접은 모양이었다. 광고물이거나 공동체 회람이려니 생각하고 펼쳤다. 검은색 유성 펜으로 무언가 그려져 있었다. 일전에 숲에서 본, 집 모양 표시였다.

컵을 내려놓고 종이의 주름을 폈다. 세 개의 상징 표시는 나무에 새겨졌던 것보다 더 선명했다. 맨 위는 닭고기의 Y자형 뼈처럼 보였고 아래 두 개는 막대기 모양으로 언뜻 눈물 방울 같기도 했다. 주위를 둘러보았다. 빨래를 너는 이웃과 자전거 타는 소년만 보일 뿐 숨어서 지켜보는 사람은 없었다. 종이를 다시 들여다보았다. 이게 무슨 뜻일까? 왜 우리집 우편함에 있지? 자전거를 타고 오는 남자아이를 불러 세웠다.

"애, 좀 도와줄래?"

아이는 속도를 늦추며 의심스러운 눈초리로 쳐다보았다. 헝클어진 머리에 맨발 차림의 아이는 예닐곱 살쯤 되어 보였다. 티셔츠엔 지구 사진과 함께 '또 다른 지구는 없다'는 구호가 쓰여 있었다.

"이게 뭔지 혹시 알고 있니? 우편함에서 발견했는데 무슨 뜻인지 모르겠네. 알려줄 수 있을까?"

종이를 내밀며 그림을 가볍게 톡톡 두드렸다. 목을 길게 빼고 쳐다보던 아이가 표시를 보자 굳어버렸다. 늘어진 앞머리 아래로 나를 힐끗 보는 모습에 초조한 기색이 역력했다.

"이거 집이에요."

아이는 앞니 두 개가 빠져 틈이 생겨 있었다.

"집 안에 그려진 건 뭐야?"

아이는 그림을 내려다보다 재빨리 물러서며 말했다.

"물건들이요."

"그래? 무슨 물건인데?"

대답이 없자 나는 닭고기 위시본처럼 보이는 첫 번째 기호를 가리켰다.

"이거는?"

아이의 시선이 나에게서 그림으로 옮겨갔다가 다시 돌아왔다. 코를 긁적이다 마침내 말해주었다.

"뼈예요."

"흠. 그런 것 같네. 그럼 이건?"

왼쪽 하단 모서리에 있는 막대기 그림을 가리켰다.

"인형이요."

고개를 끄덕이며 세 번째 기호를 두드렸다.

"이건 눈물이니? 아니면 빗방울인가?"

"아니에요. 그건 피예요."

"피?"

그 얘기를 듣자마자 심장이 덜컥 내려앉았다. 무더위에도 몸이 조금 떨려왔다.

"그럼 뭐… 퍼즐인 걸까? 아니면 게임? 보물찾기 같은 뭐 그런 거 말이야."

아이가 눈을 가늘게 뜨고 나를 쳐다보았다.

"괜찮아. 문제 생기지 않을 거니까 얘기해도 돼."

아이를 안심시키려고 미소를 지어 보였다.

"아줌마가 여기 새로 와서, 몰라서 물어보는 거야."

아이는 나를 올려다보며 한숨을 쉬었다.

"마녀예요. 이거… 마녀의 신호 같아요."

"마녀? 무슨 뜻이야?"

전혀 예상치 못한 말이었다.

"음, 그러니까 숲속에 마녀가 있다는 거구나."

아이가 무언가 중얼거렸다. 자세히 듣기 위해 허리를 숙여야 했다.

"그러니까 이 괴물들이? 괴물이 아이들을 데려간다는 거니? 그전에 뭐라고 해야하나… 물건 같은 걸 집에 먼저 갖다 놓는다는 거지?"

나는 눈썹을 치켜올렸다.

"허, 아이를 데려가는 마녀라니 말도 안 되잖아."

"사실이에요."

내 손에 있는 종이를 손가락으로 쿡 찔렀다.

"마녀는 물건을 가져다 두는데 먼저 뼈를 갖다 놔요. 그러니까 죽은 동물이나 물고기 같은 것들 뼈요. 그 다음엔 인형을 갖다 놔요. 아줌마 닮은 인형이요. 이제 벽에서 피가 나오고 마녀가 정한 사람 사진에 피를 발라 놔요. 그런 식으로 마녀가 누구를 데려갈지 알게 돼요."

그는 내 반응을 살폈다. 눈을 깜박였다.

"그렇구나."

"이제 가도 될까요?"

"그래. 고마워."

아이가 지나갈 수 있도록 뒤로 물러섰지만 아이는 움직이지 않았다.

"여기가 아줌마 집이에요?"

나는 고개를 끄덕였다.

"아마도 마녀가 다음에 여기 온다는 뜻일 거예요."

"뭐라구?"

"우체통에 있던 그림이요."

나는 웃었다.

"그렇구나. 알겠어. 도와줘서 고마워."

아이가 어깨를 으쓱했다.

"전에도 그런 일이 있었어요. 저 위에서요."

아이는 자전거에 앉은 채 몸을 틀어 계곡 위 타오르는 태양 아래 외로이 서 있는 흰색 농가를 가리켰다. 키트의 말이 떠올랐다. 그 집에는 사연이 좀 있어요.

"네가 어떻게 그런 거까지 알 수 있었을까."

나도 모르게 비웃는 듯한 아이 말투를 흉내내고 있었다. 아이는 아무것도 모르는 당신을 이해한다는 듯 한숨을 쉬었다.

"저뿐 아니라 다들 아는 얘기거든요."

그 아이는 발을 다시 페달 위에 올려놓으며 말했다.

"뭐? 잠깐만. 그게 무슨 말이야?"

자전거가 움직이기 시작했다.

"얘야, 잠깐만! 정확히 무슨 일이 있었던 건데?"

아이는 최대한 빨리 벗어나고 싶다는 듯 안장에서 몸을 일으켜 페달을 밟았다. 속도를 높이며 멀어지던 아이가 어깨너머로 외쳤다.

"마녀가 농부의 아이를 데려갔어요."

아이는 따르릉 종을 울리며 모퉁이를 돌았고 더는 보이지 않았다.

르네

아이보리를 땅에 묻자마자 르네 켈러먼은 뱀을 목격했다. 진짜가 아니야. 허공을 맴도는 환영일 뿐이야. 흔한 일이었다. 때때로 그녀는 사물을 느낄 때면 이미지를 보는, 일종의 투사적 공감각을 통해 감정을 경험했다. 예를 들어 육체적 고통은 곰 덫과도 같았다. 일단 그 녹슨 덫에 걸리면 좁은 입구가 눈 깜짝할 사이에 닫혀 버렸다. 공포는 동그란 얼음낚시 구멍이었고 또 비탄은 똬리를 트는 뱀이었다. 먹이를 천천히 조이는 커다란 뱀.

마이클이 젖은 땅에 삽날을 꽂아 아이보리가 뉘인 구덩이에 흙을 한 삽 한 삽 퍼부었을 때 르네는 올가미 매듭처럼 똬리를 튼 뱀을 보았다. 흙이 더 많이 들어갈수록 뱀은 더 선명하게 보였다. 비늘, 불룩 솟은 근육, 짓이겨진 펄프 덩어리 같은 것. 그녀는 내내 소리 없이 울었다. 그녀의 마음을 읽기라도 하듯 가랑비가 내려 눈물과 뒤섞였다. 마이클은 계속해서 땅을 팠다. 흙덩어리들이 둔탁한 소리를 내며 비닐봉지에 부딪혔다. 비닐이 모두 흙으로 덮이자 소리는 잦아들었다. 땅속에 묻힌 아이보리는 흙의 일부로 사라졌다.

"마이클, 누가 왜 이런 짓을 했을까."

일을 마친 그에게 말했다. 마이클은 삽 끝으로 구덩이를 평평하게 메웠다.

"그러게 말이야."

그의 발치에서 그가 사랑하는 검은 래브라도 에보니가 참을성 있게 지시를 기다렸다. 혀를 입 밖으로 내민 채 밝고 기민한 눈으로 바라보고 있는 에보니를 보니 르네는 갑자기 걷어차고 싶은 충동이 일었다. 이 게으르고 이기적인 짐승. 아이보리는 피하지 못했는데 에보니 녀석은 어떻게 살아서 이러고 있는 거야. 마이클은 마지막으로 삽을 땅에 꽂아 손잡이에 기댄 채 소매로 이마를 닦았다.

"이제 다 끝났어."

르네가 코를 훌쩍거렸다. 마이클은 눈을 깜박인 다음 하늘을 올려다보았다.

"이제 그만 가야겠어. 비가 더 쏟아지기 전에. 할 일이 많아. 튤립은…"

르네는 비옷을 더 단단히 여미고 뺨에 맺힌 눈물을 쓸어내렸다. 그녀도 할 일이 있었다.

그녀가 뒷문 옆 테라스에서 고무장화의 진흙을 털고 있었다. 그때 어떤 목소리가 들려왔다. 잠시 멈춰 서서 귀를 기울여 보았다. 집 안에서 속삭이는 듯한 부드러운 대화였다. 마이클은 조금 전 온실에서 내렸는데 그럼 누구지? 가브리엘이 친구들을 초대했나? 그럴 리 없었다. 부츠를 벗어 선반 위에 거꾸로 밀어 넣은 후 살그머니 문을 열어 문틈으로 주방을 들여다보았다. 아무도 없었다. 주방 옆 거실도 마찬가지였다. 속삭임에 가까운 낮은 목소리는 복도에서 들려오는 것 같았다.

"누구 왔어요?"

목소리가 멈췄다. 집이 갑자기 목소리를 삼켜버린 것 같았다. 목덜미 털이 곤두섰다. 그때 누군가 소리쳤다.

"렌? 왔니?"

목소리를 알아채고 르네는 안도의 숨을 쉬었다. 재킷을 벗고 타일 위를 걸어 모퉁이 너머의 복도를 들여다 봤다. 그녀의 부모님인 에이프릴과 프랭크가 가브리엘의 방문 앞에서 팔짱을 끼고 서 있었다.

"아, 왔구나."

에이프릴이 약간 시큰둥하게 말했다.

"거기 계셨네요."

르네는 상황 설명을 기다렸지만 아무런 말이 없자 덧붙였다.

"깜짝 놀랐다구요."

"왜 놀랐다는 건지 모르겠구나."

안경 너머 에이프릴의 눈은 마치 르네가 예고 없이 나타나기나 한 것처럼 어리둥절한 표정이었다. 한숨을 쉬며 르네가 다시 물었다.

"뭐 하고 계셨어요?"

"널 기다리고 있었지."

프랭크가 침울하게 말했다.

"우리 손자 녀석이랑 이야기를 좀 나눠 보려 하고 있었어."

에이프릴은 두 팔을 벌리고 딸의 인사를 받기 위해 뺨을 내밀었다.

"근데 바쁜가 봐."

르네는 과하게 달콤한 엄마의 향수 탓에 숨을 참은 채로 포옹했다.

"우리 오늘 만나기로 했잖니."

"네 아빠한테도 이미 얘기했어. 네가 잊어버린 모양이라고. 프랭크, 그렇지?"

르네는 얼어붙었다. 이런! 오늘이 며칠이지? 그녀는 흙 묻은 티셔츠를 내려다보았다.

67

"아니에요. 잊지 않았어요."

실수를 감추려고 애썼지만 부질없었다.

"일이 많아서 요즘… 정신이 없었어요."

빰을 붉게 물들이며 주방을 가로질러 부모님을 거실로 안내했다.

"옷 갈아입고 차 드릴게요."

프랭크가 고개를 저었다.

"이미 마셨어."

"우리가 직접 만들어 마셨단다."

에이프릴이 덧붙였다.

"그럼 간식 좀 드릴테니 앉아서 편히 쉬고 계세요. 금방 돌아올게요. 식사 준비가 그리 오래 걸리지는 않을 거예요."

르네는 샤워를 하면서 몇 번이나 자책했다. 달력에 몇 주 동안 저녁 약속이 표시되어 있었는데. 식사 메뉴를 생각해 보니 부모님 드시기에 적당한 식재료가 없어 울적해졌다. 틀니를 한 아빠에게 스테이크는 너무 딱딱하고 위가 약한 엄마에게 카레는 너무 매웠다. 한숨이 나왔다. 완벽히 준비를 한다고 해도 부모님 접대는 만만치 않은데 갑자기 메뉴를 정하려니 골치가 아팠다.

"걸쇠가 망가져 있더구나."

깨끗한 옷으로 갈아입고 비누 냄새를 풍기며 서둘러 거실로 돌아온 르네에게 프랭크가 말했다.

"네?"

"앞문 걸쇠 말이야. 문이 제대로 잠기지 않더라고. 세게 밀어야만 잠겨."

"아, 그래요? 마이클에게 확인하라고 할게요."

르네는 흠 잡힐 일은 없는지 방안을 둘러봤다. 싱크대에 접시 몇 개, 소파에 빨랫감으로 가득 찬 바구니가 있긴 했지만 그 외에는 그리 나쁘지 않았다.

"집안에서 연기 냄새가 나는데."

"누가 담배 피우니?"

"아무도 안 피워요. 남쪽 방목장에서 낡은 액자를 태워서 그래요."

"폐기물 태우는 건 불법인데."

"그냥 나무 액자인데요, 아빠. 걱정할 필요 없어요."

그녀는 한숨을 쉬며 창문을 닫다가 닭고기가 떠올랐다. 닭고기 샐러드와 마늘빵, 후식으로는 아이스크림과 딸기를 준비해야겠다. 이 메뉴만큼은 두 분 다 불만이 없으시겠지. 르네는 분위기를 바꿔 보려 최선을 다했지만 그녀의 부모는 계속 까칠한 태도였다.

바로 그때 방목장에 갔던 마이클이 에보니와 함께 허리케인처럼 들이닥쳤고 분위기가 급속하게 가라앉았다. 그가 문을 탕탕 치고 쿵쿵대며 돌아다니면서 불평을 쏟아 놓는 바람에 주변 사람까지 심기가 불편해졌다. 심지어 프랭크의 차가 '똥차'라는 둥 경솔한 말을 쏟아냈다. 이에 화가 난 프랭크도 참지 않고 '허름한' 농장이라는 표현을 썼다. 난처해진 르네는 부모님이 즐겨 나누는 화제로 전환했다. 그러자 다행히 상황이 무마되었다. 에이프릴이 복용 중인 혈액 희석제와 프랭크의 무릎 통증에 대한 몇 가지 질문, 약간의 술 덕분이었다.

"샐러드 더 드려요, 아빠?"

르네는 샐러드를 프랭크 접시에 올려놓았다. 마이클과 부모님은 훌륭한 음식과 세심한 중재 없이는 평소에도 만남이 어려운 까다로운 조합이었다. 꼿꼿한 자세, 몸에 밴 독실함, 잘 다려진 외출복. 마이클은 에이프릴과 프랭크에게 넌더리를 냈다. 햇빛에 탈색된 머리, 격자무늬 셔츠, 굳은 살 박인 손. 에이프릴과 프랭크는 반대로 마이클에게서 위협감마저 느꼈다. 그들 사이에는 수년간 팽팽한 긴장이 맴돌았고 이제는 서로 존중하는 시늉조차 하지 않았다. 그나마 르네 때문에 이 관계는 가까스로 유지되었다. 엄마 아빠 가족이야. 르네는 마이클이 흥분할 때마다 주장했다. 우린 이제 가족이 별로 없어. 하지만 그녀조차도 그날 식사는 긴장이 되었다.

"아까 검역소에서 전화가 왔었어. 빌어먹을!"

마이클이 바구니에서 마늘빵을 집어 한입 베어 물며 말했다.

"튤립 배달이 제대로 안 되고 있어. 검역소 사람들에게 대접 좀 해야 돼. 이런. 또 내 생돈만 들어가게 생겼군."

그는 입을 벌리고 요란하게 씹었다. 에이프릴과 프랭크가 시선을 돌렸다.

"가브리엘을 기다려야 하지 않을까? 우리랑 같이 식사하는 거 맞지?"

모두의 접시가 가득 찼을 때 에이프릴이 말했다.

"애는 지금 뭘 하고 있나 봐요."

르네는 아들이 저녁 식사를 함께하지 않으리라는 것을 너무 잘 알고 있었지만 거짓말을 했다. 그는 몇 달 동안 가장 가까운 가족과도 식사 한 번 하지 않았다.

"몸이 좋지 않은 것 같아요. 염려 마세요. 따뜻한 음식을 좀 남겨둘 거예요."

프랭크는 입술을 오므리며 아내를 힐끗 보았다. 에이프릴이 그 모습을 놓치지 않고 말했다.

"우리가 가브리엘을 교회에 데려갈게."

"그럴 필요 없어요."

마이클이 포크를 닭 조각에 꽂으며 말했다. 에이프릴은 그의 말을 무시했다.

"그 아이는 도움이 필요해, 르네."

르네는 혀끝을 이 사이로 힘 주어 눌렀다. 에이프릴이 말을 이어 나갔다.

"휴대폰이 가브리엘을 망가뜨리고 있는데 무언가를 생각하고, 집중하고, 반성할 수나 있겠니? 그 나이 때는 평화와 고요함이 필요해. 음탕한 말이나 뭐 번쩍이는 불빛이 아니라."

마이클이 끙 앓는 소리를 내며 말했다.

"아이가 필요한 건 그 방을 벗어나는 거예요. 가끔 도와주시면 되잖아요."

"학교에서는 어떻게 지내는데? 친구는 많이 있대?"

에이프릴이 물었다. 르네가 참지 못하고 얘기해버렸다.

"가브리엘만의 그… 어울리는 방식이 있어요."

"그 페이스북인가 페이스샵인가 기계 가지고 하는 일을 '어울린다'고 하는 거냐?"

프랭크가 르네를 빤히 쳐다봤다. 프랭크는 눈 주위가 코끼리 피부처럼 푸르스름하고 얇고 건조했다. 르네는 시선을 돌렸다. 네. 아뇨, 아마도요. 요즘 아이들은 공원 대신 온라인에서 만났다. 그들의 놀이터는 잔디가 아닌 가상 공간이었다. 그게 더 좋지 않을까? 게이브는 집에 있으니 적어도 지켜볼 수는 있었다. 어디선가 컴퓨터광이나 기술적 재능이 뛰어난 사람들이 요즘 인기라고 들었다. 하지만 이를 부모님께 설명하기란 여간 어려운 것이 아니었다.

사실 게이브가 컴퓨터로 뭘 하는지 전혀 알지 못했다. 화를 내 봤자 도움이 안 된다는 정도는 알고 있었고 미심쩍다는 이유로 그를 불신할 수만은 없는 노릇이었다. 어쩌면 저 안에서 뭔가 엄청난 일을 하고 있을지도 몰랐다. 어느 날 방에서 나와 암 치료법을 찾아냈다거나 시간 여행법을 발명했다고 공표할 수도 있었다. 아닌 게 아니라 세계적인 기술 천재의 절반은 은둔자였지 않은가. 르네는 노벨상 수상자 대부분이 후줄근한 운동복 바지를 입고도 혼자 방에서 최고의 작품을 만들었을 것이라고 확신했다.

프랭크가 식기를 내려놓고 의자를 뒤로 밀치더니 복도로 향하며 말했다.

"식사는 가족이랑 함께 해야지. 내가 얘기해 보마."

마이클이 뒤를 따르며 말했다.

"신경 쓰지 마시죠. 소용없어요."

"자네는 어떻게 그렇게 장담해? 자네 장인은 꽤 설득력있어."

에이프릴이 말했다. 르네는 아무 말도 하지 않았다. '설득력'이 있다기보다는 '고집불통'이라는 말이 더 정확했다. 그의 세상은 특정한 방식, 곧 그의 방식대로 작동했고 그의 방식이 아니라면 모든 것을 귓등으로 흘려보냈다.

"교회 얘기가 나와서 말인데 내부공사가 끝났다는 얘기 내가 했니?"

에이프릴이 긴장감을 걷어내며 말했다.

"아주 멋지고 현대적이야. 댄스 선생님이 매주 토요일 오전에 빌리기로 했대."

르네는 예의상 관심 있는 척 들어주었다.

"수 알지? 살사가 허리에 좋다고 수가 오라고 했지만 어떻게 좋아진다는 건지 이해는 안 돼. 오히려 관절염이 더 심해져서 수는 아마 다른 의사를 찾아야 할 거야. 주치의 실력이 신통치 않더라고."

르네는 듣는 둥 마는 둥 했다. 에이프릴이 수의 실력 없는 주치의에 대해 설명하는 동안 음식을 접시 가장자리로 밀면서 복도에서 프랭크가 웅얼거리는 목소리에 집중했다. 곁눈질로 보니 게이브의 방 밖에 서서 한 손은 문틀 위에 올려놓은 채 반쯤 열린 문 사이로 다시 한번 부드럽게 말을 걸고 있었다. 에이프릴이 르네의 팔을 가볍게 두드리며 말했다.

"요전 날 과일 가게에서 네 이웃을 봤어. 이름이 뭐랬더라? 저 뒤쪽 사는 사람."

르네는 얼굴을 찡그렸다.

"돔 하숍이요?"

"맞아, 도미니크. 그 쾌활한 젊은이."

마이클이 맥주를 마시며 코웃음을 쳤다.

"그렇게 젊지도 않아요."

에이프릴은 마이클이 딴지를 걸자 무시했다.

"호리호리해 보이던데 살이 많이 빠진 거니?"

르네는 어깨를 으쓱했다.

"아마도요. 이혼 과정이 끔찍하다고 들었는데 자세한 건 모르겠어요. 요즘은 하숍을 자주 보지 않아요."

"정말로? 네가 그 사람들과 상당히 친하다고 생각했는데. 그 사람 엄마 이름은 뭐였지? 테스?"

"베스요."

"맞아. 친절한 분이지. 본 지 꽤 됐네. 잘 지낸다니?"

"모르죠."

마이클이 맥주를 한 모금 들이키며 또 한번 꺼들었다. 르네는 이 상황에서 벗어나고 싶어서 서둘러 수습했다.

"돔의 아버지와 시아버지가 서로 친구였어요. 이젠 모두 사이가 멀어졌네요. 다들 너무 바빠요."

"저런, 아쉽구나. 정말 좋은 사람들이었다고 기억하는데."

르네는 서글픈 마음, 회한에 잠겼다. 여러 해 동안 돔과 그의 아버지는 우리 농장 일을 도와줬었다. 마이클의 아버지는 그들과 가족처럼 지냈고 늘 즐거운 마음으로 함께 보낼 시간을 기다렸다. 가끔 지나치게 솔직한 르네에게나 쉴 새 없이 일하는 마이클에게 그 부자는 변화를 주곤 했다. 마이클의 근면성은 처음엔 감탄스러웠는데 시간이 흐르면서는 고압적으로, 때로는 완전히 광기어린 것처럼 보였다. 양가 아버지가 다 돌아가시고 나서 아들들이 기장의 역힐을 물려받은 후에도 돔은 여전히 찾아와 일을 거들었다. 게이브와도 친구처럼 어울려 주었다. 그의 어머니 베스가 케이크를 가져오는 날이면 르네와 베스는 테라스에서 함께 차를 마셨고 농장이 한창 바쁠 때 르네는 하숍 농장으로 가서 어린 가브리엘을 베스에게 맡기곤 했다. 하지만 마이클은 도무지 납득이 되지 않는 이유로 돔을 탐탁지 않게 여겼다. 돔을 수시로 헐뜯고 깔아뭉개더니 결국 만나는 횟수가 점점 줄었다.

돔은 사귀자마자 쌍둥이를 임신한 여자와 곧장 결혼했다. 그의 어머니 베스가 병에 걸렸을 즈음에는 우정의 마음으로 오갔던 교류가 줄어들다 어느 순간에는 완전히 단절되었다. 마음이 아팠다. 르네는 자신이 노력을 더 기울여야 했다는 것을 알고 있었다. 베스의 건강은 급속도로 악화됐고 쌍둥이는 힘에 부쳤을 거다. 급기야 돔은 레이첼과의 이혼을 고려하기에 이르렀다.

"옛날엔 참 친하게 지냈는데. 언제 좀 들러야겠어요. 돔은 분명 도움이 필요할 거예요."

르네가 나직이 말했다.

"맞아. 선량하고 늙은 돔 녀석은 많은 도움이 필요하지."

마이클이 비웃으며 맥주병을 탁자 위에 거칠게 내려놓았다. 거품이 넘쳐흘렀다.

"우리도 지나다닐 권리가 있다고 알아들을 만큼 말했는데 오늘 아침에 돔이 트레일러로 도로를 막은 걸 알고나 하는 얘기인지 모르겠군. 트럭이 못 빠져나가서 몇 시간이나 허탕을 쳤어. 그러고는 뻔뻔스럽게 내게 와서 빌어먹을 모닥불에 대해 불평해? 비닐을 태우냐며 물이 오염되면 과수원이 피해를 볼 거라고 호들갑을 피우는 꼴이라니. 언젠가는 그놈을 망치로 때려눕히든가 할 거야."

"지금 돔이 힘들 거라고 말했을 뿐이야. 레이첼을 사랑했으니까."

르네가 차분한 목소리로 말했다.

"레이첼은 분명 그놈을 사랑하지 않았어. 안 그래? 아니면 왜 줄행랑을 쳐?"

그는 자기주장에 힘을 싣듯 또다시 트림을 했다. 그 사이 르네는 남편을 자세히 살펴보았다. 수십 년 동안 호주의 땡볕 아래서 일하느라 이미 주름지고 불그레했던 얼굴은 더욱 쭈글쭈글해지고 벌겋게 그을려서 주근깨마저 거의 사라져 보였다. 코끝은 벗겨지고 피부가 재처럼 탁하고 건조했다. 폭발 직전의 화산 같았다. 한때는 재미있고 활기차며 도발적인 사람이었는데. 연애하던 시절만 해도 커다란 꽃다발을 안겨줬고 해 질 녘 한적한 곳에서 저녁을 사주기도 했었다. 술집에서의 그는 떠들썩한 행동과 요란한 농담, 그리고 맥주를 번개같이 빨리 마시는 걸로 유명했지만 그녀와 단둘만 있을 때는 달랐다. 부드럽고 사려 깊었다. 그녀가 특별한 사람이라고 느끼게 해주던 그는 이제 메스껍기만 했다.

그녀는 눈길을 떨구고 수 놓아진 식탁보, 조리대 위 백합, 청소하려던 흙투성이 창문, 장작 난로 근처의 쿠션을 바라보았다. 가슴 아프게도 쿠션은 아직 고양이 털로 뒤덮여 있었다. 가브리엘 방 쪽에서 조심스레 문 달히는 소리가 들렸다. 복도에서 발소리가 들려와 르네는 기대에 찬 얼굴로 돌아봤지만 프랭크는 혼자였다.

"가브리엘이 뭐래요? 식사하러 오겠대요?"

에이프릴이 물었다. 프랭크가 접시에서 포크를 치우고 퉁명스럽게 말했다.

"아니, 안 오겠대."

테이블 건너편에 앉아 있던 마이클이 마늘빵을 하나 더 집어 입에 넣었다.

"제가 말했잖아요. 젠장. 소용없다니까요."

"왜 가브리엘을 교회에 데려가지 못하게 하는지 모르겠구나."

디저트를 다 먹었을 때쯤 에이프릴이 말했다.

"가브리엘은 영적 수렁에 빠져 있어."

"오, 이런. 또 시작이네."

마이클이 숟가락을 그릇에 집어 던지고 의자에 몸을 뒤로 젖히며 중얼거렸다. 바닥에 엎드려 있던 에보니가 고개를 들어 그를 바라보았다. 에이프릴은 프랭크와 또다시 시선을 주고받았다.

"르네, 네가 도와주면 고맙겠구나."

르네는 접시를 치우기 위해 일어섰다.

"우리도 신경 쓰고 있어요, 엄마. 그냥 우리 방식으로 해결하게 해 주세요."

"그 방식이라는 게 정확히 어떤 거냐? 전략이나 훈육이랄게 있는 것 같지는 않은데."

프랭크가 논쟁에 뛰어들었다. 그의 목소리는 부드러웠지만 완고하다는 것을 르네는 느낄 수 있었다.

"가브리엘이 그 방에서 나온 적은 있어? 식사는 제대로 하는 거고?"

에이프릴이 물었다.

"당연하죠."

르네는 포크를 만지작거리다 바닥에 떨어뜨렸다. 쨍그랑 소리에 에보니가 짖었다.

"쉿, 녀석아."

마이클이 에보니를 안심시키기 위해 머리를 쓰다듬었다. 르네가 몸을 숙여 숟가락과 접시들을 집어들고 싱크대에 가져갔다.

"말씀 드렸잖아요. 게이브는 오늘 밤 뭘 하고 있거나 컨디션이 좋지 않을 뿐이에요. 괜찮아지면 나와서 먹겠죠."

프랭크가 한숨을 쉬었다. 에이프릴은 입을 일자로 꾹 다물었다. 마이클이 의자를 뒤로 밀치며 일어섰다.

"자, 늦었네요. 장인 어른! 곧 출발하실 거죠?"

마이클의 말을 완전히 무시한 채 에이프릴이 르네에게 말했다.

"교회에 못 데려가게 할 거면 최소한 지금 중보 기도라도 드리게 해 줘."

마이클은 체념하고 뒷문으로 쿵쾅거리며 건너갔다. 에보니가 꼬리를 힘차게 흔들며 그의 발치를 따랐다. 당신 어디 가는 거야? 르네가 물었지만 무시했다. 테이블에서 에이프릴과 프랭크는 눈을 감고 손을 잡았다.

"하나님 아버지."

에이프릴이 운을 뗐다.

"저희를 축복해 주셔서 감사합니다."

르네는 접시를 달그락거리며 싱크대에 넣은 후 뜨거운 물을 틀었다.

"우리는 오늘 우리의 천사 가브리엘을 위해 기도합니다. 그의 마음에 그리스도의 사랑이 가득하게 하여 주시옵고 당신을 받아들이도록 도와주시옵소서."

마이클이 작업 신발에 발을 디밀고 재킷을 낚아챈 후 문을 열자 시원한 저녁 공기가 확 끼쳐왔다. 에보니는 범죄 현장에서 달아나듯 열린 틈으로 재빨리 빠져나갔다.

"세상의 악마들로부터 그를 구원해 주시옵소서."

에이프릴이 여전히 눈을 감은 채 말했다.

"악마의 손아귀에서 벗어날 수 있게 하여 주시옵소서!"

열린 문간에 서서 마이클은 뒤로 돌아 르네에게 이해하기 어려운 표정을 지었다. 혐오? 조소? 후회? 그는 무언가 말하려고 입을 열었지만 이내 마음을 바꾼 듯했다. 대신 문을 쾅 닫고 개를 따라 어둠 속으로 나아갔다.

르네는 천천히 숨을 들이마셨다 빠르게 내쉬었다. 눕고 싶었다. 아니, 몸에서 벗어나 사라지고 싶었다. 뱀처럼 허물을 벗어 낡은 잠옷처럼 바닥에 구겨진 채 내팽개치고 그대로… 하지만 그녀는 싱크대로 돌아가 뜨거운 수도꼭지 아래 손을 집어넣을 뿐이었다.

알렉스

낮잠에서 깬 카라는 기분이 좋지 않은지 자꾸만 보챘다. 꼭 껴안아 제일 좋아하는 노래를 불러 주어도 계속 칭얼거렸다.

"우리 불쌍한 아기."

노래를 나직나직 불러줬다.

"이가 나느라 아프구나, 그렇지?"

카라가 훌쩍이며 품 안에 파고들었다. 아기의 작은 등에 코를 비볐다. 아이를 달래며 자전거를 타던 남자아이와 우편함에 있던 쪽지에 대해 곱씹었다. 비슷한 괴담을 지어내던 어린 시절이 떠올랐다. 초등학교 운동장에는 곰팡이로 뒤덮인 오래된 나무 그루터기가 있었는데 모두 그 나무를 만지면 병에 걸린 듯 온몸이 곰팡이로 뒤덮일 거라 믿곤 했다. 버섯이 종기처럼 몸에서 돋아나는 악몽을 꾸기도 했다. 자전거를 타던 그 아이 말에 겁이 조금 났다. 마녀가 죽어있는 어떤 것을 갖다 둔다고 했었지. 이사 오던 날 현관에 놓여 있던 상자에 새 사체가 들어있었던 것이 기억났다.

물론 그 아이의 이야기 말고도 걱정할 일들은 넘쳤다. 카라에게 젖을 먹이면서 다시 한번 올리의 동영상을 찾아봤다. '다크 웹'의 '미스터리 박스'에 대해서도 검색했다. 그 결과와 관련해 최근 보도된 뉴스가 너무 많아서 짐짓 놀랐다. 일부 주요 매체에서 '입소문을 타고 빠르게 확산하는 위험한 유행'이나 '불안한 방향으로 전개되고 있는 언박싱 트랜드'과 같은 제목의 뉴스를 보도하고 있었다.

동영상 탭 아래에서 지금까지 본 것 중 가장 무시무시한 표제의 짧은 동영상을 발견했다. '경고. 충격적 내용'. 영상에서는 십 대들이 다크 웹에서 사들인 상자를 광적으로 흥분하며 개봉하고 있었다. 상자 안에서 낡은 옷과 사악해 보이는 사진, 동물의 두개골, 피 묻은 나사 드라이버에 이르는 온갖 끔찍한 물건이 쏟아져 나왔다. 목록을 훑어보면서 섬네일을 하나하나 확인하는데… 올리가 나왔다. 키 크고 마른 올리가 지난 생일 내가 사준 셔츠를 입고선 서 있었다. 동영상에는 끔찍하게 잘못되어가고 있는 다크 웹 박스라는 제목이 달려 있었다. 속이 메슥거리고 진땀이 났다. 동영상 아래 어떤 링크를 클릭해 보니 올리가 개설한 채널로 연결됐다. 동영상이 세 개나 더 있었다. 경고: 잔혹한 내용 포함. 놀랍게도 올리의 구독자는 수천 명에 달했다. 심지어 패트리온[1] 페이지까지 있었고 동영상 조회수는 각각 100만에 달했다.

우유를 먹어 곤히 잠든 카라를 안고 올리의 방으로 갔다. 올리가 방에 없다면 찾아 나서야 할 듯했다. 문을 열자 사춘기 남자아이 특유의 강렬한 냄새가 확 끼쳐왔다. 코가 절로 찡그려졌다. 이제 막 이사왔는데 어떻게 벌써 이런 냄새가 나는 거지? 구겨진 파자마에서 나던 어린 시절 올리의 달큰하고 나른한 냄새는 어디로 가버렸나. 커튼이 드리워진 데다 흐트러진 침대, 풀지 않은 짐으로 방이 엉망이긴 했지만 방금 본 은밀한 영상의 흔적은 어디에도 보이지 않았다. 카라는 내 어깨에 머리를 기댄 채 손가락을 빨고 있었다. 카라의 작은 엉덩이를 쓰다듬으며 한 바퀴 빙 둘러보

---

1. 미국의 창작자 후원 공식 사이트를 활용하여 운영하는 기업이다. 주로 콘텐츠 창작자들이 정기적이거나 일시적인 후원을 받고 그 값에 할당하는 혜택을 지불하는 일종의 크라우드 펀딩형 시스템을 활용한 사이트이다.

왔다. 올리가 가장 좋아하는 녹색과 주황 후드 티를 실수로 밟아 버렸다. 발로 살짝 밀어두었다. 정리하고 싶은 유혹이 일었지만 올리는 자기 방에 내가 들어오는 것을 극도로 싫어했다. 싸움이라면 이미 하루 종일 충분히 했으니 관두었다. 품 안에 있던 카라가 몸을 일으켜 세우고 내 등 뒤의 무언가를 향해 손을 뻗으며 옹알거렸다.

"부."

카라가 내 어깨를 신나게 두드리며 말했다. 가슴이 철렁 내려앉았다. 고개를 돌리니 열린 문간에 올리가 서 있었다.

"왔어?"

"여기서 뭐 하는 거야. 왜 남의 방을 기웃거려?"

"그런 거 아니야."

"엄만 날 간섭할 자격이 없어. 내 일에 상관하지 마."

"네 일? 올리, 네 문제는 너만의 문제로 끝나지 않아. 인터넷을 동영상으로 도배하고 불법 유통물을 집으로 배달시키는 게 바로 네 일을 내 일로 만드는 거라고."

"불법이라니 무슨 소리야?"

"그 동영상들 봤어. 다크 웹? 너 미쳤어? 거긴 소아성애자랑 청부살인자들이 득실거리는 곳이잖아! 그리고 맹세코 네 나이에 마약에 손댄다면, 나는—"

"그건 아니야! 마약은 없었어."

"그럼 그 가루는 대체 뭐야?"

올리는 입을 다물었다.

"솔직히, 올리, 학교에서 벌어진 그 모든 일에도 엄만 네 말을 믿었어. 그 사건과 관련이 없단 말을 믿었는데 도대체 어디까지 믿어줘야 하니?"

올리가 시선을 떨구었다. 카라가 품 안에서 꿈틀거렸다. 바닥을 대충 치워 카라를 내려놓았다. 방사능 물질 같은 걸 삼킬까 봐 반쯤은 지켜본 채였다.

"어디서 구했어."

"뭘 말하는 거야……."

올리의 어깨를 마구 흔들고 싶었다.

"상자들!"

올리는 망설였다.

"샀어."

"그랬겠지. 누구한테서?"

"몰라."

"모른다니? 분명히 누군가와 연락했을 거 아냐. 그 사람들한테 돈, 그 것도 엄마한테서 받은 돈이랑 주소를 줬을 거 아니니! 그게 누구인지 대답해. 회사야? 아님 개인이야?"

"모른다고! 됐어?"

입술을 깨물었다. 다크 웹에 대해 자세히 알지는 못했지만 다들 철저 하게 익명을 고수한다는 것 정도는 알고 있었다. 올리는 자신이 무슨 일에 휘말리는지도 전혀 몰랐을 것이다.

"들어봐."

화를 억누르려고 애쓰며 말했다.

"최근에 힘들었다는 건 알아. 하지만 학교에서 그런 일이 벌어진 이후 라면 좀 더 분별 있게 행동해야하지 않아? 지금 이런 식으로 하니까 그, 저, 뭐…"

올리 식 표현을 골라 표현하기 위해 잠시 멈췄다.

"더 엿같아졌잖아."

올리가 날 쳐다봤다. 카라가 바닥에서 옆으로 뒹굴더니 내 무릎을 토닥였다. 고개를 가로저으며 또다시 한숨을 내쉬었다.

"널 어떻게 대해야 할지 더 이상 모르겠어."

아들이 눈살을 찌푸렸다.

"무서워?"

"뭐라고?"

"엄마는 이게 무섭냐고."

그는 무표정한 얼굴로 무덤덤하게 말했다.

"누가 상자를 보냈는지는 나도 몰라. 우리가 여기서 살고 있는 걸 알고 있는 사람인가보지. 어쨌든 받은 건 받은 거니까. 우리 모두 오늘 자다가 죽을 수도 있어."

입이 떡 벌어졌다.

"그만해."

"누군가 우리 침대 밑이나 커튼 뒤, 혹은 옷장 안에 숨어 있을 지도 몰라. 엄마가 머리를 빗고 있을 때 튀어나와서 목을 자를지도 모른다고!"

"그만하라고 했다!"

평정심을 잃지 않았다는 걸 증명할 수 있도록 뭔가 이성적인 말을 해야 했지만 결국 분통을 터뜨리고 말았다. 올리는 가식적인 미소를 짓더니 언제나처럼 휙 돌아서서는 집을 나섰다.

30분이 지나도 돌아오지 않자 걱정되기 시작했지만 나는 자기 최면을 했다. 괜찮을 거야. 파인 리지는 조그마한 동네야. 주위에 사람들로 넘쳐나니 좀 진정되게 내버려 두자. 신경을 다른 데로 돌리기 위해 카라랑 놀기 시작했다. 화장실을 청소하고 아이와 좀 더 놀아준 후 금방 재우려 했는데 카라가 아기 침대를 보자마자 비명을 질러대기 시작했다. 한번 울음이 터지자 영원히 끝내주지 않을 것처럼 어떻게 해도 멈추지 않았다. 공갈 젖꼭지를 쥐도, 우유를 쥐도, 어떻게든 달래 보아도 소용이 없었다. 누가 들으면 달래서 재우려는 게 아니라 산 채로 가죽이라도 벗긴다고 생각할지도 몰랐다. 카라를 안고 주방에서 왈츠를 추다 접시를 떨어뜨렸다. 접시가 타일에 부딪혀 산산조각이 나면서 발등에 상처를 냈다.

올리가 무사히 돌아온 건 바로 그때였다. 분노가 걷잡을 수 없이 솟구쳤다. 올리가 집안으로 들어오면서 뇌까린 말을 자세히 듣지는 못했지만 모욕적인 말일 거라 짐작한 나는 으르렁거렸고 물론 올리도 잠자코 있지는 않았다. 한 판의 서커스가 따로 없었다. 나더러 히스테리를 부린다기에 그의 장비를 죄다 압수하기 시작했다. 온 집안을 쿵쾅거리고 돌아다니며 인터넷과 연결되는 것이라면 모두 그러 모아 주방 찬장 가장 높은 곳에 쳐박아 두었다. 그 동안 올리는 주먹을 쥔 채 이 사이로 침을 찍 뱉고 있었다. 올리는 이제 나보다 1인치는 족히 더 커서 이 모든 게 다 부질없는 짓이긴 했다. 그러나 효과만큼은 상당했다.

"일주일."

검지를 비수처럼 휘두르며 소리쳤다. 올리는 벽을 발로 차며 울분을 터뜨렸다. 순간 엄마라는 이름의 죄의식이 밀려왔다. 올리에게 다가가려는데 카라가 한층 더 큰 목소리로 울어 젖히기 시작했다. 카라는 작은 독재자나 다름 없었다. 일단 울기 시작하면 대량 살상 무기에 버금가는 위력을 발휘했다.

어느 순간 시계를 흘끗 보고 깨달았다. 젠장. 그때까지 아무것도 먹은 게 없었다. 다들 제정신이 아닐만 했다. 울부짖는 카라를 허리춤에 차고 주방을 종횡무진 누비기 시작했다. 다른 손으로는 찬장 문을 열고 가스레인지 위에 팬을 올려 저녁 식사를 준비했다. 엄마로서 해야할 또 다른 일이었기 때문에 저녁 준비와 훈육을 동시에 시도해 보았다. 올리는 자기 방으로 사라졌다. 냉장고에 이웃이 준 음식이 그대로 있었지만 공을 많이 들여 저녁을 만들기로 했다. 최선을 다한 엄마에게 상처주고 반항한 것에 대해서 올리가 죄책감을 느꼈으면 했다.

하지만 내가 보여준 숭고한 불쇼는 카라만 더욱 자극했을 뿐이었다. 밤이 늦었고 목욕할 시간이 다가왔다. 카라를 욕실로 데려가 옷과 기저귀를 벗긴 후에야 왜 그렇게 카라가 짜증냈는지 이해가 갔다. 타일 위에 주저앉아 카라에게 진심 어린 사과를 속삭였다. 붉게 성난 피부에 기저귀 크림을 바르고 진주 같은 발가락에 천천히 입을 맞추고 있자니 후회의 눈물이 솟구쳤다.

그날 밤 카라는 거의 40분마다 깨서 울고 또 울었다. 방을 서성거리며 카라를 흔들고, 달래고, 어쩌면 저주하고, 애원했다. 울음을 멈추게 할 방법이라면 무엇이라도 좋았다. 너무 더웠고, 땀이 흘렀다. 누군가를 끊임없이 돌봐야 한다는 막막함에 정신을 잃을 것 같았다.

카라가 울다 지쳐 잠이 들었을 때도 여전히 긴장이 풀리지 않아 뜬 눈으로 밤을 지새웠다. 위로가 절실했던 나는 인터넷으로 눈을 돌렸다. 화면의 밝기를 최저 수준으로 낮추고 이불로 머리를 감싼 채 심야 채팅방에 들어갔다. #새벽세시수유클럽, #밤샘일기, #수면부족_그래도숨은붙어있다 등 일반적인 해시태그를 모두 검색했다. 동지애를 갈망하며 게시물을 훑어보았지만 댓글은 성질만 돋울 뿐이었다.

아자 아자!

이 시기는 빨리 지나가요. 즐길 수 있을 때 즐겨요.

당신은 슈퍼우먼!

화이팅! 할 수 있어요. 엄마는 슈퍼 히어로예요!

슈퍼 히어로 좋아하네. 욕 댓글을 달고 싶어 손이 근질거렸다. 이 여자들은 요만큼도 내 심정을 몰라. 이해한다면 적어도 이런 터무니없는 이야기를 아무렇지 않게 쓰진 않았을 것이다. 대신에 이렇게 썼겠지. 염병하일, 죽고 싶어어.

새벽 3시쯤부터 술을 마시기 시작했다. 옷장 뒤에 있는 비밀 보관함에서 보드카 한 병을 꺼내서 애당초 마시려던 것보다 훨씬 더 많이 들이켰다. 딱히 도움이 되지는 않았다. 그저 속이 쓰리고 방향 감각이 흐려질 뿐이었다. 화장실에 가려고 일어나다 문틀에 머리를 박았다. 복도에서는 올리의 방문 틈새에서 평평한 빛줄기가 쏟아져 나오고 있었다. 또 불을 켜놓고 잠들었나. 아직 깨어 있을지도 모르지. 십 대들은 어떻게, 왜 자발적으로 밤을 새우는 걸까? 미쳤다니까. 저녁 내내 잠 들기 위해서라면 난 영혼이라도 팔 텐데.

더듬더듬 최대한 조용히 침대 이불 속으로 들어갔다. 그때 카라가 잠에 깨어 다시 울기 시작했고 안아 올리자 몸부림치며 날 밀쳐냈다. 어둠 속에서 우리의 몸은 고무 고리처럼 서로 부딪쳤다. 보드카만은 완벽하게 나를 위해주었다. 충직한 친구처럼 참을성 있게 침대 옆 탁자 위에서 기다리고 있는 나의 보드카. 뚜껑을 비틀고 벌컥벌컥 마셨다. 제발, 제발, 카라야… 제발 그만 울어. 8개월 동안 두세 시간 이상 연달아 자본 적이 없었다. 잠이 들어차야 할 몸 안 어딘가에 물리적인 공백이 생겨났고 질질 끌려가는 듯한 서러운 통증이 지속됐다.

올리는 이렇지 않았는데. 힘들긴 했지만 이렇게까지는 아니었다. 올리는 깊게 자는 편이었고, 잘 먹고, 어리지만 나의 가장 친한 친구였다. 10살 때까지만 해도 내 무릎 위에 올라와 안아달라고 했던 내 아들. 아이가 11살이 된 직후부터 상황이 돌변했다. 입을 꼭 다물고, 화를 내고, 교활하고, 비밀스러워졌다. 갑자기 완전히 다른 언어를 사용하듯 소통하기가 어려웠다. 내가 뭐라고 하면 황당해 했고 반면 올리의 말에는 내가 혼란스러워지곤 했다. 인사도 주고받지 않는 외국인 교환학생이랑 한 지붕 아래에서 헤어질 날도 모르는 채 살고 있는 기분이었다.

카라의 울음소리는 마치 골수를 손톱으로 긁는 듯 고통스러웠다. 아기 침대를 내 쪽으로 끌어왔다. 카라를 눕힌 후 손을 뻗어서 매트리스 옆면에 팔을 걸쳤다. 아이를 달래고 쓰다듬어 주었다.

술을 너무 많이 마신 듯 했다. 침대가 거친 바다 위에 떠 있는 허술한 뗏목처럼 쉴새없이 요동쳤다. 검은 파도가 나를 빨아들였고 나는 물마루에서 비틀거렸다. 반대편으로 다이빙을 하기 전 사방에서 거품이 이는 것 같은 기분에 너무도 두려웠다. 움직일 수조차 없는 와중에 저쪽 숲에서 비명이 들렸다. 환청인 것 같기도 했다. 나는 천장을 응시한 채 가만히 누워 있었다. 카라가 내 손을 잡아당겼다. 작은 손톱이 내 손바닥을 건드렸다. 누가 누구에게 매달리는 건지 모르게 딸의 손가락을 꼭 감쌌다.

불안한 꿈을 꾸었다. 올리가 카라의 침대 위에 꼼짝도 않고 서 있기만 하는 꿈… 막대 인형, 죽은 새, 나무에 새겨진 그림과 가파른 녹색 언덕 위 하얗게 빛나는 집… 백발 마녀가 숲에서 두 팔을 높이 쳐들고 서 있는… 그런 꿈.

알렉스

다음 날이 되어도 올리는 여전히 입을 열지 않았다. 이런저런 화해의 신호를 보냈지만 전부 소용 없었다. 오후 네 시 반이 넘도록 고집스레 입을 걸어 닫은 채 익스트림 스포츠 채널에만 시선을 고정하고 있었다. 텔레비전 소음에 솟구치는 짜증을 억누르며 카라의 기저귀를 갈고 있는데 누군가 문을 두드렸다.

"계세요? 아무도 안 계세요?"

문밖에는 제니가 서 있었다. 새로운 색깔의 두건이 눈에 들어왔다.

"안녕하세요! 들어오세요, 제니. 잘 지냈어요?"

기저귀 갈던 일을 마무리하고 일어나 앉으며 말했다. 무슨 일인가 하는 호기심에 카라가 몸을 굴렸다.

"방해가 된 건 아닌가 모르겠네요."

햇빛이 스치고 지나간 그녀의 얼굴은 꽤 피곤해 보였다. 저번보다 광대뼈는 더 튀어나온 것 같았고 눈두덩이도 훨씬 더 꺼져 보였다.

"아니에요. 아기 기저귀 갈아주고 있었어요."

타이어 마찰음과 쾅 하는 충돌음이 텔레비전에서 요란하게 울려 나왔다.

"올리, 소리 좀 줄여 줄래?"

올리는 마지못해 음량을 한 단계 낮췄다.

"예쁘게 꾸몄네요. 정말 아늑해요."

제니는 집 안으로 들어와 주위를 둘러보았다.

"고마워요. 이제 좀 집처럼 느껴지기 시작하네요."

카라를 들쳐업고 주방으로 갔다. 선반에 껍질을 까둔 채 놓아 둔 바나나 한 덩어리를 집어 카라에게 건넸다. 카라는 바나나를 낚아채더니 몇 주는 굶은 아이처럼 먹기 시작했다.

"아유, 정말 잘 먹네요. 그렇죠?"

"그런 날도 있고 안 그런 날도 있는데 오늘은 잘 먹네요."

카라가 바나나를 다 먹고 더 달라고 손을 내밀었다.

"아기 맹수같죠."

제니가 웃으며 손사래쳤다.

"아니에요, 귀여워요. 제가 여기 온 이유는 우리집 빈방에 안 쓰는 낡은 텔레비전이 있어서 혹시 필요하지 않을까 해서 와 봤어요."

"네? 텔레비전이요? 얼마나 큰데요?"

올리가 소파에서 뛰어내리며 말했다. 올리에게 눈짓으로 경고했다.

"말씀은 고마워요 제니, 하지만—"

"주세요! 내 방에 두게. 엄마, 제발!"

손까지 번쩍 들어 올리며 말했다. 한숨이 절로 나왔다. 이미 뒤죽박죽인 가구에 텔레비전까지 추가하고 싶지 않았지만 한편으로는 거실이 올리에게 점령당하지 않으면 좋을 것 같기도 했다.

"정말 안 쓰시는 거예요?"

"그럼요, 먼지만 쌓일 거예요."

"제발, 응?"

올리가 애원했다. 그 모습에 나는 어쩔 수 없다는 듯 눈을 굴리며 한숨을 재차 쉬었다.

"그래. 알겠어."

"좋았어!"

올리가 허공에 주먹을 날리며 텔레비전 놓을 자리를 만들러 가야겠다고 말했다.

"올리버, 잊은 거 없니?"

방으로 가는 올리를 불러 세웠다.

"고마워요, 제니 아줌마! 최고예요!"

문을 휙 닫으며 올리가 말했다.

"그럼 이건 일단락됐고."

다른 사람처럼 보일 정도로 환한 미소를 지으며 제니가 말했다.

"키트가 온실 가기 전에 들러서 오늘 모임에 대해 다시 한번 얘기해 달라고 부탁했어요."

"어떤 모임이요?"

"매주 목요일마다 온실에서 저녁 식사하는 거요. 키트가 전에 말하지 않았나요?"

"아! 맞다. 들었어요. 음식 한 가지 가져오라고 했는데 어쩌죠. 아무것도 준비를 못 했네요."

손으로 이마를 쳤다. 완전히 잊고 있었다.

"괜찮아요. 아무도 신경 쓰지 않을 거예요. 그냥 몸만 와도 돼요."

"음… 알겠어요. 그럼 옷만 대충 갈아입고 아이들이랑 함께 갈게요. 올리에게는 환심을 좀 사야할 것 같네요. 같이 가려면요."

쓴웃음을 지었다.

"요즘 올리와 사이가 별로 좋지 않아요. 둘이 좀 싸웠거든요."

"오, 저런. 혼자 아이 둘 키우느라 고생이 많겠어요. 주제넘은 얘기가 아닌지 모르겠지만 잠깐 아이 맡길 일이 생기거나 대화 상대가 필요하면 언제라도 얘기해요."

제니는 내가 카라에게 바나나를 한 조각 더 건네는 것을 지켜보며 말했다. 잠깐 멈칫했다. 호의로 한 말이란 걸 알지만 까닭없이 거슬렸다. 내가 그렇게까지 힘들어 보이나? 혼자서도 얼마든지 잘 할 수 있는데. 반사적으로 따지고 싶었다. 고맙지만 아무도 필요 없습니다. 혼자서 잘해 나가고 있거든요.

그렇지만 이런 태도가 항상 도움되지는 않았다. 혼자서 다 잘 해나갈 수 있다는 것을 증명하다가 곤경에 빠진 적이 있기 때문이다. 선의로 다가와 주던 동료와 사려 깊은 친구들. 나는 그들을 밀어내곤 했다. 나약하다는 쓰라린 평가가 힘든 일 그 자체보다 더 고통스럽다고 느꼈다. 제니에게 억지로 미소를 지어 보였다.

"음, 고마워요. 그런데 저는 몇 가지 조언만으로도 이미 충분해요!"

"조언이요?"

제니가 웃었다.

"오 아니에요. 나처럼 외로운 노인에게 조언받고 싶지 않을 텐데요. 은퇴자에, 아이도 배우자도 없고, 심지어 컴퓨터도 할 줄 몰라요. 휴대폰도 없으니 이게 믿어져요? 하지만 시간만큼은 충분하니까 언제든 환영이에요."

농담조로 더 과장되게 얘기해서 미소로 응하긴 했지만 그녀의 말은 나를 슬프게 했다. 정말로 일생 동안 그녀 주위에 아무도 없었던 걸까?

"어쨌든."

제니는 뼈만 앙상한 어깨를 으쓱했다.

"필요하면 언제든지 찾아와 얘기해요. 아, 그리고 준비되면 온실로 내려오고요. 모두 알렉스를 보고 싶어 해요."

제니가 돌아가는 것을 지켜보면서 어쩌면 그녀의 제안이 순전히 이타적인 것만은 아닐 수도 있다는 생각이 들었다. 함께 시간을 보낼 사람이 필요한 것일 지도 몰라. 언제 한 번 차 한 잔 하자고 초대를 해야 할 것 같았다. 약간의 도움을 받는다고 해서 큰 불편을 끼치는 것은 아닐 테고 서로를 돌봐 줄 누군가가 근처에 있다는 사실은 아무래도 든든했다. 이웃 파수꾼처럼.

"아참, 제니."

그녀가 돌아섰다.

"최근에 여기 근처를 배회하는 낯선 사람 본 적 있어요?"

"무슨 말이죠?"

"그게…"

다크웹 배달원, 포악한 전남편, 혹은 마녀.

"마을을 어슬렁거리는 낯선 사람 아니면 뭐… 아무나 본 적 없나 해서요."

제니는 얼굴을 찡그렸다.

"아니요. 새로 도착한 이웃은 못 봤어요. 질문이 그런 뜻이라면요. 왜요?"

나는 어깨를 으쓱했다.

"아뇨, 그냥요."

그녀는 걱정이 가득한 얼굴로 고개를 갸웃거렸다.

"문제 없는 거죠?"

"그럼요."

경쾌하게 대답했다.

"모든 것이 좋아요. 오늘 저희 집 와줘서 고마워요. 정말 든든해요."

"별 말을. 이웃이란 게 그런 거죠."

* * *

"준비됐니, 올리? 늦지 않게 서둘러."

향수를 뿌리며 거울에 비친 모습을 확인했다. 다소 피곤해 보이긴 하지만 빗질 된 머리에 립스틱, 얼룩이 배이지 않은 옷. 나쁘지 않았다.

"이번엔 또 뭘 한대?"

온실 쪽으로 길 따라 걸어가면서 올리가 물었다. 5분 전 올리에게 휴대폰을 돌려준 참이다. 벌 주려던 걸 번복했지만 그 대가로 올리가 점잖은 티셔츠를 입고 저녁 식사에 동참하기로 계약 맺었다.

"내 생각엔 만나서 인사 정도 할 것 같아."

머리에 리본을 꽂은 카라가 유모차에서 말똥말똥 올려다보았다.

"그럴 것 '같다'니?"

"목요일마다 온실에 다 같이 모여 저녁을 먹는대. 식사 장소로는 좀 이상하긴 하지만 알잖아, 로마에 가면 로마법을 따르랬다고."

"온실에 가기에는 옷이 좀 과한 것 같은데."

"글쎄. 그래도 저녁 식사니까."

나는 어깨를 으쓱했다.

"그냥 우리끼리 집에서 먹으면 안 돼?"

"그만해. 재미있을 거야."

날씨가 온화해서 어깨끈 드레스와 가장 좋아하는 슬링백 구두를 꺼내

신었다. 아름다운 황금빛 오후, 근거없는 상상이 시작되었다. 온실에서의 저녁 식사라고 하니 음식으로 가득한 가대식 탁자, 꼬마전구, 유리 디스펜서에 담긴 상그리아가 떠올랐다. 마치 야외 결혼식 같을 거라고 기대했다.

도착하자마자 올리의 직감이 옳았다는 것을 깨우쳤다. 도시의 저녁 식사와는 완전히 딴판이었다. 가대식 탁자가 있긴 했지만 은박지에 싸인 빵 쟁반과 비닐 랩에 싸인 그릇들이 제멋대로 쌓여 있었다. 립스틱이나 볼 터치를 한 사람은 단 한 명도 보이지 않았다. 모두가 반바지에 러닝셔츠, 슬리퍼와 크록스 차림에 진흙 범벅이었다.

"맙소사."

한숨이 나왔다. 하마터면 유모차를 돌릴 뻔했다.

"오셨네요!"

키트가 다가왔다. 보드용 반바지에 연한 파란색 티 차림의 그는 화보 촬영 중인 남자 모델처럼 근사했다. 어깨가 탄탄했고 황금빛으로 그을린 손은 …물뿌리개를 들고 있었다.

"안녕하세요, 숙녀분?"

카라에게 인사한 다음 고개를 끄덕이며 올리를 따뜻하게 맞이했다.

"안녕, 친구."

올리가 땅을 바라보며 안녕하세요, 중얼거렸다.

"알렉스! 오늘 멋진데요. 하지만 앞치마를 몇 개 가져와야겠어요. 정원 일 하다 보면 금방 지저분해지거든요."

얼굴이 화끈거렸다. 혼자서만 드레스 코드를 전달받지 못한 것처럼 무안하고 창피했다.

"잠깐만요."

그가 물뿌리개를 건네주더니 어디론가 뛰어가며 말했다.

"앞치마랑 장갑만 가지고 금방 올게요. 바로 시작할 수 있어요."

옆을 보니 올리가 온몸으로 경멸을 뿜어내고 있었다. 달래주고 싶었지만 나도 피해자였다. 물뿌리개를 다시 잡아 들며 퉁명스레 말했다.

"재미있을 거랬는데."

알고 보니 오늘, 그러니까 목요일 오후는 공동체 구성원들이 함께 모여 경작을 하는 날이었다. 마을 사람들은 아이들을 데려와 묘목을 준비하거나, 나무 껍질 혹은 분뇨로 만든 뿌리 덮개를 깔아두거나, 밭에 물뿌리개 라인을 설치했다.

작업을 마치고 저녁 식사가 시작되었다. 각자 가져온 토르티야 랩과 코울슬로, 중동식 채소 샐러드, 콩 샐러드, 애호박 케이크, 구운 옥수수 빵 같은 음식을 나눠 먹었다. 큰 아이들 혹은 경작에 관심 있는 아이들은 어른을 도왔다. 넝쿨에서 따온 토마토를 먹거나 언덕을 뛰어다니는 아이들도 있었다. 상당히 가족적인 분위기였다. 안면 있는 사람들이 보이면 손을 흔들어 인사했다. 제니부터 폴과 사이먼, 그들의 반려견 알, 두 명의 여자 예술가, 다섯 명의 서핑 가족, 그리고 키트와 함께 마주쳤던 노부부까지. 이름은 듣자 마자 잊어버렸지만 이름 따윈 중요하지 않았다. 공동체의 한 일원으로 들어오도록 마을 사람 모두가 노력해 주었으니까! 실로 놀라웠다. 삽과 장갑을 받고서 흙 위에 무릎을 꿇은 채로 일해도, 뿌리 덮개에 팔꿈치가 깊이 파묻혔어도 이 시간이 즐거워 미소가 절로 나왔다.

반짝이는 조명이나 덩굴나무로 뒤덮인 그늘 쉼터 따위는 없었지만 온실은 야외 만찬을 위한 완벽한 장소였다. 석양은 벌꿀 같은 금색으로 빛났고 보이는 곳마다 꽃이 활짝 펴 있었다. 눈처럼 하얀 델피니움과 나란히 심겨진 무, 완두콩 사이에 싹튼 완벽한 자태의 백합, 장미, 리시안셔스, 또 눈부시게 아름다운 달리아… 이 모든 것이 과실과 채소 사이에 얼굴을 내밀고 있었다. 화훼 농장으로 쓰인 땅이라 마주할 수 있었던 아름다운 풍경이었다.

유모차에 있던 카라가 싫증을 내기 시작했다. 안아다 발치에 내려놓자 이번에는 흙을 닥치는 대로 입에 가져가기 시작했다.

"안 돼! 먹는 거 아냐!"

재빨리 들어 올리며 소리쳤다. 딱 봐도 닭똥으로 만든 뿌리 덮개가 깔린 흙이었다. 카라는 만족한 듯한 표정으로 까르륵거리며 나를 올려다보았다. 올리는 내키지 않는다는 듯 팔짱을 긴 채 옆에 삐딱하게 서 있을 뿐이었다.

"그냥 진흙이야."

나는 삽을 고르며 말했다.

"땅에 무릎 꿇고 싶지 않아."

올리가 낮게 말했다.

"올리버, 넌 제발 좀-"

일어서면서 말했다.

"방해했다면 미안해요."

키트였다. 그의 옆에는 파란 머리에 사각테 안경을 쓴 십 대 소녀가 서 있었다.

"소개할 사람이 있어요. 바이올렛이에요. 바이올렛, 이쪽은 알렉스와 올리버야."

올리와 나는 즉시 전투태세를 풀었다.

"안녕."

올리가 소녀와 악수하기 위해 손을 내밀었고 나는 머뭇거렸다. 올리의 미소가 뭐랄까… 음흉했다. 언제부터 여자를 저렇게 쳐다보기 시작했지? 알고 보니 바이올렛은 라일라의 큰 딸이었다. 이사 들어온 첫날 오후 라일라는 당근 케이크를 가지고 우리집에 방문했었다. 나와 같이 싱글맘이라고 해서 친하게 지내고 싶던 기억이 났다.

올리와 바이올렛은 비슷한 나이의 또래였는데 바이올렛이 조금 더 나이 들어 보이는 것 같기도 했다. 열다섯이나 열여섯 정도 됐으려나. 여자아이들의 나이를 구별해 내기란 여간 어려운 것이 아니었다. 오른쪽 콧방울에 반짝이는 피어싱을 달고 아이라이너를 길게 그린 바이올렛을 보고는 조금 놀랐지만 멋지다고 생각했다.

"올리버, 우리 저기서 놀고 있는데 같이 놀래?"

도로의 한 지점을 고개로 가리키며 말했다. 십 대 아이들이 자전거와 스케이트보드를 타고 있었다.

"아님 그냥 여기 있어도 되고."

바이올렛이 짜증스러운 표정으로 작물들을 쳐다보며 말했다.

"아, 아냐! 절대 아니야. 갈게."

올리는 황급히 부정하더니 떠났다. 그때 라일라가 다가와 자신을 또 한번 소개했다. 나와 마찬가지로 파인 리지의 새로운 입주자이며 최근에 남편과 헤어졌다고 했다. 그녀와 그녀의 두 딸은 이미 공동생활 목록에 있으며 땅을 살지 말지 고민 중이라고 했다.

"이사하면서 바이올렛과 갈등이 많았어요."

라일라는 이야기를 털어놓으며 흙 위에 무릎을 꿇고 카라가 흙을 입으로 가져가지 못하게 거들어 주었다.

"한참 그럴 나이죠. 바이올렛은 날 포함해서 주위의 모든 걸 미워해요. 그 애랑 싸우는 데 시간을 하루 72시간은 쓰는 것 같아요."

"맙소사. 나만 그런 줄 알았어요."

"그래도 여기 온 뒤로는 좀 나아졌네요. 작은 딸은 성질머리가 그리 사납지 않아서 다행이고요."

날렵한 앞머리의 얌전해 보이는 소녀가 눈에 들어왔다. 우리와 조금 떨어진 플라스틱 상자에 앉아서는 책을 읽느라 여념이 없어 보였다. 라일라는 소녀에게 고개를 끄덕였다.

"똑같이 키웠는데 어떻게 서렇게 다를 수 있는지 모르겠어요. 웃기지 않아요? 바이올렛은 으르렁대는 야수 같지만 에이미는 수줍음이 많고 예민해요. 에이미에게 하는 잔소리라곤 인사 잘 하라는 말뿐이에요."

"에이미!"

라일라가 허리를 펴고 앉으며 소리쳤다.

"밖에 나가서 다른 애들이랑 좀 어울리는 게 어때?"

에이미는 어깨를 으쓱하더니 다시 책으로 돌아갔다. 라일라는 어쩔 수 없다는 듯 고개를 저었다.

"에이미는 내게는 여전히 귀여운 아기예요. 아, 사실 '진짜' 아기가 없어서 다행이에요. 질풍노도의 십 대에 아기까지 같이 키우는 거, 저는 못 해요. 아기 키우느라 힘들죠?"

대화를 하면 할수록 이 사람과 친구가 되어야겠다고 생각했다. 미소를 짓고 있자 라일라가 감자를 캐고 있던 한 무리의 사람들을 불러 모았다.

"여러분!"

"알렉스랑 인사해요. 얼마 전에 이사 왔어요."

나는 아이슬란드 태생의 환경 과학자와 케언스 출신의 식물학자, 멜버른에서 온 건축가와 인사를 나눴다. 생활의 큰 변화를 꿈꾸는 부부, '따로 또 같이' 살고 싶어하는 독신자들과 이야기를 나눴다. 손짓과 함께 아이들

이름이 하나하나 나열되었다. 제시, 나즈, 레미, 윌, 피비, 펠릭스, 테일러. 마녀 이야기를 알려준 자전거 소년도 있을 법 했지만 보이지 않았다. 사람이 너무 많아서인 것 같기도 했다. 모두가 미소 지으며 손을 흔들었다. 안녕하세요. 환영해요. 반가워요.

가장 좋았던 것은 나와 비슷한 부모들을 많이 발견했다는 점이었다. 지쳐 보이는 아빠들, 임신한 엄마들. 할렐루야. 엄마들 중 섀넌과 마리코는 정기적으로 모여 티 타임이나 점심 식사를 함께 했고 그 동안 아이들끼리 어울리게 했다. 라일라는 나중에 합류하게 되었다고 한다. 나는 그들이 나와 비슷한 유형의 사람들이라는 걸 단번에 알아차릴 수 있었다. 그들은 의례적인 인사 따위에는 관심이 없었다. 치질, 수면 부족, 산후 탈모 등의 얘기를 민망할 것 없다는 듯 꺼내는 유쾌한 사람들이었다. 다음 번 '엄마 모임'에 날 초대했을 때 내가 일말의 고민도 없이 바로 응했더니 모두 웃음을 터뜨렸다.

나를 반기지 않는 사람도 몇 명 있었다. 규모가 큰 공동체라 충분히 예상한 바였다. 어디든 썩은 사과 한두 개는 있기 마련이니까 말이다. 검은 머리, 말 이빨에 사각턱, 우거지상을 한 매기는 다른 사람들과 다르게 쌀쌀맞은 태도였다. 다른 사람들처럼 따뜻한 인사를 나누는 대신 간단한 인사만을 건네고 전염병 환자라도 본 듯 황급히 자리를 떠났다. 당황스러웠지만 신경 쓰지 않기로 했다. 모두와 마음이 맞을 수는 없는 노릇이었다. 북부 해변에서 왔다는 어떤 의사와 인사말을 주고받으면서는 그녀에 관해서 잊어버렸다.

섀넌과 마리코와 같이 작업대에 서서 새로 설치한 화단을 덮기 위해 포대 자루를 가늘게 자르고 있었다. 이상하게 마음이 싱숭생숭하고 집중이 안 됐다. 무언가 잃어버리기라도 한 듯 불안해서 두리번거렸다. 처음에는 뭐가 문제인지 스스로도 알 수 없었다. 아이들도 눈 닿는 곳에 있고 휴대폰과 열쇠도 유모차에 잘 있는데 왜… 순간 내가 키트를 찾고 있다는 사실을 퍼뜩 깨달았다. 마음이 쿵 내려앉은 듯 했다. 나도 모르게 그의 움직임에 온통 신경이 쏠려 있던 것이다. 식사하고 웃으며 수다 떨고 작업하는 동안에도 마음 한 켠에는 그가 어디에 있고 무엇을 하고 있는지 세세히 살피고 있었다. 문제는 나만 그런 것이 아니었다는 것이다.

주위를 둘러보면 파인 리지 공동체에 키트가 얼마나 중심 인물인지 이해할 수 있었다. 그가 온실에서 이동할 때마다 사람들이, 특히 여자들의 눈이 태양의 움직임을 따라가는 해바라기처럼 그를 향하곤 했다. 키트는 식탁 옆에서 만면에 미소를 머금은 채 라일라의 눈을 똑바로 응시하며 그녀가 하는 말을 경청하고 있었다. 어깨를 감싸는 모습을 보고 있자니 속이 울렁거렸다. 그를 향한 깊은 끌림은 나에게 큰 타격이었다. 내 마음을 젖은 모래 자루같은 것으로 내리치는 것만 같았다.

젠장, 또 시작이군. 나 자신을 특별한 존재라고 느끼게 해준 파인 리지 첫 번째 사람이라는 이유로 무언가를 갈구하는 꼴이라니. 키트는 상대방이 특별한 존재라고 느끼게끔 모든 사람을 대했을 뿐인데 특별하지도 않은 나는 나만을 향한 제스처라고 착각하고 있었다. 나를 향해 보인 작은 관심이나 함께했던 숲 산책은 일종의 영업이었겠지. 수입을 늘려야 한다고 했으니까 말이다. 그게 아니라면 새로운 거주자들에게 그렇게까지 다정할 필요가 있겠어?

집으로 돌아갈 시간이었다. 작업대에 가위를 내려놓고 발치를 내려다보았다. 카라가 없었다. 마리코가 아연 실색한 내 얼굴을 보고 물었다.

"괜찮아요?"

"네, 그저…"

조리대 밑을 보기 위해 고개를 숙였다. 방금 전까지만 해도 플라스틱 냄비 장난감을 가지고 놀고 있었는데!

"혹시 아무도 이만한 아기 못 보셨나요?"

"저쪽으로 갔어요!"

누군가 소리쳤다. 장갑 낀 손을 따라 시선을 돌리니 가지런히 정돈된 땅이 보였다. 딸기가 늘어선 쪽으로 느리지만 착실하게 기어가는 딸의 통통한 발바닥이 시선에 들어왔다.

"어머, 고마워요!"

뒤를 쫓으며 다시 카라를 불렀다.

"카라, 멈춰!"

농작물 중 하나를 잡아서 땅에서 뽑아내려는 바로 그 순간 카라를 붙잡을 수 있었다.

"안 돼, 아가. 그러면 안 돼."

손과 무릎에 묻은 흙을 털어 주자 카라가 키득거렸다.

"비켜 주시겠어요?"

거친 목소리가 들렸다. 깜짝 놀라 돌아섰다. 말 이빨의 쌀쌀맞은 여자, 매기였다.

"방금 심은 건데."

"알아요. 죄송해요. 아이가 호기심이 많아서 그래요. 다시 원상복구 해 놓을게요."

여자가 노려보았다.

"내버려 두시고 애나 잘 챙기시죠. 여기는 온실이지 어린이집이 아니잖아요."

101

나는 화가 나서 발끈했다.

"뭐라고요?"

매기는 돌아서더니 나를 또 한번 노려보았다.

"당신들 모두 여기서 휴가 정도 보내는 관광객일 뿐이겠지만 우리에겐 삶이고 일이에요. 이 땅은 특별하고 또 그렇게 취급되어야 마땅해요."

예기치 않은 대치에 굴욕감이 벌겋게 목을 타고 올라왔다.

"오, 그래요? 미안한데, 난―"

바로 그때 키트가 옆으로 다가오더니 신이 난 강아지처럼 대화에 뛰어들었다.

"알렉스, 매기를 만났군요!"

매기의 얼굴에서 찡그린 표정이 사라지고 사랑스러운 미소가 떠올랐다.

"매기는 파인 리지의 원년 멤버 중 한 명이에요. 꼭 알고 지내야 할 매우 중요한 분이죠. 이곳은 그녀의 것이기도 해요."

여자의 어깨를 한 팔로 꼭 감싸 안으며 말했다.

"아, 네."

억지로 미소를 지어 보이며 말했다. 이 여자가 싫었다.

"막 뭘 좀 먹으려던 참이었어요. 한 접시 드릴까요?"

키트가 내 쪽을 돌아보며 말했다. 고된 작업으로 허기져 뭔가 먹고 싶기도 했지만 관뒀다. 매기의 혹독한 말에 뒷맛이 써 뭘 먹을 기분이 아니었다. 근면성실하리라는 처음 생각과는 달리 키트의 겉과 속이 다를 수도 있다는 유치한 생각을 떨쳐 버릴 수도 없었다.

"고맙지만 사양할게요. 이 작은 몬스터를 집으로 데려 가야겠어요."

키트와 눈도 제대로 맞추지 못한 채 카라를 안아 올렸다.

"정말요? 수제 피자인데."

"정말 괜찮아요."

"먹어봐야 해요. 맛이 기가 막혀요."

매기가 도시 출신의 철부지 공주 보듯 나를 쳐다보는 것이 느껴졌다.

"피자를 별로 안 좋아해요."

거짓말을 했다.

"잠깐. 피자를 안 좋아한다구요? 진짜로?"

키트가 씩 웃었다. 속이 뒤틀리는 듯 했다. 스튜어트의 목소리가 머리에 울렸다. 당신 머리가 어떻게 된 거 아냐? 무슨 사이코야? 빌어먹을, 정신 차리고 병원 좀 가 보라고!

"진짜예요. 그냥 좀 피곤하네요. 멋진 오후를 마련해 줘서 고마워요, 키트. 정말 환영받는 느낌이었어요."

침착하려고 애쓰며 말했다. 걸어 나오는 내내 나를 향해 불타오르는 매기의 시선이 느껴졌다.

르네

"고프로를 선물 받으면 정말 좋아할 거예요."

배트맨 자동차처럼 생긴 어떤 기계를 들어 보이며 젊은 판매원이 활기차게 말했다. 받아들고 보니 스마트폰처럼 보이기도 했다.

"올해 출시된 신제품이에요. 렌즈 성능도 향상되고 프레임 속도도 높아졌어요. 인터페이스는 단순해졌지만 포트는 훨씬 더 많죠. 가족 휴가 촬영하기 딱 좋아요."

르네는 고개를 저었다.

"아들 취향이 아니라서요."

르네 주위로 왁자지껄한 쇼핑몰 풍경이 바깥 농장의 정적과 뚜렷하게 대비됐다.

"컴퓨터 관련 제품으로 다른 건 없을까요? 최첨단 제품으로요."

판매원이 무슨 상황인가 싶어 쳐다보더니 눈 위로 내려온 머리카락을 걷어 올렸다.

"아이가 게임광이거든요."

르네가 설명했다.

"아, 그렇군요!"

판매원의 눈이 커졌다.

"그럼 콘솔과 부속품을 한 번 보시죠."

그녀는 르네를 다른 곳으로 안내했다.

"소니에서 새로 나온 플레이스테이션 무선 헤드폰이 꽤 인기 있어요. 오디오 음질이 업계 최고는 아닐지 몰라도 입체 음향이라 게임에 몰입감을 더해 주죠. 마이크도 게임할 때 음성 채팅을 하기에 참 좋게 나왔어요. 아니면 아이패드 2는 어떠세요? 전면 카메라랑 더 빠른 A5 듀얼 코어 프로세서를 장착해서 아드님이 요즘 유행하는 티켓 투 라이드나 어세션 같은 게임을 즐긴다면 좋아할 거예요."

끝도 없이 진열된 신기한 기기들을 살펴보며 가브리엘에게 없는 물건을 찾아봤지만 허사였다. 가격표를 보자 입이 딱 벌어졌다.

"아니면 상품권은 어떠실까요?"

판매원이 서둘러 덧붙였다.

"아드님이 원하는 걸 직접 살 수 있게요."

르네는 힘없이 웃었다. 작년에도 사정이 좋지 않아 값비싼 기기대신 컴퓨터 안경을 사줬었다. 재작년에는 노트북 스탠드였고 말이다. 가게의 다른 직원들도 상품권이 좋은 선물이라고 입을 모아 추천해 주었다. 게이머들은 하드웨어에 워낙 까다로워서 온라인에서 직접 사는 경우가 많으니 본인이 결정하도록 하는 방법이 가장 좋다는 것이다. 선물로 봉투만 하나 건넨다니, 르네는 선뜻 받아들여지지 않았다. 생일의 매력이란 반짝이는 포장지를 벗겨낼 때, 마침내 선물을 마주했을 때의 흥분 아닌가. 해마다 같은 가게에서 '최다 판매' 리스트를 확인하고 고민해 왔다. 아들에게 깜짝 선물을 안겨주고 싶은 마음이 컸다.

올해 가브리엘은 어릴 때라면 모를까, 잘 하지 않는 이상한 행동을 했다. 웬 리스트가 주방 식탁 위에 놓여 있기에 르네는 마이클이 쓴 건가 하고 보다가 깜짝 놀랐다. 가늘고 기다란 서체로 보아 게이브의 손글씨였다. 입술을 오므려 눈을 가늘게 뜬 채로 메모를 다시 천천히 들여다 보았다. 미니 LED 손전등, 필립스 드라이버, 케이블 타이, 핀셋, 접지 끈. 이게 다 뭘까.

예전에는 가브리엘이 뭘 좋아하는지 알아내기 어렵지 않았다. 어릴 때부터 그 애는 미술에 관심이 있었다. 시간이 지나면서는 초상화, 정물화, 풍경화, 동물 그림에 재능을 보였다. 그만큼 가브리엘은 자연의 아름나움에 대한 안목이 남달랐다. 어릴 때도 지금과 똑같이 방에 틀어박혀 지냈지만 적어도 그 이유만큼은 숭고했다. 어린 게이브의 고개는 그림을 그리느라 늘 스케치북 위에 고정되어 있었다. 르네는 그 순수한 열정에 감동받아 모든 사람에게 언젠가 자기 아들이 유명한 화가가 될 거라 말했다. 하지만 컴퓨터로 관심을 돌린 몇 년 전부터 가브리엘은 통 연필을 잡지 않았다.

종이 쪽지에 적힌 목록을 다시 살펴보았다. 기계를 수리하는 도구들이지 않을까 추측했다. 그 아이는 자신만의 게임 기기를 직접 만들곤 했다. 청회색 큐브, 회로기판, 화려한 전선과 번쩍이는 불빛, 이 모든 걸 공들여 조립하여 움직이는 무언가를 새로 창조해 냈던 것이다. 너무나 근사했고 경이로웠다. 하지만 드라이버라든지 케이블 타이 따위 등이 '선물'로는 걸 맞는가 하면 '글쎄요'였다. 이런 시시한 물건들을 포장해서 선물한다는 것은 상상할 수 없었다. 특별한 무언가를 선물해 주고 싶었다.

논리적으로 생각해봤을 때 값비싼 선물을 사 주어도 아들은 이내 방으로 사라지고 만다는 것을 그녀는 경험으로 이미 알고 있었다. 선물은 깊고 어두운 우물에 던져진 돌멩이 같았다. 선물을 즐기는 모습을 단 한 번도 볼 수 없었고 축하하는 마음은 그대로 퇴색하고 말았다. 그녀는 아들이 행복하기를 진심으로 바랐다. 그가 마지막으로 미소 지은 것이 언제인지도 아득했다. 고집스럽게 밀어붙이기보다 메모에 적힌 물품을 사줄까도 생각했다. 하지만 원하는 선물이 무엇일지 고민한 흔적이 보였으면 했고 아들이 마음을 조금이라도 알아주길 바랐다. 그를 진심으로 이해하고 싶었다. 아, 한때 아이가 원했던 건 연필과 종이가 전부였는데.

"그냥 무난한 카메라 같은 걸로 할게요. 고프로 주세요."

"잘 결정하셨어요."

점원은 안도하는 티를 내며 말했다.

"아드님이 분명히 좋아할 거예요."

* * *

"가브리엘!"

마이클의 굵은 목소리가 복도에서 울려 퍼졌고 이어서 두툼한 주먹으로 문 두드리는 소리가 들려왔다.

"가브리엘, 당장 문 열어."

주방에서 르네는 두툼한 포장지에 선물을 올려놓고 위아래 가장자리를 테이프로 고정한 다음 옆 부분을 접기 시작했다.

"가브리엘!"

마이클의 목소리가 점점 더 커졌다. 르네는 아무 말 없이 선물을 올바로 뒤집은 후 찬장 선반에 밀어 넣었다. 시간이 흐르면서 르네는 남편이 천둥 번개와 같다는 걸 알게 되었다. 지나갈 때까지 기다리기만 하면 곧 잠잠해졌다. 불행하게도 그의 기분은 해가 갈수록 더 격렬해졌고 그 음울한 먹구름은 점차 자주 드리워졌다. 문고리가 마지막으로 덜커덕거리나 싶더니 마이클이 복도로 쿵쿵거리며 걸어왔다.

"빌어먹을."

그가 주방으로 들어오며 중얼거렸다.

"언제부터 문을 잠그기 시작했지?"

"잠갔다니 정말?"

맥주 한 병 더 꺼내려고 냉장고에 다가간 마이클은 대답도 하기 전 먼저 맥주 뚜껑을 비틀어 따서 깊게 한 모금 들이켰다.

"젠장. 확실하다니까."

"문이 끼여서 안 열린 걸 수도 있잖아."

르네는 찬장에 먼지를 확인한 후 접시를 정리한 다음 냅킨으로 찻잔을 닦기 시작했다.

"아참, 현관문 좀 봐줄 수 있어? 요전날 아빠가 빗장이 잘 안 걸린다고 하시더라구."

마이클은 그 말을 무시한 채 입을 닦고 주방 창밖을 응시했다.

"마이클, 제발 가브리엘에게 너무 심하게 대하지 마. 고양이 때문에 화가 나 있어."

그는 코웃음을 쳤다.

"고양이라… 그렇겠지. 늘 핑계가 있네."

"우리는 아이의 의사를 존중해 줘야 해."

"다음 주면 쟤도 열여섯이야. 이제 정신 차리고 농장 일을 도울 때가 됐다고."

르네는 포기했다. 똑같은 논쟁을 수도 없이 반복했다. 르네는 종종 눈물을 터트렸고 마이클은 앙다문 이 사이로 이러한 말을 내뱉곤 했다.

"난 걸음을 떼자마자 농장에서 일했어. 그건 하고 싶고 말고의 문제가 아니었지. 아버지가 내 목덜미를 잡아 온실에 내던졌어."

냉혹했던 전직 군인 시아버지가 떠올라 몸서리쳤다. 르네는 예전에 부드러운 태도로 가브리엘이 이곳 일과 맞지 않은 것 같으니 사무직 같은 다른 분야의 일을 권해 보자고 했었다. 그러자 마이클은 무슨 댄서라도 시키자고 한 듯이 황당한 표정을 내비쳤다. 르네는 방어적인 태도로 일관할 수밖에 없었는데 그쯤 되니 늘 고함이 오갔다. 한 치도 벗어나지 않는 똑같은 레퍼토리를 이제는 외워 버릴 지경이었다.

르네도 남편의 말이 반쯤은 옳다고 인정했다. 가브리엘도 나이가 들텐데 남들과 조금 달라서는 일자리를 구할 수 있을지 걱정이 됐다. 아이는 지난 몇 년간 일반적인 삶과 서서히 멀어져 은둔적으로 변해가서 면접이라도 잡혔을 때 복장이나 제대로 갖춰 입을 수 있을지 의심이 되었다. 방을 나서기 힘들어 하고, 대화도 나눌 수 없고, 다른 사람들과 식사를 하지도 않는 데다가 의사에게 진찰받는 것마저 완강하게 거부하니 어떻게 기대를 걸 수 있겠는가. 일상적인 일도 해결하지 못하니 취직과 같이 복잡한 일은 더 감당하기 어려울 것이었다.

마이클이 맥주를 한 모금 더 길게 마시며 창밖을 바라보았다. 르네는 찬장 위쪽 모서리의 거미줄을 손으로 쓸었다. 손가락에 묻은 끈적한 가닥을 문지르며 남편을 살펴보았다. 뺨의 반점과 동그란 어깨, 파란 체크 셔츠, 단추 몇 개가 떨어져 배 위에 크게 벌어진 구멍. 그의 눈 밑 그림자는 게이브처럼 어두웠다. 그래, 지난 몇 년은 힘들었다. 의심의 여지가 없었다. 하지만 왜 그렇게까지 스트레스를 받는지 이해할 수 없었다. 세계적인 금융 위기와 가뭄으로 인해 끔찍한 손실이 있었더라도 이겨내지 않았는가. 이제는 상황이 호전됐다. 비가 내렸고 주문이 늘었다. 농지에 물이 차고 수확량은 여전히 적긴 했어도 그 어느 때보다 희망이 있었다.

르네는 마이클이 빈 병을 버리고 위스키 따르는 것을 지켜보았다. 그는 발을 끌며 거실로 갔다. 음향 기기 전원을 켠 다음 소파 위로 쓰러졌다. 스피커에서 폴 매카트니의 '파인 라인' 도입 부분이 울려 퍼졌다. 에보니가 그의 옆 쿠션에 털썩 주저앉아 몸을 웅크렸다. 폴 매카트니는 무모함과 용기, 올바른 길을 택하는 것에 대해 노래하고 있었다. 르네는 냉장고로 천천히 걸어갔다. 저녁 재료를 꺼내고 있는데 음악 중간에 또 다른 소리가 겹쳐오는 걸 어슴푸레 깨달았다. 가브리엘의 끊임없는 키보드 소리였다. 닫혀있는 방문 저 너머 내 아들은 하염없이 컴퓨터를 하고 있구나. 마이클은 소파에 앉은 채 눈을 감았다. 노랫속에서 폴은 이렇게 충고하고 있었다. 큰 변화를 가져오는 결정은 아주 작은 차이에서 비롯돼. 잘못 생각하면 큰 실수를 하게 될 거야.

알렉스

"홈스쿨링이 쉬운 일은 아니죠."

라일라는 손을 뻗어 치즈를 두껍게 잘라 크래커 위에 올렸다.

"에이미는 공부를 잘해서 다행이지만요. 바이올렛은 내 말은 통 안 들으니 뭘 시킬 수가 없어요. 하루 중 절반은 어디에 가 있는지도 몰라요."

라일라의 집은 파인 리지 전체에서 가장 좋은 위치에 있었다. 마을 뒤편 언덕 높은 곳, 층간 분리형 구조 중에서도 위층 집을 소유하고 있었다. 커다란 창문과 대리석 조리대, 계곡의 전경이 내려다보이는 거대한 야외 목재 데크가 마음을 사로잡았다. 그날 오후 나는 열두 명이 앉을 수 있을 만큼 커다란 야외 탁자에 라일라와 섀년, 마리코와 함께 앉아 있었다.

운 좋게도 아이들은 그날따라 모두 어딘가에 몰두하여 조용했다. 카라는 테이블 밑에서 계량컵과 냄비를 가지고 놀았고 3살쯤 된 마리코의 아들은 레고 블록을 화분에 파묻느라 여념이 없었다. 또 에이미는 부지런히 미술 숙제를 했고 섀년의 6살짜리 쌍둥이 딸들은 공동 정원에서 나무 그네를 타고 있었다. 바이올렛과 올리는 집을 마다하고 저수지 옆 자전거 순환도로로 스케이트보드를 타러 갔다. 두세 명의 다른 친구들과 함께 보드를 타는 모습이 멀찍이 보였다. 올리는 라일라의 집에서 만든 아이스크림을 먹으며 아이들과 소리를 질러대고 있었다.

"굳이 홈스쿨링 안 해도 되잖아요?"

마리코가 또띠아 칩을 과카몰리에 찍어 입에 넣으며 말했다.

"근처에 명성이 자자한 고등학교가 있어요."

"학교에 대한 평가가 좋더라구요."

섀넌이 동의했다.

"그렇지만 왜 홈스쿨링을 시키고 싶어 하는지 이해해요. 예민한 나이 죠."

라일라는 접시를 옆으로 밀치고 테이블에 머리를 기댔다.

"섬세하고, 다루기 힘들잖아요. 에휴, 술 한잔해야겠네요. 너무 이른가 요?"

"술 마시는데 이른 때라는 건 없어요."

마리코가 웃으며 말했다.

"술 뭐 있을까요? 아, 그냥 계셔요. 냉장고를 뒤져 볼게요."

전날 밤에도 술에 취해 잠든 바람에 악몽에 시달려 머리가 멍했고 신경은 곤두섰지만 미소가 절로 피어났다. 라일라와 마리코, 섀넌 등 이곳 여자들은 시드니 친구들과는 달라 너무도 신선했기 때문이다.

대체로 스튜어트의 동료 아내였던 시드니 친구들은 착 달라붙는 명품 옷으로 그들의 엉덩이와 배 부분을 감싸곤 했다. 완벽한 복근이 슬쩍 드러나는 그들의 몸매를 보고 패배감에 엉엉 울고 싶던 기억이 있다. 아기 엄마들 모임이라고 다를 바 없었다. 출산 후 귀가할 때 현관문에서부터 근육질 몸으로 바뀌는 신묘한 힘이라도 타고난 걸까. 또 그들에겐 야간 보모와 소아과 주치의가 있었다. 내 현실은 그들과 너무나도 멀었다. 근본적으로 나는 아예 다른 유형의 인간이었을지도 모른다.

파인 리지 엄마들은 재미있고 솔직한 매력이 있었다. 홈스쿨링과 온실 파티만 제외한다면 평범한 사람들이었다.

"라일라, 당신 정말 대단한 것 같아요."

등을 구부린 채 아직도 그림을 그리고 있는 에이미를 어깨 너머로 힐끗 돌아보며 내가 말했다. 휴대폰 볼 때마다 등을 구부리는 올리의 평소 자세가 떠올랐다.

"어쨌든 애들 휴대폰 문제를 해결했잖아요. 엄청나요."

라일라는 웃으며 내 팔에 손을 올렸다.

"고마워요. 불평하면 안 된다는 거 알아요. 훌륭한 아이들이죠."

나는 동의할 수밖에 없었다. 전반적으로 파인 리지의 모든 아이는 기이할 정도로 행동이 반듯했다. 음, 우리 아이만 제외하고.

"이봐요, 샘."

마리코가 주방에서 소리쳤다.

"탁자에서 칼 좀 가져다줄래요? 딸기랑 수박도요. 과일화채 좀 만들어 볼까 봐요."

"솜씨 좀 발휘해 볼까요?"

샘넌이 일어서더니 나와 라일라 둘만 남겨둔 채 과일 그릇들을 주방으로 옮겨갔다. 밝고 따뜻한 아침이었다. 느릿느릿 떠다니는 구름이 누군가 조광 스위치를 가지고 놀듯 군데군데 그림자를 드리우며 빛에 변화를 주었다. 방울새가 우아하게 지저귀는 소리와 어딘가에서 채찍새의 휘파람 소리가 카라의 옹알이와 섞여 들었다.

"알렉스, 애들 학교 어떻게 할 건지 결정했어요?"

라일라가 하품을 참으며 물었다.

"올리는 아직 아무 데도 등록 안 한 거죠?"

나는 고개를 끄덕였다.

"네, 아직이요. 사실 홈스쿨링을 생각 중이긴 한데 잘 모르겠어요."

"이런. 제발 내 넋두리에 당신이 혼란스러워하지 않았으면 좋겠어요. 내 경우에만 한정된 이야기일 수 있으니 너무 신경쓰지 말아요."

나는 웃었다.

"라일라 당신 때문이 아니에요. 홈스쿨링이 우리한테 맞는 방법인지 확신이 안 서서 그래요."

아들과의 관계를 악화시키는 가장 빠른 방법이란 부모 노릇을 넘어 선생이 되는 것이기 때문이다.

이 시간 우리는 고요 속으로 느긋하게 빠져들었다. 물총새의 요란한 지저귐과 주방에서 물건 떨어뜨리는 소리가 고요함 사이로 간간이 끼어들었다. 라일라가 치즈 한 조각을 더 잘라 냈다.

"알렉스는 어디서 이사 왔어요?"

"시드니요."

"시드니 어느 지역이요?"

"이곳저곳이요. 저희가 마지막으로 살았던 곳은 남부 지역 '본디'였어요. 웨이벌리 공원 근처."

"오, 좋은 곳이죠. 그럼 올리는 어느 학교에 다녔어요? 랜드윅이었나요? 아니면 로즈 베이?"

나는 크래커를 집으려고 손을 뻗었다.

"둘 다 아니에요."

"그럼 레담? 크랜브룩?"

나는 화제를 바꾸고 싶어 천천히 크래커를 씹었지만 틴슬리 교장의 우렁찬 목소리가 떠올라 머리가 순간적으로 마비되는 것 같았다. 그가 두툼한 손을 배 위에 깍지 낀 채 말했다. 어머님이 기뻐하실 만한 소식입니다. 정학 처분만 내리기로 했습니다. 물론 사안의 심각성을 한 번 더 언급 드려야겠지만요.

"우리는 클로벨리에 살았어요."

라일라가 말했다. 나를 보고 있는 그녀의 눈길을 느낄 수 있었다. 그녀의 호기심이 더 강렬해졌다.

"우리가 그렇게 가까이 살았었다니 재미있네요."

학기의 남은 기간만입니다. 사건이 좀 잠잠해지면 내년에 다시 새롭게 시작할 수 있어요. 올리에게 정학은 너무 가혹한 결과라고 반박했다. 만약 학교가 계속 이런 입장을 취한다면 학생이 남아나지 않을 거라고. 올리 어머님, 우리는 이 문제에 대해 강경하게 대응하기로 했습니다. 내 감지 않은 머리와 침으로 얼룩진 티셔츠 차림을 경멸에 찬 시선으로 훑어보며 교장이 말했다. 가련한 소녀들이 받았을 수치심에 대해 생각해보세요.

"사립 학교는 힘들어요. 그죠?"

라일라가 말을 이어 나갔다.

"수업료가 터무니없이 비싸잖아요."

이 말은 꼭 드려야겠어요. 정말 안타깝습니다. 처음 학교에 입학할 때만 해도 올리는 나무랄 데 없는 아이였어요. 모범적이기까지 했는데요. 학교 측에서는 올해 올리의 행동이 너무 갑자기 변해서 반성 기간을 어느 정도 가지면 나아질 거라 판단했답니다.

"알렉스, 나는 일부 아이들은 독극물과 다름없다고 생각해요. 시드니 동부는 안전하다고 생각했는데 이제는 안전한 곳이라는 게 따로 없는 것 같아요. 알렉스도 그 이야기 들었죠?"

천천히 고개를 끄덕였다. 라일라의 말대로 엘렌허스트 고등학교만이 아니었다. 뉴스 채널은 졸업반 학생들의 도를 넘는 장난에서부터, 음란물

주고받기, 잇따른 폭행까지 시드니 학교에서 벌어지는 온갖 추문으로 가득했다. 어찌 된 영문인지 언론은 올리의 학교를 본보기로 삼아 특히 더 냉혹하게 보도하는 분위기였다. 당연하게도 무거운 징계가 내려졌다. 라일라가 입을 열었다.

"휴대폰 같은 전자기기 사용 시간에 대해서는 지도해 주어야 한다고 생각해요. 방법을 모르는 학부모도 있지만요."

손바닥에 땀이 나기 시작했다. 정학 기간에 올리 학생이 본인의 감정을 파악하도록 유도해 보십시오. 십 대들의 뇌는 특히 취약합니다. 큰 변화를 겪는 시기라 손상되기가 쉽죠. 온라인에서 너무 많은 시간을 보내는 것은 극히 해롭습니다. 여기 인쇄물이 있으니 받아 보세요. 틴슬리 교장은 '전자기기 중독과 인터넷 안전'이라는 제목의 광택 나는 전단지를 건넸다. 면전에 내던지고 싶은 욕구가 치밀었다. 나는 아예 학교를 그만둬 버리는 쪽을 택해 며칠 후 바로 교장에게 이메일을 보냈다. 자퇴시키겠습니다. 이 거야말로 진정한 반성 아닌가요?

"홈스쿨링은 힘들지만 가치가 있다고 생각해요."

라일라가 여전히 나를 지켜보며 말했다.

"적어도 '또래 압력'은 걱정할 필요가 없죠. 안 그런가요?"

실제로 내가 그 상황이었다고 토로하고 싶었다. 라일라는 내가 무언가 감추고 있다는 것을 눈치챈 모양이었다. 나는 친구도, 파인 리지도 필요했다. 만약 라일라나 다른 사람들이 엘렌허스트에서 무슨 일이 일어났는지 알게 된다면 둘 다 잃어버릴지도 몰랐다.

"좋아요, 숙녀분들."

마리코가 네 개의 잔과 분홍색 음료가 담긴 통을 들고 들어오며 말했다.

"여름 스페셜 메뉴입니다."

"어머나! 안에 뭐가 들었어요?"

라일라가 웃었다. 섀넌은 얼굴을 찡그렸다.

"모르는 게 약이에요. 알렉스, 당신도 한 잔 할래요?"

어젯밤에 술을 마셔서 또 마시면 안 될 것 같아 거절했다.

"어머나. 어젯밤에 무슨 일 있었어요?"

마리코가 분홍빛 음료를 석 잔 따르며 말했다.

"무슨 의미죠?"

"글쎄요. 토요일인데 알렉스 당신은 종일 거북한 듯 불안해 보이네요. 상한 케밥을 먹었거나 남자를 만났거나 둘 중 하나일 텐데요."

"오, 놀러갔어요? 난 밤 시간에 외출하지 않은 지 몇 년은 된 것 같아요. 좀 어때요? 다 털어놔 줘요. 술, 음식, 댄스 하나도 빠짐없이요!"

라일라가 말했다. 나는 웃었다.

"말도 안 돼요. 이렇게 외진 곳에서 가긴 어딜 가겠어요."

"남자들도 있었죠?"

"그만해요."

"'남자들' 아니고 '남자'인 모양인데요."

섀넌이 내게 윙크했다. 마리코는 놀란듯이 소리 지르며 손뼉을 쳤다.

"어머나, 안 했군요!"

소리를 질렀다.

"뭘 안 했다는 거예요? 무슨 소리예요?"

"부끄러워하지 말아요."

섀넌이 한 모금 마시며 말했다.

"당신과 키트 사이에 뭔가 있어요. 맞죠?"

"네에에? 아니에요!"

열기로 뺨이 붉어지는 것을 느꼈다.

"그렇잖아요. 당신에게서 눈을 못 떼던데요."

라일라가 다 알고 있다는 듯 말했다.

"알렉스, 키트 만나 봐요. 가슴이 저릴 만큼 매력적이잖아요."

마리코가 말했다. 세차게 고개를 저었지만 마음속에선 알 수 없는 행복감이 밀려왔다.

"아뇨, 정말 그런 거 아니구요, 지난밤에 잠을 못 자서 힘들었어요. 그게 어떤 건지 알잖아요."

소꿉놀이에 싫증이 났는지 내 다리를 움켜쥐고 있는 카라를 무릎 위로 끌어 올렸다.

"그럼요. 잘 알죠. 나도 애들 때문에 잠을 못 잤어요. 이젠 어지간히 커서 밤에 안 깨니까 한결 수월하지만 그래도 여전히 힘든 점이 있죠. 지금은 걱정하느라 잠을 못 자요. 나는 그걸 밤의 영혼이라고 불러요. 신경을 끌 수 없는 상태 말이에요."

라일라가 말했다.

"맞아요. 잠들기를 기다리고 또 기다리지만 결코 잠은 오지 않고 머리는 계속 째깍 째깍 거리죠."

마리코가 힘차게 고개를 끄덕이며 관자놀이에 손가락을 돌려 쉴새없이 돌아가는 톱니바퀴 모양을 흉내 냈다.

"그냥 평범한 걱정이 아니에요. 밤에는 모든 게 부정적으로 보여요. 마치 뇌가 파괴적인 무언가로 돌연변이를 일으키는 것 같다니까요. 별 거 아닌 일마저 심각해지구요."

섀넌이 동의했다.

"맞아요. 절대 사라지지도 않고요."

라일라가 말했다

"오, 그래도 그런 말은 하지 말아요. 좋아져야죠!"

마리코가 슬픈 듯이 외쳤다.

"올 초엔 저도 정말 잠이 부족했어요. 어느 날 밤엔 화장실에 간다는 게 어이없게도 거실 의자를 변기로 착각해서 그대로 실수할 뻔했다니까요."

"나는 이웃들이 구급차를 부를 정도로 심하게 운 적이 있어요. 밤새 잠 한숨 못 잔 날이었죠. 사람들은 내가 죽어간다고 생각했나 봐요."

라일라가 잔을 들어 올리며 자기 얘기를 꺼냈다.

"그건 그렇고 왜 잠을 못 잤어요? 꼬마 아가씨에게 무슨 문제가 있었나. 이가 나고 있나요?"

섀넌이 물었다. 치즈를 잡으려고 손을 뻗는 카라로부터 접시를 밀어냈다.

"아기들 돌보는 일은 끝이 없어요."

마리코가 말했다.

"사실 카라 때문만은 아니구요."

어디까지 얘기해야 하나 확신이 안 서 잠시 망설였다. 한편으로 새 친구들은 무슨 말을 해도 이해해 줄 것 같았다. 그럼에도 문제는 항상 있었지만.

"요즘 악몽을 자주 꿔요. 이상하게 들리겠지만 숲에서 무슨 소리가 계속 들려요. 뭐랄까… 비명 같은 거? 그리고 요전 날 어떤 아이가 길을 가다가…"

나는 목소리를 낮추며 억지로 웃음을 지었다.

"있잖아요, 아마 제정신이 아니라고 생각하겠지만 한 가지 물어볼게요. 음… 혹시 숲에 사는 마녀에 관해 아는 거 있나요?"

잠시 정적이 흘렀다. 여자들은 서로 눈길을 주고받았다. 그때 라일라가 한숨을 쉬며 말했다.

"뭔가 들었군요 그렇죠?"

섀넌은 천천히 고개를 저었다.

"결국 알게 될 이야기였어요."

"더 일찍 말해 줬어야 했는데."

마리코도 거들었다. 목덜미에서 기분 나쁜 오한이 느껴졌다.

"어떤 이야기를요?"

"이 좋은 파인 리지에도 옥의 티가 있다면 그 망할 마녀예요. 마녀와 숲의 괴물 무리. 성가신 놈들. 익숙해지는 게 좋을 거예요. 여기 터줏대감이에요."

마리코가 말했다. 얼굴빛을 살피며 그들을 차례로 쳐다보았다.

"이봐요, 마녀를 괴롭히지만 않으면 마녀도 당신에게 해를 끼치지 않을 거예요. 마녀는 희생제를 좋아해요. 가능하면 제단에 염소를 바쳐봐요. 기뻐할 거예요."

라일라가 눈을 크게 뜨고 엄숙하게 말했다. 잠깐 어색한 침묵이 흐르고 난 뒤 그들은 다같이 웃음을 터트렸다.

"농담이에요."

라일라가 말했다.

"작은 마을 어디에나 있는 괴담이잖아요. 밤에 주머니쥐라든지 여우가 이상한 소리를 내며 돌아다니니까 아이들이 서로 겁주려고 마녀라 소문냈나 보죠."

마리코가 말했다.

"왜, 게임 같은 거 있잖아요. 다같이 용기 내서 숲으로 가서는 마녀를 부르고 그런 거.

라일라가 내 표정을 살피며 재빨리 덧붙였다."

"하지만 그건 그냥 장난으로 겁주는 것 뿐이고 진짜는 아니에요."

섀넌이 고개를 끄덕였다.

"흥미로운 소문이긴 한데 계속 부추기고 싶진 않아요."

"숙제 같은 거, 미루면 안 되는 일들 시킬 때 이 괴담을 써먹죠."

마리코가 말했다.

"이런 식이에요. 과제를 하지 않으면 마녀가 너를 잡아갈 거야!"

그녀는 두 손을 발톱처럼 웅크리며 이를 드러냈다.

"악!"

등골이 서늘했다. 마녀가 농부의 아이를 데려갔어요.

"이런, 얼굴 좀 봐! 그런 헛소리를 믿어요?"

섀넌이 내 등을 토닥였다. 스튜어트의 목소리가 또 다시 머릿속을 맴돌았다. 미친년. 또라이. 정신병자. 넌 그냥 가둬야 해.

"한 잔 마셔요, 알렉스. 그냥 농담이었어요."

라일라가 말했다. 나는 재미있다는 듯 미소 지었다.

자리를 뜰 때쯤엔 그림자는 길어지고 산등성이 너머로는 해가 지고 있었다. 도로에 나가 있던 올리를 스쳐 지나가며 먼저 들어가겠다는 신호로 손을 흔들었다.

"식사 시간까지 꼭 돌아와."

올리가 바이올렛 옆에 미끄러지듯 멈춰 섰을 때 얘기했다. 그러자 보드를 뒤집어 잡으며 지겹다는 듯 눈을 굴렸다. 내가 얼마나 형편없고 맘에 안 드는지를 확실히 표현하겠다는 듯 말이다. 바이올렛이 킬킬거렸다. 올리가 바이올렛에게 보내는 다정한 눈빛이 심장에 비수처럼 꽂혔다.

다른 아이들도 바이올렛의 관심을 끌고 싶어한다는 것을 알아차렸다. 아이들은 보드를 타든 축구를 하든 작은 행성처럼 그녀 주위를 맴돌며 관심 끌 기회를 살폈다. 그 아이는 주변 사람들과 너무 잘 어울렸고 눈에 띄는 타고난 퀸카였다. 사회적 위계를 뛰어넘을 수 있는 여유롭고 자연스러운 유전자를 물려받아 자기 자신이 어떤 태도를 취해야하는지 정확히 알고 있는 것 같았다. 안타깝게도 그 애 동생은 운이 나빴다. 에이미가 언니보다 엄마와 함께 있고 싶어 하는 이유를 짐작할 수 있었다. 바이올렛의 그림자 아래에서 살아남기가 쉽지 않았을 것이다.

바이올렛이 또다시 쿨한 여자처럼 웃음을 터뜨렸다. 그애를 좀 더 지켜봐야겠다는 생각이 들었다. 올리가 친구를 사귀길 간절히 바랐지만 적절한 사람들과 어울리는지 확인할 필요가 있었다.

경치가 좋은 저수지 옆 자전거 도로를 걸어갔다. 카라에게 무심하게 동요를 불러주며 집을 향해 유모차를 밀었다. 달이 떠올라 모든 것을 은빛으로 비추고 있었다. 달빛을 받아 하얗게 빛나는 언덕 위의 농가를 멈춰서서 바라보았다. 경탄을 금치 못했다. 소름 끼치는 과거 사건들이 배후에 있다손 치더라도 개조를 안했다는 사실을 믿을 수 없이 아름다웠다. 그림 같이 근사하게 복원된 다음 에어비앤비 숙박 서비스가 시작된다면 수입원이 필요한 파인 리지에게 그 몫을 충실히 해낼 텐데. 매각을 고려하고 있는지 궁금했다.

갑자기 어느 창문 중 하나에서 불빛이 번쩍였다. 손전등이 스치듯 약하고 푸르스름한 빛이었다. 빛은 순식간에 사라졌다. 잘못 봤나? 빛이 다시 보이기를 기다렸지만 고요하고 어두울 뿐이었다. 그때 카라가 깍깍 소리를 질렀다. 엄마, 노래 계속 불러 줘. 카라가 울부짖기 전에 노래를 불러 달래야만 했다. 터덜터덜 걸었다. 집 계단에 다다라서야 시트에서 카라를 빼내 한쪽 허리춤에 걸쳤다. 한 손으로 유모차를 끌다시피 올라가다 숨을 돌리려 잠시 멈추었다. 눈앞에 어떤 점들이 유영하는 것 같았다.

열쇠를 자물쇠에 밀어 넣은 그 순간 카라가 비명을 지르며 몸을 뒤로 확 젖혔다. 예기치 못해 하마터면 카라를 떨어뜨릴 뻔했다. 비틀거리다 발에 무언가 부딪혀서 아래를 내려다 보았다. 상자였다. 갈색 판지가 배수관 옆 벽에 기대어 놓여 있었다. 이전처럼 아무 표시도 없고 밀봉도 되어있지 않은 상자였다. 살그머니 고개를 돌려 집과 정원, 도로를 훑어보았다. 주변에는 아무도 없었다. 머리 위에서 휙 하고 움직이는 나무 소리와 기차 지나가는 듯한 매미 울음소리를 제외하고는 아무 소리도 들리지 않았다.

문을 열고 카라를 안으로 데리고 들어가 장난감들 사이에 내려 놓았다. 다시 밖으로 나가서 상자를 집어 주방으로 가져갔다. 조리대 위에 놓고 숨죽여 덮개를 젖혔다. 비닐 포장 한 겹이 보였다. 조금 망설이다 한쪽 구석을 들어 아래를 살짝 들여다 보았다. 깃털도 피도 없이 나무 스틱과 어떤 덩어리만 있었다. 손을 뻗어 덩어리 중 하나를 찔러 보았다. 어떤 사체처럼은 느껴지지 않아 그대로 들어올렸다. 십자로 교차시킨 두 개의 잔가지가 거즈로 두껍게 감겨 마치 땅딸막한 인형의 몸 같았다. 몸통에는 두 팔과 가늘고 긴 다리처럼 보이는 가지가 붙어 있었다. 밀랍 덩어리로 만들어진 머리는 같은 방식으로 감싸져 있어서 마치 복면을 쓴 것처럼 보였는데 밀랍에 새겨진 조잡한 자국이 두 개의 눈과 벌어진 입 모양을 나타낸 듯 했다. 눈이 이상하네. 인형의 눈을 응시하자 인형 또한 나를 되쏘아 보았다. 이게 뭘까. 올리의 미스터리 박스 중 하나일까?

별안간 자전거 소년이 기억났다. 아줌마한테 인형을 가져다줄 거예요.

거즈를 다시 한번 보았다. 누군가의 모습으로 만들어졌을 거예요. 짙은 녹색 천 앞면에 밝은 주황색 동그라미가 그려져 있었다. 올리가 즐겨 입는 후디 모양이었다.

바닥에서 카라가 칭얼대며 내 쪽으로 손을 뻗었다. 상자를 버리고 카라를 안아 올리는데 어떤 소리가 들렸다. 바깥의 웃음소리와 고함, 굴러가는 바퀴 소리 자전거 벨 소리였다. 카라를 꼭 껴안고 창가로 가서 유리에 얼굴을 갖다 대었다. 땅거미기 지고 있었지만 아식은 숲 가장자리에 아이들 무리가 보일 정도로 밝았다. 올리가 스케이트보드에 한 발을 올린 채 다른 아이들과 함께 서 있었다. 물론 바이올렛도 함께였다. 그들은 모두 옹기종기 서서 나무를 응시했다. 그중 한 명이 무엇엔가 놀란듯 크고 짧게 감탄음을 내질렀고 다같이 돌아서서 와! 하는 함성을 지르며 마을을 가로질러 달려갔다.

카라가 꿈틀거리며 다리를 걷어찼다. 손을 뻗어 뭔가 보여주려는 듯 손바닥을 벌려 창문을 두드렸다. 그때 아이들이 있던 곳으로부터 멀지 않은 숲 가장자리 나무에 무언가 반쯤 숨어 있는 것이 시야에 들어왔다. 손을 동그랗게 모아 쥐어 망원경처럼 눈에 가져다 댔다. 자세히 보니 숨어 있던 것은 다름 아닌 흰머리에 옅은 색 옷을 입은, 깡 마른 노인이었다. 노파는 아이들을 응시하며 꼼짝도 하지 않고 서서 나처럼 아이들이 모퉁이 너머로 사라지는 것을 지켜보고 있었다. 갑자기 노인이 홱, 내 쪽으로 고개를 돌렸다. 놀란 것도 잠시, 카라가 휘두른 손에 눈을 정통으로 맞았다.

"아야!"

뒤로 돌아서 눈을 비볐다. 카라를 다그치듯 바라보았다.

"엄마 아파, 카라야."

카라는 나를 쳐다보더니 까르륵 소리를 내며 내 어깨에 입을 갖다댔다.

124

"그래, 알겠어. 배고프고 졸리구나. 잠시만 기다려. 알았지?"

숲 속의 그림자를 보기 위해 다시 창 쪽으로 돌아섰지만 그곳에는 나무와 어둠뿐이었다.

르네

르네가 김 서린 거울을 손바닥으로 쓸었다. 손이 지나간 자국 위로 그녀의 모습이 나타났다. 몸을 앞으로 기울이고 고개를 좌우로 돌려가며 자기 모습을 뜯어 보았다. 얼굴이 변해갔다. 모든 이목구비가 턱, 목, 가슴을 향해 천천히 아래쪽으로 늘어졌다. 촛농처럼 뚝뚝 떨어지는 것 같은 얼굴을 집어 옆으로 당겨 올려 보았다. 제자리로 되돌리려는 듯 한껏 끌어 올렸지만 부질없는 짓이었다. 한때 장밋빛이었던 통통한 뺨은 안장주머니가 매달린 듯 늘어났고 입꼬리는 삐에로마냥 아래로 처져 있었다. 눈가는 또 어떤지. 나이가 들어 한쪽 눈이 두드러지게 작아졌는데 그 위로 눈썹이 오래된 다리처럼 무너져 내렸다.

그녀는 칫솔에 치약을 짜 얹었다. 돌이켜보니 44년 인생 중 거의 절반을 농장에서 보낸 셈이었다. 그나마 치아는 여전히 건강했다. 머리카락은 예전보다 더 가늘어졌지만 탈모도 아직 오지 않았고 새치를 빼면 머리색도 여전히 갈색이었다. 어쨌거나 만족스럽지는 않았다. 거울에 비친 자기 모습에 불만에 찬 시선을 보내며 칫솔을 입으로 가져갔다. 그때 쿵! 하는 소리가 들렸다. 양치질을 멈췄다. 뒤이어 삐걱거리는 소리가 희미하게 들려왔다.

"마이클?"

대답이 없었다. 칫솔을 내려놓고 욕실 문을 열어 침실을 들여다 보았다. 아니나 다를까 마이클이 위스키를 마시고 코를 골며 자는 중이었다. 다시 한번 쿵, 삐걱, 직직 끌리는 소리가 들려왔다.

"마이클."

르네가 속삭였지만 그는 꼼짝도 하지 않았다. 호랑이는 없다. 그녀는 치료사가 해 주었던 말을 엄숙하게 되풀이했다.

"신체 증상은 신체의 부적절한 반응의 결과라는 걸 항상 기억하세요. 투쟁 혹은 도피 반응은 굶주린 호랑이를 마주치는 등 생사가 걸린 상황에서 발현되도록 설계되었어요. 전구가 나가거나 약속 시간에 늦거나 아기가 울고 있을 때 등의 일상적인 반응 기제가 아니에요."

집에서 나는 어떤 소리에 대해 상상할 때 생기는 반응 기제 또한 아니겠지. 목욕 가운의 벨트를 조이며 침실을 가로질러 복도로 나갔다. 바로 맞은편에 있는 가브리엘의 방문은 닫혀 있었다. 다시 귀를 기울였지만 아무 소리도 들리지 않았다. 몇 초, 몇 분의 시간이 지났다. 산마루를 휩쓸고 불어온 바람이 유칼리나무와 양배추야자나무를 흔들고 집 안 목재 틈새를 헤집고 지나갔다. 바람 아니면 에보니 소리였을 것이다.

"에보니?"

잠시 멈추는가 하더니 바닥을 탁탁 치는 발소리가 났다. 에보니가 경계 태세를 갖추고 빠른 걸음으로 거실로 다가와 르네의 발에 코를 갖다댔다. 르네는 손을 뻗어 에보니의 귀 뒤를 긁어 주었다.

"이봐, 엡스. 네가 낸 소리야? 집에서 자는 게 낯설어서 그래?"

에보니는 보통 세탁실 바로 옆 방충망으로 둘러싸인 테라스에서 잠을 잤는데 아이보리 사건 이후 마이클이 개 집을 안으로 들여왔다. 르네는 화가 치밀었다. 부득부득 우겨댈 땐 언제고. 동물은 집 밖에서 사는 거야. 자기 처지를 알아야지.

"괜찮아. 아무 문제 없어. 이제 다시 가서 자."

에보니는 초조한 기색으로 연신 입을 핥았다. 바로 그때 테라스 계단에서 어떤 소리가 들려왔다. 르네는 얼어붙었다. 에보니는 꼬리를 바짝 내리고 머리를 현관 쪽으로 날렵하게 돌렸다. 냄새를 맡더니 이내 으르렁대기 시작했다.

밤은 여전히 고요했다. 호랑이는 없어. 주머니쥐가 어디 쓰레기통에 들어간 걸 거야. 벽에 걸린 농기구 중 하나를 뜯어내 무기처럼 휘두르고 싶은 극단적인 충동을 억누르며 외부 등을 켜고 현관창 가까이 다가갔다. 현관에 작은 형체가 공중을 맴돌고 있었다. 새? 거대한 나방인가. 거미줄에 걸린 종이 조각? 그녀의 등 뒤에서 걸쇠가 살며시 덜거덕거리더니 경첩이 삐꺽대는 소리가 들렸다. 뒤편 가브리엘의 방쪽에서 나는 소리였다. 르네는 몸을 돌렸다. 열린 틈 사이로 가브리엘의 겁먹은 두 눈과 벌어진 입이 보였다.

"엄마, 밖에 무슨 일이에요?"

가브리엘이 작은 목소리로 물었다.

"별 거 아니야. 걱정할 거 없어. 가서 다시 자, 게이브."

에보니에게 한 말을 반복했다. 그녀 말을 들은 체 만 체한 가브리엘은 밖에 있는 물체를 주시하며 르네가 서 있는 현관으로 살금살금 다가왔다. 르네는 숨을 참고 문을 열었다. 밖을 내다보다 미풍이 발목을 스치자 움찔했다.

"저게 뭐야?"

가브리엘이 속삭였다. 현관 계단 위 처마에 인형 하나가 끈으로 매달려 있었다. 반짝이는 드레스와 날개, 후광을 머리에 두른 천사 모양의 크리스마스트리 장식물이었다. 바람이 거세지자 인형이 원을 그리며 빙빙 돌았다. 끈이 마치 올가미처럼 목에 묶여 있었다. 획 하는 소리가 들렸다. 금 가기 직전의 회초리를 휘두르는 것 같은 날카로운 소리였다. 그때, 유리 깨지는 소리와 물기둥 터지는 소리가 연달아 터져 올랐다. 르네는 가슴이 철렁 내려앉았다. 게이브가 놀라 비명을 질렀다. 에보니가 거칠게 짖으며 르네의 가랑이 사이를 지나 문밖으로 뛰쳐나갔다. 개 짖는 소리 사이로 획, 으드득하는 소리가 일정한 간격으로 들려왔다. 누군가 집을 향해 혹은 집을 벗어나 풀과 나무를 제치며 뜀박질을 하는 듯 했다.

"여보!"

르네가 문틀을 붙잡고 소리쳤다. 그는 아직 베개 자국이 남아있는 눈을 비비며 복도로 걸어나오다 소리쳤다.

"뭐야, 무슨 일이야!"

에보니가 맹렬하게 짖으며 집 안으로 뛰쳐 들어왔다. 화들짝 놀란 마이클과 르네 또한 황급히 움직였다. 복도를 따라 욕실을 지나치고 주방 모퉁이를 돌아 뛰다 마침내 거실에서 미끄러지며 멈춰 섰다. 르네는 입을 틀어 막았다. 시선이 닿는 곳마다 피가 흥건했다. 소파, 벽, 사이드 테이블 위의 가족사진까지 온통 붉게 물들었고 굵은 핏줄기가 유리창을 타고 흘러내리고 있었다. 판유리가 깨져서 생긴 들쭉날쭉한 틈 사이로 밤공기가 난데없이 스며들었다.

호랑이는 없다.

가브리엘도 입을 벌린 채 그녀를 천천히 스쳐 지나갔다.

호랑이는 없다.

마이클은 벌써 뒷문에 가 있었다. 자물쇠를 더듬어 잡아당겨 열고 불을 켜더니 성큼성큼 걸어 나갔다.

호랑이는 없다.

당연히 호랑이는 없었다. 그저 피칠갑이 되어있을 뿐. 유혈이 낭자한 집 한 가운데 그들은 망연자실하게 서 있었다.

알렉스

욕실 세면대를 잡고 수도꼭지를 틀었다. 물이 배수구를 따라 소용돌이 치며 내려가는 모습을 무력하게 지켜보았다. 커피를 두 잔이나 마셨지만 너무 피곤해서 똑바로 서 있을 수가 없었다. 잠에서 깨려면 뺨을 때리고, 꼬집고, 입술에 피가 나도록 깨무는 방법밖에는 없나. 하루를 제대로 시작 하고 싶었다. 스스로 뺨을 때리는 건 영화에서나 효과 있었지 실제로는 아 프기만 할 뿐 잠은 통 깨지 않았다. 한숨을 쉬며 손을 씻다 바짝 물어뜯긴 손톱을 보고 질겁을 했다. 언제 이렇게 물어 뜯었지?

길에서 아이에게 들었던 으스스한 이야기는 자꾸만 떠올랐다. 이웃 엄 마들이 내 두려움을 비웃고 놀려댔던 것도 생각났다. 스튜어트의 협박과 분노로 일그러진 얼굴이 오버랩되었다. 손가락으로 관자놀이를 누르자 다시 머리가 쿵쾅대기 시작했다. 바닥 욕실 매트 위에 몸을 웅크리고 십 분만 낮잠을 잘까 생각했다. 하지만 눈을 감을 때마다 그 끔찍한 막대 인 형과 밀랍 얼굴이 떠나가질 않았다. 죽은 새, 파헤쳐진 눈… 그 형상들은 꿈인지 실제인지 구별할 수 없을 때까지 악몽과 함께 계속해서 소용돌이 쳤다.

커피. 커피가 더 필요해. 차가운 물을 얼굴에 끼얹은 후 몸을 쭉 펴고 하루를 시작했다.

* * *

도착했을 때는 이미 회의가 시작된 뒤였다. 문이 쾅 소리를 내며 닫히자 수많은 눈동자가 나를 향했다. 문지방 너머로 유모차를 천천히 밀고 들어갔다. 구석 쪽에 맴돌며 뭘 해야 할지 누군가 와서 말해주기만을 기다렸다.

파인 리지 마을회관은 박공지붕의 단층 개조 건물로 마을 심장부 역할에 걸맞게 저수지가 내려다 보이는 마을 중앙에 자리하고 있었다. 외관은 물결 모양의 얇은 검은색 금속 시트로 마감되어 세련되고 현대적이었다. 건물 내부는 하얀 벽과 콘크리트 바닥, 이중 접이식 유리문, 풍력 발전기를 연상케 하는 실링팬이 설치되어 있었다. 감각적인 이 건물은 개방형 구조로 설계되어 하나의 거대한 공간처럼 보였다. 오른쪽으로는 주방이, 왼쪽으로는 장난감과 부드러운 놀이기구로 채워진 어린이집이 운영되고 있었다. 전반적으로 기능성과 미니멀리즘을 우선적으로 고려한 사옥이었다.

마을 사람들은 일전에 온실에서 이미 만나 봤지만 그때와는 분위기가 사뭇 달랐다. 진지한 기류가 흘러 정적이었다. 검은색 접이식 의자가 원형으로 배치되어 각 좌석에 주민이 자리하고 있었다. 방 뒤쪽에는 구내방송 시스템과 화이트보드가 보였다. 그 옆에 키트가 등을 곧게 편 채 바닥에 두 발을 단단히 고정한 듯 앉아 있었다. 마이크를 들고 있는 그를 보자마자 온몸이 소리굽쇠처럼 진동했다. 그와 눈이 마주쳤다. 얼굴이 붉어지려는 걸 막아보려 했지만 속수무책이었다. 키트가 손을 흔들며 의자에 앉으라는 손짓을 보냈다.

"알렉스를 위해 자리를 좀 만들어 주시겠어요? 의자 하나만 더 갖다주시죠."

삐걱 소리를 내며 몇 번 몸을 이리저리 움직이자 원 안에 틈이 생겨났다. 벽에 유모차를 세워 움직이지 않도록 고정한 후 덮개를 들어 한 번 확인했다. 카라의 작은 얼굴은 지극히 평화로워 보였다. 내 얼굴은 여태 쌓인 피로로 퉁퉁 부었을 텐데. 양치질을 거듭해도 술 냄새는 가시질 않았다. 밤늦게 보드카를 마시는 것이 습관이 된 탓이었다. 회의가 진행되는 내내 고개를 숙이고 있었다. 고개를 들어 둘러보면 모두 키트에게 집중하는 중이었지만 다들 못난 나를 쳐다보는 것 같은 기분이었다. 키트는 몇 주 전에 열린 그린피스 기금 모금 행사에 만족을 표하고 있었다.

"파인 리지가 전 지구적 산림파괴 반대 운동에 기여하게 되어 매우 기쁩니다. 너무나 자랑스럽네요. 우리는 총 팔백 달러를 모금했습니다."

모두가 손뼉을 쳤다.

"감사합니다. 자, 그럼 이제 체육관 계획에 관해 이야기해 보죠."

그가 말하는 틈을 타 사람들을 살펴 보았다. 라일라와 섀넌, 마리코가 유독 침울한 얼굴로 앉아 있었다. 보라색 작업복 바지와 그에 맞게 코디한 두건이 돋보이는 제니, 은퇴한 노부부, 서퍼 부모들, 식물학자, 건축가, 그리고 폴과 사이먼. 알은 보이지 않았다. 참, 팔짱을 끼고 콧구멍을 벌름거리며 앉아 있는 말 상 매기도 있었다. 키트의 말이 끝난 후 처음 보는 두 사람이 일어나더니 치료 공간과 온천 개발에 관한 발표를 10분 동안 이어 갔다. 그 이야기를 듣고 있던 매기의 눈이 어두워졌다. 도드라진 턱 근육이 씰룩였다.

"이 제안에 반대하는 분 있을까요?"

발표가 끝나자 키트가 질문했다. 매기를 포함한 몇몇 사람이 주먹을 꼭 쥐고 손을 들었다.

"좋습니다. 여섯 분이네요. 셋을 더 세어 보고 확인하도록 하죠. 하나, 둘, 셋…"

주먹을 쥐고 손 들었던 사람들이 다시 팔을 내리더니 손바닥이 아래, 혹은 위를 보도록 내밀었다.

"좋아요. 반대 네 표, 질문 두 표."

키트는 아래로 향한 손바닥을 내민 매기를 향해 몸을 돌렸다. 그리곤 마이크를 건네 의견을 들어보았다.

"확장 얘기가 나왔는데 전 정말이지 끔찍한 발상이라고 생각해요. 지금 이대로도 포화 상태인 데다 공동체의 원레 목적이 변질되고 있잖아요. 공공연한 사실입니다. 저는 더 이상의 개발이나 관광객, 신규 입주자를 반대합니다."

목청껏 말하며 대뜸 나를 향해 날카로운 시선을 던졌다. 나는 왜 저러나 싶어 눈을 깜빡였다. 입술을 꼭 다물고 있던 키트는 탄식을 억누르는 듯 보였다. 매기가 일어서서 원 건너편에서 손 내밀고 있는 레게머리 남자에게 마이크를 넘겼다.

"어… 동의합니다. 저는 세상에서 벗어나고 싶어 이곳으로 왔어요. 공동체 확장을 중단하고 현재 상태를 유지해야 한다고 생각합니다."

건너편 좌석에서 마리코가 어이 없다는 듯 눈을 치떴다. 라일라는 고개를 가로저으며 내게 안타까운 표정을 지어 보였다. 다른 주민 두 명도 비슷한 의견을 내면서 방 안에 긴장감이 고조됐다. 회의가 길어질수록 나는 점점 더 위축되었다. 결국 키트가 개입했다.

"시간 상 일정선에서 마무리하고 다음 안건으로 넘어가야 할 듯합니다."

그가 피곤해하며 말했다.

"평가 기준을 추가로 마련하기 위해 소그룹을 지정하길 제안합니다. 세부 사항은 다음 회의 때 공유될 겁니다. …이제 좀 더 유쾌한 이야기로 넘어가 보죠. 22일에 열리는 연례 여름 축제와 파인 리지 크리스마스 오찬 건에 대한 회의입니다. 매기, 시작해 주세요."

키트가 어색하게 웃으며 그녀에게 마이크를 건넸다.

"고마워요, 키트."

매기가 일어서서 마이크를 꽃다발처럼 받아 들며 말했다.

"올해 하지에는 특별한 주제와 선물이 담긴 몇 가지 깜짝 행사를 준비했어요. 이 아이디어의 공로는 우리의 아름다운 파인 리지 아이들에게 돌릴 생각입니다. 우리는 아이들의 창의력에서 많은 영감을 얻곤 하잖아요? 우리 어른들이 아이들의 상상력과 순수함, 그 절반만 가지고 있어도 세상이 더 나은 곳이 될 거라 생각해요."

그녀가 환하게 웃었다. 구역질이 났다. 왜, 아예 휘트니 노래를 부르지 그래? 아이들이 미래라는 낯간지러운 그 노래 말이야.

"이제 2주도 채 남지 않아서 더 이상 낭비할 시간이 없네요. 할 일을 나눠 결정하는 게 어떨까 싶은데요. 자원봉사자가 많이 필요해요."

회의가 끝나고 참가 신청서가 벽에 붙었다. 주위 모든 사람이 신청서에 이름을 쓰기 시작했다. 나는 누가 말을 걸기 전에 자리를 뜨기로 결심하고 서둘러 유모차로 돌아갔다. 하필 카라가 깨서 소리를 지르는 바람에 우유를 먹일 수밖에 없었다. 모유 수유를 위해 카라를 구석으로 데리고 갔다. 크리스마스라니. 비참한 마음이었다. 아직 제대로 된 짐정리는 시작도 못했는데. 그때 마을 사람들이 나누는 대화가 나에게까지 들려왔다.

"올해, 새우 요리는 어떨까요? 산타 분장은 누가 하는 게 좋으려나."

"겨울 원더랜드 행사는 어떻게 되어가고 있죠?"

"이미 눈더미 모형은 만들었고 눈사람과 순록만 있으면 돼요."

앉아서 생각했다. 가짜 눈? 35도에? 무더위 속 크리스마스 장식은 앞으로도 적응하기 힘들 풍경이었다. 뭐 하나 난센스처럼 느껴지지 않는 구석이 없었다. 성에가 낀 창문과 장작불, 멀드 와인, 반짝이는 조명 대신에 호주에서는 샐러드와 해산물, 맥주 캔, 수영장 튜브를 내놓고 크리스마스를 기념했다. 또 쇼핑센터에 산타 분장을 한 직원들의 탈수 증세가 걱정되는 것은 어제 오늘 일이 아니었다. 크리스마스가 매해 거듭될수록 느꼈다. 이 모든 것은 짓궂은 장난이나 진배없었다.

"좋은 생각이 있어요! 아이들에게 고드름 장식을 만들어 지붕에 매달게 하죠!"

누군가 외쳤다. 문득 시선을 돌리며 몸을 움츠리다 대화를 피해 숨어 있는 사람이 나뿐만이 아니라는 것을 깨달았다. 라일라의 딸 에이미가 방 반대편에서 의자에 앉아 책을 읽고 있는 것이 아닌가. 머리를 숙인 바람에 앞머리가 얼굴을 뒤덮고 있었다. 에이미는 체구가 작아 몹시 연약해 보였다. 열세 살이라기엔 열살 정도로밖에 보이지 않았다. 가여운 아이라는 생각이 들었다. 친구가 없을까?

시선이 느껴졌는지 에이미가 고개를 들었다. 에이미의 눈길에서 자기를 알아차리길 기다리고 있었다는 인상을 받았다. 나는 미소 지었지만 에이미는 웃지 않았다. 의아해서 고개를 갸웃거렸다. 계속해서 나를 빤히 쳐다보는 그 아이 표정이 너무 강렬해서 거의 애원처럼 느껴지다시피 했다. 무언가 말하려는 듯하다가 갑자기 나타난 바이올렛에 의해 가려졌다. 바이올렛은 허리를 굽혀 에이미의 귀에 대고 무언가 속삭였다. 에이미는 고개를 떨구더니 천천히 일어서서 고개를 숙인 채 발을 끌며 걸어갔다. 그녀의 작고 외로운 모습에 애처로운 마음이 들었다.

"글쎄, 그건 맞는 행동이 아니지."

라일라가 마리코와 섀넌과 함께 성큼성큼 내 쪽으로 걸어왔다.

"저 여자, 최악이야. 언제라도 스패너를 던질 기세라니까요."

섀넌이 말했다.

"자기가 여기 처음 온 사람이라고 이 공동체 소유자나 된다고 생각하나? 다른 사람들이 그렇게 싫으면 그냥 동굴에 가서 살든지. 그편이 서로에게 훨씬 더 행복할 텐데."

마리코가 씩씩대며 말했다. 나는 웃었다.

"괜찮아요. 좋은 뜻으로 말했을 거예요."

"알렉스! 그렇게까지 친절할 필요 없어요. 매기가 끔찍한 건 우리 모두 다 안다구요."

라일라였다.

"친구 사이는 절대 될 수 없을 거예요. 이미 그녀에게 우리와는 어울릴 수 없다고 통보했구요."

마리코가 덧붙여 말했다. 씁쓸히 웃으며 동감했다. 참, 라일라에게 할 말이 있었지.

"라일라, 에이미한테 혹시 무슨 일 생겼나요? 바이올렛이랑 다퉜나 봐요. 조금 전까지 잔뜩 화난 모습으로 저쪽에 앉아 있었어요."

"오, 이런. 혹시 어디로 가는지 봤나요? 아니, 신경 쓰지 말아요. 내가 찾아볼게요. 항상 무슨 일이 생기네요. 나중에 봐요."

라일라가 한숨을 쉬었다.

"나도 가야겠네요. 알렉스, 나중에 집에 잠깐 들를래요? 작아진 아기 옷이 산더미처럼 있는데 그중 몇 벌은 카라한테 맞을 거예요. 옷 좀 고르고 나서 폼나게 술이나 한 잔 하죠."

섀넌이 시계를 확인하며 말했다. 활짝 웃으며 대답했다.

"좋아요."

마침내 카라에게 젖을 먹이는 데 성공한 후, 옷매무새를 가다듬고 카라를 안아 올렸다. 이제는 주위 분위기가 회의 전만큼 적대적으로 느껴지지 않았다. 나는 환영 받지 못했지만 임대 기간이 아직 많이 남아 있기 때문에 매기가 나한테 적응해야만 했다. 어느 순간 용기를 내서 라일라에게 공동거주를 할 생각이 있는지 물을 것이고 그녀는 그러겠다고 대답할 것이며 나는 미녀나 마녀가 데리고 다니는 괴물만큼이나 지독한 파인 리지 지박령이 될 테니까. 마을에 관한 우스갯소리 하나쯤은 만들 수도 있겠지.

카라의 등을 토닥이며 참가 신청서 중 하나 앞으로 걸어갔다. 음식 준비. 좋다. 안될 거 뭐 있어. 안 그래도 나는 음식 솜씨가 꽤 좋은 편이다. 상상에 잠겼다. 행복한 냄새와 보글보글 끓는 냄비, 스테레오에서 흘러나오는 부블레의 음악, 이상적인 크리스마스는 아니지만 충분히 그럴싸한 크리스마스. 연필을 잡고 이름을 적어 넣었다. 몇 초 후 매기가 팔꿈치로 나를 밀치고 지나갔다. 음식 준비 목록에 있던 본인 이름을 직직직 지우더니 '장식 목록'으로 옮겨가 자기 이름을 새로 기입했다. 그러라지. 나는 전혀 개의치 않았다.

알렉스

카라를 유모차에 태워 회관 밖으로 나오다가 길에서 어정거리던 올리와 바이올렛을 발견했다. 평소 어울리던 무리와 함께 자전거와 스케이트보드를 타고 있었다. 십 대들은 민첩한 것 같으면서도 무리지어 몰려다닐 때면 물가에 내놓은 애마냥 못미더웠다. 침팬지 같은 어린 시절의 날렵함에 육중한 몸이 결합된 결과였다. 여전히 뛰고 오르고 으스대며 에너지를 분출해야 했지만 놀이터에서 놀기에는 이제 몸집이 너무 커져버린 것이다. 그들을 지켜보고 있자면 '잭인더박스'와 같이 사람 놀래키는 장난감에 태엽을 감고서 언제 튀어나올지 마음 졸이며 기다리고 있는 기분이 들었다.

"우리 카라는 언제나 지금처럼 천사 같은 모습일 거야. 그렇지, 아가?"

카라에게 안전벨트를 채우며 속삭였다.

"그러겠다고 약속해 줘."

카라는 눈썹을 치켜올리고 꺅꺅거리며 다리를 힘차게 찰싹거렸다. 그 반응을 진중한 약속으로 여긴 나는 카라의 뺨에 입을 맞췄다.

"알렉스."

돌아서 보니 키트가 강한 햇빛 때문에 실눈을 뜨고 자갈밭 위를 저벅저벅 걸어오고 있었다. 등에 전율이 일었다. 어쩜 저렇게 매력적일까.

"알렉스, 회관에서 일어난 일은 유감이에요. 개인적인 감정은 없었을 거예요. 비난으로 받아들이지 않았으면 좋겠네요. 매기가 성격이 좀 유난스러운 구석이 있어요. 속상했죠?"

그가 내게 다가와서 말했다. 걱정스레 말하는 그의 얼굴이 귀여웠다.

"괜찮아요. 집 앞까지 농기구를 들고 쫓아오진 않겠죠."

키트가 웃으며 말했다.

"그럼요. 그건 걱정하지 않아도 되겠어요."

신들바람이 주위를 맴돌며 팔과 목덜미를 스치며 간지럽혔다.

"회의가 상당히 흥미로웠어요. 그때 손으로 찬성 반대 나누던 방법은 뭐예요? 즉석 게임 같은 건가요?"

키트는 웃었다.

"모든 사람의 의견을 반영하는 방법인데 익숙하지 않으면 좀 이상하게 보일 거예요."

"'파리대왕'에 나오는 소라 껍데기 같은 거군요."

"비슷하죠. 상징성은 다소 떨어지지만."

"효율적이던데요."

"그래야 할 텐데요. 알렉스 당신도 참여해서 의사를 표시할 수 있도록 다음에 제가 자세히 알려줄게요."

그의 미소에 가슴이 두근거렸다. 얼굴을 붉히며 도로 위의 십 대 아이들을 향해 시선을 돌렸다. 아이들은 옹기종기 모여서 바이올렛이 손에 들고 있는 무언가에 집중하고 있었다. 그녀는 미소 짓고 있었고, 그때 올리도 웃음을 터뜨렸다. 세상과 맞서 싸우는 우리. 나는 격렬한 향수를 느꼈다. 14살 때 친구들은 나의 온 우주였다. 그런 자유와 해방감 이후 얼마나 많은 세월이 흐른 것일까.

"방금 저 아래로 패들보드를 가져가려던 참이었어요. 같이 할래요?"

내가 물가를 보고 있다고 어림짐작한 키트가 물었다. 급히 고개를 들었다.

"패들보딩이요?"

"네."

"둘이서요?"

"둘이서요. 그 후에 점심이나 같이 먹죠."

그의 시선은 흔들림이 없었다. 무슨 의미인지 분명했던 것이다. 뭐라고 대답해야 할지 알 수 없던 동시에 단 둘이 시간을 보내고 싶다는 마음이 들었다. 세상에, 정말로 그러고 싶었다.

"그러고 싶은데 그럴 수 없어요. 미안해요. 카라 때문에…"

그때, 뒤에서 조깅을 하던 라일라가 다가와 어깨를 두드리며 물었다.

"알렉스! 에이미가 몸이 안 좋아서 애들이랑 집에 가서 영화나 볼까 하는데 올리도 같이 보는 게 어떨까요?"

그녀는 키트를 보더니 뒤로 물러섰다.

"오, 미안해요. 제가 방해했나요?"

"아뇨, 전혀요. 정말 괜찮아요. 카라랑 저는 막 집에 들어가려던 참이었어요."

"실은 제가 알렉스에게 패들보드 함께 타러 가지 않겠냐고 물어보던 중이었어요."

라일라가 한쪽 눈썹을 치켜올렸다.

"아, 그렇군요?"

"그렇긴 하지만 카라가 배고플 시간이라 집에 가야 해요."

재빨리 덧붙였다.

"바보같이 굴지 말아요. 카라는 내가 봐줄 테니까 둘이 같이 가요! 카라와 올리 둘 다 우리 집에 있으면 되니까 좀 쉬면서 둘이 재미있게 시간 보내요."

라일라가 팔을 흔들며 우리를 쫓아냈다. 나는 망설였다.

"정말 감사하지만 그럴 수 없어요."

"당연히 그래도 돼요! 한두 시간 정도는 솔직히 별 문제 안 되잖아요. 모유 모음병 있어요? 분유나 좋아하는 이유식은요? 기저귀는 언제 마지막으로 갈았쇼?"

도저히 그럴 수 없다고 고개를 저었지만 라일라도 요지부동이었다. 기쁘게 도와줄 수 있고, 카라는 문제없을 것이며, 특별히 어려운 일이 아니니 아이 먹을 것과 기저귀 가방만 넘겨준다면 나머지는 간단할 것이라고 날 설득했다.

"자, 알렉스."

장장 네 번째로 거절하자 라일라가 말했다.

"한 아이를 키우려면 말 그대로 온 마을이 필요한 법이에요. 어서, 좀 놀다 와요."

유모차 안에서 차분하고 의젓한 표정을 짓고 있는 딸을 한 번 바라보았다. 그래. 카라는 괜찮을 것이다. 나와 떨어져 시간 보내는 것도 더러는 유익할 지도 모른다.

"그럼, 그렇게 할게요. 고마워요."

마음속에 기쁨이 일렁였다. 라일라에게 카라의 일과를 간단히 설명해 주고 한 두 시간 이상 걸리지 않을 거라고 약속했다. 수영복을 가지러 집으로 달려가는 길에 올리와 그의 친구들을 지나쳤다. 여전히 옹기종기 모여 있었지만 그들의 관심은 왜인지 계곡 반대편에 고정되어 있었다. 파란 머리칼을 햇빛에 반짝이며 무리 중앙에 있던 바이올렛이 저수지 위편의 방목장을 가리켰다. 아이들이 일제히 고개를 돌렸다. 바삐 걸어가는 와중에도 그들이 농가 쪽을 응시하고 있다는 것을 알아챌 수 있었다.

르네

르네는 소파에 앉아 젖은 스펀지를 손에 쥔 채로 잠에서 깨어났다. TV를 보는 것처럼 똑바른 자세였다. 머리는 왼쪽으로 늘어져 있었고 턱은 침으로 미끈거렸다. 꿈의 잔상이 거미줄처럼 그녀에게 달라붙어 있었다.

…나무 사이를 달렸지만 그저 빙글빙글 돌면서 숲 바닥만 스칠 뿐, 다리가 움직이지 않았다. 더 빨리 가야해…

몸을 움직이자 날카로운 통증이 목 옆을 타고 올라왔다. 어깨를 쭉 펴고 의자 쪽으로 발을 끌며 아래를 내려다 보았다. 손에 든 스펀지에서 흘러내린 물이 치맛자락을 타고 내리며 자국을 남겼다. 바닥에 놓인 양동이에는 분홍빛 물로 가득 차 있었다.

…귀청이 찢어질 듯한 무시무시한 굉음이 우르릉거리고, 소나무가 하나둘 쓰러졌다. 무언가 다가오고 있었다. 뭔가 거대한 것이…

그녀는 양동이에 스펀지를 집어넣었다. 오븐이 윙윙대며 돌아가는 소리와 바깥 테라스에서 마이클의 부츠가 쿵쿵거리며 내는 둔탁한 발소리를 들으며 눈을 비볐다. 합판이 덮여 있던 덕에 깨지지 않은 창유리에는 분홍빛 비누 거품이 묻어 있었다.

…숲을 빠져나가 언덕 아래 저수지로 가야 해. 물가에 홀로 앉아 있는 나의 아기, 나의 천사를 구해야 해. 빨리, 더 빨리 가야 해. 하지만 다리는

144

맴돌기만 할 뿐…

집안 어디선가 문 두드리는 소리가 들렸다. 부드럽지만 끈질겼다. 문이 여닫히더니 바깥에 개 짖는 소리가 이어졌다. 르네는 얼굴을 찡그렸다. 방금까지 뭔가 하고 있었는데 그게 뭐였지?

…거대한 붉은 파도가 포효하며 언덕을 타고 쏟아져 내려오자 종이로 만든 집처럼 무너져버리고…

청소, 그리고 케이크 만들기. 그것이 바로 그녀가 하고 있던 일이었다. 벽과 실내 장식품, 망가진 가족사진을 닦고 피를 닦아내고 있었다. 아니, 피가 아니었다. 피처럼 보였지만 역시 아니었다. 누군가 돌을 던져 창문을 깨고 뒤이어 진홍색 페인트로 가득 찬 풍선을 던졌다고 보는 편이 훨씬 설득력 있었다. 도축된 한 마리 동물 같은 소파를 바라보았다. 가엾은 게이브. 옆에서 모든 걸 지켜보고 있었지. 그때 복도에서 또 다른 소리가 들려왔다. 달그락거리는 소리와 웅얼대는 목소리에 르네의 심박수가 올라갔다. 벽시계가 고장 났나? 잠시 쉬기 위해 눈을 감았지만 겨우 2초가 흘렀을 뿐이었다.

르네는 곧바로 소파에서 일어났다. 집안은 쑥대밭이었다. 벽은 여전히 페인트로 얼룩져 있고 소파도 젖은 채였다. 가족사진과 게이브의 학창 시절 사진이 완전히 망가진 채 사이드 테이블에 엎어져 있었다. 케이크도 완성하기 전이라 너무도 정신 없었다.

"르네? 어디 있니?"

에이프릴과 프랭크가 어김없이 일찍 도착했다. 프랭크는 날을 세워 다림질한 흰색 리넨 셔츠와 빳빳한 청바지를 입고 있었다. 에이프릴은 보라색 셔닐 스웨터에 안경테와 어울리는 옥색 녹색 스카프 차림이었다. 손에는 반짝이는 종이로 포장된 선물과 레드 와인 한 병이 들려 있었다. 에보니가 혀를 내밀고 옷을 발로 긁어대며 그들을 쫓아 들어왔다.

"엎드려! 어리석은 짐승 같으니라고."

에이프릴이 소리치자 에보니가 슬그머니 사라졌다.

"마이클이 집 옆면을 닦고 있던데. 또다시 페인트칠을 하는 건 아니지?"

프랭크는 르네에게 새로운 소식이나 되는 양 말했다.

"현관에는 왜 천사 장식이 걸려있는 거냐? 크리스마스도 아닌데."

"7월인데 좀 이르지 않아?"

에이프릴이 연달아 물었다. 르네는 마른침을 삼켰다. 트리 장식물… 혼돈스러운 와중이라 잘라낸다는 것을 잊었다.

"장식이 아니에요. 사건이… 있었어요."

한숨이 나왔다. 와인과 선물을 받아 들고 부모님을 거실로 안내했다. 주위를 둘러보던 에이프릴의 눈이 휘둥그레지더니 입이 딱 벌어졌다. 프랭크가 즉각 창문을 향해 다가가 합판을 만지며 말했다.

"대체 무슨 일이 있었던 거냐?"

르네는 주방으로 돌아가 조리대에 선물을 내려놓으며 말했다.

"별 거 아니에요. 어떤 멍청이가 우리 집에 페인트를 던지면 재미있을 거라고 생각했나 봐요."

"뭐? 왜?"

"누가 알겠어요? 분명 동네 애들이겠죠."

에이프릴의 눈썹이 치켜 올라갔다. 동네에 아이들은 없었다. 농장이 드넓게 펼쳐져 있기 때문이다.

"신고는 했어?"

르네가 찬장에서 잔 세 개를 꺼내와 와인을 따랐다.

"아직요. 오늘을 망치고 싶지 않아서요."

실상은 그렇지 않았다. 르네는 경찰에 신고하려 했지만 마이클이 반대했다. 그는 점심을 먹은 후에 신고 접수를 하겠다고 했었다. 소란 피울 필요 없어. 내가 알아서 처리할게. 프랭크가 눈을 가늘게 뜨며 말했다.

"그래도 사진은 찍어 뒀지? 보험 회사에서 사진을 요구할 거야."

"음. 당연히 찍었죠."

이 또한 사실이 아니었다. 르네가 움직이기도 전에 마이클이 호스를 끌어내 수도꼭지를 틀어 집의 반 이상을 물로 씻어 내려버린 탓이다. 흰색 외장재에 분홍빛 얼룩만 남아 있을 뿐 사진 촬영 같은 건 시도조차 하지 못했다. 아침에 일어나자마자 창틀과 프렛워크, 조명기구를 닦기 위해 밖으로 나갔지만 작년에 많은 돈을 들여 작업했던 페인트칠은 이미 엉망이 되어 있었다.

"소파, 아! 고풍스럽던 엔틱 러그."

에이프릴이 손으로 입을 틀어막으며 슬프게 말했다.

"신경 쓰지 마세요. 이 정도로 끝나서 다행이에요."

르네는 기계적으로 이불 선반 앞에 나아가 섰다. 시트를 가져와 가구 위의 자국을 가렸다.

"훨씬 낫네요. 그냥 잊어버리세요. 오늘만큼은요."

"가브리엘은 어디 있니? 방에 있을 것 같은데."

에이프릴이 물었다.

"옷 입는 중이에요."

르네가 와인을 건넸다. 모두 시선을 피하며 말없이 홀짝였다. 결국 프랭크는 마이클에게 '손을 보태기' 위해 어슬렁거리며 뒷문으로 나갔지만 도운 일이라고는 그의 뒤에 서서 하나하나 지적하는 것뿐이었다. 르네는 양고기 구이를 확인하러 갔다. 손에 장갑을 끼고 오븐 문을 열자 열기가 확 끼쳐왔다.

"렌, 네 생각엔 아마…"

에이프릴이 그녀를 따라오며 말했다.

"네?"

"그러니까, 혹시 가브리엘이… 무슨 말인지 알지?"

에이프릴이 산을 내려놓으며 목소리를 낮췄다.

"모르겠어요."

르네는 오븐 문을 쾅 닫았다.

"음, 이것들 말이야. 현관에 있는 크리스마스 천사, 고양이 죽은 거…"

에이프릴은 괜히 어깨를 한 번 으쓱 하고 난장판이 된 거실을 손짓했다.

"엄마. 게이브가 그 일들과 관련이 있을지도 모른다고 말하는 거라면—"

"아니, 물론 당연히 아니야."

"—누군가 페인트 주머니를 투척했을 때 가브리엘은 제 옆에 있었어요. 아이보리를 절대 다치게 했을 리도 없어요. 절대로요. 고양이를 무척 아꼈다구요."

"아니, 렌. 가브리엘이 뭘 했다고 말하려는 게 아니고 그냥 궁금해서… 그러니까, 네 아빠와 이야기를 나누다가—"

에이프릴은 딸 입술 위 솜털과 입술 산을 볼 수 있을 만큼 가까이 다가섰다. 문을 두드리는 소리가 났다. 두 여자 모두 얼굴을 찡그렸다.

"누구 오기로 했어?"

에이프릴이 물었다.

"그러게요."

문득 르네에게 어떤 기억이 스쳤다. 저번 저녁식사 때 돔 하숍 얘기가 나와 잘 지내는지 궁금하기도 하고 괜한 죄책감이 들어서 따로 전화를 걸었었다. 가브리엘의 생일 파티 겸 점심에 초대하겠다고 하고 통화를 끊었지만 지금에 와서 후회가 됐다. 오븐 장갑을 벗고 조리대에 던지며 생각했다. 정말 어리석었어. 내가 왜 그랬지?

처음에는 돔과 그의 엄마 베스가 초대에 기꺼워할 거라 생각했다. 게이브의 다 자란 모습을 보고 싶어 할 수도 있었고 말이다. 그들의 참석으로 식사자리에서 종종 일어나는 팽팽한 긴장감이 어느 정도 완화되지 않을까 기대하기도 했다. 엄마의 걱정과 아빠의 불평이 가벼운 잡담과 함께 '좋았던 시절'에 대한 추억으로 바뀌길 바라며 초대했는데… 막상 선물을 들고 예의 바르게 문 앞에 서있는 이웃을 보니 슬픔 외에는 아무것도 느낄 수 없었다. 시간이 너무 많이 흘러버렸다. 어색한 대화만 오갈 텐데. 초대한 건 역시 실수였어.

"안녕하세요, 베스, 돔. 만나서 반가워요. 와 줘서 고마워요."

"초대해줘서 내가 고맙죠. 반가워요. 오랜만이네요."

돔이 부드럽게 미소 지으며 말했다.

"정말 그렇죠? 돔… 미안해요. 우리가―"

"제발, 사과할 필요 없어요."

돔이 손을 추켜들며 말했다.

"하지만 나는…"

"다 지난 일인데요."

그의 옆에서 베스가 미소 지었다. 르네의 마음속에 희망이 솟아올랐다. 다시 만나 식사를 하는 것이 나쁘지 않을 수도 있었다. 그들을 보게 돼서 정말 기뻤다. 그녀는 그들의 코트를 넘겨받았다.

149

"들어오세요. 마실 걸 갖다 드릴게요."

돔은 베스의 팔을 부드럽게 잡고 복도를 지나 주방으로 안내했다.

"음, 냄새 좋네요."

"도미니크! 세상에, 정말 오랜만이에요. 좋아 보이네요."

에이프릴은 진한 향수 냄새를 풍기며 빠르게 다가오더니 거짓말을 늘어놓았다. 르네는 그 인사말이 정말 불편하고 불안했다. 돔은 사실 전혀 좋아 보이지 않았다. 미소년 같던 그의 얼굴은 주름지고 창백했고 베스 역시 짧은 시간 안에 급격히 노화해서 예전에 비해 훨씬 더 쪼그라들어 보였다. 탄력없는 피부는 감당이 안 되어 어찌할 바 모르겠다는 듯 축 늘어져 있었고 눈은 텅 빈 듯이 보였다. 그런 모친을 전적으로 보살피고 있을 돔은 이혼까지 감내해야 하는 상황이었다. 르네는 또 다시 밀려오는 죄책감에 당혹감을 느끼며 레이첼이나 딸들에 대해서 아무 말도 하지 않아야겠다고 결심했다.

"레이첼은 좀 어때요? 딸들은요? 마지막으로 봤을 때는 겨우 걸음마 떼기 시작할 무렵이었는데요."

결심이 무색하게도 에이프릴이 먼저 그들에 관해 질문하기 시작했다.

"음. 잘 지내고 있어요. 하지만 아다시피 이혼은 모두에게 힘든 일이잖아요."

돔의 안색이 어두워졌다.

"얼마나 힘들었을지 감히 상상도 안 돼요."

에이프릴이 그의 팔을 토닥였다.

"양육권 조정은 어떻게 됐어요?"

돔이 움찔했다.

"아직 결정 나지 않았어요."

"그렇군요. 밤에 잠은 잘 자고요?"

"글쎄요. 제겐 좋은 의사가 있긴 한데… 그런 의미로 물으신 거라면요."

"물론이죠. 내가 도울 수 있는 일이 있으면 언제든지 자유롭게 얘기해요."

에이프릴이 그의 팔을 꼭 쥐며 말했다.

"감사합니다."

돔은 그럴 일 없을 것이라는 듯 응수했다.

"그리고 베스… 만나게 돼서 반가워요."

에이프릴이 돔의 엄마를 향해 몸을 돌렸다. 베스는 마치 타임머신을 타고 막 도착해 지금이 몇 년도인지 알아내려고 애쓰는 것처럼 화들짝 놀란 표정을 지었다. 르네는 베스의 건강 상태를 묻기 위해 돔을 쳐다보았다. 그는 거실을 돌아보고 있었다.

"집이 멋지네요."

그가 말하다 말고 멈추었다.

"이런. 여기서 무슨 일이 벌어졌던 거죠?"

그가 내비친 의문에 르네는 두 손을 꾹 움켜쥐었다. 바닥을 쓸고 가장 좋은 세라믹 그릇으로 식탁을 차리고 꽃병에 달리아를 담아 조리대를 장식한 곳을 두고 하필. 선물과 와인을 준비했고 곧 케이크에도 아이싱을 입힐 예정이었지 않은가. 창문과 벽, 소파, 양탄자를 보지 않았다면 모두 무사히 넘어갔을 텐데. 아니, 무사한 것 이상으로 오늘 점심은 완벽했을 것이다. 그런데 왜 자꾸 들춰보는 걸까?

"아무것도 아니에요. 그냥 사소한 사고였어요. 마실 것 좀 더 드릴까요?"

에이프릴이 신호를 기다리던 배우처럼 대화에 뛰어들었다.

"끔찍하죠? 어젯밤에 일어난 일인데 누가 그랬는지 전혀 알 수 없대요. 경찰에 신고도 안 한 건 정말 실수죠. 당국이 얼마나 도움을 줄지는 알 수 없는 일이긴 해요. 내 친구 데니스는 지난주에 쇼핑하러 나간 새 집에 강도가 들었는데 경찰이 아무 조치도 취하지 않았다더군요. 도난품이 없어 증거가 없다고 했다나. 하지만 데니스 말로는…"

르네는 무시했다. 그날 하루가 느릿느릿 그러나 분명히 그녀의 통제를 벗어나 흘러가고 있었다. 에이프릴은 계속 웅얼거렸고 돔은 에이프릴이 하는 말을 못 알아듣겠다는 듯 인상을 찌푸리고 있었다. 가엾은 베스는 방 안을 두리번거리고 있었는데 마치 가구에 날개라도 돋아 날아가 버릴지도 모른다는 표정이었다. 주도권을 되찾으려는 시도로 르네는 접시에 조각 치즈와 훈제 소시지를 담기 위해 주방으로 돌아갔다. 그다음 냉장고에서 아이싱을 꺼내 버터나이프로 케이크 위에 펴 발랐다. 완벽한 기둥 모양을 만들기 위해 시간을 들여 매만졌다. 빵 표면이 크림으로 완전히 뒤덮이자 복도로 서둘러 내려가 가브리엘의 문을 가볍게 두드렸다.

"준비됐니? 모두 도착했고 점심도 거의 다 준비되었단다."

그는 대답하지 않았다.

"네가 가장 좋아하는 음식을 만들었어."

아무 대답도 없었다. 이러지 마. 르네는 생각했다. 제발 오늘만은. 손잡이를 덜커덕거렸지만 문은 잠겨 있었다.

"게이브?"

"네, 들었어요."

낮은 목소리가 돌아왔다. 속을 끓이며 기다렸지만 결국 문은 열리지 않았다. 거실로 온 마이클은 식탁 옆에 서서 맥주를 흔들며 돌처럼 굳은 돔의 등을 비눗물 묻은 손으로 두드렸다.

"이런 말 안 하려고 했는데 친구야, 난 처음부터 레이첼이 맘에 안 들었어. 줄행랑칠 거라고 항상 생각했지. 아이들은 데려가겠지만 말이야. 여자들은 늘 그렇잖아? 들어 봐. 마누라 없이 그 모든 공간과 시간을 혼자 차지한다는 게 그렇게 나쁜 것만은 아니야. 약간의 평화와 정적을 위해 살인도 기꺼이 할 수 있을 것 같다는 생각이 가끔 드네."

에이프릴은 미술 전시회 감상하듯 소파의 얼룩을 살피며 베스와 이야기를 나누고 있었다. 아니, '일방적으로 말한다'는 표현이 더 정확할 것이다. 이야기 도중 시트를 끌어 내리는 바람에 거실 전체가 또 한번 드러났다. 분필 윤곽선만 있었다면 영락없이 범죄 현장처럼 보였을 것이다.

"완전히 죽은 채 판지 상자 안에 있었어요. 그리고 머리가 없었어요. 머리가 없다니! 믿을 수 있어요? 고양이에게 도대체 누가 그런 짓을 했을까요?"

베스는 액자의 깨진 유리와 그 안에 얼룩진 사진을 보고 머리를 가로젓더니 그중 하나를 집어 들어 쓰다듬었다. 가브리엘의 학교 사진이 담긴 액자였다. 에이프릴 옆에 서 있는 베스의 눈은 동그랗고 몸은 작고 연약해 보였다. 그녀에 비하면 에이프릴은 서투르게 흉내낸, 진한 화장과 거친 손동작으로 기괴해 보이기까지 했다.

"프랭크, 이거 전부 내가 사탄이 한 짓이라고 했지? 거기에 대해서는 이견의 여지가 없어. 악마의 짓이야."

프랭크는 뒷짐을 진 채 창가에 서서 아내의 말에 고개를 끄덕였다. 악마… 오, 맞아. 베스도 고개를 끄덕이기 시작하자 르네는 공포에 사로잡혔다. 문가에 서서 눈앞에 펼쳐지는 상황을 지켜보며 생각했다. 이게 내 아들의 열여섯 번째 생일 파티라고? 에이프릴의 몸이 자신도 모르는 사이에 베스에게 더 가까이 기울어졌다.

"도착했을 때 문 위에 크리스마스 천사가 걸려 있었다고 내가 얘기했나요? 목이 올가미에 씌어진 채로요. 그리고 저 사진을 보세요."

그녀는 베스의 손에 들려 있는 사진을 향해 고갯짓했다.

"내 말은, 메시지가 이보다 더 명확할 수는 없다는 거예요. 안 그래요, 베스? 성서에 나오는 대천사 가브리엘 알죠? 가브리엘이 위험에 처해 있어요. 그의 영혼이 곤경에 빠져 있다는 걸 느낄 수 있죠."

"엄마."

"응, 말해."

르네는 복도를 향해 고갯짓을 했다.

"밖에서 얘기 좀 할까요?"

둘만 있게 되자 에이프릴이 변명했다.

"난 단지 의견을 표현했을 뿐이야."

"그러니까 엄마! 그러지 마요. 제발. 오늘만이라도."

르네가 속삭였다.

"알았어, 알았어."

에이프릴이 악의는 없다는 듯 두 손을 펼쳐 보였다.

"내 말은 악마에게는 발톱이 있다는 거야. 내 손자가 그놈의 마수에 걸려들게 할 수는 없어."

르네는 더 이상 반응하지 않고 돌아가 모두에게 음료를 마저 따라주었다.

"오늘의 주인공은 어디 있나요? 열여섯 살이 되는 건 중대 사건이죠. 엊그제가 다섯 살이었던 거 같은데."

돔이었다. 르네는 미소 지었다.

"시간이 참 빨라요, 그렇죠?"

"꼬마 영웅을 빨리 보고 싶군요."

"너무 기대하진 마, 친구."

마이클이 세 번째 맥주를 마시면서 중얼거렸다.

"게이브 저 녀석은 교황이 바티칸에서 보내는 시간보다 더 오랫동안 저 방에 처박혀 지내고 있어. 쟤를 2006년 이후로 본 적이 없어. 어떻게 생겼는지도 잊어버렸다니까."

"오래 걸리지 않을 거야. 옷 입는 중이겠지."

"저 안에 뭐가 있길래? 무슨 스타일리스트 팀이라도 있는 거야?"

마이클은 맥주병을 탁자 위에 쾅 내려놓더니 욕실로 성큼성큼 걸어가 버렸다.

"괜찮아요, 렌? 게이브에게 무슨 일 있나요?"

돔이 목소리를 낮춰 조심스럽게 물었다.

"아뇨, 아무 문제 없어요."

그녀가 주방으로 돌아가며 말했다. 돔이 뒤따랐다.

"르네?"

르네는 오븐 장갑을 집어 들다 다시 내려놓았다. 눈시울이 뜨거워지더니 눈물이 차올랐다.

"솔직히 말하면… 돔, 마이클이 맞아요. 모든 방법을 총동원해 봤지만 게이브가 방에서 나오려 하지 않아요. 할 수 있는 일이라고는 학교에 보내는 것뿐이에요. 너무 걱정되네요."

돔이 그녀의 등을 토닥였다.

"내가 한 번 얘기해 볼까요?"

르네는 손가락으로 눈두덩을 눌렀다.

"얼마든지요."

십 분 후, 점심이 식탁에 올랐다. 프랭크가 자기 잔에 스카치 위스키를 채우는 동안 에이프릴은 베스를 자리로 안내했다. 마이클은 늘 앉는 식탁 상석을 차지하고 다른 사람에게 음식이 제공되기도 전에 냄비에서 두툼한 양고기를 손가락으로 집어내더니 에보니에게 건네주었다. 르네는 냅킨을 나눠주고 와인을 따랐다. 그러면서 아들의 빈 의자를 쳐다보지 않으려고 애썼다.

"이런 이런. 누가 얼굴을 내미는지 보시죠."

마이클이 야릇한 어조로 말했다. 르네가 깜짝 놀라 그의 시선을 따라갔다.

"어머."

그녀는 숨을 헐떡이다 하마터면 잔을 떨어뜨릴 뻔했다. 게이브가 깃이 있는 감청색 셔츠와 말쑥한 블랙 진을 입고 돔과 함께 문간에 서 있던 것이다. 머리도 단정하게 빗은 채였다. 르네는 믿을 수가 없었다. 돔이 기적적으로 아들을 설득해 냈다.

"오, 내 아들! 생일 축하해! 세상에, 정말 멋지구나. 자, 이리 와 앉아. 네가 좋아하는 음식 만들었어. 양고기 요리에 으깬 감자 곁들인 거! 맞지?"

르네는 달려가 그를 껴안았다. 가슴이 터질 듯했다. 르네는 가브리엘을 맞이하며 주머니에 손을 찔러 넣고선 문가에 기대고 있던 돔을 돌아보고 입 모양으로 고맙다고 말했다. 돔은 미소 지으며 어깨를 한 번 으쓱했다. 별 거 아닙니다. 르네는 환하게 웃었다. 가브리엘 옆에서 분주하게 접시에 음식을 담아 주었다. 아들에게 줄 선물을 가져오는 동안 에이프릴과 프랭크는 시간에 쫓기듯 질문을 퍼부었다. 어떻게 지냈니? 학교는 어때? 아직도 그림을 그리니? 요즘 어울리는 친구들은 누구야? 하지만 마이클은 식탁 끝에서 몹시 화난 표정으로 비웃어 댔다.

"전하, 침실에서 식탁까지의 여정은 어떠셨습니까? 너무 스트레스 받지는 않으셨는지요?"

"이봐. 그쯤 하지."

돔이 식탁에 앉으며 중얼거렸다. 마이클의 이마에 핏줄이 곤두섰다.

"그만하라고?"

그는 포크로 양고기 조각을 찔러대며 말했다.

"나야말로 빌어먹을 휴식이 필요한 사람이야."

"마이클."

르네가 경고했다.

"제기랄! 나는 날마다 뼈 빠지게 일하는데 거기에 대해서는 누구 한 사람 살가운 말 한마디 없네. 이 자식은 밥 먹기 위해 앉았다고 박수갈채를 받고. 어이가 없어."

끔찍한 침묵이 흘렀다. 가브리엘은 의자에서 주눅 들어 보였다. 숨이 찬 듯 몸을 꺾었다.

"그만 둬, 마이크. 애 생일이잖아."

돔의 창백한 입술에서 차분하지만 위태롭고 낮은 목소리가 새어 나왔다. 마이클과 돔은 서로를 오랫동안 응시했다.

"있잖아."

마침내 마이클이 말했다.

"방금 생각 났는데 난 이미 먹고 왔어. 야, 빌어먹을 생일 축하한다."

그가 의자를 뒤로 밀치고 일어서더니 뒷문으로 성큼성큼 걸어가 밖으로 사라졌다. 몇 초 동안 침묵이 흘렀다. 르네는 뺨이 화끈거렸지만 짐짓 눌러 참으며 활짝 웃었다.

"자, 여러분. 식기 전에 드세요."

알렉스

보드가 물 위에 안정적으로 뜨고 나서 그 위로 기어 올랐다. 균형을 잡기 위해 무릎을 꿇고 노를 저어 물 한가운데로 나아갔다. 그 다음 손을 내리고 발 위치를 잡아 천천히 일어섰다. 햇빛이 보드 아래에서 부서져 내렸다. 새파란 하늘과 완벽한 고요가 비현실적으로 와닿았다. 들리는 소리라곤 물과 바람, 개구리와 새 소리뿐이었다. 아무도 매달리지 않았고 아무도 나를 필요로 하지 않았다. 몸이 거미줄로 만들어져 몸 사이로 공기도 통과할 듯이 가볍게 느껴졌다. 노를 저으며 보드를 앞으로 밀자 고집스레 버티던 복근도 흐름을 따랐다.

뒤 어딘가에서 키트가 따라오고 있었다. 어깨 너머로 유연하고 편안한 몸짓으로 빠르게 다가오는 모습이 보였다. 그의 근육이 보드용 반바지와 래쉬가드 아래에서 물결쳤다. 그와는 달리 내 동작은 어색하고 부자연스러워 비교되었다. 출산 후 거의 9개월이 지났지만 내 몸은 아직도 내 것이 아니었다. 비키니 대신 원피스 수영복을 꺼내 입긴했어도 아직 몸매가 돌아오지 않아 욕실이 아니고서는 몸을 드러내기가 불편했다. 그가 나를 봐주길 원하면서도 동시에 원하지 않는 이율배반적인 감정. 앞으로 몸을 기울이며 더 세게 밀어붙였다.

"보드에 모터 달린 거 아니죠?"

그가 나를 따라잡으며 말했다.

"이렇게까지 고강도로 운동할 줄 알았다면 함께 오자고 하지 않았을 거예요."

나는 미소 지으며 속도를 늦추고 살짝 방향을 바꿔 노를 저었다. 너무 가까이 가지 말아야지.

"그건 그렇고 여름 축제는 대체 뭐에요?"

기드가 시신을 의식하며 어깨를 으쓱했다.

"그건 해마다 하는 일이에요. 우스꽝스럽지만 나름대로 재미있어요. 눈이랑 얼음, 산타 썰매, 순록, 겨울에나 즐길 수 있는 것들로 크리스마스 행사를 준비하는데 그보다 사나흘 전인 하지에 여름을 축하하는 거죠."

두 보드의 뒷부분이 서로 부딪쳐 요동치자 몸에 힘이 들어갔다.

"야외에서 저녁을 준비하고, 조명을 켜고, 음악을 연주해요. 매기는 의상이나 장식, 선물 분야를 담당하고요. 사실 행사 전반을 계획하는 셈이죠."

"매기가요? 파티를 좋아하는 사람처럼은 안 보이던데요."

내 보드와 그의 보드의 앞부분이 멀어지면서 둘 사이의 물줄기가 넓어졌다.

"사실 매기가 파티를 굉장히 좋아해요. 행사는 그녀 담당이죠. 키르탄, 아그니호트라, 버냐 소나무축제, 발타너, 이 모든 행사를 맡아 추진하고 있어요."

"아는 단어가 하나도 없네요."

방향을 바로잡기 위해 미친 듯이 노를 저으며 말했다. 키트가 웃었다.

"매기를 만나기 전까진 나도 몰랐어요. 자, 정확하게 알고 있는지 확인해 보죠. 키르탄은 부르며 대답하는 스타일의 인도 명상음악이고, 아그니

호트라는 아유르베다 정화 의식이고, 그리고 발타너는 게일의 노동절 축제예요. 일반 상식으로 이만하면 어때요?"

"퀴즈 대회에서 점수 좀 따시겠어요."

"무적이죠."

"버냐 소나무 축제는요?"

"버냐 소나무 열매의 수확을 축하하는 원주민 전통이에요. 저쪽 키 큰 나무들 보이죠?"

그는 저수지 건너편 왼쪽을 가리켰다. 케이크 위의 장식 방울처럼 나뭇가지에 짙은 녹색의 점들이 솟아 있었다.

"저 나무의 솔방울은 크기가 축구공만 해요."

"와우!"

그가 가슴을 부풀리고 한쪽 눈썹을 치켜올려 매력적이면서도 유머러스한 표정을 만들었다.

"꽤 인상적이죠. 그렇죠?"

"당신이 허세 부리길 좋아한다는 게 인상적이네요."

"아, 이런! 매력이 발산된 게 아니고요?"

우리는 웃었고, 긴장감이 사라졌다.

"어쨌든 모두 파티를 위한 좋은 핑곗거리죠. 그리고 일단 매기는 좀 더 가까워지면 상냥해질 거예요."

"흠. 당신 말을 믿어 볼게요."

나는 다시 노를 물에 담그며 녹색 잡초 한 줄을 떼어냈다. 키트가 다시 웃었다.

"좋아요. 매기는 상대하기 쉽지 않을 수 있어요. 하지만 엄밀히 말해 그녀만 그런 건 아니에요. 어떻게든 자기만의 울타리를 벗어나지 않으려고 안간힘을 쓰는 주민들이 더 있어요. 심지어 마을을 폐쇄하고 와이파이까지 끊고서 완전한 자급자족을 실현하길 바라기도 해요. 이해는 해요. 세상은 무섭고 끔찍한 사람들로 넘쳐나니까요."

그가 잠시 말을 멈췄다. 순식간에 그의 표정에 고통이 서렸다.

"숨고 싶은 마음을 이해 못하진 않지만 그다지 실용적이거나 합리적인 해결책은 아니에요."

그가 또 한번 활짝 웃으며 말했다.

"괜찮아요. 결국 마음을 바꾸고 받아들일 거예요."

우리는 편안한 고요 속으로 빠져들며 나란히 표류했다. 리드미컬하게 노가 오르내렸다. 나는 옆에 있는 키트의 존재를 강하게 의식하며 균형 맞추기에 집중했다. 우리 사이의 공기는 통과하면 타오를 수 있을 만큼 강력한 기류가 느껴졌다. 나는 목청을 가다듬었다.

"외국에서 자랐다고 했죠? 재밌었겠어요."

"아니, 그건 아니에요. 저보다는 제 부모님이 더 흥미로웠을 거예요. 알렉스도 이곳저곳 많이 다녀봤다면서요. 그 여행담이 훨씬 더 흥미로울 것 같아요."

"아, 흥미로운지는 잘 모르겠어요. 많이 다녔던 것도 아니구요. 여행을 떠난지도 오래되었어요. 돌아다니긴 했죠. 시드니에서 아이 등하교시키기, 산부인과, 슈퍼마켓, 오후 다과회 정도."

"그렇군요."

키트는 잠시 침묵했다.

"그럼, 지금 알렉스 당신의 계획은 뭐예요?"

"내 '계획'이요?"

"아뇨, 그러니까 내 말은 그러니까… 지금 상황이 어때요?"

"오."

발밑에서 쏜살같이 달려가고 있는 작은 물고기 떼에 시선을 던졌다. 불행으로 점철된 내 이야기를 어디서부터 시작해야 할까.

"괜찮아요."

키트가 어색한 침묵 끝에 말했다.

"마음이 편치 않으면 얘기하지 않아도 돼요."

"그건 아니에요."

불편하진 않았다. 불편하지 않은 정도가 아니라 키트와 함께 있으면 편안했다. 마치 이미 모든 이야기를 서로에게 털어놓은 것처럼 말이다. 하지만 조심해야 한다는 것 또한 알고 있었다. 나 자신을 지키기 위해서는 어느 정도 감정적 보호막을 유지할 필요가 있었다.

"미안해요. 나는 내 얘기를 쉽게 꺼내지 않아요."

"괜찮아요. 나도 그래요."

문득 그에 대해 아는 게 거의 없다는 사실을 깨달았다. 노를 젓던 힘이 점점 더 약해졌다. 그때부터 나는 속으로 갈등했다. 믿어도 될까? 후회하진 않을까? 결국 조금은 털어놓기로 했다. 서로 똑같은 생각일지도 몰랐으니까.

"나는 영국에서 태어났어요."

보드에 시선을 고정한 채 말하기 시작했다.

"우리 가족은 모두 아직 그곳에 있어요. 스무 살 때 처음 남자친구와 함께 호주로 배낭여행을 왔고 둘 다 이곳을 좋아했죠. 우리는 일자리를 얻어서 자리를 잡았어요. 소꿉놀이하듯 사는 나날이었어요. 난 유모로, 남자친구는 건축업자로 근무하다 몇 년 후에는 둘 다 영주권을 얻었죠. 그때 임신을 하게 됐구요."

순간적으로 불안과 공포를 느끼며 숨을 들이마셨다.

"계획 임신은 아니었어요. 하지만 안 될 거 뭐 있나 생각했죠. 그를 사랑했고, 그는 나를 사랑했고, 서로 행복했으니까요. 돈도 있었고, 모든 상황이 좋았으니까… 그때는 운명을 믿는 편이었어요. 남자친구도 처음에는 기뻐하는 것처럼 보였는데 어느 날 잠에서 깨서 보니 사라져 버렸더라구요. 그냥 그렇게 짐을 챙겨 비행기를 타고 훌쩍… 떠나가 버렸어요."

키트가 나를 응시하는 것이 느껴졌다.

"저런."

"잔인하죠? 어디로 가 버린 건지도 모르겠어요. 영국으로 돌아가지는 않았을 것 같은데 또 모르는 일이죠."

목구멍에 맺힌 응어리 같은 것이 풀리길 기다리며 말을 잠시 멈추었다. 15년이 지난 지금도 여전히 고통스러운 기억이었다.

"아이를 지우기엔 너무 늦은 시점이었어요. 뭐, 그 상황이 아니었어도 아이를 포기하진 않았을 거라 생각해요."

나는 마른침을 삼켰다.

"그 아이가 올리구요."

우리는 저수지 반대편 기슭에 도착했다. 조용히 그리고 순조롭게 출발했던 방향으로 보드를 되돌릴 수 있었다.

"어떻게 그 시기를 견뎠죠?"

"친구들도 그랬지만 친절한 상사가 버팀목이 되어 주었어요. 여자분이었는데 너무 훌륭한 분이어서 가끔가다 깜짝 놀라고 그랬어요. 제 이민 후원자였고 올리가 태어난 다음에는 지원을 많이 받을 수 있도록 도와주셨거든요. 그분이 없었다면 버틸 수 있었을지 모르겠어요. 몇 년 후 캐나다로 이사 갔지만 아직도 안부 메일을 주고 받아요."

나는 일부러 더 웃어보였다.

"올리와 나는 작은 팀이었어요. 우리는 사는 환경이 자꾸 바뀌었어요. 다른 마을, 다른 학교, 다른 직업으로."

우리는 많은 추억을 가지고 있었다. 포트 스테판스, 포트 캠벨, 프리맨틀, 그레이트배리어리프 지역… 그때의 나, 걸어다니던 길, 내 작은 친구 올리.

"난 변화를 좋아해요. 즐긴다고 할 수도 있죠. 그러던 어느 날 올리가 이리저리 옮겨다니는 게 지겹다고 하더라구요. 그때가 아마 아홉 살 되던 해였을 거예요. 열 살이었나? 시드니에 있던 시점이라 그곳에 정착하기로 했죠."

"왜 영국으로 돌아가지 않았어요?"

키트는 내 속도에 맞춰 노 젓는 속도를 줄였다.

"불편하다면 얘기하지 않아도 돼요."

"나는, 음…"

이 질문에 어떻게 대답해야 할지 난감했다.

"나는… 우리 아빠는… 좋은 사람이 아니에요. 그렇다고 폭력적이거나 때리거나 하진 않았고요. 엄마도… 음, 그냥 제가 성장할 때 적절한 방식으로 대해주지 않았다고만 해 둘게요."

"유감이군요."

"가끔은 집에서 지내기가 버거웠어요. 어렸을 땐 방안에 요새를 짓고서 숨어 있곤 했어요. 누워서 죽은 척 하느라 그랬죠. 항상 짐을 꾸려서는 침대 밑에 두고 가출 계획을 세세하게 세웠어요. 완벽한 가족이 사는 완벽한 집 사진을 벽에 붙이고 언젠가 저런 집에서 살 것이라고 다짐하고 그랬죠."

아직도 생생했다. 언덕 위 농가처럼 하얀 울타리에 집을 둘러싼 테라스와 챙 넓은 모자같은 지붕까지 구석구석 모두 기억났다. 파인 리지의 목장을 올려다보았지만 나무들에 가려 보이지 않았다.

"우리집 상황이 일반적이라고 생각했어요. 모두 그렇게 사는 줄 알았거든요. 언제라도 떠날 태세로 사는구나… 하고. 결코 그렇지 않다는 걸 깨달았을 때는 화가 났어요. 엄마에게 화가 치밀었죠. 어떻게 그 지경이 되도록 내버려 뒀을까. 왜 상황을 바꾸려고 하지 않았을까… 도무지 이해할 수 없었죠."

마음을 가라앉히기 위해 심호흡을 했다. 키트가 고개를 끄덕였다.

"아직도 연락해요?"

"아뇨. 그런데 무슨 바람이 들어선지 올리를 가진 지 얼마 안 되어 가족이 한 번 호주에 온 적이 있어요. 여전히 꽉 막혀서 너무 싫었더라구요. 하나도 변한 게 없었죠."

고속도로의 차량 정체를 묘사하듯 꽉 막히다는 표현을 썼다. 아주 불쾌하고 짜증스럽다는 듯. 실제로 가족의 방문은 내 인생에서 가장 괴로운 사건이었다. 이런 나를 보고도 엄마는 냉정히 떠나 버렸다. 킹스포드 스미스 공항에서 가방을 확인한 후 검색대를 통과해 거의 뒤도 안 돌아보고 희미하게 사라지던 모습은 계속 큰 상처로 남았다. 상처가 이토록 고통스러운데 보이지도, 만져지지도 않는다는 사실이 의아할 지경이었다. 엄마가 머물러 줄 거라 일말의 기대조차 하지 않았는데도 말이다. 기대? 그야 집을 떠난 사람은 나였으니까. 하지만 엄마가 이대로 나를 영원히 저버린 것만 같아 마음이 찢어질 듯 아파왔다. 날 떠나지 마. 제발 여기 있어. 엄마는 못들은 체 했다.

"카라는요? 황새가 문간에 놓아두고 갔나요?"

갑자기 가슴이 뒤틀렸다. 미친년. 넌 제정신이 아니야. 치료를 받아야 해.

"그 얘기는 나중에 해 줄게요."

노를 깊이 저어 속도를 높였다.

"키트 당신 얘기도 해 줘요."

키트가 목청을 가다듬었다.

"나요?"

"그래요, 당신. 내 얘기를 했으니 이제 당신 얘기를 듣고 싶어요."

키트가 눈썹을 치켜 올리며 눈부신 미소를 보냈다.

"진실 게임 같은 거군요."

하지만 그는 아무 말도 하지 않았다. 불쾌해졌다. 경청해 준 건 고맙지만 털어놓은 걸 후회하게 만드네. 경고예요, 키트. 고개를 돌려 저수지 건너편 마을을 바라보았다. 카라가 뭘 하고 있을지 궁금했다. 날 찾고 있을까? 바로 그때 '그것'이 눈에 들어왔다. 그 형태. 그 그림자! 회색빛 숲에서 온 노파가 긴 머리를 휘날리며 서 있었다. 나무 그늘 밑에 한 손에는 나무를 쥐고서 말이다. 어떤 차림인지 자세히 보일 정도로 가까이 있었다. 잠옷같은 옷 위에 회녹색 우비를 입고 있었다. 머리칼이 곤두서고 맥박이 빨라졌다. 해변에 서 있는 그녀는 신기루처럼 빛이 났다. 흐릿한 실루엣이 배경과 뒤섞여 있었다.

나를 보고 팔을 들어올린 그때 보드가 기울어지고 젖혀져 아래로 미끄러지고 말았다. 균형을 잃어 비틀거리던 나는 손을 허우적대며 더 빠지지 않으려고 애썼다. 찰싹, 찰싹… 팔다리가 물에 부딪혔다. 중력을 잃은 듯 물에 잠겨들었다. 첨벙 하는 소리와 함께 물이 머리 위를 덮쳤다. 기포, 백색 소음, 귀에 느껴지는 압력. 나가 떨어진 굴욕적인 모습으로 다시 수면 위로 떠올랐다. 보드를 움켜쥐고 몸을 일으켰다. 왼쪽 어딘가에서 키트가 나를 부르고 있었다.

"알렉스! 괜찮아요?"

그의 목소리가 아주 먼 곳에서 들려오는 것 같았다.

"키트! 당신도 봤어요?"

나는 물개처럼 퍼덕거리며 숨을 헐떡였다.

"뭘 말이죠?"

"저 위에 있던 노파……."

젖은 머리를 눈에서 떼어내며 해안을 돌아보았지만 백발의 노인은 사라지고 없었다. 부서지는 햇살을 손으로 막으며 보드에 무릎을 꿇었다. 물가를 다급히 훑어보았다.

"무슨 일이에요? 뭘 찾는 거예요?"

미쳤어. 정신 나갔어. 나는 고개를 저었다.

"아무것도 아니에요."

"확실해요?"

"네. 뭔가 봤다고 생각했는데 잘못 봤나 봐요."

키트가 뭔가 다른 말을 꺼내려다 관두었다.

"돌아가는 게 좋겠어요. 보드 좀 들어 줄래요?"

그의 말에 응해 주었다. 키트를 따라 물에서 패들보드를 빼내다 나는 그 무게에 깜짝 놀랐다.

"아니, 혼자서 어떻게 두 개나 들고 여기까지 왔죠?"

키트가 웃으며 말했다.

"죽다 살았어요. 하하, 농담이에요. 그렇게 힘들지 않았어요. 집이 멀지 않거든요."

그는 고무나무 군락 바로 너머에 있는 건물을 가리켰다. 우리는 수건을 가져다 몸을 닦고 풀밭과 나무 사이로 보드를 옮겼다. 키트의 집은 L자 모양이었는데 모던한 디자인에 감탄이 나왔다. 빈 터에 연갈색 목재로 전면을 두른 건물은 숲과 완벽하게 어우러졌다. 혁신적인 진저 하우스 스타일의 건축물이었다. 한숨 돌리기 위해 현관 계단에서 몇 미터 떨어진 곳에 멈춰 섰다.

"와, 멋져요."

"고마워요. 직접 디자인했어요. 물론 전문가의 도움을 조금 받긴 했죠. 좀 둘러 볼래요?"

그는 옆길을 돌아 깔끔한 잔디밭과 넓은 데크로 안내했다. 키트가 보드를 바닥 위로 끌어 올린 다음 실내로 들어가는 미닫이문을 열었다. 편안해 보이는 소파와 책으로 가득한 책장, 그리고 장작 난로가 있는 깔끔한 거실로 그를 따라 들어갔다. 한쪽 구석에 기타가 스탠드에 기대어 세워졌고 다른 한쪽에는 큰 식물이 잎사귀를 펼치고 있었다. 주방은 뒤쪽에 있었다. 새 가전제품, 심플한 수납장, 깔끔한 외관. 너무 복잡하거나 화려하지 않았다. 키트는 곧장 냉장고로 향했다. 나는 젖은 모래 발자국을 남기지 않기 위해 문 앞에 서 있었다.

"맥주?"

고개를 저었다가 마음을 바꿨다.

"마시고 싶긴 한데… 마시죠, 뭐. 주세요."

우연히 키트와의 시간을 가지게 되어 좋았지만 입이 마르고 머리는 여전히 멍했다. 맥주 한 잔이 간절했다. 키트가 주방에서 차가운 맥주 두 병을 가지고 돌아와 뚜껑을 비틀어 땄다. 그가 휴대폰을 꺼내 화면을 톡톡 두드리자 부드러운 종소리 선율과 함께 여자 가수의 노래가 흘러나오기 시작했다.

"건배. 좋은 하루를 위하여."

"좋은 하루."

짠. 나는 연달아 크게 세 모금을 마셨다. 시원한 기분도 잠시, 하품이 나오려 했다.

"미안해요. 좀 피곤해서."

눈물까지 고인 채였다.

"괜찮아요. 이사에 새 집 정리, 두 아이까지. 나라도 피곤할 거예요."

나는 고개를 끄덕였다. 방이 빙글빙글 도는 듯 몽롱해졌다.

"이런."

소파 뒤쪽으로 손을 뻗었다.

"괜찮아요? 좀 앉을래요?"

키트가 앞으로 나서며 말했다.

"괜찮아요."

얼굴이 붉어졌다.

"글쎄요. 충분히 괜찮은 건 아니고요. 정신이 하나도 없어요. 근데 괜찮아요. 괜찮을 거예요."

"좀 앉는 게 어때요? 혹시 모르니까요."

우리는 소파에 앉았고 나는 쿠션에 몸을 파묻었다. 뜨거운 태양 때문이었을까? 믿을 수 없이 피곤했다. 맥주 때문일 수도, 갑작스러운 운동 때문이었을 수도 있었다. 지난 며칠, 몇 주, 몇 달 동안의 부담감이 높은 곳에서부터 가속을 받아 내 몸 위로 떨어진 것만 같았다.

"알렉스, 하고 싶은 얘기 더 없어요?"

그는 그저 친절할 뿐이었다. 알고 있었다. 그건 진짜 궁금해서 묻는 말이 아니었으니까. 키트가 자기 얘기를 들려주지 않았음에도 불구하고 저수지에서의 대화는 좋았다. 몇 년 동안 내 얘기를 들어준 사람은 키트 외에 아무도 없었다.

"그다지 좋은 생각이 아닐 수 있어요. 일단 시작하면 멈추지 못할지도 몰라요."

키트가 어깨를 으쓱했다.

"나 시간 많아요."

나는 눈을 가늘게 떴다.

"당신이 먼저 내게 말해보는 건 어때요?"

"무슨 뜻이에요?"

"뭐든지요. 학교는 어디서 다녔고 가족은 어땠는지."

키트가 맥주를 한 모금 들이켰다.

"좋아요. 음, 난 부모님과 사이가 좋지 않았어요. 함께 사는 것이 항상 힘들었어요. 알렉스 당신과는 다른 경우지만… 어쨌든 어려웠어요. 나는 더 이상 부모님과 이야기하지 않아요."

"왜요?"

그가 한숨을 쉬었다. 입을 여는가 싶더니 다시 닫아 버렸다.

"미안해요. 거기에 대해 별로 말하고 싶지 않아요. 다른 얘길 해도 괜찮을까요?"

나는 어깨를 으쓱했다.

"그럼요."

그는 무릎 위로 시선을 떨어뜨렸다. 다시 고개를 들었을 때 그의 눈이 폭풍우 속 파도에서 언뜻 보이는 짙은 청회색 빛이라는 것을 알아차렸다.

"파인 리지에 오기 얼마 전에… 상황이 정말 안 좋았어요. 어디로 가야 할지, 무엇을 해야할지 갈피를 잡지 못했죠. 늘 슬프고 불행했어요. 차를 몰고 가다 다리에서 뛰어내리려 한 적도 있어요."

상상도 못한 이야기였다.

"어떤 도시에 도착했는데 다리가 보였고 어디쯤 틈이 있는지도 알고 있었어요. 한낮에 시동은 그대로 켜두고 페달에 발을 올려놓고선 하염없이 앉아 있었죠. 그때 사람이 지나갔어요. 또 다른 누군가가 뒤따라왔고, 그 다음에 또 다른 사람, 그리고 또 다른 사람이 따라왔어요. 기이하게도 별안간 수백 명의 사람이 나타났죠. 노인과 아이, 학생과 가족, 모두가 표지판을 들고 무언가 소리쳤어요. 처음엔 내가 무슨 분쟁에 휘말린 줄 알았어요. 무언가에 격분한 사람들인가 생각했지만 그렇진 않았구요. 나는 차에서 내려 그들과 합류했어요. 모두 활기차고 희망에 차 있었어요. 결의가 느껴졌죠. 내 인생에서 그보다 더 강렬한 기운을 느껴본 적이 없어요. 알고 보니 내가 주차했던 곳이 환경 보호 시위장 바로 옆이더군요. 차로 돌아왔을 때는 생각이 완전히 바뀌었어요. 극단적으로 얘기하면 어쨌거나 그 시위가 내 목숨을 구했다고 볼 수 있겠네요. 파인 리지에 대한 최초의 발상도 거기서 비롯된 거고요."

그는 내게 쓴웃음을 지어 보였다.

"그 이후로는 다리에서 뛰어내리려는 시도는 하지 않아요."

어떻게 반응해야 할지 몰라 그를 유심히 살펴보았다. 이런 속 얘기는 쉽게 꺼낼 수 있는 얘기가 아니었다. 하지만 그의 말에는 뭔가 어긋나는 부분이 있었다. 콕 짚어 표현할 수는 없지만 그가 망설이는 것이 분명했다. 뭔가 빼고 얘기하는 것 같다는 표현이 정확했다.

"이제 당신 차례예요."

하는 수 없이 동일한 게임 전략을 취하기로 했다. 부담스럽지 않은 내용만 공유하고 나머지는 제외하는 식이네. 맥주병 상표를 만지작거리며 말했다.

"올리와 내가 시드니에 머물기로 하고 얼마 되지 않아 누군가를 만났어요. 방향을 잃고 외로웠던 때였죠. 올리는 하루 종일 학교에 있었고 나는 아직 제대로 자리를 잡지 못한 상황이라 그때 만난 남자가 마치 구세주로 보이더라구요. 스튜어트… 그는 카리스마 있었고, 인기도 많았어요. 식당 몇 곳을 운영하면서 사람들에게 항상 둘러싸여 있었죠. 그는 돈과 집과 차를 주었어요. 내 모든 뒷바라지를 다 해줬구요. 내가 원했던 행복한 가족과 동화 같은 삶을 주고 있다고 생각했어요. 그런데 너무 성급했죠. 무슨 짓을 저질렀는지 깨달았을 때는 너무 깊이 빠져 있었구요."

너무나 쉽게 삶의 통제권을 내려놓았다는 부끄러움으로 몸서리쳐졌다.

"그는 나에게 상처를 줬어요. 여러 번."

오랫동안 일종의 최면 상태에서 살았다. 나 자신이 휩쓸려 가는 것을 방기했고 삶의 주체성을 침범 당했을 때 오는 정신적 부담, 경고 신호를 무시했다. 둘 사이의 섹스가 난폭해졌다고 처음 느꼈을 때, 집에 감금시킨 후 열쇠를 가져갔을 때 그는 내가 일해서 돈 버는 것을 원치 않는다고 늘 강조했다. 내가 취할 수 있는 최상의 삶이란 그가 '누구나 원래 그렇게 하듯' '제공자'가 되어 생활비를 대주는 것이라고 말했다. 그가 나에게 미쳤다고 세뇌한 것도 그때가 처음이었고 나 자신의 판단에 의문을 제기한 것도 그때가 처음이었다. 정신을 잃고 있었을지도 모른다. 한 번은 새벽 세 시에 들어와 침대에 밀어붙이고 거칠게 숨을 몰아쉬며 귀에 창녀 같은 년이라 소리친 적도 있었다.

"그러다 다시 임신했다는 걸 알게 되었어요."

세 모금 크게 죽 들이켰다. 목구멍에 탄산감이 느껴졌다.

"나쁜 일만은 아니라고 다시 한번 믿어 봤어요. 모든 사람에게 문제가 있기 마련이고 아기가 우리의 문제를 반드시 해결해 줄 거라 여겼죠. 한동안은 상황이 나아지기도 했어요. 하지만 그 이후 상황이 악화됐어요. 올리가 학교에서 어떤 문제에 휘말렸거든요."

팔과 갈비뼈 쪽 멍을 가릴 방법을 고민하고 있던 어느 날, 올리의 학교에서 전화가 한 통 걸려왔다. 경찰이 같은 반 여학생들의 노골적인 영상을 유포한 혐의로 남학생들을 조사하고 있다는 연락이었다. 그들은 사진을 파일 플랫폼에 올린 다음 링크를 공유했다. 그런 짓을 당하기엔 여학생들은 너무 어렸다.

"학교에서는 올리가 직접 연루되지는 않았다고 했어요. 근데 올리의 휴대폰에 있던 링크가 문제 됐던 거예요. 나는 직접 관여한 만큼이나 나쁜 행동이라고 생각했어요. 올리는 그걸 신고하지도, 알리지도 않고, 그 사건에 대한 어떤 문제의식도 없었어요. 나는 화가 나서 학교에 적극적으로 문제 제기를 했어요. 자세한 내막을 살펴 주기보다 아이를 금방 포기해 버리는 학교에 실망했거든요. 사실 나 자신에게 화가 났던 거였죠. 모든 게 내 잘못이었으니까. 올리와 스튜를 같이 살게 만든 건 나였잖아요. 본보기를 제공한 거나 마찬가지죠."

스튜어트를 우리 가족에 끌어들이면서 내 아들이 파렴치한으로 성장할 수밖에 없는 환경을 나 스스로 조성했다는 것을 알아챘다. 여자에게 무례하게 대해도, 무시해도 된다고 올리에게 직접 가르친 셈이었다.

"교장 선생님과 면담한 후 올리와 대화를 해야겠다고 결심하고 집으로 돌아갔어요. 스튜와 비디오 게임을 하고 있더군요. 둘은 정확히 똑같은 자세로 소파에 앉아 얼빠진 표정을 짓고 있었어요. 그때 생각했죠. 젠장, 애 하나를 더 키우고 있네."

다시 맥주를 마셨다. 목이 메여 목구멍으로, 뱃속으로 꾸역꾸역 밀어 넣었다.

"며칠 후 밤에 카라가 우는 소리를 듣고 깨어났어요. 일어나 카라의 방으로 가 보니 스튜어트가 거기 있었어요. 아기 침대를 내려다보면서 카라가 우는 걸 지켜만 보고 있더군요. 술을 마시고 들어왔는데 얼굴에 그 표정을 짓고 있는 거예요……."

병을 기울여 술을 비웠다.

"그때 위험에 처한 사람은 나만이 아니라 우리 셋 모두라는 걸 깨달았어요. 그래서 달아났어요. 아이들을 데리고 떠나왔죠."

"믿을 수 없이 용감하네요."

잠시 침묵하더니 키트가 말했다.

"그런 일에 많은 용기가 필요하잖아요."

무릎 위에 놓인 빈 병을 응시했다. 용감하다고 생각하진 않았다. 수년 동안 엄마를 무시하고 통제하는 아빠를 지켜보았으면서 내 삶에서 바로 그 똑같은 일이 재현되는 걸 알아차리지도 못했는데 과연 용감하다고 할 수 있을까? 절대 아니다. 용기가 있었다면 훨씬 더 빨리 떠났을 것이다. 용감했다면 애초에 그와 동거하지도, 아들이 똑같은 짓을 하도록 허용하지도 않았을 것이다. 친구와의 우정도, 커리어도 절대 포기하지 않았을 것이며 벽에 밀쳐져서 목을 조이던 날 이후에도 침묵으로 일관하지도 않았을 것이다.

나는 그 모든 일들을 용인했다. 자연스러운 과정이라고 세뇌됐었다. 어떤 대안보다도 그런 식의 삶이 당연하며 다분히 정상적이라고 느꼈다. 한계치에 다다르고 더 이상 묵과하면 안 된다는 생각이 들자 나는 그에게 '그 일'을 저지르고 도망 나왔다. 이 부분은 굳이 키트에게 말하지 않기로 했다. 용감한 사람으로 바라봐 주는 편이 더 나았다.

175

키트가 일어나 냉장고에서 맥주 두 병을 가져올 때 쯤 몸 아래에서 소파가 출렁이는 느낌이 들었다.

"당신같이 지켜주는 엄마가 있어서 올리는 행운아예요."

나는 고개를 저었다.

"훌륭하게 키워낼 수 있으리라고 늘 생각했어요. 친구같은 엄마가 되고 싶었죠. 마약이나 섹스에 관해, 그리고 밤에 밴드 공연을 보러 갈 때 침실 창을 몰래 빠져나가는 최고와 최악의 방법에 대해서 쿨하게 조언해 주는 멋진 엄마 말이에요. 하지만 봐요. 올리와 난 전혀 다른 세상에서 살고 있잖아요. 내가 뭘 하고 있는지 모르겠어요."

키트가 새 맥주를 건네주었다.

"휴대폰 같은 거 진짜 짜증나요."

나는 계속했다.

"내가 그런 기기를 가지고 다니며 성장한 게 아니니까 아들처럼 잘 알지 못해요. 완전히 다른 우주에서 자란, 무슨 외계어로 소통하는 외계인 같은데 내가 그 외계인을 인도해 주어야만 하잖아요."

"힘든 문제죠. 제가 짐작할 수도 없는… 다만 아마 우리 부모님 세대도 비슷한 어려움을 겪었을 거예요."

"무슨 의미예요?"

"글쎄요. 휴대폰이나 인터넷 탓만은 아니라고 생각해요. 언제나 세대 간 기술 격차는 있어왔죠. 테크놀로지 자체를 두려워할 필요는 없다고 생각해요."

"그렇게 생각해요?"

다크웹을 떠올렸다.

"나한텐 꽤 무서운 이슈인데요."

"물론 어느 정도 사실이지만 전자 기기가 아닌 다른 부분도 별반 다르지 않아요. 인터넷이 유독 그렇게 비춰지긴 하죠. 그런데 온라인에 있는 모든 건 오프라인에서도 찾을 수 있잖아요. 결국 모두 같은 거예요. 온라인에서의 일들이 더 강조되어 보일 뿐."

"흠, 더 쉽게 접근할 수 있고 더 중독적이고요."

"맞아요. 인터넷이 아니어도 이상한 일들은 어디선가 일어났을 거예요."

맥주를 길게 한 모금 마셨다. 어쨌거나 완전히 동의할 수는 없었다.

"잠깐만요. 키트 당신에게 자식이 생기면 다시 얘기해 보죠. 그때도 똑같이 얘기할지 두고 보자구요."

"미안해요."

그가 웃었다.

"교만했네요. 영상물을 그렇게 무서워할 필요는 없다고 말하려던 것뿐이에요."

철이 덜 들었나. 나도 모르게 든 생각에 깜짝 놀랐다. 키트의 얼굴을 찬찬히 뜯어보았다. 눈가에 잔주름이나 흉터는 없는지, 살이 처지지는 않았는지. 몇 살일까? 그도 나를 찬찬히 살폈다. 갑자기 내가 얼마나 오랫동안 얼마나 많은 속내를 터놓았는지 깨달았다. 정적이 찾아왔다. 번개와 뒤따르는 천둥소리 사이의 조용한 울림, 기대 속 떨림. 키트가 가까이 다가왔다. 그의 손이 내 손 위에 얹혔다. 너무 가까워서 그의 푸른 눈 안의 갈색 반점까지 보였다. 그와 눈을 맞추고 있자니 호수와, 굴절된 햇빛, 깊이를 헤아릴 수 없는 심연이 떠올랐다.

"알렉스, 당신이 알았으면 해서…"

점점 더 가까워졌다. 선크림과 코코넛향 샴푸 냄새가 풍겼다. 그의 숨결이 피부에 닿았다. 시야가 점점 흐릿해졌다.

"…당신이 내 사람이라면 절대 해치지 않을 거예요."

닿을 듯이 가까워졌다.

"언제나 당신을 보호해줄 거예요. 당신이 안정감을 느끼도록, 행복할 수 있도록 내가 할 수 있는 일은 뭐든지 하겠어요."

그가 내 얼굴에 손을 얹었다. 엄지손가락이 턱을 스쳤다. 그의 손가락이 목뒤를 향했나. 그는 고개를 기울여 눈을 바라보며 허락을 구했다. 괜찮을까요. 닿아도 될까요, 우리… 그의 입술이 내 입술에 닿았다. 따뜻한 욕조에 미끄러져 들어가다 어느 순간 절벽에서 떨어져 가까스로 날아오른 기분이었다. 휴일의 냄새, 열정의 맛. 편안함과 위태로움 사이를 유영했다. 날카롭게 파고드는 흥분… 느긋하면서도 달콤한 격정… 온몸에 힘이 빠졌다. 이 세상에서 벗어나 깊이 가라앉았다. 마음껏 다가갈 수만은 없었다. 코코넛 향, 목에 닿는 뜨거운 숨, 혀끝에 전해지는 강렬한 통각… 빠져들면서도 동시에 겁이 났다. 다급하게 당겨지는 옷, 단추 뜯어지는 소리, 허리에 닿은 그의 손.

그리고. 거친 손바닥이 내 등에, 얼굴이 매트리스에 닿았다. 압박. 통증. 푸른 멍 꽃. 나는 몸을 확 돌리며 일어나 앉았다. 순간 키트와 나는 동시에 얼어붙었다.

"미안해요."

고개를 숙이며 속삭였다.

"아니에요. 내가 미안해요. 음, 내가… 그러지 말았어야ㅡ"

"괜찮아요."

"그렇지 않아요, 알렉스."

"아뇨, 정말로, 난 그저… 내가 이렇게…"

"알아요."

"저는 아직—"

"알아요. 이해해요."

"정말로요?"

"물론! 물론이죠. 당신 편한 대로, 당신 준비되는 대로 해요."

맥주에 눈을 돌렸다.

"그만 가야겠어요."

병을 바닥에 내려놓고 일어섰다. 키트가 나와 함께 일어섰다. 잠시 서로를 바라보았다. 젠장. 멈추지 말아 줘. 시선을 떨어뜨렸다.

"화장실 좀 써도 될까요?"

키트가 웃었다.

"차가운 물도 있어요. 전 필요했거든요."

열기가 뺨으로 몰려왔다.

"저도요. 우리 둘 다 필요했던 것 같네요."

그가 뒤로 물러나며, 주방 왼쪽 복도를 가리켰다.

"오른쪽 세 번째 문이에요."

"고마워요."

정적 사이로 발소리가 크게 울려 퍼졌다. 거실과 마찬가지로 복도도 깔끔하고 깨끗했다. 하얀 벽, 높은 창, 미니멀한 가구. 단조롭지만 우아했다. 키트가 어떤 사람인지, 취향이 어떤지에 대한 사진이나 단서는 없었다. 항상 이렇게 깨끗한지 궁금했다. 아니면 나와 함께 특별한 오후를 보내기 위해 정리한 걸까? 음악, 맥주, 고백… 모든 것이 섬세하게 계획되었던 것은 아닐까? 열린 문을 통해 침대가 언뜻 보였다. 그의 침대 시트를 보니 숨이 멎는듯 했다.

화장실을 찾아 들어가 문을 잠갔다. 거울 앞에 서서 헝클어진 머리와 입술 주위에 부풀어 오른 불그스레한 흔적을 응시했다. 무슨 짓을 하고 있었지? 너무 빠르게 많은 것을 공유해 버렸다. 멍청이! 방심하지 않겠다고 해놓고 어떻게 된 거야? 주머니에서 휴대폰을 꺼냈다. 라일라에게서 온 급한 메시지는 없는지 먼저 확인했다. 카라가 물에 빠졌다거나, 질식이나 구토를 했다거나, 구급차를 불렀다거나 하는 일. 왜 그에 관해 더 일찍 알아볼 생각을 하지 않았나 후회하면서 이번에는 키트의 이름을 구글링했다. 알아보고 말고 할 것도 없었다. 아무 흔적도 찾을 수 없었기 때문이다. SNS 계정이나 블로그, 인터뷰 기사도 없었고, 링크드인이나 위키피디아에도 그는 보이지 않았다. 물론 파인 리지 웹사이트와 생태 마을 설립자로서의 업적을 언급하는 뉴스 기사 몇 건은 있었다. 학력도, 전 여자친구도, 사진도, 아무것도 없다니. 파인 리지 이전에 키트 베스티라는 사람은 존재하지도 않았던 것처럼 보였다.

붉게 달아오른 내 얼굴을 바라보았다. 젠장. 제멋대로 뛰는 심장과 나도 모르게 털어놓은 속내 때문에 키트는 나에 대해 많은 것을 알아버렸다. 하지만 나는 그에 대해 아는 것이 미미했다. 그 점이 못내 마음에 걸렸다.

알렉스

그 후 며칠 동안 불안감은 점점 더 커져갔다. 차분하고 이성적으로 생각하려 했다. 나 자신에게 되뇌었다. 넌 그냥 지쳤을 뿐이야. 이웃들도 얘기했듯이 '밤의 영혼' 상태였을 뿐이야. 째깍째깍째깍.

그간 회의와 파티 준비에 많은 시간을 쏟았다. 음식뿐 아니라 파티 진행과 게임을 위해 자원봉사로 바쁘게 지낸 나날이었다. 아기용 놀이터에 카라를 데려가고 온실 작업을 돕는 등 키트와 단둘이 남겨질 상황을 애써 피했다. 신경을 일부러 분산시키는 것이 도움은 됐지만 먹구름이 드리운 날씨처럼 걱정은 항상 내 곁에 있었다. 키트 문제가 아니라 집 안팎에서 계속 이상한 소리가 들렸다. 누군가 지켜보고 있다는 오싹한 느낌에 짜증이 밀려왔다. 그러던 어느 오후, 카라와 산책을 하고 나서 집안으로 들어서는데 '그 느낌'이 더욱 강렬히 찾아왔다.

몇 년 전에도 한 번 올리를 어린이집에 내려주고 실수로 다른 사람의 차에 올라탄 적이 있었다. 운전석에 앉아 열쇠를 꽂다가 내 차가 아니라는 것을 그제야 깨달았다. 차종과 색상부터 조수석에 놓여 있던 핸드백과 아무렇게나 놓인 립글로스까지, 모두 내 것이었다. 하지만 정신을 차리고 살펴보니 가방도 어쩐지 다른 스타일이었고, 립글로스도 미묘하게 다른 브랜드였다. 방향 감각을 잃자 주위의 모든 것이 갑자기 허물어져 내리면서

멀미가 났다.

지금 이 집은 내 집이 맞지만 그 당시와 비슷한 느낌을 받았다. 똑같은 방에, 똑같은 가구, 똑같은 물건들. 분명히 우리 집이 맞는데도 내 것이 아닌 것처럼 묘한 이질감이 느껴졌다. 문제가 뭔지 정확히 파악하려고 주위를 둘러보았다. 냉장고 쪽으로 고개를 돌렸다. 내가 문제인가? 마그네틱이 뒤죽박죽이었고 사진들도 제자리를 벗어나 있었다. 선반 위의 책들도 이리지리 옮겨진 것처럼 날라 보였다. 소파 쿠션 위치도 달랐고 소파와 벽 사이는 2인치 정도 틈이 벌어진 것 같았다. 원래는 바로 앞에 붙어 있다시피 했는데.

"올리?"

대답이 돌아올 거란 기대 없이 불러 보았다. 저녁 식사 전에는 바이올렛네 집에서 돌아오지 않을 텐데. 집은 그야말로 비어 있는 상태였다. 머릿속 안개를 떨치듯 고개를 흔들며 카라를 재우기 시작했다. 하지만 침실도 마찬가지로 집을 나서기 전과는 무언가 다르다는 기분이 들었다. 정확히 어떤 것이 이상한지 콕 집어 알 수는 없었으나 여전히 뭔가 딱 들어맞지 않는 것 같았다. 그러다 내 보물 1호, 아이스크림 막대로 만든, 반짝이는 액자가 침대 옆 탁자에서 사라졌다는 것을 알아챘다. 눈쌀을 찌푸리며 혹여나 바닥에 떨어진 것은 아닌지 재차 확인해 보았다. 역시나 없었다.

방금 놔뒀던 물건이 그대로 증발해버린 것만 같은 이 기분이 낯설지 않았다. 열쇠, 귀걸이, 지갑, 학교 공책 등이 한참 뒤 정수기 위, 화분 뒤, 소파 아래 같이 의외의 장소에서 발견되곤 했던 그때 그 기억들이 꼬리에 꼬리를 물고 계속 떠올랐다. 순수를 가장한 기만과 반복된 책임 회피 그리고 전가. 네가 그걸로 뭘 했는지 모르겠는데, 네 쓰레기들 찾는 건 나랑 상관 없어. 어디다 처박아 두고 또 잊어버렸겠지. 넌 정신병이 있잖아. 상황

파악도 좀 잘 안 되고. 따끔거렸다. 휴대폰을 꺼냈다. 며칠이나 스튜어트에게서 연락이 없었다는 것을 불현듯 깨달았다. 무슨 일이지?

카라한테 다시 집중하기로 했다. 침대에 눕혀 부드럽게 토닥이자 카라는 곧 잠이 들었다. 최대한 조용히 침실 문을 닫고 살금살금 복도를 따라서 세탁실로 다가갔다. 싱크대 밑 하부장을 열어 세제를 옆으로 치웠다. 안쪽에 있던 쓰레기봉투를 열어 플라스틱 용기를 열어 보았다. '그것'이 거기에 잘 있다는 것을 확인하고 비로소 안도의 숨을 내쉬었다. 이미 쓴 걸 제외하면 아직 가득 차 있었다.

* * *

카라는 최근 몇 달 중 가장 잘 잤다. 하지만 나는 긴장을 풀 수 없었다. 몇 시간 동안 깨어있는 채로 누워만 있었다. 밤이라 그런지 상념이 떠나가질 않고 머리 속에서 계속 날뛰었다. 키트 집의 단조로운 흰 벽을 떠올렸다. 그리고 그의 눈 색깔을 생각했다. 마녀의 긴 회색 머리, 자전거 소리, 나무껍질에 깊게 팬 선들. 천천히 스며드는 액체가 머리 속으로 기어들어왔다. 천장에서 바닥으로 흐르는 검은 물방울을 상상하며 방 구석구석을 살폈다. 몸을 뒤척이다 베개에 얼굴을 파묻었다.

그때, 무슨 소리가 들렸다. 홀쩍홀쩍. 건조한 표면이 서로 부딪치는 것 같은 부드러운 바스락거림이었다. 숲이 아닌 바로 집 안 어딘가에서 들려왔다. 벌떡 일어나 전화기를 보았다. 새벽 2시 41분.

부스럭부스럭.

침대 시트를 젖혔다. 카펫에 닿은 발이 진흙 덩어리마냥 둔탁하고 무겁게 느껴졌다.

부스럭부스럭.

카라를 확인했다. 침대에서 곤히 자고 있었다. 나는 침대 옆 탁자에 있던 물컵을 들었다. 손 닿는 곳에 있는 유일한 무기였다. 문 쪽으로 살금살금 다가가 살며시 문을 열었다.

"올리니?"

나는 속삭였다. 심장 박동이 귓가에서 쿵쿵 울렸다. 복도로 나갔다. 그 바스락 소리는 커졌지만 어디서 늘리는지 종잡을 수 없었다. 벽과 바닥, 온 사방에서 소리가 울리는 것만 같았다.

"올리 맞지?"

속삭이던 소리가 애원하는 투로 바뀌었다. 몸을 돌려 올리의 방문을 바라보았다. 닫혀 있었다. 문틈으로 아무 빛도 새어 나오지 않았다. 양탄자 위를 천천히 걸어가 손잡이를 잡고 천천히 돌렸다. 올리가 침대 시트로 몸을 휘감고 등을 돌린 채 공처럼 웅크려 누워 있었다. 아이 방 안은 별다른 문제가 없어 보였다. 벽에서 스며 나오는 액체나 흐르는 피도, 마녀도 없었다.

"올리."

가까이 다가가며 속삭였다.

"올리, 괜찮니?"

그의 한쪽 다리가 움찔했다. 어깨에 손을 얹고 부드럽게 내 쪽으로 끌어당겼다. 얼굴이 젖은 채로 눈을 찡그리며 자고 있었다. 올리가 자면서 내는 소리는 카라와 비슷했다. 말로 표현하기에는 너무 섬세한, 무의식적으로 나오는 부드러운 한숨 소리였다.

"쉬이이."

그의 머리를 쓰다듬으며 말했다.

"괜찮아. 엄마 여기 있어. 네 옆에 있어. 그냥 악몽일 뿐이야."

올리는 어렸을 때처럼 내 손길에 잠잠해졌다. 얼굴은 편해졌지만 잠에서 깨지는 않았다. 그의 눈에 입 맞추고 부드럽게 머리를 쓸었다. 내 아들.

딸깍. 등 뒤에서 문이 닫혔다. 획 돌아보았지만 아무도 없었다.

바스락바스락.

심장이 쿵쾅거렸다. 침대에서 일어나 조용히 문을 닫고 올리의 방을 빠져나왔다. 모퉁이에서 거실 전부를 주시하며 눈이 어둠에 적응되길 기다렸다. 거실 풍경이 흑백 사진처럼 우중충한 회색이었다. 소파, 라운드 체어, 커피 탁자, TV와 같은 일상적인 물건들을 살펴 보았다. 주방 역시 고요했다. 전자레인지, 주전자, 싱크대… 아무도 없었고 특별히 달라 보이는 것도 없었다. 달빛만이 집 안으로 흘러들고 있었다.

조리대 위에 있는 정육면체 모양의 물체가 눈에 들어왔다. 안돼안돼안돼안돼. 천천히 손을 뻗었다. 등골이 오싹했다. 과일 그릇 옆에 상자가 놓여 있었다. 원래부터 그 자리에 있었던 것처럼. 칼집에서 가장 크고 날카로운 칼을 꺼내 손에 쥐었다. 숨을 크게 들이켜며 방과 창문 구석구석을 훑었다. 냉장고가 윙윙거리고 시계가 똑딱거렸다. 해치워 버려야겠다는 생각에 마음을 다잡고 상자 속 덮개를 획 열어젖혔다.

안에 있는 물체는 작고 단순했다. 아이스크림 막대로 만든 사각형 물체였다. 초록색 반짝이, 스티커 보석들. 아이스크림 막대 액자였다. 하지만 액자가 담고 있던 사진은 뭔가 바뀌어 있었다. 카라의 작은 얼굴은 그대로였지만 올리의 얼굴에 걸쭉한 붉은 액체가 튀어 있었다. 붉다 못해 검붉은, 아니 거의 검은 액체였다.

바스락바스락.

소리나는 쪽으로 칼을 향했다. 뭔가 움직이고 있었다. 라운드 체어 옆

185

사이드 테이블에 책이 펼쳐져 책장이 저절로 넘어갔다. 조금 더 가까이 다가갔다. 갑자기 바람이 불어와 소름 돋은 피부를 스치고 지나갔다. 고개를 들어 보니 뒤쪽 미닫이문이 활짝 열려 있었다.

거실 벽을 보고 주저 앉을 뻔했다. 온통 붉은빛 투성이였다.

르네

르네는 다시 꿈을 꾸었다. 물에 잠기는 꿈. 이번에는 숲이나 피바다를 헤쳐나가는 것이 아니었다. 물방울이 천장에서 새어 나와 그녀의 머리로 끊임없이 떨어졌다.

사악한 악마의 짓이야.

잠에서 깨기 위해 몸을 옆으로 돌렸지만 꿈은 끈질기게 그녀를 쫓아 왔다.

뚝. 뚝. 뚝.

베개에 머리를 파묻고 숨을 한껏 들이켰다. 숨이 막힐 정도로 들척지 근한 네롤리와 오렌지꽃 향이 났다.

네 아들은 위험에 처해 있어.

두 개의 빨간 눈, 두 개의 거대한 뿔.

악마에게는 발톱이 있잖니.

네 곳의 길게 베인 상처. 네 개의 날카로운 발톱.

내 손자가 악마의 마수에 걸려들게 할 수는 없어.

르네는 꿈에서 깨어나 이불을 걷어차며 허둥지둥 일어나다. 가쁜 숨을 몰아쉬며 침대 가장자리에 잠시 걸터앉아 있었다. 잠옷이 차갑게 축축하 게 젖어있는 것을 깨닫고 천장을 올려다 보았다. 물은 새지 않았다. 그냥 땀이었다. 침실의 단단한 벽, 액자, 패널을 훑어보며 어둠 속을 응시했다. 마이클의 코 고는 소리 사이로 다른 소리가 끼어들었다. 모기처럼 윙윙거렸지만 멀리 떨어져 있는 듯 아득했다. 르네는 일어나서 조용히 걸어가 침실 문을 열었다. 복도 건너편 가브리엘의 방문 틈으로 희미한 빛이 새어 나왔다. 윙윙대는 소리의 근원지인 듯 했다. 앞으로 나아가 부드럽게 노크했다.

"게이브?"

그녀는 속삭였다. 소음이 멋었다. 다시 노크했지만 대답이 없었다. 손잡이를 돌려봐도 잠겨 있을 뿐이었다.

"게이브."

방문에 귀를 대자 희미한 기척이 느껴졌다. 침대 시트가 휙 젖혀진 모양이었다. 어깨로 문을 밀어 올리며 다시 열어 보았지만 꿈쩍도 하지 않았다.

"가브리엘, 괜찮은 거야?"

계속 손잡이를 돌리며 문을 밀었다.

"게이브, 안 자는 거 알아. 문 좀 열어봐."

한참을 실랑이를 하고 있는데 걸쇠가 딸깍 소리를 내며 잠금장치가 탁 하고 풀렸다. 르네는 당연히 바로 앞에 가브리엘이 있을 줄 알았다. 아니면 문을 열어주고는 책상에 앉아 있겠거니 예상했다. 방문을 열고 들여다보니 이불을 목까지 끌어올린 채 침대에 있었다.

"세상에나! 무슨 일이니?"

방 안이 너무 어두웠다. 게임 장비에서 나오는 불빛뿐이었다. 켜져 있는 모니터 위로 흐릿한 화면 보호기가 깜박이며 보라색과 분홍색으로 소용돌이치고 있었다. 그 옆에 '케이스'니 '타워'니 하는 것들이 야광봉처럼 빛나고 있었다. 르네의 팔에 소름이 돋았다. 창문으로 바람이 들어오고 있었다.

"일부러 열어 둔 거야? 오늘 밤은 엄청 추워."

방을 가로질러 내리닫이창을 닫고 매트리스 가장자리에 앉았다. 아들에게 해 줄 적절한 말을 찾으려고 애를 썼다. 예전에 르네는 귓병과 배탈로 고생하는 아들의 작은 몸을 안아 주곤 했다. 4살 무렵 애착 장난감을 잃어버렸을 때 게이브를 위로해 준 사람도 그녀였다. 아들의 긁힌 상처와 눈물을 닦아주고 부어오른 상처에 얼린 완두콩 봉지로 찜질해 주고는 무릎 위에 앉혀 달래 주었다. 그녀는 그가 힘든 일을 겪을 때 첫 번째로 찾는 사람이었다. 이제 괜찮아. 엄마가 다 해결했어. 하지만 이제는 가브리엘에게 엄마의 도움은 더 이상 필요치 않아 보였다.

"아직 화가 안 풀렸니?"

돔이 게이브를 달래서 함께 생일맞이 점심을 먹었을 때 그녀는 너무 즐거웠다. 마치 구원받은 것마냥 행복했다. 그러나 마이클 때문에 분위기가 확 가라앉아서는 돌이킬 수 없게 되었다. 분위기를 만회하려 최선을 다했지만 가브리엘은 다시 방문을 닫아 걸었다. 그 후 2주 동안 그는 더 이상 존재하지 않는 것처럼 자신 속으로 침잠했다.

"정말 미안해… 음, 엄마가 계획한 게 아니었어."

가브리엘의 얼굴을 살폈다. 뭔가 심상치 않았다. 앞에서 누군가 말을 하고 있는 것조차 의식하지 못하는 것 같았다. 셔츠도 입지 않고 침대 시트 안에서 오들오들 떨고 있었다.

"가브리엘, 왜 그래? 어디 아파?"

그의 이마에 손을 뻗었다. 하지만 가브리엘은 손가락이 살갗에 닿기도 전에 몸을 뒤로 홱 젖혔다. 그때 담요가 떨어지면서 맨가슴이 드러났다. 르네는 제 입을 막았다. 그 바람에 깬 가브리엘이 황급히 시트를 그러모았지만 르네가 다시 잡아당겼다. 아들의 몸이 긁힌 자국으로 뒤덮여 있었다.

쇠갈퀴로 마구 그어놓은 듯한 상처였다.

"게이브… 맙소사! 대체 왜 이렇게 된 거야?"

긴 상처가 부풀어 올라 피딱지로 얼룩져 있었다. 그는 또 다시 시트를 잡아당겨 목까지 끌어올렸다.

"그냥 발진이에요."

"발진이라니. 정말이야? 좀 보자."

가브리엘은 다시 움찔했다. 어둠 속에 보이는 그의 눈은 검고 음울했다. 그 침묵이 몇 시간이나 되는 것처럼 길게 느껴졌다. 눈물 한 방울이 아들의 뺨을 타고 흘러내렸다.

"뭔가가… 날 위협하고 있어요."

르네는 그 말에 이상한 기운을 느꼈다. 놀란 가슴에 손을 얹고 침착히 물어보았다.

"뭐? 아냐. 그럴 리가 없잖아. 무슨 소릴 하는 거야?"

가브리엘이 침을 꿀꺽 삼켰다. 그의 호흡이 흔들리며 가빠졌다.

"그거 말이에요. 아이보리, 천사, 페인트. 나에 관한 거잖아요."

르네는 고개를 저었다.

"아니야. 절대 아니야. 너랑 아무 상관 없어."

"그럼 뭔데요?"

그녀는 입술을 깨물었다.

"그건 단지… 그건 분명히 그냥…"

그녀는 적당히 둘러댈 말을 찾았다.

"나랑 관련이 있는 게 분명해!"

가브리엘은 공포에 사로잡힌 듯 몸을 웅크리며 두 팔로 머리를 감쌌다.

"뭔가가 나를 향해 오고 있어. 못 오게 해 줘요, 엄마! 제발 막아 줘!"

알렉스

해 뜨기 몇 시간 전부터 나는 깨어 있는 상태였다. 기온이 오르고 사람들이 잠에서 깰 무렵 주방에 앉아서 스튜어트가 보낸 문자를 되짚어 보았다. 아일랜드 조리대 위에는 찬장에서 꺼낸 인형 상자와 어젯밤에 나타난 상자, 두 개가 나란히 놓여 있었다. 다 합치면 세 개였지만 죽은 새가 들어 있던 상자는 마을의 다른 쓰레기와 함께 사라진 지 오래였다.

건조하고 피곤한 눈을 들어 방안을 둘러보았다. 벽에 두껍게 칠해진 붉은 얼룩은 비누와 뜨거운 물로 씻어냈다. 그 탓에 벽이 아직도 젖어 있었다. 핼러윈 코스튬을 여러 번 만들기도 했고 상처 치료 경험이 많아서 진짜 피와 가짜 피 정도는 구별할 수 있었다. 하지만 손바닥으로 큰 원을 그리며 발랐을 그 끈적끈적한 물질이 무슨 액체인지는 당최 알 수가 없었다. 대부분 닦아 내긴 했지만 베이스보드와 바닥에는 흔적이 조금 남아 버렸다. 청소용 솔로 세게 문질러 닦았는데도 손톱 밑의 빨간 액체는 가시질 않았다. 꺼지라구. 지긋지긋한 얼룩.

열린 뒷문으로부터 전원의 아침 소리가 부드럽게 흘러들어왔다. 새소리, 귀뚜라미 소리, 가끔 쾅 하고 차 문 닫는 소리. 위층 창에서는 부드러운 기타 소리와 그릇 달그락 거리는 소리가 들려왔다.

어둠에 몸서리치던 어젯밤, 마녀가 오고 있다고 확신했다. 이성이 작동하는 아침이 오자 고민들이 말끔히 사라졌다. 밤에 숲을 활보하는 사악한 초자연적 존재 따위는 없었다. 그 존재를 믿지 않을 뿐더러 믿기도 어려웠다. 이렇게 생각할 수도 있겠지. 올리가 유튜브 영상을 만들기 위해 다크웹 미스터리 박스를 주문했던 거라면? 마침 그 내용이 파인 리지 괴담과 일맥상통했을 뿐이라면?

아니면 스튜어트 짓일지도 몰랐다. 마을에 아는 사람이 있거나 사람을 시켜 스토킹하는 것일 수도 있었다. 우리의 기취를 일아내고 능락하려는 것일까? 하지만 그러면 굳이 수고롭게 상자 따위를 보내지는 않았을 것이다. 갈기갈기 찢어죽일 태세로 내게 덤벼들거나 강제로 우릴 차에 태워 간다면 모를까. 사실 이 방식이 더 스튜어트다웠다.

스튜어트를 떠나온 이후에는 전화와 문자가 끊이지 않았었다. 통화 목록을 되돌려보았다. 협박과 욕이 뒤섞인 문자가 소름끼치도록 많이 쌓여 있었다. 됐다, 이 미친년아. 니 본성을 알게 돼서 다행이지 시발. 네 자식 데리고 그렇게 도망다녀 봐. 무슨 일이 일어나든 신경 좆도 안 써. 그러다 사흘 전 갑자기 모든 연락이 끊겼다. 의문이 떠나질 않았다.

상자 중 하나를 손가락으로 가만히 두드렸다. 연락처를 꺼내 스튜어트의 번호로 전화를 걸었다가 곧바로 끊어버렸다.

"아침 뭐 먹어?"

올리가 비틀거리며 주방 냉장고에 머리를 들이밀었다. 그 질문을 무시하고 물어보았다.

"이거 다 네 거야?"

올리가 눈을 깜빡였다.

"뭐라고?"

상자들을 향해 고갯짓했다.

"네 거냐구. 네가 주문한 거야?"

그가 상자들을 응시했다.

"아닌데."

"확실해?"

"백 퍼센트."

나는 천천히 심호흡했다.

"좋아. 이건 그렇다 치고, 네 동영상에 나오는 상자들 있지? 그것들이 다 뭔지 다시 얘기해. 이 상자들이 어디에서 왔고 대체 정체가 뭔지, 이번에는 사실대로 말해."

올리는 고민했다. 머리를 시속 백만 마일의 속도로 굴리고 있는 것 같았다. 살짝 의기소침해 보이기도 했다. 이윽고 그가 냉장고 쪽으로 돌아서며 대답했다.

"아무것도 아니야."

"무슨 뜻이야?"

"그러니까 그 얘기는 사실이 아니었어. 내가 다 지어낸 말이야."

올리가 우유를 움켜쥐고 통째로 마시더니 이내 냄새를 맡는 듯 킁킁거렸다.

"웬 비누 냄새야? 청소했어?"

"뭘 지어냈다는 건지 얘기 먼저 해."

그는 입을 닦고 어깨를 으쓱했다.

"미스터리 박스는 가짜야. 내가 직접 만들었다니까."

"가짜라고?"

그는 고개를 끄덕였다.

"다른 사람들도 많이 해. 몇 년 전에 유행했던 화장품이나 장난감, 게

193

임기 개봉이랑 비슷한 건데 다크웹에서 산다는 거만 달라. 없애야 하거나 다른 방법으로는 팔 수 없는 물건을 가져다 놓고선 그냥 연출하는 거야."

그를 향해 눈살을 찌푸렸다.

"흰색 가루랑 도시락 가방도 네가 다 만들었다는 거야?"

"별 거 아냐! 그냥 전분이었어. 도시락 가방도 공원에서 주운 걸 조금 연출한 거야."

"아니, 도대체 왜 그런 짓을 하는 건데?"

"구독자 끌어서 돈 벌려고."

그는 태연했다.

"나만 그런 거 아니야. 구독자와 광고로 돈 끌어모으는 유튜버가 학교에 몇 명 있었어. 그때 나는 아 이거, 어려운 일도 아니네, 나도 할 수 있겠어, 생각했고. 그때 우리들끼리 돈 모아서 펑펑 쓰려고 했지. 만드는 것도 간단하잖아. 다른 동영상 흉내내서 상자를 만들고, 폰으로 촬영하고, 업로드, 끝. 다들 좋아해서 몇 개 더 만들었을 뿐이야."

"잠깐, 잠깐, 잠깐."

나는 손으로 얼굴을 쓸었다.

"며칠 전에 네가 했던 말은 뭐야? 다크웹 얘기 했잖아. 누가 상자를 보냈는지 모르겠다고 얘기해놓고 그것도 지어낸 말이라는 거야?"

올리는 어깨를 한 번 으쓱 했다.

"그럼 다크웹에 접속해 본 적도 없다는 말인 거냐구."

그는 꼼지락 거리는 자기 발을 내려다보았다.

"올리버. 그걸 보낸 사람이 누군지 몰라도 우리가 어디 사는지 안다고 네 입으로 말했어. 우리가 침대에서 죽을 수도 있고 목이 잘릴 수도 있다고도 했고. 왜 그런 해괴망측한 말을 뱉은 거야?"

그가 뭔가 중얼거렸다.

"크게 얘기해."

"엄마 겁주려고."

말문이 막혀 올리를 우두커니 쳐다봤다. 올리는 팔짱을 낀 채 한숨을 내쉬며 조리대에 몸을 기댔다.

"미안해. 엄마가 너무 무서워 하길래 생각했어. '그래, 좋아, 만약 엄마가 그걸 진짜라고 생각한다면 진짜 맞다고 해버려야지.' 하고. 하지만 사실이 아니야."

그는 조리대 위에 있는 상자들을 보았다.

"그나저나 저 상자들은 다 뭐야?"

어떻게 설명해야할지. 두 손으로 머리를 감쌌다.

"별 거 아냐."

잠시 후 올리가 말했다.

"미안해. 동영상 때문에 엄마가 그렇게 속상해 할 줄은 몰랐어."

한숨을 쉬며 손가락으로 이마를 주물렀다.

"그래서 돈은 얼마나 벌었어?"

"뭐?"

"돈 벌려고 동영상 찍었다며."

올리는 두 손을 벌리고 아랫입술을 내밀었다.

"몇백 달러쯤?"

"나쁘지 않네. 그걸로 뭐 하려고 했는데."

"모르겠어."

"뭘 몰라. 무슨 계획이 있었으니까 이런 짓거리를 벌인 거 아냐."

그는 잠시 멈추더니 중얼거렸다.

"퀸즐랜드……."

"뭐라고?"

"우리가 퀸즐랜드에 갈 수도 있을 거라 생각했어. 됐어?"

"뭐? 왜?"

"그냥… 기분이 나빴어. 나 때문에 시드니에 정착한 건데 모두 엉망이
돼 버렸잖아. 우리 둘만 있을 때로 모든 걸 되돌리고 싶었어. 스튜어트에
게서 도망가는 걸 돕고 싶었다고. 스튜어트랑 키리로부터."

그는 시선을 피했다.

"카라?"

"근데 카라는 어디 있어?"

머리로 침실 쪽을 가리켰다.

"낮잠 자는 중."

"시도 때도 없이 울어대. 카라 때문에 짜증나 죽겠어."

그의 턱이 떨렸다.

"그리고 엄마는 나보다 카라를 더 사랑해."

입이 딱 벌어졌다.

"올리! 아냐, 전혀 사실이 아니야. 절대로 아니야. 난 너희 둘 다 똑같
이 사랑해."

"엄만 그러면 안 돼."

올리는 뒤로 물러나 주방 구석에 몸을 처박았다.

"내가 먼저잖아. 엄마는 나를 더 사랑해야 해."

"올리, 엄만…"

심장이 요동쳤다.

"네가 그렇게 느끼고 있는지 몰랐어."

"엄만 날 카라보다 덜 사랑해. 그렇지?"

올리에게 다가갔지만 그는 나를 피했다.

"아야!"

그의 팔을 만지자 움찔했다.

"왜 그래?"

그는 내게서 팔을 낚아챘다.

"아무것도 아니야."

"올리, 왜 그러는데!"

그의 손을 잡고 후드티의 소매를 잡아당겼다. 긴 상처가 팔꿈치에서 손목 중간까지 죽 이어져 있었다.

"이게 뭐야?"

"신경 쓰지 마."

"어떻게 된 거냐구!"

"어제 보드 타다 넘어졌어. 신경 쓸 필요 없어."

그를 잡으려 손을 뻗었지만 다시 물러나 팔을 붙잡히지 않으려는 듯 웅크렸다.

"괜찮다니까 왜 자꾸 호들갑이야!"

올리가 소리쳤다.

"엄만 내가 어떻게 생각하고 느끼는지 관심 없잖아. 엄만 항상 엄마 하고 싶은 대로 하고 난 거기에 늘 적응해야 했잖아! 알아? 맨날 이사 다니는 거 진짜 싫었다고. 그래, 가끔 좋을 때도 있었지. 근데 친구 한 명 제대로 사귈 수 없었어. 나, 친구가 너무 필요했어. 진짜 친구 말이야. 친구를 사귄다는 게 무슨 의미가 있었겠어? 사귀자마자 이별해야 하는데."

가슴이 아팠다. 올리가 다른 아이들과 어울리는 데 흥미를 잃기 시작했던 때가 기억났다. 자기소개를 하라고 할 때마다 어깨를 으쓱하며 말하곤 했었다. 몰라. 집에서 영화나 볼 거야. 그저 까다로운 십 대라고만 생각했고 다른 엄마들의 조언도 한결같았다. 십 대는 다 그래요. 익숙해지는 수밖에 없어요.

"하지만… 시드니는? 학교에서 친구 사귀지 않았어?"

"아닌데. 왜 그렇게 생각해?"

이해가 안 돼서 고개를 젓다가 불현듯 마지막 퍼즐이 들어맞는 걸 느꼈다. 파일 공유 링크, 유튜브 비디오, 외로운 소년의 친구 사귀기 안내서. 눈물이 차올랐다. 미안해. 그를 되찾고 더 나은 상황으로 만들고 싶었다.

"먼저 여기, 긁힌 데 좀 소독하자."

다시 그에게 손을 뻗으며 말했다. 그러나 올리는 손을 뿌리쳤다.

"그만하라고. 난 애가 아니야. 혼자 해도 돼."

우리는 서로를 바라보았다. 무슨 말을 해야 할지 알 수 없었다. 안뜰에서 뭔가 움직이는 것이 한쪽 눈에 비쳤다. 누군가 열린 문밖에 서서 귀를 기울이고 있었다.

"누구세요? 거기 누구예요!"

신발 끄는 소리와 목청 가다듬는 부드럽고 어색한 소리가 들렸다. 바이올렛의 아름다운 파란 머리가 시야에 들어왔다.

"죄송해요. 이브스 부인. 방해할 생각은 없었어요. 올리를 기다리고 있었어요."

"괜찮아. 방해한 거 아니야."

이제는 더 이상 이브스라는 성을 쓰지 않는다고 바로잡기 위해 입을 떼려는데 올리가 끼어들었다.

"지금 바로 갈게."

"잠깐만."

엄마로서의 영향력을 되찾으려고 안간힘을 쓰며 말했다.

"간다니, 어딜?"

"낚시."

"낚시?"

"잠깐만, 바이. 토스트 좀 챙기고. 낚싯대는 있어?"

바이올렛을 위아래로 훑어보았다. 그녀는 가느다란 어깨끈이 달린 짧은 흰색 드레스를 입고 있었다.

"낚시하러 갈만한 복장은 아닌 것 같구나."

올리가 한숨을 쉬었다.

"사실 배 안 고파. 그냥 빨리 가자, 바이."

"하지만 올리, 네 팔은?"

그가 문에서 돌아서더니 말했다.

"엄마, 그냥 놔둬. 괜찮아."

올리는 나를 뚫어지게 쳐다보다가 햇빛 속으로 사라졌다. 올리를 따라가기 위해 돌아서던 바이올렛이 마지막 순간에 묘한 표정으로 뒤돌아봤다. 작은 미소, 승리로 반짝이는 눈. 무슨 의미로 그랬는지 알 수 없었다. 휴대폰이 울릴 때까지 나는 여전히 그들을 지켜보고 있었다.

휴대폰이 놓인 조리대 모퉁이로 다가가 불안한 마음으로 화면을 들여다보았다. 모르는 번호였다. 전화벨 소리를 들으며 기다렸다. 일이 분 후 핑 소리와 함께 음성 메일 알림이 떴다. 재생 버튼을 눌렀다.

"알렉스."

귀에 익은 여자 목소리였다.

"길 건너편에 사는 수잔 파커예요."

얼굴을 찡그렸다. 본디에서의 옛 이웃이었다.

"한동안 안 보이던데 이사 간 거 맞죠? 그랬길 바라요. 그건 그렇고 당신 집에서 이상한 일이 있었다는 걸 알려주고 싶었어요. …음, 나한테 전화해 주면 좋겠네요. 스튜어트 일로 당신이 알아야 할 게 있어요."

알렉스

스튜어트가 실종됐다.

수잔에게 전화를 걸자 나흘 전 이야기를 꺼내 주었다. 그날 자정 무렵, 창문으로 내다 보니 웬 오토바이 두 대가 내가 살던 집 앞에 멈춰 있었다는 것이다. 오토바이에서 내린 두 사람은 우리집 뒤편을 향해 걸어갔다. 수잔은 몇 분 뒤 유리 깨지는 소리에 다시 내려다 봤고 두 사람 중 한 명이 스튜어트라는 사실을 알았다고 했다. 그는 손전등 불빛과 함께 나타나 창을 열더니 위층 발코니 난간을 넘어 잔디밭으로 굴러 떨어졌고 누군가가 쫓아오는지 마당을 가로질러 달아났단다.

"피투성이 경주마처럼 울타리를 뛰어 넘더군요."

강도가 들었다고 생각한 수잔은 곧장 경찰에 신고했다. 하지만 경찰이 도착했을 때 용의자는 이미 사라지고 없었다. 담당 경찰관은 조사하겠다 말은 했지만 이틀 후에도 스튜어트는 돌아오지 않았다. 수잔은 다시 경찰서를 방문했다. 이상하게도 경찰은 뭔가 몸을 사리는 눈치였다. 그녀는 경찰 남편을 둔 친구에게 전화를 걸었다.

"스튜어트가 지금 돈세탁 혐의로 조사를 받고 있다고 해요. 물론 수사는 비밀리에 진행되고 있구요. 스튜어트가 수년간 오토바이족과 어울리긴 했지만 오토바이족에게는 단서랄 게 없고 아직도 별반 다르지 않다더군요. 누군가에게 원한을 사고 도망친 것 같다나요. 스튜어트를 추적 중인데 가장 최근에 입수된 정보는 인도네시아행 비행기에 탑승했다는 거래요. 알렉스, 스튜어트에게서 무슨 연락 못 받았어요? 그가 어디에 있는지 알고 있나요? 당신은 대체 어디에 있죠?"

나는 전화를 끊고 와인을 따랐다. 하느님 맙소사. 돈세탁이라니! 혹시… 와인을 들고 세탁실로 가서 싱크대 하부장을 열어 세제 뒤에 있던 밀폐용기를 꺼냈다. 뚜껑을 열어 안에 있는 빳빳한 지폐 뭉치를 손가락으로 쓸어 보았다.

스튜어트와 데이트한지 4개월쯤 되었을까. 스테이플러를 찾으려고 그의 서재에 들어간 적이 한 번 있었다. 서랍을 열어 보다가 커다란 봉투 안에 들어있는 엄청난 양의 현금을 발견했다. 당연히 놀라긴 했지만 납득이 전혀 가지 않는 것은 아니었다. 스튜어트의 식당은 모두 매출이 좋았고 그는 부유했다. 무슨 연유에서인지 그는 은행 시스템에 이상한 불신을 가지고 있었다. 입버릇처럼 이렇게 말하곤 했다. 정부가 내 재산에 대해 몰랐으면 좋겠어. 걔네들이 내 돈을 소유하면, 나 자체를 손아귀에 넣는 거나 마찬가지잖아. 당시 나는 돈 봉투를 다시 넣어 그 자리를 떠났고 그 뒤로도 그 일에 대해서는 함구했다.

그렇다고 해서 그 일을 완전히 잊은 것은 아니었다. 우여곡절 끝에 스튜에게서 벗어나기로 결정한 날 나는 다시 돈 봉투를 떠올렸다. 전부까지는 아니고 절반 이상 챙겨 넣기로 했다. 순간적인 결정, 일종의 보복이었다. 안녕. 잘 있어라, 이 나쁜놈아. 나는 내가 빼낸 현금의 2/3 정도를 신문지로 대체한 다음 손댄 표시가 나지 않도록 돈다발 몇 개를 다시 끼워 넣었다. 그 과정에서 서랍 속 돈뭉치가 백 달러짜리 지폐 다발이라는 것을 알아차렸다. 이렇게 많은 돈을 본 것은 생전 처음이었다. 지폐가 다 들어갈 만한 큰 보관함을 찾는 것도 만만찮은 일이었다.

돈을 차에 싣고 떠나는 그 순간만큼은 인생에서 가장 큰 승리를 쟁취한 것 같았다. 지금 와서 수잔의 이야기를 들으니 그 돈은 스튜어트 돈이 아니었던 모양이다. 그는 그저 돈을 지키고 있었던 걸까? 아니면 어디 가서 훔쳐왔나. 어쨌거나 그날 아이들을 데리고 무사히 나올 수 있어서 정말 다행이었다.

샤도네이를 한꺼번에 너무 많이 들이킨 바람에 목으로 넘기기가 힘들었다. 괜찮아. 그냥 심호흡해. 스튜어트는 내가 돈을 가져갔다는 사실을 모르는 것 같았다. 협박 메시지에 돈에 대해 어떠한 암시도 없었으니까. 눈치채지 못했거나 나를 과소평가했지도 모를 일이었다. 어느 쪽이든 그가 모른다면 이 돈에 대해 아는 사람은 아무도 없는 셈이었다. 고로 그 누구도 내 행방을 알 수 없었다.

잠깐. 머릿속 톱니바퀴가 천천히 돌아갔다. 서서히 차가운 공포가 차올랐다. 만약 아무도 그 돈에 대해 모르고, 스튜어트는 도주 중이며, 올리의 비디오도 진짜가 아니라면 파인 리지에서 일어나고 있는 일들은 다 뭐란 말인가. 그 상자들은 대체 어디서 온 걸까.

와인을 벌컥벌컥 마시며 밤의 소음과 백발의 여인, 숲속 징표와 길 위의 소년, 벽에 묻은 붉은 얼룩까지 순차적으로 하나하나 따져 보았다. 이를 보고 들은 사람은 나뿐이었다. 그러니까 사실 여부를 확인해 줄 수 있는 사람은 아무도 없는 것이다. 외상 후 스트레스 장애로 망상에 빠진 참전 용사와, 출산 후 심신이 피폐해져 이성이 유리장처럼 산산이 부서졌다는 여자에 관해 읽은 적이 있다. 만약 파인 리지 아이들의 괴담을 우연히 듣고 수면 부족인 내 뇌가 착각을 일으킨 거라면? 그렇지만…

마녀가 농부의 아이를 데려갔어요.

아이가 마녀에 대해 말해 주지 않았나. 이것만큼은 분명 환각이 아니었다.

지폐 다발을 다시 밀폐용기에 담아 은신처에 밀어넣고 주방으로 돌아왔다. 휴대폰을 집어 들었다. 우선 파인 리지가 켈러맨 회사라는 화훼 농장 부지에 지어졌다는 것을 알아냈다. 호주시드니마켓닷컴의 지역별 검색과 전화번호부 조사를 통해 2012년 이후 공란으로 남겨진 오래된 목록 몇 개를 발견했다. 뉴사우스웨일스의 비즈니스 어워드 웹사이트에는 1991년과 1993년, 1994년에 레너드 켈러맨이 '올해의 꽃 재배자'로 선정되었다는 발표가, 1996년 발간된 지역 사회 소식지에는 레너드의 죽음과 그의 아들 마이클이 사업을 물려받았다는 보도가 실려 있었다. 마이클과 르네의 열여섯 살짜리 아들인 가브리엘 켈러맨이 실종되었다는 2011년 8월 보도 기사를 끝으로 이 가족에 대한 기록은 찾아볼 수 없었다.

대체로 기사는 짧고 자세하지 않았다. 그나마 알아낼 수 있었던 사실은 중간에 실종 수사를 종료했다는 것 정도였다. 매체는 한결같이 그가 도망친 것으로 추정된다고 보도하고 있었다. 한 기사는 소년이 고양이의 불가사의한 죽음 이후 감정 제어가 안 되었다고 언급했고, 또 다른 기사는 아들이 실종되기 몇 주 전 켈러맨 가족이 침입자들을 신고한 이력이 있다고 밝혔다. 그러나 마찬가지로 구체적인 내용은 아니었다. 전면 조사 후 폭행 치사는 수사선상에서 제외되었다는 점만 강조할 뿐이었다.

휴대폰을 내려놓고 잔에 와인을 더 따라 들고선 전면 창으로 가 계곡 건너편을 바라보았다. 아침 햇살의 역광을 받으며 언덕 위에 홀로 서 있는 폐농가가 다시 한번 내 시선을 사로잡았다.

르네

르네는 자기 몸에 대한 감각을 상실한 채 진공청소기로 침실 카펫 위를 밀었다. 손은 다른 사람의 것 같았고 발은 몸과 분리된 느낌이었다. 사람이라기보다 그릇에 가까운 무감각. 물이 넘치도록 가득 찬 양동이처럼 느껴졌다. 청소기가 지나간 자리마다 짧고 두꺼운 털로 직조된 러그 위로 두툼한 선이 나타났다가 사라졌다. 비밀의 길, 숨겨진 길. 노란 벽돌길을 따라가면 돼. 르네는 진공청소기의 전원을 끄지도 않은 채 내팽개치고 무지개 너머로 떠나서는 다시 돌아오지 않는 자신을 상상했다. 하지만 그녀는 청소를 마친 후 전원을 끄고 전력선까지 깔끔하게 제자리에 감아 두었다. 모터의 윙윙거리는 소리가 멈추자 지붕 위의 빗소리가 들려왔다.

"정말, 르네."

에이프릴이 욕실에서 소리쳤다.

"화장실 상태 좀 봐. 이 수도꼭지들에서 석회 자국을 제거하려면 끌 같은 도구가 필요할 지경이야."

르네는 눈을 감으며 후회했다. 집안일을 도와주겠다는 엄마의 제안을 받아들이지 말았어야 했다. 약간의 도움을 받는다고 해서 나쁠 것은 없다고 아버지가 옆에서 단정지었고 있는지도 모르게 할게, 하며 엄마가 끼어들었다. 피곤한 데다 무기력해 있던 르네는 그러라고 동의했다. 하지만 부

205

모님이 온 뒤로 집이 너무 좁고 시끄러워졌다. 엄마가 부지런을 떨수록 공간이 더 줄어드는 것 같았다.

"욕실 타일 틈새 청소부터 하면은 이거, 세상에 기절하겠네. 몇 주는 여기 있어야겠어."

맙소사, 제발 그것만은. 그녀의 부모님은 항상 괄괄했다. 르네가 어린 나이에 결혼을 결정한 이유 중 하나는 부모님이었다. 결혼식 후로도 한참 동안 전화가 빗발쳐서 결국 부모님과 거리를 두기로 했었다. 몸이 멀리 떨어져 있어서 마음도 멀어졌던 것은 사실이다. 한때 유머 감각이 뛰어났던 남편, 그리고 부모님과 완전히 반대의 성향을 가진 시아버지 덕분에 부모님의 집착으로부터 스스로를 지켜나갈 수 있었다. 최근 들어서는 조심스럽게 그어 둔 경계가 점차 흐려졌다. 부모님의 열정이 돌아왔다고 치부하기보다 이상하게 변질되었다고 보는 편이 더 정확했다.

여전히 청소기를 잡은 채로 르네는 창가에 다가가 빗물이 나무에서 떨어져 차 지붕을 때리는 모습을 지켜보았다. 비는 진입로 웅덩이에 모여 배수구에서 역류한 후 저수지로 돌진하여 제방을 무너뜨렸다. 며칠 동안 끊임없는 빗소리가 그녀의 신경을 긁었다. 마치 두개골 안쪽에 거친 안감이 들어있는 듯 했다.

그녀는 유리에 이마를 대고 들판 위에 유령처럼 보이는 온실을 내려다보았다. 마이클이 거기 어디께에서 일을 잘해 나가고 있겠거니 짐작했다. 채집, 포장, 냉각. 쟁기질, 갈퀴질, 식재. 온실 지붕은 보강이 필요했다. 플라스틱 시트 하나가 이미 찢어져 있었고 서둘러 조치하지 않는다면 고인 물 무게만으로 나머지 시트가 곧 망가질지도 몰랐다.

그녀는 몇 주 동안 남편과 대화를 하지 않았다. 기실 요즘 어디서 뭘 하는지 도통 알 수가 없었다. 솔직히 말해 온실은 조금도 신경이 쓰이지

않았다. 고민해야 할 더 중요한 것들이 있었으니까. 부드러운 노크 소리에
깜짝 놀라 돌아보니 문간에 밝은 노란색 고무장갑을 낀 엄마가 서 있었다.

"렌, 의사 선생님 오셨어."

* * *

"음, 박테리아나 바이러스성 상처는 아니에요. 자해로 판단됩니다."

진찰 후 의사가 말했다. 르네는 현관에서 침대 매트의 먼지를 털고 있
는 엄마를 흘끗 쳐다보며 물었다

"확실한가요?"

"음. 아이는 물론 아니라고 하지만 상처가 주변 피부와 명확하게 구분
되고 모양도 뭐랄까… 기하학적이라 발진 종류는 아니에요. 상처에 관
한 얘기를 터놓지 않는 것이야 말로 명확한 단서죠. 우울증, 불면증, 심지
어는 섭식 장애로까지 발전할 수가 있습니다. 내가 부인이라면 가능한 한
빨리 아들에게 정신과 치료를 받게 할 거예요."

의사가 가방 안을 살피며 말했다.

"휴대폰이나 컴퓨터 같은 전자기기 사용 시간을 제한할 필요가 있어요.
컴퓨터 사용과 청소년 우울증 사이에는 직접적인 연관성이 있습니다."

그녀는 시드니 병원에 제출할 진료의뢰서와 가벼운 항우울제 처방전
을 작성했다.

"경과를 지켜 보고 한 달 후에 다시 진료하는 걸로 하죠."

르네는 울기 시작했다.

"죄송해요. 제가 너무 무능한 엄마같이 느껴져서요."

"힘드실 거라는 거 잘 압니다."

의사가 친절하게 말했다.

"안타까운 일이지만 자해가 드문 일은 아니에요. 아이들은 세상을 시험해 보기 위해 위험한 일을 저지르기도 하죠."

의사가 떠나자마자 르네는 병원에 전화했다. 진료받을 수 있는 가장 빠른 날짜는 다음 주였다. 빨간 펜으로 달력에 날짜를 표시해 두었다. 걱정이 온몸을 휘감았다. 다르게 보면 시간적 여유가 있다는 뜻이기도 했다. 가브리엘을 병원에 데려갈 방법을 모색할 수 있는 일주일의 시간. 그때까지는 학교에 보내지 않고 집에서 데리고 있을 작정이었다.

가브리엘뿐 아니라 모든 상황이 나빠지고 있었다. 죽은 고양이를 묻은 일을 시작으로 마이클이 붉은 얼룩을 용케 닦아내고 그 위에 새로 페인트 칠했던 일까지 전부. 그들은 어떻게든 생활을 이어 나가려 애썼다. 그러나 밤이면 집 밖에서 발소리가 끊이지 않았고 전화까지 시도 때도 없이 울려댔다. 장난 전화가 너무 많이 오는 바람에 유선 전화의 플러그를 뽑고 휴대폰도 차단해야 했다. 그 뿐만 아니었다. 농장의 웹사이트와 페이스북 페이지까지 해킹당했다. 이곳에는 악의적으로 편집한 마이클의 얼굴을 비롯해서 나치 집회, 음란물, 기괴한 동물 학대 사진들이 넘쳐났다. 이에 놀란 고객과 의뢰처로부터 연락이 쇄도해 결국 계정을 삭제하고 사이트를 폐쇄해야만 했다. 마이클이 사이버 불링[2]을 당하고 있다는 것을 알고 있던 경찰에게 즉시 전화를 걸었다. 경찰은 당분간 인터넷에 접속하지 말라고 충고했다.

"현재로선 조치할 수 있는 일이 아무것도 없다는군."

수화기를 내려놓으며 마이클은 초조한 표정을 지었다.

"페이스북 자료는 추적이 안 되고 신체적으로 위협당한 실질적 증거

---

2. 인터넷 상의 집단 괴롭힘

208

가 없어서 어쩔 수 없다고 해."

"말도 안 돼. 고양이가 죽었잖아."

마이클은 어깨를 으쓱했다.

"길에서 차에 치였을 수도 있어. 아마 누군가 죽은 아이보리를 알아보고 데려왔을 거야."

"정말 그렇게 생각하는 거야?"

그들 사이에 잠시 침묵이 흘렀다. 르네가 낮은 목소리로 기가 찬다는 듯 말했다.

"우리가 왜 이런 꼴을 당해야 해? 도대체 왜 이런 일이 벌어지는 거냐구."

"누가 알겠어. 정신 나간 놈들이 한둘이 아닌데. 경찰 말대로 인터넷을 멀리하고 반응해 주지 않으면 결국 그만두겠지."

르네는 비명을 지르고 싶었다. 인터넷을 멀리한다면 어떻게 되는지 뻔히 알지 않는가? 모든 것이 온라인을 통해 이루어지는데… 깊은 한숨을 내쉬며 그녀는 세탁실로 갔다. 바구니를 움켜쥐고 세탁물을 가지러 침실로 돌아갔다.

며칠 뒤 르넨은 엄마 에이프릴이 가브리엘의 문 앞에 서 있는 것을 보았다. 발치에 걸레와 청소 스프레이를 두고 눈을 감고선 얼굴을 문에 붙인 채 한 손을 들고 서 있었다. 무언가 중얼거리고 있었지만 알아들을 수는 없었다.

"엄마?"

에이프릴이 중얼거리다 말고 눈을 떴다.

"응?"

"뭐 하세요?"

에이프릴은 자기 발을 보다가 천장을 올려다보았다. 그녀는 문이 오랜 친구나 되는 것처럼 정성스레 쓸어내렸다.

"도우려는 거야. 그냥 돕고 싶어서 그래."

그녀가 부드럽게 말했다. 왜인지 머쓱해진 에이프릴은 걸레와 스프레이를 들고 다른 곳으로 이동했다. 르네는 아들의 방에 들어갔다. 침대 옆 의자에 앉아 그의 기름진 머리카락을 쓰다듬었다.

"약은 잘 먹고 있니? 먹고 있는 거지?"

가브리엘은 대답하지 않았다. 낡은 셔츠와 운동복 바지 차림으로 잠이 든 듯 낡은 셔츠와 운동복 바지 차림으로 침대에 누워 있었다. 의사의 방문 이후 엿새 동안 르네는 매일 밤 자기 전에 게이브에게 하얗고 작은 알약을 건네 주었다. 실제로 약을 삼켰는지 확신할 수는 없었다. 방에 틀어박혀 지내는 아이에게 알약까지 강제로 먹이는 것은 너무 강압적이었다. 르네는 다음 날 아침 아들의 첫 진료 예약을 위안거리로 삼았다. 정신과 의사가 할 일을 말해줄 테니까.

"내일 진료받는 거 알고 있지? 네가 나아지도록 도우려는 거야."

그녀는 어렸을 때 처럼 그를 구슬려 차에 태우는 방법까지 생각해 봤다. 아이스크림 먹으러 가자! 새 장난감을 골라볼까? 이젠 그런 방법이 통할 리 만무했다. 그저 정직하게 얘기해서 최선의 결과를 바라는 수밖에는 없었다. 최악의 상황이 온다면 구급차까지 부를 생각이었다.

"우리 가기 전에 잠깐 얘기 좀 할까? 새로운 의사 선생님한테 진료받을 때 엄마가 도울 수 있게…"

가브리엘은 대답하지 않았다. 그의 눈은 충혈되었고 몸은 축 늘어져 있었다. 바로 옆에 있지만 다른 장소에 있는 것만 같았다. 르네는 고집스레 물어보았다.

"네 몸에 있는… 자국에 대해 물어올 거야. 네 기분이 어떤지 얘기하면 돼. 말로 대화하는 것에 익숙해지면 더 쉬울지도 몰라."

멍한 눈. 느릿한 깜빡임.

"가브리엘, 제발 말 좀 해 봐. 네가 그렇게 한 거니? 아니면 다른 사람이 했어?"

지난주 내내 똑같은 질문을 반복했다. 그는 한마디도 대답하지 않았다.

"아는 사람이야? 아니면 가까운 학교 친구나 아니면…"

그녀는 차마 거기까지는 말할 수 없었다. 상상조차 어려웠다. 가브리엘이 처음으로 몸을 움직여 그녀를 바라보았다. 그의 눈빛에 르네의 마음은 무너져 내렸다. 그가 갈라진 목소리로 입을 열었다.

"저 너무 무서워요. 뭔가가 나한테 오고 있어요. 제발, 더 이상 여기 있고 싶지 않아요."

5분 후 르네는 모든 전원을 끄고 코드와 케이블까지 다 뽑았다. 게임 장치의 마지막 하나까지 모두 그녀의 침실로 옮겼다. 모니터, 키보드, 마우스, 스피커, 케이스, 헤드폰, 웹캠, 유에스비 스틱, 도구상자, 스마트폰, 노트북, 심지어 생일선물로 사 준 고프로까지, 옷장 맨 위 선반 뒤쪽 깊숙이 모두 밀어 넣었다. 이제 가브리엘의 책상 위에는 연필과 종이를 제외하고는 아무것도 남아있지 않았다. 내일 그녀는 게이브를 병원에 데려간 다음 그의 문. 바깥 자물쇠 걸쇠를 새로 설치하기로 했다. 만약의 경우를 대비한 결정이었다. 아이 곁에 머물며 필요한 모든 일을 감당하는 수밖에 없었다.

다음 날 아침 르네는 일찍 일어나 샤워하고 옷을 입고 주전자 가득 커피를 내렸다. 농장 일꾼들을 위해 냉장고에서 꺼낸 계란 몇 개와 식료품

저장실에서 가져온 빵 한 덩어리로 2주 만에 처음으로 아침 식사를 만들었다. 가브리엘을 위해 특별히 페이스트리를 데워 갓 짜낸 주스와 함께 그의 침실로 가져갔다. 오늘은 좋은 날임이 분명했다. 모든 것이 바뀔 것이고 몇 가지 해답을 찾아 가브리엘은 도움을 받기 시작할 것이었다. 쟁반을 바닥에 내려놓고 있을 때 현관문이 벌컥 열렸다.

"렌."

마이클이 문간에 서서 말했다. 그의 방수 코트 모자에서 물이 뚝뚝 떨어졌다. 아침까지 비가 잦아들지 않고 있었다.

"당신 겉옷 좀 벗어. 바닥이 다 젖잖아."

르네는 가브리엘의 문을 두드리며 말했다.

"렌."

그가 다시 말했다. 문에 새로 설치한 걸쇠를 밀면서 르네는 남편의 얼굴이 뭔가 이상하다는 것을 깨달았다. 그는 웃고 있었다.

"몇 가지 소식이 있어."

"얘기해. 좋은 소식이야?"

그녀가 조심스럽게 말했다.

"응, 아주 좋은 소식이야."

"잘됐네."

순간 그녀는 희미한 희망을 느꼈다. 몇 년 동안 둘은 같이 웃어본 적이 별로 없었다.

"게이브한테 아침 식사 갖다 줄 동안만 기다려 줄래?"

그녀는 대답을 기다리지 않고 바닥에서 쟁반을 집어 들고 등으로 문을 밀어 안으로 들어갔다. 그녀의 손에서 쟁반이 미끄러졌다. 가브리엘이 방에 없었다.

알렉스

농가를 바라볼수록 가까이 가 보고 싶은 마음이 일었다. 직접 올라가서 살펴보면 진실에 다다를 수 있을 것이란 확신이 들었다. 얼굴 가득 미소를 머금고 제니의 현관문을 두드렸다. 그러나 문이 열리고 제니와 마주했을 땐 거의 생각을 바꿀 뻔했다. 예상치 않은 방문객을 맞이한 제니의 모습은 한없이 연약하고 처량했다.

"아, 미안해요."

살짝 흘러내린 스카프 사이로 비치는 그녀의 민숭민숭한 머리를 보지 않으려 애쓰며 말했다.

"낮잠 자는 중이셨나 봐요. 나중에 다시 올게요."

제니가 받는 치료가 궁금했지만 차마 캐물을 수는 없었다.

"아뇨, 괜찮아요. 그냥 좀 쉬고 있었어요."

제니는 스카프를 고쳐 맨 후 내게 안겨 졸고 있는 카라를 향해 미소 지었다.

"안녕, 아가."

그녀는 환한 얼굴로 카라에게 인사했다.

"찾아줘서 반가워요. 어쩐 일이에요?"

"음, 그게…"

얼굴이 달아올랐다.

"생각해 봤는데… 지난 주에 아기 봐주겠다고 말씀하신 거 기억하세요? 바쁘지 않으면… 적절한 때가 아니면 편하게 거절해도 돼요. 그런데 내 말은…"

제니가 활짝 웃었다.

"카라를 봐줬으면 하나요?"

"네. 그게… 그냥 운동 삼아 달리기를 좀 할까 싶어서요. 이미 우유도 먹였고 기저귀도 갈았고. 아래층에 모든 걸 준비해 놓았어요. 부탁해도 될까요?"

"그럼요!"

제니가 손뼉을 마주쳤다.

"영영 안 물어볼 줄 알았어요."

우거진 수풀 사이로 솟은 거대하고 붉은 앙고포라 나무의 옹이투성이 몸통은 기예르모 델 토로의 영화에 나오는 괴물처럼 비틀려 울퉁불퉁했다. 양배추야자나무가 바람에 살랑이고 목향화가 키 높이에서 흔들렸다. 길고 가느다란 잎단풍 조각들이 재봉실 바닥의 천 조각처럼 흐트러져 있었다. 알렉스는 빠르게 나아갔다. 표지판을 따라 바퀴 자국이 남아 있는 길을 벗어나지 않으려 애쓰면서 걸어갔다.

뼈, 인형, 피.

마녀가 농부의 아들을 유괴했다.

아들을 마녀에게 빼앗기다니 참 가련했다. 내가 올리를 그렇게 잃었다면 더 이상 살 수 없었을 것이다. 올리의 떨리던 턱과 갈라진 목소리가 떠올랐다. 엄마는 카라를 더 사랑하잖아. 목구멍에 차오르는 덩어리를 삼켰다. 그렇지 않아. 엄만 너희 모두를 똑같이 사랑해. 하지만 정말로 그랬을까? 똑같이 사랑해야 마땅한데 노려보거나 인상을 쓰거나 "내 인생이 불행한 건 엄마 때문이야!"라고 소리 지르는 올리를 마주한 순간마다 카라를 더 사랑했을지도 모르겠다. 작고 사랑스러운 내 딸. 나에게 매달리는, 날 필요로 하는, 그리고 언제나 날 먼저 찾아주는 딸. 아이에게서 풍기는 하얀 도화지 같은 감미로운 냄새… 하지만 우는 카라를 달래느라 잠 못 이루는 시간이 일주일 정도 지속되면 몸은 극도로 지쳐서 카라에게 향하던 사랑이 아들에게 옮겨갔다. 내 아들은 똑똑하고 재미있었다. 올리의 독립심과 유머 감각, 함께 나누었던 모든 이야기, 드물어서 더 소중한 포옹… 우리의 오랜 습관과 일과는 서로에게 녹아 스며들어 있었다. 아이를 향한 사랑은 이리저리 옮겨다녔고 죄책감은 더해졌다.

집에 도착하면 꼭 대화로 풀어야겠다고 다짐했다. 우린 괜찮을 거야. 다시 행복한 가족이 되려면 이 마녀 사태부터 우선 해결해야만 했다. 웃음이 발작적으로 터져 나왔다. 이런 와중에도 마녀의 소재를 파악하기 위해 풀숲을 헤집고 다녀야 한다니. 어쩌다 이런 삶까지 살게 되었는지. 하지만 곧 그 생각을 지워버렸다. 어이없는 상황이긴 했지만 어쨌든 반드시 해결해야만 했다. 아이들은 내 전부였다.

마른 진흙 덩이에 걸려 비틀거려 가며 바위 위를 기어올랐다. 키트를 처음 만났던 길에서 벗어나 골짜기로 내려갔다. 이곳에도 역시 누군가 나무에 새겨 넣은 흔적이 있었다. 단단한 나무껍질 아래 부드럽고 연한 속살이 드러난 표식을 보니 비교적 최근에 그어놓은 것 같았다. 하지만 어떤 선들은 확실히 오래되어 보였다. 골짜기 밑에 다다르자 작은 계곡이 나왔다. 돌다리를 건너 맞은 편 강둑을 타고 올라갔을 때 언뜻 보기에는 잘 보이지 않는 길이 하나 나타났다. 사람들이 많이 다니지 않는 길인지 점차

215

가늘어지다 거의 사라져 버렸다. 정상까지 오를 작정으로 길고 뾰족한 잎과 선녹색 양치식물을 헤치고 나아가 마침내 숲으로부터 벗어났다. 길은 사람 손이 닿지 않아 바짝 마른 땅, 풀이 듬성듬성 난 방목장으로 이어졌다. 경사진 방목장을 걸을 때 손으로 햇빛을 가리며 빛바란 농가를 올려다보았다.

언덕 위 농가는 생각보다 크고 아름다웠다. 지붕은 아래쪽 마을에서 볼 수 있었던 것보다 훨씬 더 멀리 뒤로 뻗어 있었다. 빛이 뒤에서 비칠 때는 풀밭에 긴 그림자를 드리웠다. 뾰족한 지붕을 인 어두운 사각형 모양의 집이 나무에 새겨진 흔적과 비슷하다고 생각하며 농가를 향해 몇 걸음을 불안하게 내디뎠다. 그때, 방목장 아래 왼편으로 작은 건물이 하나 보였다. 물결 모양의 벽과 양철 지붕의 낡은 헛간이 늙은 취객처럼 한쪽에 기대앉아 있었다. 나무들 사이에 깊숙이 들어가 있어 거의 시야에 들어오지 않았지만 호기심이 생겨 다가갔다.

덩굴과 가시덤불이 헛간 외벽을 뒤덮은 모습이었다. 두 개의 작은 미닫이창은 온전했고 문도 비교적 새것으로 보였다. 무언가 튀어나올까봐 먼저 살짝 문을 밀어 보았다. 허름한 헛간은 텅 비어 있었다. 더 둘러보기로 했다. 구석에 등나무 의자 두 개가 낡아서 찢어진 쿠션과 함께 쌓여 있었다. 다른 쪽에는 폐기된 냉장고와 부서진 사다리가, 바닥에는 독특하게도 시트를 씌운 세 개의 폼 매트리스가 둥글게 놓여 있었다. 플라스틱 양동이 하나가 문 쪽에, 그리고 다른 하나가 냉장고 근처에 나뒹굴었고 구겨진 감자칩 봉지들이 바닥에 흩어져 있었다. 땀과 버섯, 엔진 오일을 섞은 듯한 시큼한 곰팡이 냄새가 났다. 뒤쪽 벽에는 누군가 사랑의 오두막이라고 스프레이로 낙서한 흔적이 있었다. 오싹해졌다. 불법 거주자들일 거야. 키트에게 알려야겠다고 생각하며 헛간에서 뒷걸음질쳐 나와 발로 문을 닫았다.

언덕을 걸어 올라 농가로 가는 길은 훨씬 쾌적했다. 사방에 산마루가 솟아 있고 들판이 벨벳 두루마리처럼 펼쳐져 있는, 믿기 어려울 정도로 낭만적인 풍경이었다. 흰 면 작업복과 커다란 밀짚모자만 있다면 컨츄리 스타일 잡지의 한 장면 같았을지도 모른다. 언덕을 오를수록 데이지꽃이 수놓아진 발 밑의 잔디는 더욱 풍성해졌다. 청량한 공기 덕분에 폐가 부풀어 오르는 기분이었다. 머리 위로 새들이 구름 한점 없는 푸른 하늘을 우아하게 날아가고 있었다.

가까이 가서 보니 원래는 흰색이었던 클래딩이 빗물로 얼룩져 있었다. 페인트칠은 햇볕에 탄 피부처럼 벗겨졌고 홈통 장치도 군데군데 느슨해져 있었지만 대들보와 그를 따라 이루어진 난간은 모양새가 온전했다. 처마에 새겨진 장식 양각 역시 멀쩡했다. 직사광선이 벽을 정확히 비추는 듯 초자연적인 광택이 느껴졌다. 어릴 때 가장 좋아하던 그림책 속의 집을 보면서 상상의 나래를 펼치던 기억이 뇌리를 스쳤다. 그때의 나는 혼자서 되뇌곤 했었다. 언젠가는 멀리 도망쳐서 저런 곳에 살아야지. 지금의 상황이 썩 좋지는 않지만 한편으로는 여덟 살 때의 꿈을 이뤘다는 성취감이 있었다.

천천히 둘러보다가 정면인 줄 알았던 곳이 사실은 집의 옆면이라는 사실을 알아냈다. 앞문은 동쪽 벽 왼쪽에 있었다. 방향을 바꿔 걷다가 원형 진입로를 찾아냈다. 화려한 돌 수반과 꽃이 풍성하게 피어 있는 자카란다 나무로 꾸며져 있었다. 현관으로 향하는 네 개의 나무 계단 위에 스테인드글라스 창으로 둘러싸인 현관문이 눈에 들어왔다. 계단을 올라 창문 하나를 들여다보았다. 어두운 빈방이었다. 다시 문으로 돌아가 손잡이를 돌렸다. 삐걱거리는 소리와 함께 문이 그대로 열려 버렸다. 안을 살짝 들여다보니 먼지로 가득 찬 긴 복도가 보였다.

217

"계세요?"

우물에 빠진 돌멩이처럼 목소리가 벽에 부딪혀 울려 퍼졌다. 집안에서 퀴퀴한 냄새가 났지만 생각만큼 지독하진 않았다. 한때는 선명했을 빛 바랜 블루벨과 수레국화 무늬 벽지, 벽의 오른쪽에 줄지어 있는 코트 걸이, 그 위로 전시되어 있는 험악하고 볼썽사나운, 낡은 농기구들이 차례로 보였다. 복도에는 네 개의 문이 오른쪽에 하나, 왼쪽에 세 개 줄지어 서 있었다. 왼쪽 첫 번째 문 뒤에는 객실로 추정되는 빈 방이 있었다. 오른쪽 방도 비었지만 훨씬 컸다. 세련된 벽지와 목재 패널로 꾸며진 그 안에는 가구 두 개만이 남아 있었는데 커다랗지만 텅 빈 옷장과 안방 전용 욕실의 먼지 쌓인 개수대가 그것이었다. 그 위에는 무지개색 테두리 거울이 있었다.

왼쪽 두 번째 문은 세 번째 침실로 이어졌다. 책상인지 식탁인지 모를 가구와 싱글 침대가 먼지막이 커버로 덮인 모습이었다. 커버를 들추니 침대에는 아직 매트리스가 깔려 있고 책상에도 의자가 딸려 있었다. 황량한 다른 방들과 비교했을 때 이 방은 자물쇠만 아니었다면 아늑하게 느껴질 정도였다. 두 개의 두꺼운 걸쇠가 문틀에 달려 있었는데 이상하게도 또 하나가 바깥쪽에도 부착되어 있었다.

다음 문을 열어보니 평범하지만 매혹적인 흑백 타일이 바닥에 깔려 있는 메인 욕실이 나왔다. 복도 끝에 다다르니 넓은 주방, 식사 공간, 그리고 벽난로가 있는 기다란 거실이 있었다. 잠겨 있지 않는 뒷문은 테라스와 연결되어 있었다. 테라스는 적잖이 낡아 보였다. 페인트칠이 벗겨졌고 바닥 패널 몇 개도 완전히 썩어 있었다. 하지만 그곳에서 바라본 숲과 호수, 파인 리지 전체가 내려다 보이는 전경은 그야말로 장관이었다.

기둥에 기대 경치를 바라보았다. 농가의 각도에서 바라다 보이는 집들은 모두 한 방향을 향하고 있어서 마을이 새삼 다르게 비쳤다. 층층의 곡선 모양의 집들로 이루어진 개발지를 한눈에 둘러보니 공연장이나 원형 극장이 떠올랐다. 마을의 집들은 주인공인 이 농가의 아름다움을 위해 지어진 들러리 같았다.

그때 어떤 기억이 스쳐지나갔다. 키트가 마을을 구경시켜 주던 첫날 내 시선을 사로잡았던 농가. 고개를 들어 넋을 잃고 바라보던 순간 뭔가를 봤다고 확신했었는데… 내가 지금 서 있는 바로 이곳이 그 그림자 같은 형상이 서 있던 곳이라 생각하니 간담이 서늘했다. 몸을 일으켜 다른 곳으로 이동했다. 집 안으로 들어가는 길, 클래딩에 묻은 희미한 분홍색 얼룩을 발견했다. 창틀 나뭇결에도 붉고 작은 얼룩들이 묻어 있었다. 그리고는─

숨이 멎는 것 같았다. 바닥과 맞붙은 벽 아래쪽에 그림이 있었다. 그 그림이었다. 마녀의 징표. 뒤로 물러섰다. 검은 잉크로 갈겨 쓴 표식이 새겨진 수많은 집 모양의 박스들이 마치 거미처럼 목조부에서 쏟아져 나와서 내 머리 위로, 처마 근처로, 창틀 아래로, 난간 기둥으로, 테라스 바닥으로, 그리고 잔디로 이어진 계단으로 기어 나가는 것만 같았다. 소름이 끼쳐 서둘러 안으로 들어가 방충망을 쾅, 닫았다. 바닥, 벽, 그리고 천장도 찬찬히 살폈다. 주방으로 들어가 복도를 다시 돌아보았다. 그림은 없었지만 확실히 뭔가 이상했다. 천장에는 얼룩이 있고 페인트칠은 여기저기 부풀어 올랐지만 육 년 동안이나 비어 있던 집 치고는 기이할 정도로 깨끗했다.

가장 가까운 창문으로 건너가 흔적을 살펴보았다. 창틀을 손가락으로 쓸어 보고 창문 몰딩을 확인했다. 죽은 파리들은 어디에 있지? 거미줄과 쥐똥은? 그때, 한쪽 구석에서 플라스틱 바퀴벌레덫을 발견했다. 정신이 번쩍 들며 누군가 은밀하게 집을 관리하고 있다는 깨달음이 들었다. 눈치채지 못할 정도지만 집이 폐허가 되지 않도록 유지한다기에는 증거가 충분했다. 갑자기 누군가 지켜보고 있는 듯한 느낌이 들어 극도로 불안해졌다.

가야겠어. 이곳저곳 들쑤시고 다니지 말았어야 했다. 어떤 단서도 찾지 못했지 않은가. 사진이나 주방 조리대에서 발견될만한 작은 정보, 그 어떤 것도. 잠깐. 주방에 무언가 있었다. 전에 미처 보지 못했던 종이 한 장이 가스레인지 오른쪽에 놓여있었다. 가까이 다가갔다. 내 이름이 쓰여진 편지 봉투였다.

일렉스 이브스.

"대체 이게 무슨…"

봉투를 집어 들어 뒤집어 보았다. 밀봉되어 있었다. 두려움이 전신으로 천천히 퍼져 나갔다. 고개를 돌려 어깨 너머로 방을 둘러보았다. 숨이 잘 쉬어지지 않아 진공 상태에 서 있는 기분이었다. 귀에서 맥박이 쿵쾅거리는 소리를 들으며 편지 봉투를 뜯었다. 안에는 반으로 접힌 백지 한 장이 들어 있었다. 쪽지에는 두 줄의 문장만이 기울어진 흘림체로 쓰여 있었다.

내 아들은 납치됐어.

당신 아들도 그렇게 될 거야.

알렉스

쪽지를 손에 움켜쥔 채 뒷문으로 뛰쳐나갔다. 데크 계단을 내려가 잔디를 가로질러 곧장 숲으로 갔다. 숲을 빠져나오자 숨이 턱 끝까지 차올랐고 온몸은 땀범벅이 되어 있었다. 누가 그 쪽지를 내게 남겼을까? 경고일까? 아니면 협박? 농부가 잃어버린 아들, 가브리엘에 대한 말이었을까? 만약 그렇다면 그 쪽지는 켈러맨 씨 부부가 쓴 것일까? 그들이 아직도 주위에 머물면서 숲과 호수 근처를 돌아다니고 있는 걸까? 켈러맨 부인은 대체 어떻게 생긴 걸까? 옅은 색 우비를 입은 백발 노인이 캘러맨 부인일까?

해답이 뭐든 한 가지 생각에만 매달렸다. 나는 마녀를 믿지 않아. 그 무엇도 내 아들을 해칠 수 없어. 이미 그 아이를 너무 여러 번 위험에 빠뜨렸다. 지금부터 아들을 지키기 위해서라면 무엇이든 할 작정이었다. 동시에 점점 조여드는 기분을 떨쳐버릴 수 없었다. 숲에서 빠져나와 서둘러 걷는 동안 어둡고 끈적끈적한 액자와 내 방 벽의 핏빛 얼룩이 떠올랐다. 주머니에서 휴대폰을 꺼내 올리에게 전화를 걸었다. 아무 대답이 없자 문자를 보냈다. 아들, 뭐하니? 그러고는 작업장에서 오른쪽 길로 꺾어 집에서 떨어진 호수 쪽을 향했다. 기슭에 서서 강둑을 유심히 살폈다.

제발 그곳에 있길. 아들을 찾아야 해, 제발.

몇 분 정도 찾아 헤매다 마침내 나무 그늘 아래 바위에 앉아 낚싯대를 들고 있는 올리를 발견했다. 옆에는 바이올렛이 발을 물에 담그고 앉아 있었다. 바이올렛의 흰 원피스 자락이 바람에 휘날렸다. 안도감으로 얼굴이 달아올랐다. 얼굴이 보이지 않게 멀찌감치 떨어진 나무 그늘에 서서 아이들을 지켜보았다. 한 번 더 문자를 보냈다. 올리는 한 번 쓱 보더니 답장도 하지 않고 휴대폰을 치워버렸다.

당장 뛰어가 올리를 안전한 집으로 끌고 가고 싶은 충동와 싸우며 이성적으로 생각하려 애썼다. 멀쩡하게 잘 놀고 있는 아들을 눈으로 확인했다. 겁에 질려 날뛰어 봤자 아무런 도움도 안 될 테니 이 끔찍한 일을 해결하려면 냉철하고 침착할 필요가 있었다. 내가 상상했던 일이 무엇이든, 손에 든 쪽지가 켈러맨 부부의 저주든 아니든, 육 년 전 발생했던 남자아이의 실종 사건과 지금 내게 일어나고 있는 일이 비슷하다는 것만은 확실했다.

방향을 돌려 키트의 집까지 짧은 거리를 뛰어가기 시작했다. 그의 집은 어두컴컴했다. 문도 잠겨 있었다. 서둘러 다시 저수지를 돌아 사무실로 갔다. 이런 이야기를 털어놓아야 한다고 생각하니 괴로웠다. 키트가 나를 비웃겠지? 그렇지만 그는 파인 리지를 설립한, 인정받는 책임자였고 이곳에서 가장 오래 살았다. 누군가 이 문제에 대해 설명해 줄 수 있는 사람이 있다면 바로 키트였다.

놀이터와 회관을 지나 잔디밭을 뛰어갔다. 사무실로 개조된 컨테이너가 시야에 들어왔을 때 비로소 발걸음을 늦췄다. 잡화점 앞에서 잠깐 멈춰 숨을 돌렸다. 진정해. 스스로에게 말했다. 마음을 가라앉히고 심호흡해. 마침내 몸을 통제할 수 있게 되자 사무실로 묵묵히 향했다.

큰 전망창은 커튼으로 가려져 있고 미닫이문도 닫혀 있었다. 노크를 했지만 아무런 대답이 없었다. 불도 꺼져 있고 움직임도 전혀 없었다. 문고리를 돌려보니 놀랍게도 열려 있었다.

"키트, 안에 있어요?"

대답이 없었다. 젠장. 안으로 들어가 문을 닫았다. 키트의 사무실은 그의 집처럼 작았지만 깔끔히 정리되어 있었다. 뒤쪽 벽에는 붙박이 서랍이 있는 흰색 작업대가 깔려 있었고 세 대의 컴퓨터 워크스테이션이 있었다. 크고 검은 본체에서 불빛이 깜박거렸다. 전선이 벽에서 뻗어 나와 엉켜 있었다. 바로 위쪽 선반에는 다육식물들이 놓여 있었다. 방 전체에서 새 양탄자 냄새와 키트의 상큼한 감귤향 향수 냄새가 물씬 풍겼다. 팔짱을 끼고 아랫입술을 깨물며 키트가 어디 있을지 생각해 보았다. 그에게 그 쪽지에 대해 말해야 했다. 켈러맨을 찾으려면 그의 도움이 필요했다.

문득 좋은 생각이 떠올랐다. 이리 저리 살펴보다 컴퓨터 중 한 대의 키보드를 마구잡이로 두드려 보았다. 연결된 모니터 화면이 켜졌지만 비밀번호가 걸려 있었다. 흠. 키트는 업무와 연관된 연락처를 휴대폰이나 컴퓨터에 저장해 두었을 거야. 운이 좋다면 이곳의 토지를 구매할 때 작성한 토지 거래 계약서나 법적 서류를 찾을 수 있을지도 몰랐다. 서랍을 뒤져 보았지만 특별히 흥미를 끄는 것은 없었다. 펜과 충전기와 접착식 메모지 더미를 뒤져보니 종이로 채워진 플라스틱 서류 파일이 발견됐다. 다만 환경을 파괴하는 다국적 기업에 관한 정보지와 시위 전단지였다. 미래가 사라진다, 아직도 플라스틱 환경 오염 '대책'을 마련하지 못한 대기업. 종이 더미를 다시 서랍에 넣었다.

천천히 원을 그리며 돌아보았다. 나라면 매매 계약서를 어디에 뒀을까. 오른쪽에는 간이 주방과 커피 머신이, 왼쪽에는 커피 탁자와 두 개의 안락의자가 있었다. 테이블 위쪽 벽에 뭔가 잔뜩 쓰여 있는 커다란 화이트보드가 보였다. 더 자세히 보기 위해 앞으로 다가갔다. 검은색과 초록색 수성펜으로 깔끔하게 4열로 그려진 표 위에 공동 거주라고 쓰여 있었다.

맨 왼쪽 열에는 이름이, 두 번째 열에는 주요 항목으로 표시된 정보가 나열돼 있었고 세 번째 열은 주소가, 네 번째 열에는 체크 표시나 십자 모양만 있었다.

이름이 적힌 열에 퀠러맨이 있는지 훑어보았지만 찾을 수 없었다. 중간쯤에 내 이름이 있었다. 알렉산드라 이브스(37). 그 아래에는 올리버(14), 카라(아기). 예전 주소지, 올리가 다니던 학교 정보와 함께 예전 직업란에는 제출한 대로 '보육 교사'가 적혀 있었다. 일 년 넘도록 교사 일을 하지 않았지만 '가정주부'라는 직업은 경제적으로 안정되어 보이지 않았다. 내 이름이 있는 열의 세 번째 행에는 제니의 이름과 주소가 적혔고 네 번째 열은 공동거주자가 아직 정해지지 않아 비어 있었다.

라일라와 섀넌, 처음 보는 이름들도, 물음표가 남은 칸도 있었다. 새로운 입주자이거나 입주예정자들을 뜻하는 듯했다. 그 밖에도 전화번호, 우편 번호, 이메일 주소, 홈페이지, 직업, 근무지가 기입되어 있었는데 키트가 줄지어 적어 둔 '도시 촌놈'이 이렇게나 많다는 것을 매기도 알고 있는지 문득 궁금해졌다.

뒤돌아서 서랍 몇 개를 더 뒤져 보았다. 복사기와 프린터, 그리고 주방 찬장도 모두 확인했다. 그때 주방 벽난로 뒤에서 문구가 가득한 수납장을 발견했다. 재빨리 문을 열고 선반을 헤집었다. 연습장, 펜, 연필, 마커펜, 잉크 카트리지, 종이 더미, 테이프, 수정펜, 스테이플 핀, 종이 클립… 플래시 드라이브, 여분의 충전기, 연장 케이블… 맨 아래 선반에는 포장 테이프와, 가위, 마분지, 두껍게 말린 발포지가 있었다.

무릎을 꿇고 손으로 수납장 바닥을 쓸어보았다. 상자가 있었다. 통째로 꺼내 살펴 보았다. 갈색에 중간 크기. 세상에! 우리집으로 배송된 상자와 정확하게 일치했다. 뒤로 주저앉고 말았다. 온몸의 맥박이 미친듯이 뛰기 시작했다. 괜찮다며, 수납장에 택배 용품을 보관하는 것은 하나도 이상하지 않다고 나 자신을 타일렀다. 그러나 서리처럼 가슴을 타고 천천히 파고드는 냉기를 막을 수는 없었다.

그때 바깥에서 사람 소리가 들려왔다. 벌떡 일어나 중앙 사무실로 뛰어나갔다. 전망창 밖으로 키트와 라일라가 계단식 야채 정원 모퉁이를 지나 사무실로 들어오는 것이 보였다. 이런. 그들이 사무실에 도착하기 전에 빠져 나가려면 1초도 여유가 없었다. 생각할 겨를도 없이 몸을 숙여 문밖으로 빠져나와 서둘러 컨테이너 뒤쪽으로 돌아가서 벽에 등을 기대고 기다렸다. 키트와 라일라의 목소리가 가까워졌고 문이 여닫히는 소리가 들렸다. 천천히 안도의 한숨을 내쉬었다. 몸은 여전히 떨려왔지만 그들은 나를 눈치채지는 못했다. 조용히 도망칠 기회를 엿보고 있을 바로 그때 내 이름이 들려왔다.

"알렉스를 싫어하는 건 아니에요."

라일라의 목소리가 열린 창으로 새어 나왔다.

"우리 두 가정이 이곳에서 함께 살아가기에 적절한지 알 수 없을 뿐이죠. 아시죠?"

나는 한 손을 벽에 짚은 채 그대로 얼어붙었다.

"당신이 알렉스랑 친한 줄 알았는데요."

키트가 말했다.

"바이올렛이랑 올리는 친해 보이더군요. 라일라 당신과 알렉스도 같이 살기를 바라는 줄 알았어요."

라일라의 대답은 의자 끄는 소리와 나무를 흔드는 바람 소리에 묻혀 들리지 않았다. 키트가 다시 말했다.

"라일라 당신이 무슨 말을 하고 싶은 지 알겠어요. 그렇지만…"

바람에 나무가 다시 흔들렸다. 키트가 말한 얘기의 뒷부분이 들리지 않았다. 그때 라일라가 격앙된 어조로 끼어들었다.

"아니, 아니, 그건 아니에요."

그녀가 소리쳤다.

"소문으로만 판단하는 건 절대 아니에요. 근데 솔직히 편하지는 않죠."

입이 딱 벌어졌다. 뭐라고? 내가 엿듣는 것을 본 사람이 근처에 아무도 없다는 것을 확인한 후, 모퉁이를 돌아 창문 쪽으로 살금살금 걸어갔다. 천천히 조심스럽게 안을 들여다보았다. 바로 앞에 팔짱을 낀 라일라의 뒷모습이 눈에 들어왔다. 키트는 바지 주머니에 손을 찔러 넣고 화이트보드 옆에 서 있었다.

"그러니까, 알렉스에겐 분명히 문제가 있어요."

라일라가 주장하고 있었다.

"어떤 때는 딴 생각에 빠져 있는 것처럼 보여요. 그렇죠? 그리고 그 성깔… 내 딸들이 그런 육아 방식을 가진 부모와 가까운 곳에서 사는 게 그냥 싫을 뿐이에요. 잠자리에 들 때마다 알렉스가 소리 지르는 걸 듣고 싶지도 않고요."

손으로 입을 가린 채 그들 눈에 안 띄게 몸을 숨겼다. 내가 소리 지르는 걸 라일라가 어떻게 알았지? 이런. 내가 정말 그렇게 형편없는 부모란 말인가.

"그러니까, 문제를 일으키고 싶진 않지만 난 내 딸들이 언제나 우선이거든요. 에이미의 문제는 논외로 치더라도 바이올렛도 요새 올리 때문에 뭔가 불안정한 것 같아요. 바이올렛이 제멋대로 굴고, 선을 넘는가 하면 밤늦게까지 스마트폰만 쥐고 있는데 모두 올리가 이곳에 온 후부터 그래요. 전혀 바이올렛답지 않다구요."

불안정하다고? 나는 터져 나오는 말을 막기 위해 손을 깨물어야 했다. 올리가 천사같은 아이가 아닌 것은 나도 안다. 하지만 바이올렛 역시 마찬가지잖아! 그 애의 무례한 행동은 비단 어제 오늘 일이 아니었다. 라일라가 온실 파티에서 자기 딸에 대해 불평하지 않았나? 왜 이제 와서 거짓말을 하는 거지? 에이미의 '문제'는 또 뭐야?

"이 문제로 알렉스와 얘기 나눠본 적 있어요?"

키트가 말했다.

"당신이 이렇게 생각하는 걸 알렉스도 알고 있느냐는 말씀입니다."

"아뇨."

라일라가 말했다.

"상황을 어색하게 만들고 싶지는 않구요, 그냥 이 문제를 눈앞에서 치워 버리고 싶어요."

"좋아요."

키트가 짧게 침묵하더니 말을 이어갔다.

"문제없어요. 알렉스를 다른 사람과 짝 지어 주는 건 어렵지 않아요. 그녀는―"

"글쎄. 과연 그럴까요?"

라일라가 끼어들었다.

"다른 사람 거의 모두가 나와 같은 생각일 걸요."

충격이었다. 잠시 물고기처럼 입을 딱 벌리고 있다가 눈에 띄지 않게 사무실에서 벗어났다. 거의 모두라고? 섀넌과 마리코도? 그럼 지금까지 모두 좋아하는 척을 했던 걸까? 매기가 날 싫어하는 것은 이미 알고 있었지만 다른 사람들은 꽤 친절했는데! 어떻게 이렇게까지 착각할 수 있었을까?

아이들에게 돌아가기 위해 걸음을 재촉했다. 좋은 엄마, 다정한 엄마, 책임감 있고, 세심한 엄마라는 걸 나 자신에게라도 증명해야 했다. 그러나 발을 내딛을수록 시야가 점점 흐려지고 마음이 무거워졌다. 피로 물든 벽, 농가, 그리고 쪽지. 그날 아침 일어난 사건들이 악몽에 대한 기억처럼 흐릿하고 아득했다.

알렉스

지금 당장 생각나는 유일한 일, 내가 잘하는 바로 그 일을 하기 위해 집으로 곧장가야 했다. 바로 짐을 싸서 도망치는 것이다. 주방에 다급히 들어가보니 제니가 요거트와 수저를 들고 두 아이와 함께 앉아 있었다. 카라는 아기 의자에 앉아 신이 났는지 위아래로 몸을 흔들며 식판을 두드렸고 반대편에는 올리가 가스레인지에 기대 서서 붕대 감긴 팔로 팔짱을 끼고 있었다. 아일랜드 조리대 위에 구급상자가 보였다.

"오, 알렉스."

제니가 나를 발견했다.

"와서 이걸 좀 봐요. 정말 귀여워요."

제니가 요거트 한 스푼을 떠서 머리 위로 들어 올린 후, 슈우웅 하는 소리와 함께 카라의 입으로 쏙 넣어주었다. 카라가 요거트를 먹으면 제니와 올리가 '와아!' 소리치며 박수를 쳤다. 카라가 흥에 겨워 손뼉을 치며 까르르 웃음을 터뜨렸다. 아기의 미소가 울적했던 마음에 한 줄기 빛처럼 다가왔다.

"어머나 세상에!"

나는 최대한 흥을 끌어 올리려 애썼다.

"카라가 박수치는 건 처음 봐요. 잘했어, 우리 아가. 첫 박수라니! 정말

대단해."

"거의 반은 흘린 것 같지만, 재밌잖아요. 그렇지, 아가?"

제니가 요거트 한 스푼을 떠서 또 다시 비행기 흉내를 냈다. 요거트를 입에 쏙 넣은 카라를 보며 제니와 올리가 환호했고 카라는 새로 배운 개인기를 한 번 더 선보였다. 나는 반쯤 거리를 두고 바라봤다. 오늘의 이른 아침 상황과 너무도 다른 이 장면은 온 우주가 화목한 가정이란 무엇인지 보여주는 것만 같았다. 올리도 평소와 달랐다. 붉은 노을에 물든 것 같은 행복한 모습이었다.

"낚시는 어땠어?"

"뭐, 좋았어."

"팔은 왜 그래?"

올리는 처음 안 것처럼 놀란 눈으로 자기 팔에 감긴 붕대를 바라보았다.

"괜찮아. 제니가 응급 처치해 줬어."

"내가 상처 소독약을 좀 발라 줬어요."

제니가 고갯짓으로 구급상자를 가리켰다.

"괜찮아질 거예요."

"물론이죠!"

나도 모르게 높은 소리가 튀어 나왔다.

"그래도 상처가 꽤 깊어서 감염될까 걱정이네요."

"괜찮다니까요, 제니."

"스케이트보드 타다 넘어졌다더군요."

"네, 맞아요. 오늘 아침에 제가 응급처치를 한다고 했는데 좀 어설펐나 봐요."

어색한 침묵이 흘렀다. 배은망덕해 보이고 싶은 것은 절대 아니었다.

제니의 염려와 관심은 잘 알지만 라일라의 목소리와 농가에서 발견한 쪽지가 머릿속에 끊임없이 맴돌아 적절히 반응할 수가 없었다. 하루 빨리 파인 리지를 떠나야겠다는 생각을 떨칠 수 없었다.

제니가 위층 자기 집으로 돌아간 후, 옷장 위에서 여행용 가방을 꺼내 물건을 던지듯 담아넣기 시작했다. 옷가지, 신발, 치약, 책. 손에 잡히는 대로 모조리 집어넣었다. 그렇게 이십여 분간 미친 듯이 짐을 챙기다가 멈칫했다. 보통은 짐을 쌀 때 기분이 좋았다. 평소대로라면 자유와 가능성, 통제력을 되찾았다는 만족감에 젖었을 텐데 지금은 무감각하고 피로하기만 했다. 침대에 올려 둔 꽃무늬 가방은 눈부신 분홍색이지만 속은 인생의 음울한 잔해로 차 있는 쓸데없이 화려한 관 같았다. 몸이 아프고, 눈이 시렸다.

"엄마?"

고개를 들어보니 올리가 문에 기대 서 있었다.

"사과하러 왔어. 아침에 있던 일 말이야. 내가 지나쳤던 것 같아. 엄마한테 그런 식으로 말해선 안 됐는데."

나는 눈을 깜빡였다.

"그래애? 우리 올리가 이제 어른이 다 됐네."

올리가 어깨를 으쓱였다.

"내가 너무 이기적으로 굴었지."

심장이 부서지는 것 같아 고개를 떨구었다.

"아니, 사과해야 할 사람은 엄마야. 엄마 잘못이야. 모두 내 잘못이었어."

올리가 방안으로 들어왔다. 하루하루 우람해지고 있던 그의 어깨에 팔을 둘러 꼭 끌어안고 숨을 크게 들이마셨다. 데오드란트와 호르몬에 가려져 희미해졌던 잠옷 냄새가 났다. 행복하게 숨을 들이키고 있을 때 올리가 갑자기 몸을 빼더니 침대 위에 쌓인 짐을 보며 물었다.

"뭐 하고 있었어?"

"응?"

"짐 싸?"

"음…"

"우리 떠나?"

"그러니까—"

"안 돼."

올리가 고개를 저었다.

"안 된다고."

나는 두 손을 번쩍 쳐들었다.

"오히려 기뻐할 줄 알았는데! 파인 리지는 쓰레기장이라고 했잖아. 렌즈콩에 파묻혀 죽을 것 같다며."

"내가 그렇게 말했다고?"

"그래!"

"음, 생각이 바뀌었어."

"정말이야?"

"그러니까, 렌즈콩은 여전히 끔찍해. 하지만 나머지는 그다지 나쁘지 않아. 좋은 사람도 꽤 많고. 바이올렛이 그러는데 길 건너 학교도 괜찮대. 내년에는 학교에 갈 수 있을지 물어보겠다고 했어."

"그래? 학교?"

나는 씁쓸하게 웃었다.

"이제 홈스쿨링 할 생각은 없는 거야?"

232

"전혀."

"흠, 꽤 충격인걸."

침대 위에 놓인 반쯤 챙기다 만 짐들을 보았다.

"정말 여기에 있고 싶어?"

올리가 어깨를 으쓱했다.

"특별히 떠나고 싶은 마음은 없어. 그리고…"

올리의 얼굴이 붉어졌다.

"바이한테 여름 파티에 같이 가겠다고 했거든. 그러니까……."

올리의 볼에 진흙인지 초콜릿인지 베지마이트[3]인지 알 수 없는 무언가가 묻어 있었다. 반사적으로 몸을 굽혀 엄지로 얼룩을 닦아 주었다. 올리는 어릴 때처럼 얼굴을 찡그렸다. 큰 키와 대걸레 같이 거친 머리카락이 눈에 들어왔다. 시간은 정말이지 이상했다. 아이들이 어릴 때는 하루하루가 영원할 것만 같았는데 지금은 마치 시계가 거꾸로 가기라도 하듯 빠르게 흘렀다. 어느 날 갑자기 고개를 들어 보니 첫째 키가 거의 170 센티미터까지 자라 있었다. 턱에는 솜털이 보송하게 올라오기 시작했고 여자아이들과 함께 파티에 간다고 말하고 있었다.

숨을 들이키며 생각해 보았다. 어제까지만 해도 나도 같은 생각이었다. 파인 리지가 우리에게 완벽하고 꼭 필요한 곳이라 믿었으니까. 사실 여기에 오기까지도 쉽지는 않았다. 위험을 감수하면서까지 싸워서 쟁취한 삶이었다. 올리는 이곳에 정착하고 싶어 했다. 나와 아이들의 삶을 따돌림이나 괴롭힘으로 포기하고 싶지 않았다. 이제 더 이상 휘둘리지 않을 거야. 더 이상 떠밀려 나가지도 않을 것이고.

꽃무늬 여행 가방을 거꾸로 뒤집어 내용물을 침대 위에 전부 쏟았다.

---

3. 이스트로 만든 검은색 잼 비슷한 것으로 빵에 발라 먹거나 함.

"좋아."

손을 내밀어 아들의 머리칼을 헝클어뜨리며 말했다.

"여기서 계속 사는 거야."

알렉스

며칠 후, 회관에서 식사 준비와 관련한 회의가 열렸다. 정착하기로 결정을 내린 후 마을에 정을 붙이기 위해 노력을 좀 해야겠다는 파이팅 정신으로 회의에 참석했다. 카라를 놀이방에 맡기고 원형으로 배치된 자리에 막 앉았을 때 주머니에서 휴대폰이 주기적으로 울려대기 시작했다. 아무도 모르겠지, 하며 휴대폰을 확인하기 위해 밖으로 나가려던 때… 나를 바라보는 키트와 눈이 딱 마주쳤다. 어쩔 수 없이 어색하게 웃으며 그대로 주저앉았다.

우리 사이에 알 수 없는 강한 에너지가 느껴졌다. 그가 텔레파시로 의사소통하려는 것처럼 계속 눈길을 보냈지만 시선을 피해 고개를 숙였다. 마분지 상자와 포장용 테이프에 대한 기억, 그의 손과 숨결이 내 목덜미와 피부에 닿았던 그날의 장면이 조용히 뒤섞였다.

라일라 역시 회의에 참석했다. 손을 무릎에 올리고 창백한 얼굴의 에이미와 함께 맞은편에 앉아 있었다. 내가 그날 엿들었다는 사실은 전혀 모르는 눈치였다. 그럼에도 우리 둘 사이에는 수상쩍은 기운처럼 어색한 기류가 감돌았다. 플라스틱 의자에 앉아 손톱 각질을 뜯었다. 뱃속에 깨진 유리 파편이 들어있는 기분이었다. 라일라가 그런 감정을 가지게 된 계기가 뭘까? 다른 사람들한테 나와 올리에 대해 무슨 얘기를 했을까? 사람들이 우리 가족에 대해 무슨 생각을 하든 신경 쓰고 싶지 않지만 어쩔 수 없었다. '아주 많이' 신경 쓰였다.

다행히도 아직은 이런 긴장감이 아이들에게까지 영향을 미치는 것 같지는 않았다. 그날은 서퍼 부부 중 부인이 놀이방에서 아이들을 보살피겠다고 자청했다. 그녀는 각자 자유롭게 노는 아기들을 하나하나 돌보느라 정신이 없었다. 카라는 더할 나위없이 행복해 보였다. 내게서 떨어진다는 사실이 너무나도 기쁜 듯 내려놓자마자 푹신한 장난감으로 기어가더니 볼풀장으로 뒤도 돌아보지 않고 뛰어들었다. 꺅꺅거리는 아기들 비명 사이에서 카라의 목소리만 들리지 않았다.

반대편 주방에서는 올리가 바이올렛과 함께 진저브레드 하우스를 만들고 있었다. 더 정확히 말하자면 바이올렛이 쿠키를 만들고 올리는 반죽 공을 테이블 너머로 튕기고 있었다. 둘은 이어폰을 한 쪽씩 나눠 꼈다. 같은 음악을 들으며 리듬을 타면서 가사를 흥얼거렸다. 이따금 둘 중 하나가 발을 톡톡 두드리며 박자를 맞추고 손가락을 허공에 마구 찔러 대면 다른 아이는 그 모습을 보고 깔깔거렸다.

나는 사랑스러운 광경이라고 생각했는데 라일라는 아닌 모양이었다. 힐끗 보니 에이미를 보호하듯 그 왜소한 어깨에 팔을 두르고 바이올렛과 올리를 유심히 지켜보고 있었다. 라일라가 '내 스타일'이라고 어떻게 그렇게 섣불리 판단했을까. 키트도 마찬가지지만 그녀에 대해서도 아는 것이 별로 없었다. 불이 꺼지고 모든 문이 닫혔을 때, 보는 눈이 하나도 없을 때 라일라는 어떨까? 대체 그녀는 어떤 사람일까? 그녀가 진심으로 믿는 것은 무엇이며, 자기 자신에게 어떤 이야기를 하는지, 자기 자식들에게는 어떤 세상을 설명해주고 있는지 궁금했다.

사람들이 리마콩과, 루바브 크럼블, 감자구이 따위에 대한 이야기를 나누고 있는 사이 나는 점점 더 불안해졌고 내 판단에 대해 강한 의구심이 들었다. 그때 짐을 완전히 싸 두어야 했을지도 모른다. 주머니에서 또다시 휴대폰 진동음이 울렸다. 음성 메시지였다. 메시지를 확인하기 위해 조바심치며 자리 뜰 핑곗거리를 애써 찾았다.

"이제 잡화점에서 재고를 확인하고 누락된 재료 목록을 작성할 사람이 필요합니다. 자원자 있을까요?"

키트가 말했다. 나는 순간 근육이 결릴 정도로 재빠르게 손을 들었다.

자리에서 나와 카라가 놀이방에서 잘 놀고 있는지 먼저 확인했다. 카라는 놀이에 빠져서 내겐 관심조차 보이지 않았다. 마음 놓고 상점으로 향하는 도중 음성 메시지를 확인했다.

"여보세요, 알렉스?"

라디오에서 나올 법한, 매끄럽고 밝은 남자 목소리였다.

"마크 오펜하이머입니다. 더 빨리 전화하지 못해 미안해요. 한 주 동안 정신없이 바빴네요. 전에 켈러맨 씨 얘기를 하셨죠? 보통은 연락처를 알려주지 않지만 정황상 알려드려도 좋을 것 같군요."

부동산 중개인인 오펜하이머에게 나는 〈후 두 유 씽크 유 아?〉[4]의 제작자로 배우 헴스워스 형제와 관련한 사건을 조사하는 중이라고 거짓말을 했었다.

"확인해 보니 켈러맨 씨가 헴스워스가의 아주 먼 친척의 사돈의 팔촌 같습니다."

당시 나는 오펜하이머씨에게 꾸며낸 이야기를 마구 쏟아냈다. TV 출연이라면 뭐든 기꺼이 하려는 사람들의 심리를 이용한 것이었다. 오펜하

---

4. 2004년부터 BBC에서 방영된 영국의 계보 다큐멘터리 시리즈로, 유명인사가 가족의 역사를 추적하는 내용을 담고 있다.

이머씨가 음성 메시지 속에서 말을 계속 이어갔다.

"마이클… 그는 좋은 사람이죠. 그의 가족은 이곳에서 대대손손 살았으니 기꺼이 도와드릴 겁니다. 프로그램 제작을 위해 우리가 도울 게 있다면 언제든 알려 주세요. 사무실 촬영이나 이 지역에 관해 이야기를 나누고 싶다든지 할 때요. 지인이 멜버른에서 크리스 헴스워스와 같은 학교에 다녔거든요. 도움이 될지도 모릅니다. 어쨌든 켈러맨 씨 부부 연락처는…"

그는 전화번호를 두 번이나 줄줄 읊었다. 휴대폰 번호가 아닌 일반 전화번호였다.

"PD님, 행운을 빕니다. 다음에 또 연락드릴게요. 저희 측에서 도울 일이 있을지도 모르니까요."

전화를 끊고 음성 메시지를 저장했다. 잡화점에 도착해 비밀번호를 누르고 안으로 들어갔다. 서늘하고, 건조하고, 어두운 상점 안은 대량 판매되는 곡식 누룩 냄새가 진동했다. 양쪽으로 늘어선 선반에 밀가루 포대와, 찻잎이 담긴 상자, 말린 레귐 유리병이 가득 차 있었다. 불을 켜고 문 뒤 테이블에서 펜을 뽑아 마크 오펜하이머의 음성 메시지를 재차 확인하며 전화번호를 손에 적은 후 전화를 걸었다. 따르릉 소리가 네 번 울렸다. 딸깍. 한 남자가 전화를 받은 후 목청을 가다듬는 소리가 들렸다.

"여보세요."

"여보세요? 마이클 켈러맨 씨 되세요?"

"네. 말씀하시죠."

그의 갈라진 목소리는 칠십 대 노쇠한 신사를 떠오르게 했다. 백발, 반짝이는 눈, 그리고 캐시미어 스웨터 안에 입은 칼라 달린 셔츠. 그의 아내가 주위에서 느긋하게 차를 끓이고 있을 것만 같은.

"죄송하지만 문의사항이 있어서요… 그러니까, 시간이 괜찮으시면⋯⋯."

목이 타들어 갔다. 통화 내용을 미리 생각하지 않고 무턱대고 건 전화라 적절한 말이 떠오르지 않았다.

"당신, 기자요?"

순간 날카로워진 그의 목소리에 떠올랐던 이미지가 바뀌었다. 입꼬리가 아래로 내려가고 까칠한 회색 수염에 깡마른 남자. 시간과 슬픔과 편집증에 짓눌려 황폐해진 얼굴.

"아니 아니, 전혀 아니에요. 저는 음, 파인 리지 주민이에요. 선생님의 예전 농장에 생태 마을이 지어졌는데 아시죠? 그래서 제가—"

"젠장. 대체 뭘 원하는 거요?"

나는 얼어붙었다. 노쇠한 신사는 이제 없었다. 수화기 너머의 남자는 이제 상태가 좋지 않은 치아에 움푹 꺼진 볼, 대머리를 감추기 위해 빗어 넘긴 머리를 하고 있었다.

"그냥 날 내버려두라고. 알겠어?"

"하지만 켈러, 켈러맨 씨."

나는 말을 더듬었다.

"아드님에 관해서 할 얘기가 있어요."

"꺼지라고."

전화가 끊겼다. 휴대폰을 귀에서 뗀 후 멍하니 액정을 바라보았다. 그때, 창고 문이 열리고 누군가 들어왔다. 매기였다. 고요하던 창고 분위기가 적대적으로 바뀌었다. 나를 발견한 매기는 발걸음을 멈추더니 노골적으로 반감을 표시했다. 별다른 감정 없는 지루한 표정에서 입을 일그러뜨린 채 씩씩대며 싫은 티를 온 몸으로 뿜어냈다. 말 그대로 눈에 쌍심지를 켜고 나를 쳐다보는데 젠장, 나를 진심으로 싫어하는 모양이었다.

어떻게 대응해야 할지 몰라 거의 정지 상태로 있었다. 매기는 입술을 꽉 다문 채 나를 지나쳐 뒤쪽 선반으로 향했다. 밀가루 포대에 어색하게 몸을 기대며 그녀가 지나갈 자리를 만들어 주었지만 고맙다는 인사는 돌아오지 않았다. 그녀는 보란 듯이 적대감을 드러내며 양초 상자를 거칠게 잡더니 화풀이 하듯 선반에서 끌어 내렸다. 내 구역이니 넘보지 말라고 온몸으로 말하고 있었다. 여기에선 자기가 대장이라고. 황당했다. 나잇살이나 먹어서 한심하기는!

그녀가 양초 상자 두 개를 더 집어 들고 또 한번 내 앞을 지나가려 했지만 내 안의 부모 본능이 발동했다. 바로 잡아주고 싶었다. 양보받고 싶으면 먼저 예의 바르게 행동해야하지 않겠어? 그녀가 나를 쏘아보았다. 나도 지지 않고 노려보았다.

"실례할게요."

마침내 그녀가 말했다.

"훨씬 낫네요."

옆으로 조금 물러나며 대답했다. 매기와 나는 또다시 대치했고 서로 조금도 물러날 기색이 없었다. 유기농 식료품점 안이긴 하지만 팽팽하게 맞서는 서부극이나, 중년 버전의 〈퀸카로 살아남는 법〉의 한 장면 같은 풍경이었다. 내가 먼저 침묵을 깨뜨렸다.

"만약 날 위협하려는 거라면 포기하는 게 좋을 거예요. 소용없을 테니까."

"위협?"

매기가 경멸하듯 말했다.

"무슨 소리를 하는 건지 모르겠네요."

"아니면 내가 착각했나요? 오호, 나를 환영하는 거였군요. 오해해서 미안합니다."

"아뇨."

그녀가 직설적으로 말했다.

"당신은 환영받는 게 아니에요."

맞받아 치려고 입을 열다 이내 다물었다. 아, 최근 일어난 일들이 이것 때문이었까? 상자들과 표식, 그리고 쪽지까지, 나를 겁줘서 떠나게 하려는 매기의 속셈이었을지도 모른다. 그럼 마을 전체가 연루된 건가? 겁에 질려 제 발로 떠나게 하는 것이 어쩌면 이곳 사람들의 '기피 인물' 제거방식일지도 몰랐다.

"당신이 뒤에서 뭘 하고 있는지 다 알아요."

한 번 떠 보듯이 말해보았다. 순간 매기의 표정이 움츠러들었다. 그녀의 얼굴에 드러난 죄의식을 보니 뭔가 숨기고 있다는 확신이 들었다. 바로 그때 매기가 내 눈을 똑바로 바라보며 말 앞니 같은 이빨을 드러내고 이상한 웃음을 지었다.

"있잖아요."

그녀가 느릿느릿 말했다.

"당신 같은 사람들은 너무… 단편적이에요. 종이 인형처럼 일차원적이라서 나무만 보고 숲을 보지 못한다고나 할까. 반면에 나는 모든 걸 보고 모든 걸 들어요."

매기가 상점 지붕에 시선을 고정한 채 말했다. 나는 얼굴을 찡그렸다.

"그으으으래요. 음, 어쩌면 당신 생각보다 내가 더 많은 걸 보고 듣고 있을 수도 있지 않을까요?"

"으으음."

매기가 어깨를 으쓱하더니 아이스크림 먹는 아이처럼 입술을 핥았다.

"어쩌면 당신은 내가 보여주려는 것만 보고 있는지도 모르죠."

나는 잠시 생각했다.

"뭐라고요?"

"바로 그거예요."

매기가 웃었다.

"당신은 내가 있는 곳에 있지 않기 때문에 이해하지 못하는 거라고요."

나는 천장을 보다가 바닥을 한 번 보고 다시 매기를 보았다. 그녀의 동공은 확장되어 두 개의 금테를 두른 납작하고 검은 접시 같았다.

"좋아요. 어디에 계시는데요? '나 약에 취했다' 이 뜻인가요, 매기?"

매기는 털 뭉치 토해내는 고양이처럼 쉰 소리를 냈다. 그녀는 내 얼굴 앞에 손가락 하나를 흔들어 보였다.

"눈을 뜨라고, 빨간 망토 씨."

손가락으로 내 코를 칠 것 같아 움찔했지만 곧 자기 입에 주먹 쥔 손을 갖다대고 깔깔대며 웃었다.

"알렉스 당신, 병들었어."

이번엔 고양이처럼 하아악 거렸다.

"알아? 바이러스 같다고. 신발에 묻은 똥처럼 산지사방에 병균을 묻히고 다니잖아, 지금. 냄새 난다고."

매기는 자기 말이 사실이라는 듯 코로 숨을 들이마셨다. 냄새가 나는 건 내가 아니야. 톡 쏘는 듯한 냄새가 코끝을 스쳤다. 이상하리만큼 익숙한 냄새였다. 반박하려는 순간 매기는 이미 뒤돌아 문을 열고 나가 버렸다. 문틈으로 쏟아져 들어온 햇빛 때문에 잠시 앞이 보이지 않았다. 그렇지만 더 이상 휘둘리지 않으리라는 다짐을 되뇌며 막 닫히려던 문을 잡고 그녀를 쫓아갔다.

"대체 왜 그래요?"

그녀의 뒤통수에 대고 소리쳤다.

"살면서 무슨 일이 있었길래 그렇게…"

입안에서 말들이 잦아들었다. 식료품점 밖 도로에 누군가 서 있었기 때문이다. 멀어져 가는 매기의 뒷모습 따위는 이제 안중에도 없었다. 그들은 두 명이었다. 키가 큰 사람과 작은 사람. 둘은 이야기를 나누고 있었다. 키가 작은 사람은 아이였는데 자세히 보니 라일라의 딸 에이미였다. 옆에는 한 번도 본적이 없는 사람이었지만 뒤틀린 체형이 눈에 익었다. 에이미가 도망가지 못하도록 손목을 꽉 잡고 허리를 숙여 아이의 귀에 속삭이고 있었다. 구부러진 등에, 흐트러진 백발, 회녹색 우비.

상황을 미처 파악하기도 전 심장이 차갑게 식는 듯했다. 와인잔 테두리를 젖은 손으로 문지르는 듯한 음이 귓속에 연이어 윙윙 울려대는 것 같았다.

숲 속에서 본 그 여자였다.

파인 리지의 마녀.

알렉스

작은 배의 갑판 위에 서 있는 것처럼 발 밑의 땅이 출렁였다. 진짜잖아? 마녀가 실재하고 있었어. 떨리는 발걸음을 내디뎠다. 마녀의 얼굴은 잘 보이지 않았고 에이미의 얼굴만 보였다. 뭉툭한 앞머리 사이로 보이는 그녀의 섬세한 얼굴이 파리했다. 온몸이 뻣뻣하게 굳은 채 주먹을 꽉 쥐고 땅을 바라보며 여자의 말을 심각하게 듣고 있는 에이미의 몸집이 무척 작아 보였다. 보고도 믿을 수 없어 두 눈을 몇 번 깜빡였지만 이번에는 노파가 가물거리다 사라지는 일 따위는 없었다. 그녀가 속삭이는 소리가 들렸다. 마른 낙엽이 바닥에 나뒹구는 것 같은, 건조하게 가르랑거리는 소리였다. 무슨 말을 하는지 듣기 위해 한 걸음 한 걸음 나아갔다.

"그들은 밤에 찾아와."

마녀가 말하고 있었다.

"들어 봐. 소리가 들릴 거야. 목소리와 발소리."

폭우 속을 뚫고 나온 것처럼 그녀의 젖은 머리카락이 머리에 딱 달라붙어 있었지만 그녀의 회녹색 우비는 물 한 방울 묻어 있지 않았다. 우비가 바람에 펄럭였고 옷깃 사이로 분홍 꽃이 그려진 파란색 긴 나이트 가운이 드러났다.

"그들은 하늘로 이어지는 길을 따라가."

그녀의 쉰 목소리는 누군가 목덜미를 잡고 있기라도 한 듯 다급했다.

"무성한 녹색 언덕의 잔디, 다이아몬드 달, 가장 푸른 하늘."

에이미의 손목을 꽉 잡고 있는 손이 꼭 해골 같았다. 검버섯으로 뒤덮인, 종잇장처럼 얇은 피부. 두껍고 변색된 손톱, 나무 옹이처럼 울퉁불퉁한 손마디.

"바로 저곳에서 일어났지."

마녀가 몸을 굽혀 에이미의 보드라운 뺨에 얼굴을 갖다 댔다.

"새들이 날아가는 곳. 저 새들은 북쪽으로 가고 있어. 달을 향해 가는 거야."

내 뇌와, 혀, 폐는 모두 얼어 붙었지만 어찌 된 영문인지 다리만은 그들에게 가까이 다가가고 있었다. 마녀의 팔꿈치에 손을 뻗었다. 그녀가 투명인간이라도 된 양 그대로 통과할 것 같은 기분으로 건드렸는데 단단함이 느껴졌다. 깡마르고 허약한, 의심할 여지없이 실존하는 사람이었다. 노파가 아주 천천히 뒤를 돌아보았다. 그녀의 얼굴 곳곳에 깊이 패인 선들 사이로 주름이 사보이양배추 잎사귀처럼 촘촘하게 잡혀 있었다. 누런 흰자는 잔뜩 충혈되어 푸른 눈동자마저 희뿌옇게 변해 있었다. 그 눈동자가 나를 향했다.

"당신…"

반쯤은 숨통이 막힌 듯한 쉰 목소리로 반응했다.

"당신 대체 뭐야?"

그러나 노파는 내 말을 들은 것 같지 않았다. 그녀는 합죽한 입을 벌린 채 내 머리 오른쪽 약 이 인치 정도 떨어진 지점을 응시하고 있었다.

"다시 묻겠는데, 당신 누구냐고."

그녀는 다시 뒤를 돌았다. 턱이 목 쪽으로 사라졌다.

"마술. 속임수."

벽돌에 치즈 강판을 가는 듯한 목소리였다.

"사라지는 마술이지. 그렇게 사라져."

"에이미."

에이미의 어깨에 손을 조심스레 올리고 눈을 맞추었다.

"괜찮니?"

에이미는 어두운 터널 속에서 밝은 곳으로 막 빠져나온 듯한 놀란 표정을 지었다.

"네."

"정말이야?"

아이가 고개를 끄덕였다.

"이 할머니 알아? 널 어딘가로 데려가려고 했던 거니?"

"뼈."

노파가 중얼거렸다.

"그리고 인형. 아니면 인형 다음이 뼈였던가… 기억이 잘…"

그 얘기에 몸이 굳는 것 같았다.

"그 다음은 피야."

마녀의 말투가 대화체로 변했다.

"엄청난 양의 피. 오… 안타깝기도 하지. 집과 사진이 온통 피로 뒤덮였어."

그녀는 혀를 끌끌 차며 슬픈 듯이 고개를 저었다.

"그것들이 올 거야. 그리곤 널 데려갈거야."

가만히 들어주다가 에이미에게 날카롭게 되물었다.

"에이미, 대체 누구야?"

에이미는 순간 움찔했다.

"이 마을 사람이야? 아는 사람이니?"

아무 말도 하지 않고 뒷걸음질 치는 에이미를 뒤로 하고 빙 돌아서 노파의 가슴에 거의 닿을 듯 삿대질을 했다.

"당신이 한 짓, 맞지? 당신이 우리 집에 물건들을 보냈잖아. 왜 그랬어?"

노파는 순진한 표정으로 하늘을 올려다보았다.

"당신을 본 적 있어. 왜 우리 집 근처를 어슬렁거렸어?"

대답을 듣기 위해 말을 멈췄지만 마녀는 계속 구름만 응시할 뿐이었다.

"농가에 쪽지를 남긴 사람이 당신이지? 나 보라고 일부러 남긴 거야?"

반응을 살펴보기 위해 노파의 얼굴을 응시했다.

"당신 이름이 뭐야? 켈러맨이야? 르네 켈러맨?"

"오, 저길 봐."

늙은이가 하늘을 가리키며 말했다.

"새들이야."

누군가 어깨에 손을 얹었다. 돌아보니 키트가 휴대폰을 귀에 댄 채 서 있었다.

"그래요."

그는 누군가와 통화를 하고 있었다.

"괜찮아요. 방금 찾았어요."

누굴 찾았다는 거야? 그 마녀? 아니면 나?

"에이미, 무슨 일이니?"

라일라가 키트를 따라 뛰어오며 외쳤다.

"괜찮니?"

온실에서 나온 사람들과 회관에서 모임을 끝내고 나온 사람들이 호기심과 걱정이 뒤섞인 표정으로 우리 쪽을 바라보고 있었다. 짐작과 달리 다들 마녀의 존재를 마주한 공포스러운 표정이 아니었다. 멀리서 통쾌하다는 듯 히죽히죽 웃고 있는 매기가 보였다.

"지금 테라스 정원 근처 도로에 있습니다."

키트가 휴대폰에 대고 말했다.

"식료품점 건너편 모퉁이요. 아뇨, 이번엔 출입문을 열고 나오신 것 같아요. 괜찮아요. 좀 있다 봬요."

그는 전화를 끊고 나를 향해 몸을 돌렸다.

"알렉스, 무슨 일이에요? 큰 소리가 들려서—"

"이 사람과 직접 대면한 건 처음이에요."

노파를 가리키며 말했다.

"이 사람이 마을 근처를 배회하는 걸 어렴풋이 알고는 있었어요. 상점에서 나오는데 에이미의 손목을 이렇게 잡고 있는 거예요."

나는 키트의 손목을 세게 잡았다. 침을 꿀꺽 삼켰다. 모두가 날 주시하고 있었다.

"그래서 그러니까 무슨 일인지 보러 왔더니 저 여자가 온갖 헛소리를 늘어놓아서 내가…"

너무 빨리 말하고 있다는 것을 알고 있었지만 멈출 수가 없었다. 수심으로 채워진 마음이 너무 높이 떠올라 다시 눌러 내릴 수 없었다.

"잘 들어요. 정신 나간 소리로 들리겠지만 어느 날 밤 누군가 우리 집에 들어온 적이 있어요. 수상한 상자까지 계속 보내는데 바로 저 사람 짓 같아요."

나는 다시 그녀를 가리켰다.

"그리고 농가에 올라가 보니 내 이름이 쓰인 편지가 있었어요. 그리고…"

"농가요?"

키트가 인상을 찌푸렸다. 불안과 안타까움이 뒤섞인 표정이었다. 라일라는 정신 나간 사람 보듯 날 쳐다보고 있었다. 이상하게도 그녀는 늙은이를 보호하려는 듯 어깨에 팔을 두르고 있었다. 손가락으로 관자놀이를 눌렀다. 젠장, 대체 무슨 일이 일어나고 있는 거야? 그때 키트가 숨을 크게한 번 내쉬었다.

"알렉스."

그가 노파의 팔에 손을 올리고 조심스럽게 말했다.

"이분은 베스 해숍이에요. 이웃에 사는 분인데 몸이 좋지 않아요. 그렇죠, 베스?"

"도와줘."

베스가 말했다.

"도움이 필요해."

"맞아요. 그렇죠."

키트가 큰 소리로 말했다.

"돌아다니는 걸 좋아하시죠? 하지만 이제 저희가 도와드릴 수 있으니괜찮을 겁니다. 방금 돔에게 모시러 오라고 전화했어요."

"나는 도움 필요해."

베스라니, 세상에. 그 노파는 떨고 있었다. 이제 마녀라기보다 왜소하고 처량한, 나 같은 미친 사람에게서 보호받아야 할 누군가의 할머니처럼비춰졌다.

"알츠하이머 증상이 있어요."

키트가 낮은 목소리로 말했다.

"아주 중증이죠. 평소에 본인이 어디에 있는지도 몰라요. 저분 아들 돔은 이 지역 농부인데 그 분 말로는 엄마가 몇 년 동안 상태가 좋지 않았지만 방황은 최근 들어 시작된 증세라고 하더군요. 벌써 몇 번이나 이 근방에서 찾아냈어요. 저쪽 언덕에서부터 계속 걸어오셨나 봐요."

그가 다시 목소리를 높였다.

"그렇죠, 베스?"

베스는 허공에 대고 미소를 지으면서 고개를 끄덕였다.

"하지만 해를 끼치지는 않아요. 사무실로 데려가서 차 한 잔 드리고 돔에게 전화하면 직접 모시러 오곤 하죠."

"오, 세상에."

나는 얼굴을 감쌌다.

"미안해요. 정말 몰랐어요. 나는 이분이… 그 사람이 말한 게…"

나는 말을 삼켰다. 그 어떤 말로도 상황을 좋게 바꿀 수는 없었다. 낡은 은색 트럭이 다가 오더니 길 끝에 정차했다. 페인트가 잔뜩 묻은 폴로셔츠에 반바지, 안전화 차림의 남자가 차에서 내렸다. 키트가 그를 향해 손을 흔들자 남자도 손을 흔들며 다가오기 시작했다.

"너를 알고 있어."

베스가 날 손짓하며 말했다. 시선이 부들부들 떨렸다. 날 보는 것인지, 너머를 보는 것인지 알 수 없었다. 작은 신음소리를 내기 시작했다. 작지만 애절한 울음소리로 변하자 자기 손으로 입을 틀어막았다.

"미안해, 미안해, 미안해. 그가 어디로 갔는지 아무도 몰라. 아무도 몰라. 미안해."

"괜찮아요, 베스."

250

키트가 다정하게 말했다.

"보세요. 돔이 왔어요. 이제 집에 가시죠. 알겠죠?"

그가 팔을 내밀어 베스를 안내했다. 바로 그때 베스가 나에게 달려들더니 손을 움켜 쥐었다. 악력이 어마어마했다.

"괴물이 있어."

노파의 얼굴이 내 얼굴과 거의 맞닿았다.

"바로 여기 숲 속에. 괴물이!"

나는 움츠러들었다. 베스의 입에서 시큼한 냄새가 났고 이빨은 뒤틀려 있었다.

"모든 게 기억나. 하지만 곧… 전부 잊어버리고 말지."

"어머니."

베스의 아들 돔이 다가왔다. 그는 사나운 동물을 길들이듯 베스의 어깨에 조심스레 손을 뻗었다.

"어머니, 저예요. 이제 집에 갈 시간이에요."

"르네, 어디 갔니?"

베스가 허공에 대고 외쳤다.

"어머니!"

베스는 눈을 깜박였다. 발걸음을 떼더니 돔의 품 안으로 쓰러졌다. 그는 노인을 안고 등을 토닥였다.

"정말 미안합니다."

모두를 향해 하는 말이었다.

"사과할 필요 없어요. 아무 일도 없었어요."

키트가 말했다. 돔이 짊어진 슬픔의 무게를 짐작해 보자니 가슴이 무너져 내렸다. 이런 어머니의 모습을 지켜보는 것이 어떤 심정일지 가늠할

251

수도 없었다.

"이리 오세요."

돔이 다시 부르니 베스가 순순히 따라갔다. 둘은 함께 도로를 건너 차에 탔다.

"도와드릴게요. 나중에 얘기할까요, 알렉스? 내가 보러 갈까요?"

키트가 다시 나를 보며 말했다. 질문이라기보다는 교장실로 호출 당하는 듯한 기분이라 대답하지 않았다. 라일라가 딸을 데려가려 손을 뻗었다.

"에이미, 엄마랑 가자."

그녀는 나를 승합차 뒤편에서 사탕으로 어린애를 유인하는 낯선 사람인 양 피하며 말 없이 가버렸다. 에이미는 순간 주춤하며 슬픈 눈으로 나를 힐끗 보았다. 나는 기회를 놓치지 않고 말했다.

"놀라게 했다면 미안해, 에이미. 오해를 한 것 같아. 그것도 정말 큰 오해를."

에이미가 엄마 손을 놓고 가만히 서서 시선을 돌리더니 고개를 푹 숙였다. 거의 들리지 않는 목소리로 말했다.

"올리 오빠 말인데요. 못되게 굴었죠? 그렇죠?"

"뭐라고?"

가슴이 죄어왔다.

"그게 무슨 소리야?"

"못된 짓을 하면 괴물이 잡아갈 거예요."

에이미가 바닥에 눈을 내리깐 채 속삭였다.

"착한 아이가 돼야 해요. 아니면 그들이 와서 잡아갈 테니까."

라일라가 에이미의 목소리가 닿지 않는 거리에 서서 나를 노려보고 있었다.

"아냐."

나는 고개를 저었다.

"그건 사실이 아니야."

"진짜예요."

에이미가 목소리를 높이며 말했다.

"베스가 말해줬는데 그들을 실제로 봤대요. 상자를 보낼 거라고, 그리곤 데려갈 거라고 했어요."

"알아. 하지만 베스는 늙고 정신이 온전치 않잖아. 두려워할 필요 없어."

"약속해요?"

"약속해."

"에이미."

라일라가 다시 한번 딸을 불렀다.

"어서 가자."

에이미가 나를 향해 고개를 살짝 끄덕였다. 에이미의 미소는 내 표정만큼이나 공허해 보였다.

르네

24시간, 만 하루 동안 아무 일도 일어나지 않았다. 아무도 르네의 시야에 나타나지 않았다.

"이런 일은 늘 일어납니다, 부인."

경찰이 수화기 저편에서 말했다.

"요즘 아이들의 가출은 흔한 일이에요. 금방 다시 집에 돌아오고 그럼 모든 게 괜찮아져요. 그 애는 금방 언제라도 현관에 나타날 겁니다. 아니면 친구 부모라든지 친척이 아이와 함께 있다고 전화할지도 모르고요."

르네는 계속 고개를 저었다. 마음속 깊은 곳에서 그런 일은 일어나지 않을 것이란 강한 느낌이 왔다. 오직 엄마만이 알 수 있는 그런 직감으로 아이가 영원히 돌아오지 않으리라는 것을 알고 있었다. 그리고 그 직감은 틀리지 않았다.

실종 다음 날, 많은 일이 한꺼번에 몰려왔다. 경찰, 전화 통화, 노트패드, 그리고 수많은 질문. 집안을 들쑤시고 다니는 사람들과 손전등 수색 작업. 에이프릴과 프랭크의 얼굴은 백지처럼 창백해지고 눈은 보름달처럼 커졌다. 무슨 일이야? 가브리엘은 어디 있어? 농장 직원, 일꾼, 그리고 아침 팀원 모두가 한마디씩 거들었다. '거기'는 찾아봤어요? '거기'로 간 게 아닐까요? 돔과 베스 해숍 역시 도울 일은 없을까 싶어 슬픈 얼굴로 문

안을 두리번거렸다. 그 모든 광경에 참다못한 르네가 소리를 질렀다.

"나가요! 이 집에서 당장 나가!"

사람들은 충격으로 입을 다물지 못했다.

뭔가가… 날 위협하고 있어요.

그때는 가브리엘의 말을 듣지 않았다. 아니, 믿지 않았다. 이제 그 아이는 사라지고 없었다. 르네는 더 이상 목소리가 나오지 않을 때까지 소리를 질렀다. 해결되지도 않을 문제를 해결해 준답시고 구경하면서 수다나 떨고 있는 주위 사람들이 관둘 때까지, 모든 사람이 사라질 때까지, 비명을 질러 댔다. 그들은 그녀를 내버려 두면 곧 진정할 거라고 생각한 듯 손을 들고 조심스럽게 뒤로 물러났다. 그들은 김빠진 얼굴로 고개를 저었다. 르네는 시간이 아무리 흘러도 지울 수 없는 것이 있다는 것을 알고 있었다. 지금은 그것이 그녀의 모습이었다. 그녀가 보여줄 수 있는 모습의 전부였다.

점차, 조금씩 조금씩… 모두 사라져갔다.

마침내 르네는 혼자 남았다.

알렉스

그 굴욕적인 사건을 피해 며칠 동안 칩거한 후, 하지 파티가 열리는 날 차를 몰고 해안가로 갔다. 올리와 가고 싶었지만 그럴 수 없었다. 올리와 떨어지기 불안해서 같이 가자고 애원했지만 올리는 딱 잘라 거절했다. 제니는 다시 한번 기꺼이 아이들을 돌봐 주겠다고 했다. 올리는 그 마저도 필요 없다는 둥 소리를 지르며 쿵쾅쿵쾅 방으로 들어갔다. 어쩔 수 없이 점심시간에 혼자 빠져 나왔다.

이제는 마녀가 존재하지 않는다는 사실을 알았다. 베일에 싸인 백발의 마녀는 그저 종종 길을 헤매는 병든 노파일 뿐이었다. 정신이 온전치 않은 노파가 반복적으로 들려준 무서운 이야기를 마을 아이들이 진짜로 받아들여 여기저기 퍼뜨렸던 것이다. 하지만 그 이야기에는 어느 정도 진실도 담겨 있었다. 6년 전 한 남자아이가 실종되었지 않은가. 그리고 농가에는 누군가 내게 남겨 놓은 쪽지도 있었다.

쪽지 생각이 머릿속에서 떠나지 않았다. 가여운 베스 해숍과 그 아들을 차로 바래다주면서 나를 보던 키트의 눈, 도로 위에서의 소란을 지켜보던 마을 사람들의 표정이 자꾸 떠올라 괴로웠다. 매기와 라일라의 판단이 정확했다는 것을 그날 행동으로 입증해 보인 것 같아 참담했다.

곰곰이 생각해 본 다음 두 가지 결론을 내렸다. 파인 리지에서 계속 머물려면 나와 아이들의 안전이 백 퍼센트 보장되어야 했다. 우선 쪽지와 상자를 누가 보냈는지 알아내야만 했다. 진실을 알기 전까지는 위험에 처해 있다는 불안에서 벗어날 수 없을 테니까. 또한 내가 분별력 있는 사람이라는 걸 증명해야만 했다. 내가 그냥 미쳐서 한 이야기가 아니라는 것을 모두에게 알리고 싶었다.

마크 오펜하이머가 알려준 전화번호로 켈러맨 부부의 집 주소를 알아냈다. 그들의 집은 파인 리지에서 차로 45분 남짓 떨어진, 그다지 멀지 않은 해안가 근처였다. 그곳에서 10분 정도 거리에 커다란 쇼핑센터가 있었다. 크리스마스 선물을 사기 위해 막바지 쇼핑을 해야했기 때문에 우연을 가장해 방문할 생각이었다. 마이클 켈러맨과 통화하고 나서 기가 꺾이긴 했지만 잠깐 살펴보는 것쯤이야 별 문제 없을 것 같았다.

꼬불꼬불한 해안가 도로를 달리는 내내 트랙터 뒤에서 옴짝달싹하지 못했던 탓에 12번 '번다나 거리'까지 가는 데만 무려 1시간 10분이 걸렸다. 운전대를 손가락으로 초조하게 두드렸다. 텔레파시로 트랙터를 더 빨리 달리게 하겠다는 듯 커다란 타이어를 열심히 노려보기도 했다. 트랙터는 고속도로에 닿기 직전에 옆길로 빠졌다. 그 이후로는 다소 북적거리는 센트럴 코스트 교외까지 순조롭게 달릴 수 있었다.

뉴캐슬 표지판을 보니 향수가 밀려들었다. 옛날 여행 다니던 때가 생각났다. 찢어진 데님 반바지와 홀터 톱을 입고 비행기에서 막 내린 백패커였던 나. 낡아빠진 캠핑카 계기판에 더러운 발을 올리고 처음 이 도로를 달리면서 표지판을 보고 당시의 남자친구에게 아이러니하다고 웃으며 얘기했던 기억이 났다. 봐, 우린 세상의 반대편에 왔는데 아직도 빌어먹을 뉴캐슬[5]로 가는 중이야!

---

5. 호주는 영국에서 지명을 따온 경우가 많다.

257

처음에는 인상 깊었던 시드니의 스카이라인은 곧 혼란만 자아냈다. 거대한 고층 건물들이 푸르고 맑은 수로 옆에 줄지어 서 있고 작은 초록색 연락선들이 오페라 하우스의 웅장한 흰 돛 옆을 미끄러지듯 지나갔다. 우리는 켄싱턴이나, 워털루, 하이드 파크 같은 곳에서 편안함을 느끼며 차라리 런던에 있는 게 나았을 뻔했다고 말하곤 했다. 수천 마일을 건너 지구 반대편으로 왔는데 우라지게 더운 것 빼고는 살던 곳과 별반 다르지 않다는 사실이 말도 안 된다고 여겼다. 지금은 너무 많이 바뀌어서, 그때의 삶이 한바탕 꿈만 같아서 기분이 묘했다.

고속도로에서 빠져나와 로터리가 진주 목걸이처럼 줄줄이 꿰어진 넓은 도로를 달렸다. 학교와 교회, 빛바랜 간판이 달린 작은 상점, 다음 작업을 위해 서둘러 달리는 수천 대의 픽업트럭을 지나쳤다. 어부의 작은 오두막 사이로 SNS에 올리기 좋은 카페들, 오가닉 요가 스튜디오, 그리고 〈더 블록〉[6]에 방영된 집을 모방해 지은 새 집들이 보였다. 한때는 생기 없고 조용한 동네였을지 모르지만 지금은 빠르게 발전하고 있음을 확실히 반증했다. 느긋하지만 질서 정연하고 예쁘면서도 자극적이지 않은 분위기. 큰 비극을 겪은 사람이라면 완전히 백지상태로 보이는 이 마을이 틀림없이 눈에 들어왔을 것이다.

번다나 거리는 해변에서 두 블록 떨어진 조용하고 막다른 골목이었다. 거리 바깥에 차를 세우고 후덥지근한 밖으로 나가기 전, 조금이라도 더 에어컨을 쐬려고 시동을 켜 두었다. 창밖을 유심히 보니 12번지는 거리 맨 끝이라 해변과 맞닿아 있지는 않았지만 바닷가나 다름없는 곳이었다. 높은 담장, 잘 정돈된 나무 울타리, 쓰레기 투척 금지 표지판이 붙은 우체통. 담장 밖으로 회색 타일로 지붕을 얹은 깔끔한 정사각형 모양의 벽돌집이

---

6. 낡은 주택을 구입해서 리모델링을 한 후 경매를 통해서 재판매하는 호주 인기 TV 프로그램.

보였다. 옆에는 포장 진입로가 있고 앞마당에 있는 우거진 큰 나무 꼭대기의 선명한 녹색 잎들이 물 흘러넘치듯 담장 밖으로 뻗어 있었다.

시동을 끄고 차 밖으로 나왔다. 태양이 따갑게 내리쬐었다. 소금기 머금은 바닷바람을 깊이 들이마시니 맥주 생각이 절로 났다. 조심스럽게 집으로 다가가 흰색 울타리 문을 열고 살며시 닫았다. 구불구불한 붉은 벽돌 길을 지나 세 개의 나무 계단을 맞닥뜨렸다. 계단 위에는 얼룩덜룩한 유리 패널이 있는 현관문이 있었다. 문을 두드리고 기다렸다.

곧 발소리가 들렸다. 유리창 너머로 무언가 덩치 큰 실루엣이 보였고 곧 문이 철컥 열렸다. 현관에 서 있는 사람은 반짝이는 눈을 가진 노신사도, 치열이 뒤틀린 노인네도 아니었다. 마이클 켈러맨은 회색 티셔츠와 갈색 반바지를 입은 평범한 남자였다. 큰 키에 어깨가 넓고 피부는 거칠었으며, 한때 금발이었을 머리는 바짝 깎여 있었다. 젊을 때는 근육질의 몸매를 자랑했겠다는 느낌이 들었다. 하지만 처진 어깨와 지친 표정, 뉘우치는 듯한 구부정한 자세를 보니 충전재 빠진 쿠션처럼 생기 없었다. 그는 눈을 가늘게 뜨고 나를 보았다.

"무슨 일입니까?"

"안녕하세요."

나는 친근한 분위기를 풍겨보려 노력했지만 잘 되지 않았다. 긴장한 어깨는 귀 높이까지 솟아 올랐고 무슨 이유에서인지 오트밀을 더 달라는 고아처럼 손을 모으고 있었다.

"바쁘지 않으신지 모르겠네요. 저는 그저—"

"물건을 팔러 온 거요?"

마이클 켈러맨의 억양에는 호주 시골 사투리가 짙게 묻어났다. 진하고 늘어지는, 마치 토피를 씹고 있는 듯한 어투였다.

"아뇨. 제가 온 이유는 그러니까, 어, 전화 통화로—"

"아, 젠장. 당신 어제 전화한 사람이요? 그 기자?"

"아니에요. 맞긴 한데, 기자는 아니에요. 그저 얘기를 좀 나누고 싶을 뿐이에요."

집 안에서 움직임이 느껴졌다. 바스락거리는 소리와 쓰레기통 뚜껑 닫는 듯한 가벼운 탁 소리가 들렸다. 캘러맨의 어깨 너머를 흘긋 보았다.

"당신이 보낸 쪽지를 받았어요."

농가에서 찾은 쪽지가 그가 보낸 것이라 가정하며 찔러보았다. 일종의 도박이었다. 그가 입술을 일그러뜨렸다.

"뭐? 무슨 쪽지요?"

"어디에 있던 쪽지냐 하면—"

"봐요, 아가씨. 무슨 수작인지 모르겠지만 당장 나가요."

그가 문을 닫으려 했다.

"켈러맨 씨, 초면에 불편을 끼치려는 건 아니고—"

내가 다시 밀어붙였다.

"불편? 이런 제기랄."

그는 한 손으로 얼굴을 가렸다. 집 안에서 또 한번 작게 쩽그랑 소리가 나자 마이클이 다시 뒤를 돌아보았다.

"잘 들어요. 지금 당장 나가지 않으면 경찰을 부를 거요."

"그렇지만 저기—"

"아뇨."

"—아마도 아내분이—"

"안 된다고, 아가씨."

"—집에 계시다면 이야기를—"

면전에서 문이 닫혔다. 유리창 너머의 마이클 켈러맨은 만화경 속 해체된 모습이 되어 집 안 깊숙이 사라졌다.

"켈러맨 씨, 제발 부탁이에요."

입술을 깨물며 잠시 계단 위에 서 있었다. 문으로 가까이 다가가 목소리를 높였다.

"켈러맨 부인! 르네? 내 말 들려요?"

누군가 돌아다니는 소리가 들린 걸로 보아 분명히 그녀가 안에 있었다.

"르네!"

유리창에 형태가 비칠 때까지 기다렸지만 집은 조용했다. 한 손을 문에 갖다 대었다. 스테인드글라스가 마치 고해소 같은 신성한 느낌이었다.

"두 분이 과거를 되돌아보고 싶지 않은 마음은 이해해요."

마지막 용기를 끌어모아 소리쳤다.

"나도 알아요. 내가 당신들 입장이라면 나도 똑같은 마음일 거예요. 하지만 지금, 나도 당신들과 어느 정도 처지가 비슷해요. 어제 얘기한 것처럼 나는 얼마 전에 파인 리지로 이사 왔어요. 당신들의 땅에 지어진 생태 마을이요. 열네 살 아들 올리버에게 요즘 이상한 일들이 일어나기 시작했어요. 이 일을 이해하고 설명해 줄 수 있는 사람은 오직 당신들뿐이라구요."

어떤 소리도, 움직임도 없었다. 마이클 켈러맨은 다시 돌아오지 않았다. 그가 집 안 어디에선가 내 고해성사를 말없이 듣고 있는 모습을 상상했다.

"누군가 계속 상자를 보내고 있어요. 그리고 파악된 바로는… 두 분도 비슷한 물건들을 받았던 적이 있죠? 아들이 실종되기 전에요."

나는 잠시 내 말을 곱씹어 보기 위해 멈추었다. 하지만 이 사건은 손안에 쥔 비누처럼 이해하려 들수록 손에서 미끄러져 나갈 뿐이었다. 아무리 이성적으로 사고하려 해도 한여름 열기처럼 사방팔방에서 조여 오는 공포감을 말로는 설명할 재간이 없었다.

"저는 그저… 무슨 일이 일어났는지만 알고 싶어요. 똑같은 일이 우리 가족에게도 일어나고 있는 것 같아서, 저는요…"

뱃속이 진흙 속에서 꿈틀거리는 장어처럼 뒤틀렸다. 올리. 올리는 내 마음의 심이었다. 만약 이 아이를 잃는다면 나는 다 터버린 제처럼 사그라들 것이고 더 이상 정상적으로 살아갈 수 없을 것이었다.

"아들을 잃고 싶지 않아요, 켈러맨 씨. 제발 도와주세요."

또 한번 기다렸지만 부부 중 그 누구의 인기척도 들리지 않았다. 결국 포기할 수밖에 없었다. 최선을 다했지만 아이들에게 돌아가야 할 시간이었다.

"그럼, 아직 듣고 있을지 모르지만 제 연락처를 남길게요. 그걸로… 잠시만요."

차로 달려가 펜과 조수석 아래쪽에 몇 주 동안 처박혀 있던 종이봉투를 꺼냈다. 구깃구깃한 부분을 최대한 매끄럽게 펴고 이름과 전화번호를 적은 후, 농가에서 찾은 쪽지와 함께 현관문 아래로 밀어 넣었다.

"번호 여기 남겼어요!"

유리창에 대고 소리쳤다.

"아까 말했던 쪽지도 같이 넣었어요. 잠깐이라도 좋으니 이야기를 나누고 싶어요. 맹세컨대 저는 기자가 아니에요. 당신들처럼 자식을 가진 한 부모일 뿐이에요."

손톱을 물어뜯으며 기다렸다. 뒤편 도로로 차가 지나갔다. 가까운 곳 어디에선가 개가 짖어 댔다.

"알았어요. 그만 갈게요. 귀찮게 해서 미안해요. …메리 크리스마스."

다시 차로 돌아가 에어컨을 켜고 시동을 걸었다. 출발하려 할 때 창문 뒤에서 무언가 움직이는 게 보였다. 움직이는 블라인드 사이로 언뜻 창백한 피부가 비쳤다.

알렉스

이어폰을 낀 채 휴대폰을 초조하게 살피며 운전해 갔다. 켈러맨에게 전화가 오리라는 작은 희망을 품었지만 휴대폰은 운전석 옆 컵 거치대에서 맥없이 흔들리기만 할 뿐이었다. 화면엔 끝내 불이 들어오지 않았다. 고속도로를 빠져나와 언덕길로 들어섰다. 모퉁이와 움푹 패인 도로를 빠른 속도로 달렸더니 쇼핑센터에서 닥치는 대로 사들인 물건이 뒷좌석에서 덜컹거렸다. 플라스틱 부딪히는 소리에 너무 많이 샀다는 후회가 일었다. 과하게 많이 사들인 것은 사실이다. 고생했던 지난 몇 달간을 보상받기 위해 디지털 상점의 거의 절반은 쓸어 담은 것 같다. 올리야 좋아하겠지만 결국 우리는 전자기기 때문에 더 아웅다웅할 것이 뻔했다. 다 알면서도 이러고 있으니 가족이란.

파인 리지로 접어드는 갈림길에서 이전에 보지 못했던 작은 표지판을 발견했다. '해숲 농장, 다음 모퉁이에서 우회전'. 불현듯 가볼까 하는 생각이 들었다. 먼저 시계를 보았다. 아이들을 돌봐 주고 있는 제니가 집에 돌아가야할 시간이었지만 십 분 정도는 괜찮을 것 같았다.

브레이크를 확 밟고 우회전 표시등을 켜 작은 길로 접어 들었다. 흰색 차선규제봉이 군데군데 꽂혀 있는 작은 길은 갈색 낙엽으로 뒤덮여 있었다. 길 양쪽에 솟아 있는 유칼립투스 크레눌라타가 기울어져 길을 건너려고 앞을 살피는 보행자처럼 보였다. 좀 더 나아가니 또 하나의 작은 표지판과 함께 진입로가 보였다. 표지판을 확인하기 위해 속도를 낮췄다. 손 글씨가 쓰여진 나무 표지판이 보였다. '해숍 앤 손—1952년부터 이어온 전통 피칸과 시트러스'.

나무 울타리 사이로 난 자갈길로 접어들었다. 울타리 너머로 끝도 없이 줄지어 선 나무들 사이로 비쳐 든 햇빛이 무성한 선녹색 잔디 위로 고운 금가루처럼 흩날리고 있었다. 나무 아래 그늘은 청량하고 시원해 보였다. 과수원 전체를 가로지르는 길이 오즈의 마법사의 노란 벽돌 길처럼 펼쳐져 있었다. 왼쪽 길로 접어 드니 여러 각도와 층으로 마구잡이로 확장한 집이 나왔다. 한가운데 낡은 벽돌 건물이 눈에 들어왔다. 아마도 원래 있던 벽돌집에 방충망을 친 테라스와, 덜 지어진 데크, 위태로워 보이는 발코니, 굴뚝들, 몇 개의 미닫이문 따위를 덧댄 것 같았다. 건축가의 머릿속에서는 멋져 보였을지 모르겠지만 너무 오래 구운 케이크처럼 금방이라도 주저앉을 것 같은 모습이었다.

켈러맨 부부의 집에 방문했을 때만큼 막막하지는 않으리라는 희망을 품고 현관문으로 다가갔다. 문 옆에 붙은 누렇게 바랜 작은 초인종을 누르니 집 안에서 따르릉 소리가 울렸다. 쥐 죽은 듯 아무런 인기척도 나지 않았다. 내리쬐는 햇빛으로부터 눈을 가리고 옆쪽 창문에 얼굴을 붙여 들여다보았다.

"뭐 필요하세요?"

깜짝 놀라 가슴에 손을 얹고 뒤를 돌아보았다. 카키색 반바지와 지저분한 폴로 셔츠를 입고 손에는 원예 장갑을 낀 남자가 서 있었다. 도로 위에서 베스와 실랑이를 벌였던 날 어머니를 찾으러 왔던 베스의 아들이었다. 그는 눈썹을 치켜떴다. 당신은 누구냐 그리고 내 땅에서 뭐 하고 있느

나는 말을 한꺼번에 내뱉는 듯한 표정이었다. 나는 여전히 가쁜 숨을 몰아쉬고 있었지만 최대한 환하게 웃어 보였다.

"안녕하세요. 방해해서 미안해요. 저는 알렉스예요. 요전날 잠깐 만난 적 있죠? 저 아래 파인 리지에서요. 어머님이 거기 계셨잖아요."

"오, 네, 맞아요. 돔 해숍입니다. 만나서 반가워요."

그는 원예용 장갑 한 쪽을 벗고 손을 내밀어 악수를 청했다. 손바닥은 거칠고 여기저기 갈라져 있었지만 악수만큼은 부드러웠다.

"그냥 지나는 길에 어머니가 괜찮은지 뵈러 왔어요. 아시죠? 제가…"

어머니를 마녀라고 오해하고 길 한복판에서 소리를 질렀잖아요. 나는 움츠러들지 않으려 노력했다.

"해숍 씨는 어떻게 지내고 계세요?"

"아, 친절하시네요."

돔이 말했다.

"나는 파인 리지가 처음 지어질 때 꽤 회의적이었어요. 여기 토박이들 모두가 그랬을 겁니다. 하지만 이 정도로 마음을 써 주는 사람들은 만나본 적이 없어요. 모두가 이렇게 어머니를 이해해주고 배려해 주시니 정말 감사할 따름입니다."

돔은 웃어 보였지만 여전히 눈은 슬퍼 보였다. 겹겹이 싸인 우울 아래 언뜻 그의 잘생긴 얼굴이 보였다. 평균보다 작은 키, 옅은 푸른색 눈, 희끗희끗해진 숱 많은 머리, 말끔하게 정리된 턱, 주름이 깊게 패인 미간을 부드럽게 누그러뜨리는 보조개, 우뚝 솟은 코, 한때 인기있었을 것 같은 느긋한 태도. 소년과 남자가 동시에 보이는, 나이 들었지만 젊어 보이는 얼굴이었다. 마치 번들거리는 할리우드 광택이 빠진 80년대 꽃미남 배우 롭 로우 같았다.

"어머님은 괜찮으시구요?"

"오, 네. 방황 증세가 나타난 이후로는 항상 조금 멍한 상태긴 한데 그 외에는 괜찮습니다."

"다행이네요."

말은 그렇게 했지만 정말 하고 싶었던 말은 죄송해요였다.

"어머니는 많이 혼란스러워 하세요. 종종 당신이 어디에 있는지, 뭘 하고 있는지도 모르십니다. 몽유병이 아닐까 싶어요. 집에 돌아오실 때쯤에는 녹초가 되죠. 먼 거리를 돌아다닌 데다 연세도 있으시니까요."

나는 고개를 끄덕였다.

"다치지 않고 그렇게 먼 거리를 다녀오시는 게 정말 신기하네요. 어머님 연세가 어떻게 되시죠?"

"일흔 일곱쯤 되셨습니다."

순간 놀라움을 감출 수 없었다. 베스는 나이보다 훨씬 늙어 보였다.

"그렇게 나이 드신 편도 아니죠. 요즘 나이로는요."

돔이 내 표정을 읽은 듯했다.

"하지만 아시다시피 마음이 아프면 몸도 아프다는 말이 있잖습니까."

그는 장갑으로 이마의 땀을 훔치곤 잔디밭 위 나무들 사이에서 생수 한 병을 집었다. 전동 드릴과 공구 상자가 함께 놓여 있었다.

"일하고 계셨군요. 미안해요. 다음에 다시 올게요."

"아뇨, 그리 바쁘지 않아요. 그냥 울타리 말뚝 몇 개를 교체하고 있었어요. 마침 좀 쉬려던 참이었는데 차 좀 드릴까요?"

"네. 좋아요."

돔을 따라 집으로 들어갔다. 현관문 뒤에는 코트 걸이가 튀어나온 검소한 복도가 있었다. 실내는 어두웠지만 아늑했다. 오른쪽에는 작은 거실,

왼쪽에는 주방, 바로 앞에는 계단이 있었다.

"지저분해서 미안합니다."

그가 주방으로 가 찻물을 데우며 말했다.

"농장일 하면서 어머니를 돌보느라 청소할 시간이 별로 없어요. 내년부터는 시간제 요양사를 고용하려고 하는 중입니다. 경제적으로 조금 무리이긴 하지만 이젠 정말 우리에게 필요한 때가 온 것 같군요."

'우리'라는 게 그와 베스를 지칭하는 것인지 배우자가 따로 있는 것인지 궁금했다. 왠지 독신이 아닐까 싶었다. 자유분방해 보인다기보다는 혼자 사는 듯한 분위기가 풍겼다. 집은 여자의 손길이 전혀 느껴지지 않았다. 여성용 신발이나 핸드백, 꽃병, 소형 쿠션 같은 물건은 보이지 않았고 인테리어 역시 촌스럽고 별난 구석이 있었다. 올리브색 카펫, 파스텔 색조의 페인트칠, 낡아서 금이 간 가죽 소파, 그리고 어두운 나무 패널 벽… 벽에 장식물도 거의 없었다. 계단을 따라 액자 몇 개가 걸려 있었지만 가족사진이나 웨딩 사진 대신 날아가는 올빼미나 기러기를 그린 단순한 목탄 그림뿐이었다. 아마도 돔이 취미로 그린 그림 같았다.

"힘드시겠어요."

구식 스타일 주방으로 돔을 따라 들어가며 말했다.

"제 말씀은, 혼자 이 모든 걸 다 해내려면 말이에요."

"그렇긴 하죠."

그는 찬장에서 머그잔 두 개를 꺼내 내려놓고 유리병 뚜껑을 열어 티백 두 개를 집어 들었다.

"이따금 도와주는 형제가 있었는데 바이런으로 이사 간 후로는 자주 보지 못하고 있어요."

주전자의 물이 끓자 머그잔에 뜨거운 물을 부었다.

"우유나 설탕 좀 넣어 드릴까요?"

"우유로 부탁드릴게요. 설탕은 괜찮아요."

돔이 차를 마저 탄 후 나에게 한 잔을 건넸다.

"밖으로 나갈까요? 안에 있기엔 날씨가 너무 좋군요."

주방 끝자락에 있는 미닫이식 테라스문을 여니 안뜰과 작은 바비큐장이 나왔다.

"얼마 전까지만 해도 어머니의 상태가 그렇게까지 나쁘지는 않았습니다."

돔이 가대식 피크닉 테이블에 자리 잡으며 내게도 앉으라고 손짓했다.

"영화를 보거나, 간식을 드시거나, 가끔 과수원 근처 산책만으로도 행복해하시곤 했는데 일 년 전부터 안절부절못하며 불안해하기 생각했죠. 일을 나갔다 돌아오면 방에 계시지 않고 현관문은 활짝 열려 있고요. 농장 어딘가에서 종종 발견되곤 해서 자유롭고 싶으신가 보다⋯ 생각했어요. 괜찮겠지, 하고 대수롭지 않게 넘겼어요. 하지만 파인 리지 사람들이 어머니가 언덕 저편까지 걸어오셨다고 전화로 알려주기 시작했고⋯ 그건 아시다시피 전혀 괜찮지 않군요."

차를 마시는 동안 에이미의 가냘픈 손목을 꽉 쥐던 베스의 손이 떠올랐다.

"못 나가시게 문이라도 잠가야 하나 했지만 그럼 제가 교도관처럼 느껴져서 말입니다."

햇살이 돔의 얼굴 위에서 춤췄다. 그가 눈을 찡그리니 눈가에서 관자놀이까지 주름이 퍼져 나갔다.

"어머니는 나가지 못하면 화를 내요. 나이가 들수록 점점 아이가 되어 가시는지. 가끔은 정말 어린 소녀 같을 때가 있습니다."

고통이 드러난 그의 표정을 보니 애잔한 마음이 들었다. 엄마 생각이 났다. 지금은 건강에 아무 문제 없겠지만 어느 날 갑자기 베스와 비슷한 증상이 나타날 가능성도 배제할 수 없었다. 그때가 되면 나는 뭘 해야 할까. 고향으로 돌아가야 할까? 돔 해솝이 베스를 돌보듯 부모님을 돌볼 수 있을까? 엄마라면 건사할 수 있을지도 모르겠다. 하지만 아빠는 모시지 못할 거라 생각했다. 절대로.

"정말 멋진 곳이에요."

대화를 이어가기 위해 재빨리 화제를 돌렸다.

"과수원이 정말 멋져요."

돔이 뒤를 돌아 옥색 나무에 눈길을 주었다.

"원래는 전부 오렌지나무였는데 칠십 년대 들어 시장 상황이 바뀌면서 할아버지가 피칸 나무를 심었어요. 지금은 이곳 대부분의 농장들이 피칸을 기르지만 농장 뒤쪽에는 아직도 건강한 과일나무가 몇 그루 있답니다. 레몬과 라임 나무도 있고요."

돔이 싱긋 웃더니 고개를 저었다.

"미안해요. 묻지도 않은 얘기를 너무 장황하게 늘어놨군요."

"아녜요."

그가 얼굴을 붉히는 것을 보고 미소를 지었다.

"전혀 지루하지 않아요. 흥미로운 이야기인걸요. 그럼 이곳에 오래 사신 건가요?"

"네. 가업이에요. 이쪽 농장들은 대부분 그래요. 나도 여기서 자랐죠."

나는 차를 홀짝이며 농장 주위를 둘러보았다. 저 멀리 희미하게 띄엄띄엄 지어진 건물이 보였다. 창고 몇 개와 커다란 저장용 헛간이었다. 이런 곳에서 보낸 어린 시절은 꽤 평화로웠을 것이다.

"이곳 분들이 생태 마을 때문에 스트레스 받은 이유를 알 것 같네요."

돔이 웃었다.

"맞아요. 트럭과 인부들이 엄청났죠. 그리고 지긋지긋한 공사 소음. 여기 토박이 중 몇 명은 세상 종말이 온 줄 알았다 하더군요."

"그랬을 것 같아요."

다음 질문을 하기 전에 잠시 망설였다.

"혹시 전에 살던 사람들을 아시나요?"

다음 말이 연이어 불쑥 터져 나왔다.

"켈러맨 부부요."

"마이크랑 르네 말이죠? 네, 가족끼리 꽤 가깝게 지냈어요. 마이크의 아버지와 우리 아버지는 아주 친한 친구였죠. 두 분 다 암으로 돌아가시기 전까지는 말입니다."

"아, 유감이에요."

"아뇨, 괜찮습니다. 인생이 그렇죠, 뭐."

그가 한쪽 입꼬리를 올리며 웃었다. 소년처럼 정다운 미소였다.

"옛날엔 다 함께 모여 시간을 보내곤 했어요. 마이크의 아버지 렌 켈러맨은 좋은 사람이셨죠. 어떻게 보면 내 멘토 같은 사람이었어요. 농사일을 많이 가르쳐 줬거든요. 그런데 마이크와는 어쩐지 쉽게 가까워지지 않았어요."

"아, 그런가요?"

마이클 켈러맨의 두둑한 잿빛 턱이 머릿속을 헤집고 떠올랐다. 그의 목소리가 귓가에 들리는 듯했다. 꺼져. 그래, 그럴 만하다. 그 누구와도 친하게 지낼 수 없을 것 같은 사람이었지.

"뭐 특별한 이유가 있다기 보다 그냥 맞지 않았어요. 당신은 그 사람들과 친분이 있나요?"

잠깐 거짓말을 할까 생각했다. 켈러맨이 옛 친구라 재회하고 싶다고 꾸며낸다면 더 많은 얘기를 들려 줄지도 모르니까. 하지만 이내 고개를 저었다. 일만 더 꼬일 것 같았다.

"아뇨. 이사 온 지 얼마 안 돼 아는 사람이 별로 없어요. 그냥 들은 이야기가 조금 있어서 궁금했을 뿐이에요."

돔은 한번 짧게 웃었다.

"하, 이해해요. 난 그 사람들을 알고 지냈는데도 궁금한 점이 많거든요."

"무슨 일이 있었는지 얘기해 줄 수 있을까요?"

돔은 고개를 갸웃하며 망설였다.

"설마 내 얘기가 신문에 나오는 건 아니겠죠?"

나는 웃음을 터뜨렸다.

"아니! 절대 아니에요. 너무 캐물었죠? 죄송해요. 대답하지 않으셔도 돼요."

"아뇨, 괜찮아요. 오랜만에 수다 떠니 좋네요. 잠깐 쉴 수 있는 좋은 구실이잖습니까. 이곳에서 거의 혼자 일하다 보니…."

그는 말끝을 흐리며 잠시 머뭇거렸다. 무능해 보일 거라 생각하는 듯했다.

"사라진 아이… 정말 이상한 사건이라는 건 누구나 공감할 겁니다. 이 동네 사람들은 아직도 그 얘기를 하거든요. 당시에도 이해할 수 없는 일이었고 지금도 그렇죠. 솔직히 말해 어머니가 그것 때문에 자꾸만 파인 리지로 내려가는 것 같기도 합니다."

"무슨 말씀이죠?"

"음, 그러니까 어머니가 과거로 돌아가려는 것 같다는 생각을 해요. 옛날에 일어났던 일을 이해하기 위해서요."

적갈색 나비가 둘 사이로 날아와 시선을 분산시켰다. 그는 잠시 입을 다물었다. 혹시 손에 앉을까 싶어 팔을 내밀었지만 짧은 생을 마저 살고 싶다는 듯 나비는 멀리 날아가 버렸다.

"어머니는 그 아이 게이브를 가족같이 여겼습니다. 나도 그 애를 좋아했죠. 착한 아이였어요. 어머니가 게이브를 정말 아껴서 르네와 마이크가 낮에 일할 때면 저희 어머니에게 아이를 맡겼고 정말 보모나 다름없으셨죠. 나도 일 때문에 바빴고 아버지까지 돌아가셔서 적적하던 참에 게이브가 몇 년 동안 어머니의 외로움을 달래 줬어요."

돔이 서글픈 듯 작게 웃었다.

"둘은 꽤 재미있는 단짝이 되었죠. 이야기가 끊이질 않았어요. 그런데 어느 날부터 저희 어머니가 아프기 시작했어요. 자꾸 깜빡깜빡하고 역정을 내고… 변덕을 부리고 종잡을 수 없이 행동해서 켈러맨 부부에게 방문할 수가 없었어요. 그쪽도 점점 발길이 뜸해지더니 결국 연락이 끊기고 말았죠. 안타까운 일이지만 가뭄까지 겹쳐 모두가 바쁘고 힘든 때였으니까요."

"가브리엘은 어떤 아이였나요?"

돔의 얼굴에 슬픈 표정이 떠올랐다.

"아…… 참 착한 아이였어요. 좀 소심하고, 살짝 괴짜 같은 면이 있었지만 정말 착한 아이였어요. 시종일관 컴퓨터 앞에 앉아 있곤 했죠. 마이크는 그 일로 아이를 자주 혼냈어요. 그 불쌍한 아이를 더 이해해 줬어야 했는데."

돔은 잠시 멈추었다. 그는 엄밀히 말하면 가족은 아니었지만 이 일을 떠올리고 이야기하는 것이 그에게 얼마나 힘든 일인지 느껴졌다. 돔은 차를 한 모금 마시고 천천히 삼켰다.

"게이브가 실종된 후 어머니가 매우 힘들어했어요. 충격이 너무 컸던 것 같아요. 당시에도 이미 스위스 치즈처럼 정신에 숭숭 구멍이 나 있던 터라… 지금은 거의 기억도 못 하고요. 과거의 일을 다시 이해하려고 애쓰는 것 같다는 말이 바로 그 뜻입니다. 어머니가 하는 말들은 스스로를 너무 괴롭힐 뿐이죠."

"그래서 게이브는 영영 찾지 못한 건가요? 다시는 나타나지 않았어요?"

돔은 고개를 끄덕였다.

"돔. 당신은 그때 무슨 일이 일어난 거라 생각하세요?"

그는 힘없이 한숨을 쉬었다.

"아무도 모를 겁니다. 경찰도 수색을 중단하면서 결국 가출이라고 종결지었어요. 정황상 그렇게 결론 내릴 수밖에 없었죠."

"하지만 듣기로는…"

"뭐죠?"

"음, 그게… 게이브가 실종되기 전에 켈러맨 부부가 침입자를 신고한 적이 있다는 기사를 읽었거든요. 그리고 고양이와 관련된 이야기도요."

"맞습니다."

돔은 차를 한 모금 더 마셨다.

"뭔가 일어났던 게 분명해요. 정확히 뭔지는 알 수 없지만 말입니다. 게이브의 생일날 그 집에 간 적이 있는데 누군가 그 집에 붉은색 페인트를 잔뜩 뿌려 놓았더라고요. 도살장 같은 광경이었죠. 생각해 보니 그날이 게이브를 본 마지막 날이었어요."

"고양이는 어떻게 된 건가요?"

"누군가 죽여서 사체를 상자에 담아 현관에 놓고 갔다고 하더군요."

"상자요?"

"네, 상자요. 저희 어머니는 아직도 그 얘기를 늘 해요. 아까 말했듯이 조각난 기억 퍼즐을 다시 맞추려는 것 같아요. 진실을 밝히기 위해서요."

"마치 '미스 마플' 같네요."

돔이 슬프게 미소 지었다. 그는 잠시 멈추며 머그잔을 내려놓았다.

"확실히 알고 있는 건 게이브 켈러맨이 공포에 질려 있었다는 겁니다. 무엇 때문에 그렇게 겁을 먹었는지는 잘 모르지만 그 아이의 눈에 두려움이 잔뜩 서려 있었죠. 가끔은 그 집에서 수상한 일이 일어나고 있었단 생각을 해요."

"그게 무슨 말이에요?"

"그러니까, 비난하려는 건 아니지만 경찰은 켈러맨 가족을 너무 소홀하게 대했어요. 르네는 정말 착했는데 그녀의 부모님은 완전히 종교에 미친 사람들이었고 마이크도 성질이 고약해서…"

돔은 목구멍에 뭔가 걸리기라도 한 듯 잠시 말을 멈추더니 고개를 저었다.

"미안합니다. 증거는 없어요. 그냥 느낌이죠."

그는 한숨을 쉬며 검지손가락으로 눈을 비볐다.

"어쨌든 우린 알 길이 없네요. 게이브가 아직 어딘가에 살아 있다고 믿고 싶어요. LA나 발리 해변 어딘가에서 쉬고 있을지도 모르죠. 그러길 바랄 뿐입니다."

침묵이 흘렀다. 돔의 어깨 너머로 과수원에서 뭔가 움직이는 것이 보였다. 회녹색 옷자락이 나무들 사이에서 휘날리고 백발이 햇빛에 반짝였다. '마녀'로군. 씁쓸한 미소를 지으며 그쪽을 가리켰다.

"어머니가 일어나 돌아다니는 것 같은데요."

돔이 뒤를 돌아보며 내 시선을 좇아갔다.

"오, 이런."

그가 의자에서 일어섰다.

"미안하지만 가 봐야겠군요. 들려줘서 고마워요. 안에서 어머니와 직접 얘기를 나눠 보면 좋을 텐데 지금 기분이 어떠신지 몰라서 나중에…"

"괜찮아요. 이해해요. 저도 가 봐야 해요. 아이들이 기다리고 있거든요."

"오, 아이들이 있나요? 몇 살이죠?"

"첫째는 열네 살, 둘째는 팔 개월이에요."

"한창 엄마 손이 많이 갈 나이네요. 그렇죠?"

나는 웃으며 어깨를 으쓱였다.

"그렇게 힘들진 않아요."

"나도 아이가 둘 있어요. 열두 살짜리 딸 쌍둥이에요. 애들은 엄마와 같이 살지만 아직도 내겐 아이들이 전부예요. 당신도 엄마니까 무슨 말인지 알죠?"

나는 고개를 끄덕였다. 돔의 집 안 분위기가 갑자기 이해되기 시작했다. 일어서서 그에게 마시고 있던 머그잔을 건넸다.

"잘 마셨어요. 고마워요."

"아니, 오히려 내가 고맙죠."

돔이 웃으며 손을 내밀었다.

"만나서 정말 반가웠어요, 알렉스. 진심이에요."

"저도요."

그와 악수를 나눴다.

"시간을 너무 많이 빼앗은 것 같네요. 미안해요."

"아닙니다."

돔이 말했다. 그와 오랫동안 시선이 마주쳤다. 단순히 처음 만난 이웃이라고 하기에는 다소 긴 시간이었다.

"아무 때나 방문해도 괜찮아요."

"아, 네. 그렇게 할게요."

예상치 못한 말이었다. 독신남이 확실해. 얼굴이 더 붉어지기 전에 등을 돌렸다.

르네

머릿속 이미지가 빠르고 선명하게 지나갔다. 낭떠러지, 벼랑 끝과 수직 낙하, 동굴, 수많은 바위 밑 작은 구덩이.

"좀 먹어봐."

에이프릴이 치즈와 크래커가 든 접시를 들고 르네 옆에 섰다.

"르네, 제발. 뭐라도 먹고 힘내야지."

더러운 붕대처럼 공포가 그녀의 눈을 감싸고 있었다. 땅속 깊이 묻어둔, 심장이 든 상자.

"르네."

사흘의 시간. 가브리엘이 실종된 지 사흘이 지났지만 어디에서도 그를 찾을 수 없었다. 어떤 단서도, 쪽지도, 설명도 없었다. 지문이나 깨진 유리 조각, 침입 흔적 역시 찾을 수 없었다. 차디찬 바람과 빈방뿐. 아이는 겨울 바람 속으로 흔적도 없이 사라져 버렸다. 소파에 앉아 있던 르네가 창문 밖에서 나는 소리에 놀라 움찔했다. 회색빛의 무언가가 언뜻 비쳤다. 지켜봤지만 더 이상의 움직임은 없었다.

"르네."

르네는 순순히 손을 뻗어 크래커 하나를 집어 잠시 손바닥에 쥐었다가 입에 넣고 우물거렸다. 크래커는 딱딱했고 아무 맛도 나지 않았다. 밖은 무색 구름이 잔뜩 끼어 있었다. 집 안 역시 공허함이 가득했다. 어두침침하고 음소거된 듯이 조용했다. 르네의 집은 이제 예전 같지 않았다. 커피나 음식, 가구 광택제와 같은 냄새가 더 이상 나지 않았다. 고여 있는 공기와 씻지 않은 몸에서 나는 냄새뿐이었다. 집 안 어디에서라도 생기라고는 느껴지지 않았다.

또다시 테라스에서 회색빛의 무언가가 휙 하고 지나갔다. 르네는 앉은 채 뒤돌았다. 밖에 누군가 있었다. 생각해 보면 어디에나 사람들이 있었다. 경찰들이 한참 동안 집을 들락거렸다. 무언가를 받아 적고선 어제도 그제도 했던 질문들을 무전기에 대고 중얼거렸다. 르네는 그들의 처진 어깨, 질질 끌며 움직이는 발, 퇴근 시간만 기다리는 듯한 얼굴들을 보았다. 방문에 걸린 자물쇠, 열려 있는 창문, 의사 소견서, 약 처방전, 문을 잠그고 자해했던 우울하고 불안한 십 대 소년. 경찰들의 지친 눈에 비친 단서를 종합해 결론이 내려졌다. 가출 혹은 자살.

르네는 더 이상 바라볼 수 없을 때까지 창문에 시선을 고정했다. 그런 다음에는 담요로 어깨를 감싸고 바닥만 멍하니 쳐다보았다. 바위를 지나 흐르는 시냇물처럼 일 초… 일 분… 하루가 르네 주위로 째깍째깍 흘러갔다.

"얘, 좀 더 먹어 봐."

에이프릴이 다시 권했지만 르네는 고개를 저었다. 뒷문에서 마이클이 팔짱을 끼고 다리를 쩍 벌린 채 앉아 남자 경관과 심각하게 얘기를 나누고 있었다. 집중하느라 찌푸려진 그의 짙은 두 눈썹이 하나로 연결된 것처럼 보였다. 그는 시선을 고정한 채 중간중간 생각에 잠긴 얼굴로 천천히 고개를 끄덕였다. 차분한 태도로 기꺼이 협력하겠다는, 액션 영화의 영웅 같은 태도를 취하고 있었다. 르네는 이런 행동이 뭘 의미하는지 알 수 있었다. 전형적인 겉치레, 위선, 능숙한 변장. 경찰의 눈에는 그가 비극적인 상황에 유능하게 대처하는 존경할 만한 남자로 보일 것이다. 하지만 르네에겐 그의 충혈된 흰자와 그늘진 눈가, 그리고 움푹 팬 볼과 떨리는 콧구멍만 눈에 들어왔다. 말라서 헐거워진 옷이 그의 몸 위에 어색하게 늘어져 있었다. 르네는 알고 있었다. 그 옷가지 아래 그을린 피부 깊숙이 감춰져 있는 남편의 내면을. 그 역시 고통으로 몸부림치고 있으리라는 것을 말이다.

마음 한 켠으로는 보통의 아내와 같은 페르소나를 걸치고 마이클의 어깨에 기대어 울고 싶다는 생각을 하기도 했다. 마이클은 가족의 진중한 주춧돌 역할을 하고 싶어 했다. 르네도 알고 있었다. 그의 아버지가 그렇게 하도록 가르쳤으니까 말이다. 바늘로 찔러도 피 한 방울 나오지 않을 것 같은 진정한 사나이. 그 아버지에 그 아들. 경관님, 내가 다 알아서 처리하겠습니다.

일찌감치 엄마를 잃은 마이클은 아버지 밑에서 자랐다. 시아버지는 '남자는 울지 않는다'는 신념을 가진 사람이었다. 그런 아버지 밑에서 마이클을 종종 '겁보'나 '약골'이라고 불렀다. 강해져라, 운동을 해라, 고기를 먹어라, 맥주를 마셔라, 농사를 지어라, 잔소리를 했고, 마이클은 또한 '생존 능력'도 전수 받았다. 야생에서, 몸싸움에서, 전쟁에서 어떻게 살아남아야 할지를 배운 것이다. 세계 종말이나 핵전쟁에 대비해 계획을 철저히 세웠으며 '작전상 후퇴', '약탈자' 그리고 '경보 3단계' 같은 어려운 이야기들을 듣곤 했지만 마음이 힘들 때는 어떻게 해야 하는지 배울 수 없었다. 지금 마이클은 끝없이 펼쳐진 어둠 속에서 길을 잃고 헤매는 중이었다.

안타깝지만 그는 이 상황을 혼자 헤쳐 나가야만 했다. 숨을 쉬는 것조차 버거운 르네로서는 누군가를 달래 줄 여력이 없었다. 연갈색 머리의 여자 경찰관이 멍하니 앉아 있는 르네에게 다정한 눈빛으로 연달아 질문하고 있었다. 네, 하고 고개를 끄덕였지만 입술은 거의 움직이지 않았다. 가브리엘의 책가방이 없어졌어요. 스케치북과 연필 몇 자루도요. 네, 옷가지 몇 개와 식품 저장실 속 음식도, 신용 카드도 찾을 수 없어요. 그냥 잃어버렸을 수도 있어요. 카드를 잘 잃어버리는 편은 아닌데도요. 네, 게이브의 방문과 현관문은 잠가 두었고 창문에도 걸쇠를 걸어 두었어요. 하지만 걸쇠가 낡아서 바꿔야 했을지도 몰라요. 왜 진작에 나사로 조여 놓지 않았지? 바보 같아, 바보. 다정한 눈빛의 경찰관이 르네의 말을 받아 적었다. 르네는 자신의 진술이 무엇을 의미하는지 알고 있었다. 다만 그것을 받아들일 수 없었다.

다시 한번 창문 밖에 움직임이 보였다. 이번이 세 번째였다. 백발과 창백한 피부의 베스 해숍이 집 근처를 돌아다니고 있었다. 도와주려는 거겠지. 집으로 가요, 베스. 당신이 할 수 있는 건 없어요. 이미 다 끝났어요. 비를 예고하듯 천둥이 우르릉거렸다.

똑, 똑, 똑.

몇 가지 질문이 이어졌지만 모두 반복되는 질문들이었다. 도움이 될만한 대답은 없었다. 경찰이 아직도 근처를 수색하고 있었다. 그들은 병원, 버스 정거장, 심지어는 공항까지 뒤져 보았다. 게이브가 다니던 학교에도 탐문하러 갔고 가브리엘의 컴퓨터, 노트북, 휴대폰도 모두 수색한다고 했다. 그래, 뭔가 발견하면 즉시 알려 주겠다고 했어. 르네는 온 사력을 다해 아들이 어딘가에 살아 있다고 믿으려 노력했다. 그의 피부, 머리칼, 주근깨, 손톱, 그리고 치아 모든 것이 어딘가에 있어야만 했다. 그녀는 눈을 감고 아들이 있는 공간이 정확하게 어디인지 보고 느끼고 알아내려 애썼다.

"실례합니다, 켈러맨 부인."

경찰이 말했다.

"비도 오는데 밖에 잠옷 가운만 걸친 할머니가 돌아다니고 있네요. 혹시 아는 분인가요?"

르네가 천천히 고개를 끄덕였다.

"이웃집에 사는 분이에요. 남편에게 저 분 아들에게 전화하라고 일러 주세요. 그리고 저 분께 제 우비를 좀 갖다 주겠어요? 현관문 옆에 걸린 초록색 우비요. 감기라도 걸리면 큰일인데…"

경찰들이 떠난 후 집 안이 다시 고요해졌다. 에이프릴은 그 적막함을 채울 준비가 항상 되어 있었다.

"르네, 내일 우리랑 같이 교회에 가자."

그녀의 엄마가 르네에게 차 한잔을 건네며 말했다.

"도움이 될지도 모르잖니?"

맞은편 안락의자에는 프랭크가 쿠키를 먹으며 앉아 있었고 마이클은 창가에 서서 위스키를 홀짝였다. 에보니가 앞발에 머리를 괸 채 그의 발치에 엎드려 있었다. 에이프릴이 딸의 손을 토닥였다.

"좋아. 그럼 지금 당장 같이 기도라도 하자. 가족으로서."

르네는 마이클을 보고 있지 않았지만 그의 몸이 경직되는 것을 느꼈다. 그를 향해 몸을 돌려도 차마 눈을 마주칠 수 없었다. 르네는 최근 들어 마이클과 눈이 마주친 적이 별로 없다는 것을 알아챘다. 나무 기둥을 피해 가는 잔디 깎는 기계처럼 그를 피해 주변으로 시선을 돌릴 뿐이었다.

"전 빼주세요."

마이클이 입을 열었다.

"제발, 마이클."

에이프릴이 어린아이 달래듯이 말했다.

"우리 모두 기도가 필요해."

벽에 기대어 있던 마이클이 몸을 꼿꼿이 펴고 위스키 잔을 비웠다.

"술이 필요하겠죠."

"물론 그렇겠지."

조용한 방에서 프랭크의 목소리가 울려 퍼졌다.

"하지만 지금 자네 처자식에게 필요한 게 뭐라고 생각하나?"

마이클이 몸을 돌려 프랭크를 마주보았다. 그의 표정은 이상하리만큼 차분했다. 르네는 옆에 있던 엄마가 마치 무대에서 퇴장하듯 뒤로 물러나는 것을 느꼈다.

"베드로전서 5장 8절."

안락의자에 앉아 있던 프랭크가 무릎에 느슨하게 손을 모았다.

"근신하라, 깨어라. 너희 대적 마귀가 우는 사자 같이 두루 다니며 삼킬 자를 찾나니."

마이클의 얼굴이 점점 어두워졌다.

"장인어른—"

"에베소서 4장 26절. 분을 내어도 죄를 짓지 말며,"

"경고하는데—"

"마귀에게 틈을 주지 말라."

"이제 그만하세요!"

울분을 못 이긴 마이클이 작정한 듯이 앞으로 뛰쳐나오더니 위스키 잔을 바닥에 집어 던졌다. 예상과 달리 유리 파편이 튀지는 않았다. 르네와 부모님은 둔탁한 소리와 함께 위스키 잔이 두툼한 양탄자 위로 굴러가는 것을 지켜보았다. 그들의 시선이 깨지지 않은 유리잔에서 마이클로 옮아갔다.

"여긴 내 집이에요."

마이클이 손가락 하나를 치켜 올리며 말했다.

"내 집에서 그런 소리를 하게 두지는 않을 겁니다. 감히 날 겁주려 하다니."

"오, 마이클. 너무 극단적으로 생각하지는 말게. 겁주려는 게 아니야."

에이프릴이 말했다.

"문제는 그게 아니고…"

마이클이 잠시 주춤하더니 다시 말을 이어갔다.

"이렇게 된 건…"

마이클이 울기 시작했다. 르네는 그 모습에 충격을 받았다. 그는 고개를 떨구고 작은 동물처럼 신음했다. 벽에 손을 짚더니 토하는 것처럼 허리를 꺾었다. 르네는 더 이상 지켜 볼 수 없어 눈을 감았다. 아무도 움직이지 않았다. 마이클은 한 대 얻어맞은 사람처럼 천천히 일어나더니 방에서 느릿느릿 걸어 나갔다. 르네는 눈을 감은 채로 그가 발을 끌며 복도로 나가는 소리를 들었다. 차 열쇠 집어 드는 소리, 현관문 열리는 소리, 몇 초 후 진입로에서 시동 켜지는 소리, 네 개의 타이어가 자갈길을 지나는 소리… 모든 소리가 멀어졌다. 르네는 쓰러졌다. 아무것도 할 수 없었다. 그저 자신의 등을 토닥이고 어깨를 안고 머리를 쓰다듬는 부모님의 손에 몸을 맡길 뿐이었다.

"난 노력했어요."

르네가 흐느껴 울며 간신히 말했다.

"정말 필사적으로 노력했다구요."

"쉬."

에이프릴이 말했다.

"우리 모두 노력했단다. 가브리엘을 구하기 위해 모든 걸 했지. 하지만 때로는 악의 세력이 승리할 수밖에 없는 것 같구나."

어릴 때처럼 르네는 엄마의 무릎에 얼굴을 묻고 울었다. 아버지가 마음껏 기도하도록 내버려 두었다. 지난 사흘 동안은 시간이 멈춘 듯 했고 지금 세상이 무너진 듯 모든 것이 고통스러웠다.

더 이상 현관에서 이상한 물건을 발견하거나 발소리를 듣는 일은 없었다. 장난 전화, 괴롭힘, 숲에서 나는 인기척, 이 모든 일이 갑작스럽게 끝났다. 르네는 이제 부모님의 얘기에 수긍할 수밖에 없었다. 숲을 돌아다니던 소름 끼치는 누군가 혹은 무언가는 마침내 원하던 것을 손에 넣었다.

알렉스

돌아와 보니 파인 리지는 축제 분위기로 한껏 달아올라 있었다. 담장 기둥엔 두 줄 꽃 화환과 노란 풍선이 해피 솔스티스라고 적힌 손 글씨 현수막과 함께 걸려 있었다. 양쪽에는 하얀 축제 깃발이 줄지어 나부끼고 나무 사이에는 만국기가 걸려 있었다. 멀리 어디선가 기타 소리가 들려왔다.

집으로 천천히 운전해 돌아오는 내내 파티 준비의 흥겨운 분위기와는 대조적으로 불안이 부글부글 끓어오르고 있었다. 마이클 켈러맨과 돔 해숍 모두와 이야기를 나눈 후에도 확실한 답은 얻지 못했다. 오히려 의문만 늘어났다. 돔의 말이 머릿속에서 구슬처럼 돌아다녔다. 가끔은 그 집에서 수상한 일이 일어나고 있었단 생각을 해요. 계속해서 마이클의 화난 얼굴, 둔탁한 쿵 소리와 부스럭거리는 소리, 그리고 출발할 때 본 커튼 실루엣의 움직임이 떠올랐다. 켈러맨 부인이 집 안에 있었다면 분명 아들에 대해 말하는 것을 들었을 텐데 왜 문 밖으로 나오지 않았을까? '게이브 켈러맨이 공포에 질려 있었다'니. 정확히 뭘 뜻하는 거였을까?

마을 회관을 지나는데 누군가 도로로 뛰쳐나와 급제동을 해야 했다.

"안녕, 알렉스!"

마리코가 형형색색 실크 천을 한 아름 안고 차 앞으로 서둘러 지나갔다.

"미안해요. 멈출 수가 없네요!"

폴과 사이먼이 그 뒤를 따랐다. 그들은 함께 커다란 가대식 탁자를 옮기고 있었다.

"파티장에서 봐요!"

사이먼이 말했다.

"늦지 말아요!"

주차장까지 가는 길에 차 앞으로 뛰어드는 사람이 적어도 세 명은 더 있었다. 그들은 음료 디스펜서나, 종이 접시, 접이식 의자, 여러 종류의 악기 따위를 나르고 있었다. 왜 이렇게까지 서두르지? 젠장. 시간을 보니 여섯 시가 다 되어갔다. 제니한테 다섯 시까지는 집에 도착할 거라 했는데!

차에서 내려 뒷좌석에 있던 장바구니를 내려 끌고 가는데 도로 저편에서 한 주민과 대화 중인 키트가 보였다. 시선을 돌리려던 찰나 그와 눈이 마주쳤다. 점쟁이의 기적의 물고기[7]처럼 심장이 튀어 올랐다. 고개를 숙여 못 본 척했지만 다시 얼굴을 들었을 때 그는 어색한 미소를 띄며 옆에 서 있었다.

"알렉스, 안녕하세요."

황급히 장바구니를 내려놓았다. 빈손이 갑자기 어색하게 느껴졌다.

"안녕하세요."

키트 역시 나랑 비슷한 처지였다. 그는 운동장에 서 있는 아이처럼 주머니에 손가락을 찔러 넣었다. 좋기도 하고 피하고도 싶은 상반되는 감정으로 갈팡질팡했다. 그에 대한 불신과 그와 닿고 싶다는 격정으로 마음 속은 들끓었다.

"도움 필요해요?"

---

7. 손바닥에 올려 놓으면 땀을 흡수해 오그라들거나 튀어오르는 빨간 셀로판지 재질의 물고기 장난감. 물고기의 움직임으로 감정을 알 수 있다고 한다.

키트가 장바구니를 들여다보았다.

"와. 이 정도면 족히 일 년 내내 크리스마스 분위기를 낼 수 있겠는데요."

나는 가방을 절망적으로 바라보았다.

"알아요. 너무 많이 샀죠."

"도와줄게요."

뒷좌석에서 거대한 인조 크리스마스트리를 꺼내는 동안 키트는 내 가방을 들었다. 나는 트리가 담긴 상자를 방패처럼 앞으로 감싸 안았다. 어색한 침묵이 흘렀다.

"이렇게 막판에 준비하는 게 더 좋네요. 11월에 크리스마스트리를 장식하는 사람도 있잖아요. 난 그런 건 딱 질색이에요."

"그러니까요. 그런 말도 있잖아요."

뭔가 재치 있는 말을 꺼내려고 했지만 생각나지 않았다.

"늦더라도 안하는 것보다 하는 게 낫다."

"크리스마스 장식 말인가요? 아니면 내 얘기인가요?"

상자 너머로 키트를 훔쳐보았다. 그는 내 시선을 좇고 있었다.

"좀 더 빨리 당신을 만나서 얘기해야 했는데, 어… 적절한 때를 맞추기가 쉽지 않더군요. 항상 누구 한 사람이 바쁘거나 주변에 다른 사람들이 있어서요. 지금은 당신이 그 몸집만 한 트리를 안고 있네요. 그래서…"

트리를 꼭 끌어안았다. 트리 뒤에 숨어 있고 싶은 마음 반, 뛰쳐나가고 싶은 마음 반이었다. 우리 사이에 있었던 일, 라일라와의 대화를 우연히 듣게 된 일, 베스 해숍과 벌어진 실랑이에 대해 아직 얘기할 준비가 되어 있지 않았던 것이다. 내가 아무도 모르게 정신이 이상해지고 있다는 얘기도 하고 싶지 않았다. 그가 무슨 말을 할지는 뻔했다. 당신과 맞는 사람이 없어 공동 거주자를 정해줄 수 없다, 아무래도 파인 리지를 떠나는 게 좋을 것 같다… 사무실에서 발견한 포장재들과 인터넷에서 당최 찾을 수 없던 그의 정보들에 대해 정말이지 묻고 싶지 않았다. 돌아올 대답이 두려웠기 때문이다. 하지만 애석하게도 내 의지와는 달리 대화는 계속되었다. 나는 트리 상자를 바닥에 내려놓았다.

"미안해요, 키트. 내 잘못이에요. 그러지 말았어야 했는데 사실 당신을 피해 다녔어요. 할 말이 많네요. 우선 우리 사이에 있었던 일은…"

나는 고개를 들어 동네 아이들이 있지는 않은지 집 근처를 확인했다.

"…너무 갑작스럽게 벌어진 일이라 어떻게 대처해야 할지 난감했어요. 또 많은 일들이 일어났고 당신한테 말하고 싶었는데…"

말을 흐리며 어깨를 으쓱했다.

"나한텐 뭐든 말해도 돼요."

키트가 말했다.

"정말요?"

그를 유심히 관찰하며 말했다. 또다시 침묵이 흘렀다. 입 밖으로 내보내지 못한 생각들이 둘 사이에 틈을 만들었다. 각자 자신의 벽에 갇혀 타인의 생각이나 느낌을 제대로 알 수 없다는 사실이 비극으로 다가왔다. 타인과 교감하려는 노력의 허무함. 인간은 결국 외로운 존재였다.

"좋아요. 잘 들어요."

키트가 말문을 열었다. 그는 아직도 호텔 벨보이처럼 내 물건을 들고 있었다.

"그냥 지금 터놓을게요. 어떻게 생각하든 상관없어요. 난 당신이 아주, 몹시 좋아요. 너무 좋아서 어떻게 해야할지를 모르겠어요. 당신 생각을 멈출 수가 없는데 그 이유를 모르겠다니까요. 아니, 미안해요. 이유는 당연히 알고 있죠. 이유를 모르겠다니 그런 뜻이 아니었는데… 젠장. 이런 일엔 너무 서툴러서."

온몸에 소름이 돋았다. 황홀하면서도 동시에 두려웠다. 그가 고백을 이어가길 원하면서도 그만해 주길 바랐다. 고백의 내용에는 문제가 없었는데 다만 그 방식이 영화의 한 장면을 재현해 살짝 연기하는 듯한 면이 있었다.

"당신을 처음 만났을 때부터 아는 사람 같다는 이상한 기분이 들었어요. 이전에 만난 적이 있었을까요? 무슨 영화 대사처럼 들리겠지만 사실이에요."

그의 말을 믿고 싶었지만 키트는 나를 보고 있지 않았다. 어려운 수학 문제에 집중하듯 미간을 찌푸리며 바닥만 응시하고 있었다.

"정말 오랜 시간 동안 그 생각 때문에 미칠 것 같았어요. 하지만 당신에겐 나와 잘 맞는 뭔가가 있어요. 주파수가 맞는 것 같은 그런… 잘 설명할 수 없지만 확실히 그런 게 있어요. 다른 사람에겐 한 번도 이런 감정을 느껴 본 적이 없어서 나는… 터놓고 말해야겠다고 생각했고 만약 당신도 그런—"

"오우! 저길 보렴!"

뒤에서 제니의 목소리가 들렸다.

"엄마가 왔네!"

뒤를 돌아보니 계단 위에서 제니가 손을 흔들며 나를 가리키고 있었다. 제니의 품에 카라가 안겨 있었다. 나를 본 아이의 작은 얼굴이 환해졌고 그 미소가 마음에 물결처럼 퍼져갔다. 또 한번 소름이 돋았지만 방금과는 완전히 다른 느낌이었다. 우리 딸. 내 얼굴에도 저절로 미소가 피어올랐다.

"안녕, 아가!"

손을 흔들며 연신 손 키스를 날렸다.

"엄마 왔어!"

카라가 너무 보고 싶었다. 이젠 더 이상 아이를 떠나지 않을 거라고 다짐했다. 절대로! 잇몸이 활짝 드러나 보이는 카라의 미소가 서서히 사라졌다. 아기의 턱이 떨리더니 눈을 질끈 감고선 집이 떠나가라 소리를 지르기 시작했다. '절대로'는 취소… 뒤돌아서 다시 키트를 보고 말했다.

"미안해요, 지금은 곤란하네요."

"알렉스, 잠시만요—"

"가야 해요."

"잠깐만 들어 봐요—"

"키트. 그만해요."

남은 고백을 마저 듣고 싶었다. 그의 모든 말이 진심이길 바라지만 진심이 아닐 수도 있으니. 가족을 또 다시 수렁으로 끌어들일 순 없었다.

"제발요, 키트. 힘들어지기만 할 거예요."

키트는 시선을 돌렸다. 그는 짐을 내려놓고 천천히 숨을 내쉬었다.

"힘들 이유가 없어요."

그가 부드럽게 말했다.

"알잖아요."

순간 망설였다. 표정을 읽기 위해 그의 얼굴을 찬찬히 바라보려는 찰나 카라의 울음소리가 더 쩌렁쩌렁 울려 퍼졌다. 둘 다 움찔하고 말았다.

"미안해요."

고개를 저으며 크리스마스트리를 다시 들어 올렸다.

"아예 시작하지 않는 편이 낫겠어요."

아이들에게 돌아가기 위해 계단을 터벅터벅 올랐다.

* * *

"믿을 수가 없네요."

집 안에 들어오자 제니가 말했다.

"울지도 칭얼거리지도 않고 오후 내내 잘 놀았거든요."

"엄마가 오면 보여주려고 떼쓰는 걸 아껴뒀나 봐요. 그렇지, 우리 귀염둥이?"

나는 카라를 어르며 머리를 쓰다듬었다. 품에 쏙 안길 거라는 예상과는 달리 카라는 버팅기며 벗어나려 몸부림쳤다.

"우유는 먹었을까요?"

"아보카도 몇 쪽이랑 코티지 치즈, 그리고 과일 이유식 한 통 먹었어요. 낮잠 자기 전에 우유도 먹고 기저귀도 방금 갈았고요."

"완벽하네요! 감사해요. 그럼 모유를 먹을 것 같지는 않지만 그래도 시도는 해 보죠."

어깨에 천을 두르고 윗옷을 내렸다. 카라가 잘 먹을 수 있도록 안아 봤지만 카라는 비명을 질러대며 완강히 거부했다.

"아가, 이리 온."

다시 일어나 카라의 등을 토닥였다.

"왜 그래, 응?"

결국 주방에서 실리콘 뒤집개를 찾아 입에 물려준 후에야 카라는 조용해졌다. 잇몸이 간지러운 듯 뒤집개를 우물거리는 아이를 보며 생각했다. 저놈의 이가 내 딸을 계속 괴롭히고 있구만.

"올리는요?"

제니의 얼굴이 움찔했다. 나는 순간 얼어붙었다.

"맙소사. 애가 무슨 짓을 저질렀군요!"

"아니에요. 별일 없었어요. 편하게 잘 있었죠. 올리는 예의가 아주 깍듯해요."

나는 얼굴을 찡그렸다. 비꼬는 걸까?

"하지만…"

제니의 시선이 올리의 방문으로 향했다.

"무슨 일 있었나요?"

제니가 고개를 끄덕였다.

"무슨 일이 있긴 있었죠."

아들의 방문을 가볍게 두드렸다. 카라는 내려가고 싶은 마음과 안겨 있고 싶은 마음 사이에서 갈등하는 듯 품 안에서 꿈틀거렸다.

"올리, 들어가도 되니?"

대답이 없었다. 뒤에 말없이 서 있던 제니가 걱정 어린 얼굴로 눈썹을 찌푸렸다. 문을 다시 한번 두드린 후 천천히 열었다. 올리가 참담한 표정으로 침대 머리맡에 힘없이 앉아 있었다. 침대 발치에는 바이올렛이 무릎을 끌어안은 채 고개를 파묻고 있었다. 내가 들어가자 바이올렛이 잠깐 고개를 들어 충혈된 눈으로 쳐다보더니 이내 다시 머리를 떨구었다. 파랗게 염색한 머리가 물 흐르듯 그녀의 팔 주위로 흘러내렸다.

"안녕, 얘들아."

조심스럽게 말했다.

"무슨 일이니?"

둘 다 말이 없었다. 제니가 어느새 뒤따라와 팔짱을 끼고 구석에 서 있었다.

293

"바이올렛, 너 여기 있는 거 엄마도 아셔?"

바이올렛은 작은 딸꾹질 소리를 내고는 소매에 코를 닦았다. 카라를 고쳐 안으며 침대 곁으로 다가갔다. 옷가지나 빈 과자 봉지를 밟지 않으려면 조심해서 내디뎌야 했다. 카라가 다시 한번 가슴을 밀쳐 내며 몸을 뒤틀었다.

"너희 둘 다 파티에 가기로 했다며."

"안 가."

올리가 으르렁거리듯 말했다.

"왜 안 가?"

"그냥 안 갈 거야."

"올리버, 어서."

제니가 격려하듯 고개를 끄덕였다.

"아줌마한테 한 얘기 엄마에게도 말씀드려."

둘을 번갈아 쳐다보았다.

"진짜 무슨 일인데 그래?"

긴 침묵이 흐른 후, 제니가 한숨을 쉬며 말했다.

"요즘 누군가 계속 바이올렛의 집에 상자를 두고 가나 봐요. 받아도 전혀 기쁘지 않을 선물 같은 거요."

온몸의 피가 차갑게 식는 듯했다.

"…뭐라고요?"

"누군가 상자에 죽은 주머니쥐를 담아 침대에 놓고 갔대요. 그다음엔 머리를 파랗게 물들인 바비 인형을 현관에 두고 가고요. 음, 심하게 망가져 있었다고 해요. 협박 편지도 함께요."

"바이네 엄마는 그게 내가 한 짓이라고 생각해."

올리가 떨리는 목소리로 말했다.

"나를 무슨 정신병자로 여기는 것 같아."

"라일라가 둘을 못 만나게 했대요."

"하지만 내가 그런 게 아니야. 맹세코 난 그런 짓 안 해."

억울하고 화가 난 올리의 얼굴이 붉어졌다.

"바이올렛?"

관자놀이에서 맥박이 쿵쿵 울렸다.

"정말 그런 일이 있었니?"

바이올렛이 고개를 들더니 끄덕였다. 안경을 벗은, 화장기 없는 맨얼굴이 한없이 어리고 여려 보였다.

"엄마는 올리가 내게 나쁜 영향만 끼치고 결국 해를 입힐 거라고 생각하지만 엄마 말은 틀렸어요."

"바이 엄마는 날 정말 싫어해."

올리가 다른 곳을 응시하며 말했다.

"모두가 날 싫어해. 다시 그 학교에 돌아간 기분이야."

"아니야, 올리. 누가 널 싫어한다고 그래?"

바닥에 카라를 내려놓고 손가락으로 눈가를 문질렀다. 심장이 조여오고 머릿속이 복잡해졌다.

"그저 사소한 오해일 뿐이야, 얘들아. 누군가 장난치는 거라고."

"장난이요?"

바이올렛이 나를 노려보았다.

"그럼 아줌마는 이 일을 웃어넘길 수 있다는 말인가요? 아줌마는 이상한 소포를 받는 게 재미있어요?"

그 자리에 굳어버렸다.

"아줌마도 받은 거 알아요. 올리가 말해 줬어요."

"그게 그 상자 맞지, 엄마? 그날 주방에 있던 물건 말이야."

나는 바닥을 바라봤다. 카라도 마치 '맞지?'라고 묻는 듯 나를 올려다 보았다. 제니도 뭔가 설명해 주길 바라는 듯 나를 물끄러미 바라보고 있었다. 그러나 어디서부터 시작해야 할지, 무엇을 말해야 할지 알 수 없었다.

"아줌마도 그 이야기 알고 있죠?"

바이올렛이 속삭였다.

"마녀 이야기요. 아이들을 납치하는 마녀. 처음엔 뼈, 그리고 인형, 그 다음은 피. 그것들이 오고, 마녀가 데려가 버린다는."

"음. 들었어. 하지만 사실은—"

"마녀가 오고 있죠? 아니면 그들인가? 괴물인지 뭔지, 숲에 있는 망할 것들이요. 뭔가 우릴 쫓고 있어요. 저랑 올리를요. 농장에서 살던 그 애가 사라진 것처럼 우린 그렇게 될 거예요."

"아니야, 바이올렛. 마녀 같은 건 없어."

확실히 알고 있는 단 하나의 사실, 그 사실을 꼭 붙잡았다.

"그건 그저 누군가 지어낸 바보 같은 이야기일 뿐이야."

"바보 같지 않아요! 왜 아무도 우리 말을 믿지 않는 거예요?"

바이올렛이 으르렁거리듯 좌절감을 토해냈다.

"나도 사실이라고 생각해요."

구석에 있던 제니가 말했다. 몸을 핵 돌려 그녀를 쳐다봤다.

"예?"

"아이들 이야기를 믿는다구요. 온갖 소문들과, 마을 아이들이 하는 놀이에 조금은 진실이 담겨 있지 않을까 생각해요. 실제 목격한 것도 있고 가끔 이상한 소리도 들리거든요. 말로 설명할 수 없는 것들이죠. 오늘 밤

올리와 바이올렛이 하는 이야기를 들어 보니 아이들 말도 맞다는 생각이
들어요."

그녀는 진지한 표정으로 눈을 크게 뜨며 말했다.

"알렉스, 정말로 숲에 뭔가 돌아다니고 있다면 어쩌죠?"

입이 다물어지지 않았다. 내가 봤던 것, 내가 생각했던 것들을 전부 털
어놓고 싶었다. 하지만 그럴 수는 없었다.

"터무니없는 소리예요."

"아니. 터무니없는 건 엄마야."

올리가 갑자기 몸을 꼿꼿이 세우고 나를 노려보았다.

"제니는 최소한 우리 얘길 들어 줘. 제니 말고는 우리 말을 들어 주는
어른은 아무도 없어! 아무도!"

참을 수 없이 웃음이 터져 나왔다. 어쩔 수가 없었다. 이 모든 대화가
너무 허황됐다. 바이올렛이 빠른 몸놀림으로 침대에서 뛰어내렸다.

"웃을 일 아니에요. 전부 진짜예요. 난 알고 있다구요."

그애가 나를 밀어젖히고 문을 홱 열더니 방에서 뛰쳐나갔다.

"바이올렛! 얘!"

불러 보았지만 그녀는 빠르게 사라졌다. 현관문이 쾅 닫혔다. 집이 숨
을 참는 듯 고요해졌다. 올리가 팔로 머리를 감싸더니 흐느끼기 시작했다.

"올리."

올리를 안아주기 위해 침대 끝에 앉아 몸을 굽혔다.

"내버려 둬."

올리가 내 손을 뿌리쳤다.

"다 엄마 때문이야. 엄마가 정말 싫어."

한 대 얻어맞은 기분이었다.

"올리—"

"가는 곳마다 정말 엿 같아. 끔찍해. 항상 일이 꼬여. 엄마가 파인 리지는 다를 거라고 했지만 여기도 똑같아. 아니, 훨씬 더 거지같아."

한 번 더 안아주려 다가갔지만 올리는 손을 쳐냈다. 심장이 조임틀의 무쇠턱 사이에 끼어 짓눌리는 것만 같았다. 조임틀의 손잡이는 계속해서 돌고 돌고 또 돌아갔다.

"바이올렛 때문에 그나마 여기는 지낼 만했는데 이제 그 애도 볼 수 없게 됐고, 난… 난……."

눈물을 훔쳤다. 이 모든 일이 감당하기 버거웠다.

"뭔데, 올리? 네 생각을 얘기해 봐."

아이가 두려움으로 가득 찬 눈을 동그랗게 뜨고 나를 쳐다보았다.

"두려워, 엄마. 뭔가 진짜 무서운 일이 일어날 것만 같아."

그는 몸을 옆으로 돌려 베개에 얼굴을 파묻었다.

***

"뭐 도와줄까요?"

제니가 물었다. 다시 거실로 돌아와 카라를 아기 의자에 앉혔다.

"오늘 밤은 여기에 있을까요?"

갑자기 짜증이 밀려왔지만 꾹 참고 말했다. 이미 도움은 충분해요. 마음을 가라앉히기 위해 숨을 들이마시고 그대로 내뱉었다. 고개를 저으며 말했다.

"혼자 할 수 있어요."

"정말 괜찮겠어요?"

제니가 떨리는 목소리로 말했다.

"무례하게 들릴지 모르지만 알렉스, 우리 건물은 벽이 종잇장처럼 얇아서 위층에서 소리가 거의 다 들리는데… 가끔 당신이 아이들을 제대로 보호하고 있지 않다는 생각이 들어요."

나는 눈을 깜빡였다.

"뭐라고요?"

제니가 카라를 내려다보며 말했다.

"미안하지만 아이들이 당장 필요한 보살핌을 받고 있는 것 같지가 않아요."

나는 눈을 가늘게 떴다. 이가 바드득 갈렸다.

"그러니까, 잠깐만요. 제니, 기분 나쁘게 듣지 마세요. 아이도 없는 사람에게 육아에 관한 조언을 받을 생각은 없어요. 더군다나 당신은 나와 내 아이들에 대해 아는 것도 없잖아요?"

"알만큼은… 알아요."

나의 공격적인 말투에 제니가 머뭇거리며 말했다.

"최근 들어 아이들과 아주 친해졌으니까요. 만약 내 아이들이라면 난 애들을 위해서 못할 게 없을 거예요."

"하지만 당신 아이들이 아니잖아요. 아닌가요?"

분노가 점점 끓어올랐다. 그동안 내 앞에서 거들먹거리던 사람을 만났을 때마다 참아 왔던 울분이었다. 육아를 대수롭지 않게 말하던 남자들, 슈퍼에서 멋대로 내 부른 배를 만졌던 낯선 사람들. 지하철이나 버스에서, 한 발짝 떨어진 거리에서 내 아이를 보며 추운 것 같다느니, 졸려 보인다느니, 배가 고파 보인다느니 말하며 잘난 체하던 노인들.

"올리와 카라는 내 자식이에요. 아이들에게 뭐가 필요한지는 내가 잘 안다구요."

제니가 침을 꿀꺽 삼키더니 조용하게 말했다.

"내 생각에 아이들 말을 좀 더 진지하게 받아들이면 좋을 것 같아요. 당신은 아이들을 보호해야 해요. 무슨 일이 있더라도."

그 말에 나는 거의 이성을 잃을 뻔했다. 보호해야 한다고? 진지하게 받아들이라고? 그럼 내가 지금 하는 건 뭐지? 손톱을 물어뜯으며 겁먹은 표정으로 창밖을 바라보는 제니의 모습에 치밀었던 분노가 바람이 잦아들듯 가라앉았다. 제니는 이웃이자 파인 리지에 유일하게 남은 친구였다.

"어쩌면 올리 말이 맞을지도 모르잖아요."

제니가 작게 말했다. 그녀의 떨리는 말이 내 생각을 그대로 전하고 있었다.

"정말로 안 좋은 일이 일어나면 어쩌죠?"

알렉스

"신발 신어, 올리. 어서 가자."

"안 가."

"야단법석 떠는 걸 엄마가 다 봤는데 널 혼자 내버려 둘 것 같니? 넌 이제 선택권이 없어. 빨리 와. 가서 해결하고 오자."

올리를 방에서 끌어내고 카라를 유모차에 태웠다. 길을 나서기 전에 문을 제대로 잠갔는지 거듭 확인했다. 밤인데도 한낮 열기가 가시지 않아 후텁지근했다. 제니도 말없이 우리 뒤를 따랐다. 제니가 우리 세 사람을 돌봐주는 사람이라는 데 모두가 암묵적으로 동의한 듯한 분위기였다.

또다시 실랑이를 벌이기엔 너무 피로했다. 유모차를 끌고 계단을 내려와 마을 회관을 향해 앞장서서 걸었다. 여름 파티에서 라일라가 헛소문을 퍼뜨리며 설칠 생각을 하니 울화통이 치밀어 올랐다. 그녀를 직접 만나 모든 걸 바로잡고 바이올렛이 받은 상자에 대한 진실도 밝혀내야만 했다. 대체 누가 이런 미친 짓을 벌이는지는 몰라도 반드시 찾아내고 말리라. 나는 얼마든지 가지고 놀아도 좋지만 내 아이들만은 절대 못 건드려.

시끌벅적한 축제 소리가 점점 가까이 들려 왔다. 웃음과 음악, 대화 소리가 마을 회관의 열린 문 사이로 쏟아져 나왔다. 바베큐 요리와 댄스 플로어, 줄줄이 엮인 형형색색의 꽃장식, 호숫가 나무를 따라 연결된 종이

등불이 눈에 들어왔다. 회관 안도 나뭇잎과 등불이 빈틈없이 드리워져 있어 실내인지 실외인지 구분하기 힘들 정도였다. 뒤편에는 큰 현수막이 걸려있었다. 새터날리아라는 기묘한 단어가 선명하게 새겨져 있었다.

어딜 가나 사람들로 넘쳐났다. 마을 사람 모두가 몰려 나온 듯 했다. 해가 저물고 있었지만 날씨는 여전히 더웠다. 곳곳에 널브러져 있는 간이 의자와 아이들 사이로 유모차를 끌고 나가느라 진땀을 흘려야 했다. 웃음소리와 플라스틱 컵으로 주고받는 건배에 신경 쓸 겨를 따위는 없었다.

"알렉스! 시원한 과일화채 좀 마셔요!"

누군가 외쳤다.

"얼른 와, 올리."

올리가 내 뒤에 꼭 붙어 있도록 잡아끌었다.

"잘 따라와야 해."

우리에게 딱 달라붙어 있던 제니의 발걸음 역시 빨라졌다.

파티장을 둘러보았다. 마리코는 바베큐를 하고 있었고 폴은 음식으로 가득한 기다란 뷔페 식탁에 샐러드 그릇을 놓는 중이었다. 사이먼은 갖가지 의상이 갖춰진 즉석 사진 부스를 정리하고 있었다. 서핑을 즐겨 타는 여자, 아이슬란드 출신 과학자, 은퇴자 부부도 보였지만 키트는 없었다. 라일라와, 에이미, 바이올렛도 보이지 않았다. 마을 사람들이 다 오지는 않은 모양이었다. 카라는 유모차 안에서 반짝이는 불빛을 구경하고 있었다. 아기의 조그만 눈에는 이 파티가 춤추는 별과 신나는 모험으로 가득해 보일 텐데. 아이가 잠들기를 간절히 바라며 유모차 덮개를 내렸다.

"알렉스."

새넌이 파티용 종이봉투가 잔뜩 올려진 쟁반을 들고 내 앞에 나타났다.

"안 오는 줄 알았어요."

그녀는 올리를 보고 어색한 미소를 지었다. 올리는 그 자리에서 죽어 버리고 싶다는 표정으로 뒤에 서서 꼼지락거렸다. 제니가 올리의 어깨 너머로 평소보다 더 창백한 얼굴을 내밀고 유심히 살펴보았다.

"혹시 라일라 봤어요?"

"네?"

그녀가 몸을 앞으로 구부렸다. 스팽글이 달린 그녀의 초록색 카프탄드 레스가 디스코 볼처럼 번쩍거렸다.

"라일라 안 왔어요?"

음악 소리에 묻히지 않도록 목소리를 높였다.

"할 얘기가 있거든요."

"어, 네."

섀넌은 어색하게 쟁반을 고쳐 들었다.

"안 왔어요……. 알렉스, 난 중간에 끼고 싶지 않은데—"

"미안해요, 샌. 난 이 일을 해결해야만 해요. 내버려 둔다면 아이들에 게 공평하지 않은 일이 될 거예요. 그럼 라일라는 지금 집에 있나요?"

"네. 에이미와 함께 있어요. 하지만—"

"알았어요, 고마워요. 가자, 올리."

유모차를 돌려 무대를 지나 다시 도로로 향했다.

"알렉스, 잠깐만요."

섀넌이 아직도 손에 쟁반을 든 채 허겁지겁 뒤따라왔다.

"지금은 라일라를 만나지 않는 게 좋을 것 같아요. 적어도 지금 당장은 요. 라일라가 조금 진정될 때까지 기다리는 건 어때요? 화가 많이 나 있더 라고요."

"대체 왜 화가 나요? 올리는 잘못한 게 없어요. 나도 마찬가지고요. 라일라가 잘못 안 거예요."

섀넌은 발에 차인 강아지처럼 겁에 질려 보였다. 한숨을 쉬며 발걸음을 늦췄다.

"미안해요. 당신 잘못도 아닌데."

섀넌 뒤에 있어야 할 올리가 보이지 않았다. 그는 무대 근처에 제니와 함께 서 있었다. 제니가 보호하듯이 올리의 어깨에 팔을 두르고 있었다. 당황한 채 겁에 질린 둘은 한없이 여려보였다. 손가락으로 콧잔등을 짚었다. 대체 내가 뭘 하고 있는 거지?

"섀넌, 부탁인데 혹시 라일라가 어떻게 생각하고 있는 건지 말해줄 수 있나요? 적어도 상황을 알고는 가야 할 것 같아요."

섀넌이 쟁반을 고쳐 들자 작은 파티용 종이봉투들이 바스락거렸다.

"네. 그렇지만 나한테 들었다는 말은 하지 말아요. 정말 엮이고 싶지 않거든요."

그녀는 어깨 너머를 흘긋 보더니 몸을 내게 가까이 기댔다.

"라일라 말로는 올리가 엘렌허스트 고등학교에서 퇴학을 당했다더군요. 9학년 여학생들의 사진파일을 공유한 스캔들에 연루됐다면서요? 뉴스에도 보도됐다던데 그 말이 사실인가요?"

잠시 망설였다.

"어느 정도는 맞아요. 그런데 퇴학이 아니라 정학이에요. 그리고 올리는 사진을 찍은 게 아니라 링크만 가지고 있었어요. 전교생에게 링크가 퍼졌는데 올리의 휴대폰에서 링크가 발견됐을 뿐이에요."

섀넌이 한쪽 눈썹을 치켜올렸다.

"그렇군요. 음, 라일라는 또 올리가 무슨 다크웹 유튜버라고도 하던

데요?"

나는 입술을 깨물었다. 라일라나 다른 사람들이 정말 그 영상을 본 걸까? 끔찍했다.

"맞는 말이긴 하지만 생각만큼 나쁜 건 아니고요. 어떻게 알아낸 거죠?"

"페이스북이 있잖아요."

고개를 끄덕였다. 당연히 그랬겠지.

"라일라 말로는 바이올렛을 괴롭힌 사람이 올리라고 했어요. 집으로 이상한 물건들을 보내서 겁을 줬다더군요. 알렉스, 이런 말을 내 입으로 전하게 돼서 유감이지만 그 애가 주머니쥐를 죽였을 거라고…"

나는 단호하게 고개를 저었다.

"섀넌, 올리가 그런 게 아니에요. 우리 가족에게도 똑같은 일이 일어나고 있거든요. 내 생각엔—"

옆에 서 있던 남자가 휘청이더니 어깨를 부딪쳐 들고 있던 음료가 내 티셔츠에 쏟아졌다.

"이런! 미안해요, 아가씨. 해피 솔스티스!"

"잘 들어요."

섀넌이 잠시 중단됐던 얘기를 이어 나갔다.

"올리는 분명 좋은 아이일 거예요. 그냥 잠깐 사춘기라 그러는 거겠죠. 하지만 이곳 사람들이 온라인 활동에 엄격하게 구는 데에는 다 이유가 있어요. 십 대들이 그런 일에 휘말리지 않길 바라거든요. 그리고 라일라가 유독 민감한 이유는 에이미가 겪은 일 때문이에요."

라일라가 키트의 사무실에서 했던 말이 생각나 인상을 찌푸렸다. 에이미의 문제는 논외로 치더라도.

"왜요? 에이미한테 무슨 일이 있었는데요?"

"몰랐어요?"

섀넌이 고통스러운 표정을 지었다.

"그런데 내가 해도 될 말은 아니라…"

"섄, 어서 말해 봐요."

"알겠어요. 하지만 에이미를 봐서라도 어디 가서 절대 얘기하지는 말아요. 라일라는 소문 나길 원치 않거든요. 딱하게도 에이미가 작년에 학교에서 안 좋은 일을 당했어요. 학교에서 밴드 연습을 마치고 집에 돌아오는데 고학년 남학생들이 따라붙었대요. 바닷가에서 그만……"

섀넌은 한숨을 쉬었다.

"그 빌어먹을 놈들이 에이미를 추행했어요. 알고 보니 그게 그들만의 도전 리스트였었대요. 마약을 하거나, 머리를 밀거나, 어린애와 성관계하는 짓들이요. 쓰레기 같은 놈들!"

"세상에…"

에이미의 야윈 팔과 왜소한 체구를 떠올랐다.

"너무 끔찍해요. 그렇게 어린아이를…"

"그러니까요. 끔찍하죠. 그래서 라일라네 가족이 시드니에서 이곳으로 이사 온 거예요."

그 조그만 아이에게 남자애들이 한 짓을 떠올리는 것만으로도 심장이 조여 왔다. 내성적이고 수줍고 의존적인 에이미와 라일라의 유별난 과잉보호. 순간 모든 것이 들어맞았다. 카라의 유모차 손잡이를 힘주어 잡았다. 만약 누군가 내 소중한 딸에게 그런 짓을 한다면, 난… 섀넌이 들고 있는 쟁반 위 파티용 봉투에 눈길이 갔다. 안에서 무언가 삐져나와 있었다.

"섀넌."

손을 내밀어 봉투 하나를 만져 보았다.

"이건 다 뭐예요?"

"아."

섀넌이 말도 마라는 듯 눈을 굴렸다.

"매기가 만든 선물이에요. 내 눈에는 좀 소름 끼치지만 어쩌겠어요. 매기가 이걸 사람들에게 나눠 주라고 시켜서 그렇게 하는 중이네요."

봉투를 하나 집어들어 안을 살펴봤다. 거즈와 리본으로 엮은 나뭇가지였다. 위에는 밀랍으로 만든 머리가 꽂혀 있었다. 또 다른 봉투를 집었다. 그리고 또 하나를 집어 들었다. 모든 봉투에 나무 막대 인형이 들어 있었다. 집 현관에 놓여 있던 인형과 똑같았다. 봉투에서 인형 하나를 꺼내 이리저리 뒤집어 보았다.

"이게 대체 뭐예요?"

섀넌이 어깨를 으쓱했다.

"파티 손님에게 주는 작은 선물이래요. 하나씩 모두에게 나눠 줄 건가 봐요. 매기는 해마다 선물을 만들어 나눠주는데 올해는 그게 인형인 것 같아요. 전통이라나 뭐라나. 저기 적혀 있는 새터… 새테이…"

그녀는 눈을 가늘게 뜨고 어깨 너머 회관 벽에 붙은 현수막을 천천히 읽었다.

"새-터-날리아 축제 전통이래요."

"젠장, 그건 또 무슨 말이에요?"

"나도 몰라요. 무슨 이교도 축제인가? 아마 고대 로마 축제일 거예요. 매기 말로는 기독교인이 크리스마스를 기념하기 전부터 있던 축제라고 했던 것 같은데 잘 모르겠네요."

"매기가 이걸 다 만든 건가요?

나는 인형을 휘두르며 물었다.

"네, 그 여자가—"

"이런, 내 이럴 줄 알았어! 그 사람 지금 어디 있죠?"

"네?"

짧게 자른 머리와 말의 앞니를 찾아 주위를 둘러보았다.

"매기 어디 있어요?"

"몰라요, 그런데… 알렉스? 왜 그러는 거예요?"

나는 유모차를 돌려 파티장 구석구석을 샅샅이 뒤지기 시작했다. 키트의 사무실에 있던 공동 거주 목록이 떠올랐다. 모든 주민의 이름과 전화번호, 개인 정보 목록이 누구나 볼 수 있게 벽에 전시되어 있었다. 매기는 목록을 보고 내가 어떤 사람인지, 어디에서 왔는지 어렵지 않게 알아낼 수 있었을 것이다. 우리 가족이 파인 리지에 도착하기도 전에 엘렌허스트 고등학교에서 있었던 일과 올리의 유튜브 활동을 모두 파악하고 있었을 것이다. 바이러스 같다고. 신발에 묻은 똥처럼 산지사방에 병균을 묻히고 다니잖아, 지금. 냄새 난다고. 빌어먹을 인간. 대체 어디에 있는 거야?

르네

르네는 다시 한번 화장실 거울 앞에 서서 네모난 틀 안에 갇힌 자신을 멍하니 바라보았다. 거울은 마치 평행 우주로 이어지는 문 같았다. 이곳과 모든 것이 똑같아 보이지만 완전히 다른 세계를 엿보는 기분이었다.

복도 건너편에 있는 가브리엘의 방은 4주 전 그가 사라지던 날과 똑같았다. 아니, 경찰이 왔다 간 뒤의 모습일지 모르겠다. 바닥에는 옷이 쌓여 있고 침대보는 벗겨져 침대 발치에 뭉쳐져 있었다. 물건들 위에 먼지가 얇은 막처럼 덮여 있었는데 박물관에서나 보일 듯한 장면이었다.

거울에 비친 르네의 역시 마찬가지였다. 칫솔을 든 여인 따위의 제목이 어울릴 부자연스러운 초상화 같은 모습이었다. 한때 살아있던 무언가에 대한 어느 예술가의 풍자라고나 할까. 르네는 이제 외모에 더 이상 주의를 기울이지 않았다. 인상이 너무 많이 바뀌어 마치 다른 사람의 얼굴 같았다. 피부는 표면이 식어버린 데운 우유처럼 흐릿하고 주름졌으며 이마는 뭉텅이로 빠지는 머리카락 때문에 휑했다. 눈은 푹 꺼지고 광대뼈가 불거지고 치아는 턱에 비해 도드라져 보였다. 안녕, 거울에 비친 유령 같은 쭈그렁 할망구에게 말을 거는 기분이었다. 이를 닦아 줄 테니 가만히 있어요.

그녀는 칫솔질을 한 후 몸을 숙여 입을 헹궜다. 다시 일어나 거울을 보니 마이클이 뒤에 서 있었다. 그는 한동안 말이 없었다. 알 수 없는 표정으로 그저 그녀를 바라보고 있을 뿐이었다. 그 역시도 거울에 비친 여인이 누구인지, 어디에서 왔는지 궁금해하고 있는 것 같았다.

"르네, 얘기 좀 해."

뭔가 이상했다. 르네는 급격히 늙어갔지만 남편은 그 정반대였다. 건조하고 까칠했던 그의 피부가 지난 몇 주 만에 다시 부드러워졌다. 두 눈이 반짝이고 불뚝 배도 사라졌다. 그녀는 이해할 수 없었다. 부부가 동시에 비극을 겪었는데 누구는 얼굴이 심하게 상하고 누구는 오히려 더 좋아지다니.

그들이 여전히 속 깊은 대화를 나누는 사이였다면, 예전과 같이 한 침대에서 잤다면, 가브리엘의 실종 후 관계가 완전히 무너지지 않았더라면, 아들을 잃은 슬픔을 공유하며 서로가 겪는 고통을 이해하려 노력했을 것이다. 하지만 같은 극 자석이 서로를 밀어내듯 부부의 사이는 멀어지기만 했다. 마이클은 농장으로, 르네는 집으로 각자 멀어져 갔다.

마이클은 일을 함으로써 잠시나마 머리를 식힐 수 있었다. 그러나 르네에게 집은 의미 없는 공허한 공간이 되어버렸다. 에이프릴이 도와주러 오는 날이 아니면 빨래도, 청소도 되어 있지 않았다. 하루하루 시간은 똑같이 흘러갔지만 르네는 시간이 어떻게 흐르는지 알 수 없었다. 지난 몇 주간 멍하니 앉아서 흐느끼고 마냥 기다릴 뿐이었다.

게이브의 컴퓨터에서 그가 불안과 우울증을 겪었다는 증거를 찾아낸 후 경찰은 실종에 수상한 점이 없다는 이유로 사건을 종결지었다. 게이브가 특정 채팅방과 게시판에 가족과 다른 사람들, 세상에 대한 혐오감을 드러낸 글을 쓴 흔적이 있었다. 그의 검색 기록에는 종교적 고행, 독방 감금, 그리고 인격 장애와 같은 단어들이 포함되어 있었다. 의사들은 아이가 복용하던 약물에 부작용이 있을 수 있다는 소견을 밝혔다. 형사들은 그가 가출해서 거리 어딘가에서 살고 있을 거라 했다. 하지만 르네의 직감은 달랐다. 그런 이유로 이렇게까지 큰 고통을 받을 리 없었다.

　그녀는 아들을 부르며 깊은 밤 숲을 헤매다 나무에 걸려 넘어지기도 하고 며칠을 정신을 잃고 혼수상태로 지내기도 했다. 하지만 끊임없이 문을 두드려 대는 방문객들로 감정을 추스를 시간이 거의 없었다. 방문객 대부분은 베스 해숍이었다. 베스는 정신이 온전하지 않았지만 시간을 함께 보내기에 나쁜 상대는 아니었다. 그녀는 적어도 르네의 말을 경청해 주었다. 에이프릴과 프랭크도 이따금 교인들과 함께 방문했다. 먹을 것을 가져오고, 요리와 청소를 대신해주고, 그녀와 함께 앉아 기도했다. 그들이 모두 떠난 이후에야 르네는 잠자리에 들 수 있었다. 저녁에는 마이클이 에보니를 데리고 집으로 들어왔다. 전자레인지 돌아가는 소리, 위스키병 소리, 에보니의 발이 바닥에 부드럽게 탁탁 부딪히는 소리가 매일 정확한 순서로 들려왔다. 부스럭거리다가 소파에 이불이 깔리고 폴 메카트니의 씁쓸하면서 달콤한 기타 선율이 울렸다. 마지막으로는 불이 꺼지고 정적이 찾아오곤 했다.

　"우리 얘기 좀 해."

　마이클이 다시 한번 말했다. 르네는 눈을 깜빡이며 수건을 집었다. 얼굴을 닦으며 거울에서 몸을 돌렸지만 욕실 창문에 비친 자신의 노파 같은 모습과 또다시 마주쳤다. 그녀의 시선이 거울 속 유령을 지나쳐 농장으로 향했다. 밖은 어두운 밤이었다. 초승달이 창고와 온실 지붕을 비추었고 멀리 있는 난파선을 보는 듯 흐릿했다.

　"농장을 팔았어."

무슨 일이지? 고개가 기울어졌다. 예상하지 못한 이야기였다.

"살림을 줄여야겠어. 해변 근처로 이사 갈 거야."

르네는 입을 열려다 다시 닫았다. 그와 결혼하면 농장이 삶의 터전이 될 것이라고 생각했다. 가문 대대로 내려오는 농장이라 마이클의 의지는 확고했다. 그는 농장을 이어받았고 더 노력할 수 없을 만큼 열심히 일했다. 때때로 르네는 그에게 일에서 벗어나 인생에 소소한 변화를 줘 보자고 제안하기도 했었다.

마이클, 우리 캠핑카 살까? 호주 전역을 여행하면서 바람 부는 대로 흘러가는 거야.

농장을 운영해야지. 진정한 사나이는 책임을 회피하지 않아, 르네.

그는 같은 말을 반복하며 항상 반대했다. 그의 아버지 영혼이 시켜서 한 말이라는 걸 르네는 알고 있었다. 르네는 창문 밖의 캄캄한 농장과 숲의 경계선, 그리고 그 너머를 내다봤다.

"언제?"

이사 날짜를 묻는 건지, 농장을 언제 팔았냐고 묻는 건지 그녀 자신도 알 수 없었다.

"한 달 좀 넘었어."

마이클은 나중 질문에 대해 답했다.

"그때라면…"

"맞아. 실종 당일에 팔았어."

마이클이 고개를 끄덕였다.

"그날 아침 전화를 받았어. 그때 말하려고 했는데 그만……."

그의 시선이 바닥을 향했다.

"우리가 당시 겪던 일에 비해 그다지 중요하지 않다고 생각했어."

마이클이 활짝 웃으며 현관문을 열고 좋은 소식이 있다고 말하던 기억이 희미하게 떠올랐다.

"이건 아주 좋은 기회야, 렌. 구매자가 원래 농장 가격보다 훨씬 높은 금액을 불러서 차마 거절할 수 없었어."

구매자라니. 르네는 수도꼭지, 욕조, 그리고 샤워실을 번갈아 보며 다른 사람이 사용하는 모습을 상상해보려고 했다. 이 거울에도 역시 다른 사람의 모습이 비치겠지. 마이클은 어떤 협동조합이 땅을 매입했다고 설명했다. 25만 평 규모의 땅 전체를 매입해서 구역을 재조정해 생태 마을로 지을 계획이라고 했다. 개발 계획은 이미 지방 의회의 자금과 정부의 지원을 받기로 확정되어 있었다. 새로운 집을 찾을 때까지는 집을 임대해 주기로 했기 때문에 빨리 비우지 않아도 되었다.

"일찍 말하지 못해 미안해. 당신이 힘들어하던 때라 그냥 혼자 알아서 처리했어."

그는 바닷가의 침실 두 개짜리 작고 아담한 집을 살펴보고 있다고 했다. 은퇴해 느긋하게 해변을 산책하고 정원도 가꾸면 좋겠다고 말했다. 보금자리와 자유를 함께 얻는 셈이고 에보니도 좋아할 거라고도.

"당신이 항상 꿈꾸던 캠핑카를 하나 사도 좋을 것 같아. 언젠가 백발을 휘날리며 유목민 생활을 해보자고."

하지만 르네의 머릿속에는 4주밖에 되지 않았다는 생각만 맴돌았다. 아들이 실종된 후 보냈던 그 가혹했던 시간이 고작 4주라니.

"안 돼."

그녀 자신도 모르게 말이 튀어나왔다.

"가브리엘이 돌아오면 어떡해."

마이클이 두 손을 모으고 그의 입술에 갖다 댔다.

313

"렌."

"우리가 어디로 갔는지 모를 거 아니야."

"르네. 게이브는 돌아오지 않아."

"혹시 납치라도 된 거라면 어떡해? 인질로 붙잡혀 있다 탈출하면? 집으로 곧장 돌아올 거야. 반드시."

마이클이 한숨을 쉬었다.

"우린 멀리 안 갈 거야. 해변 근처라니까. 겨우 삼십 마일 떨어신 곳이야."

르네는 고개를 저었다. 훌쩍 커버린 가브리엘의 모습을 상상해 보았다. 힘든 가출 생활로 지치고 겁에 질려 있을 수도, 노숙하다 뉘우치고 집을 그리워할 수도, 태국의 해변에서 '자아를 찾은' 통통하고 건강한 모습일 수도 있다. 어떤 모습이든 간에 그가 여행 가방을 들고 농장으로 돌아왔을 때 엄마 아빠가 자신을 그리워하거나 기다리지 않고 훌쩍 떠나버렸다는 사실을 마주하게 할 수는 없었다.

"안 돼."

"렌, 떠나야 해. 농장은… 문제가 너무 많아. 이제는 떠날 때야."

르네는 눈을 가늘게 뜨고 그의 약점을 찔렀다.

"그게 진짜 사나이가 할 일이야? 당신 아버지가 어떻게 생각하겠어?"

마이클은 힘없이 팔을 늘어뜨린 채 우두커니 서 있었다.

"미안해, 렌. 이미 계약했어. 농장은 팔렸고 이제 우리에겐 선택권이 없어."

하지만 르네는 창문 너머로 숲을 내다보며 그가 틀렸다고 생각했다. 그녀에게는 아직도 선택권이 유효했다. 아들이 저 너머 어딘가에 아직도 살아있지 않은가. 그리고 악마 역시 여전히 돌아다니고 있었다.

알렉스

"알렉스! 알렉스!"

섀넌이 계속 쫓아왔지만 그녀의 목소리는 아이들의 비명에 묻혀 거의 들리지 않았다. 회관 여기저기에서 부모들이 아이들을 집에 데려가느라 애를 먹고 있었다. 싫어어어어. 아이들의 칭얼대는 소리가 들렸다. 조금만 더 있을래애애애. 부모들은 저마다 어르고 달래고 협박하고 약속하기 바빴다. 시간이 늦었잖니, 아가. 좋아, 마지막으로 사탕 하나만 더 먹고 자러 가는 거야. 너 이 녀석, 일주일 동안 간식 없어!

귀에서 위이이이이잉 소리가 울렸다.

"매기!"

나는 소리쳤다. 귓가에 울리는 소리가 점점 커졌다.

"매기!"

그녀는 보이지 않았다. 매기도 라일라도 키트도 없었다. 젠장. 대체 무슨 일이 일어나고 있는 거야? 당최 생각을 제대로 할 수가 없었다. 뛰고 숨고 춤추는 아이들의 작은 머리가 인파 속에서 불쑥불쑥 튀어나왔다. 그 사이로 유모차를 끌며 매기를 찾아 계속 소리를 질렀다. 위이이이이이이잉.

"알렉스."

뒤를 돌아보았다. 어느새 나를 따라잡은 섀넌이 걱정스러운 눈으로 쳐다보고 있었다.

"알렉스, 대체 왜 그러는 거예요."

어떻게 대답해야 할지 알 수 없었다.

"나, 매기를 찾아야 해요."

위이이이이이-이이잉.

"이 빌어먹을 소리는 뭐죠?"

섀넌은 내 귀로 뇌가 빠져나와 다리가 생겨 걸어가기라도 한 것처럼 나를 쳐다보았다.

"자기 전화잖아요! 전화 오네요."

"네?"

놀라서 반바지 주머니를 만져보았다. 주머니 속에서 휴대폰 진동음이 울리고 있었다.

"아. 여보세요?"

섀넌에게 등을 돌리고 전화를 받았다.

"알렉스 이브스?"

무뚝뚝한 목소리였다.

"마이클 켈러맨입니다. 통화 가능해요?"

"마이클?"

그의 목소리가 이전과는 다르게 느껴졌다. 부드럽다고 느껴질 정도로 누그러진 목소리였다.

"바쁜 것 같으니 다음에 전화하죠."

"아뇨! 괜찮아요. 통화할 수 있어요. 잠시만요."

시끄러운 파티장을 뒤로 하고 조용한 호수 근처로 유모차를 끌고 갔다. 뒤편에서 누군가 음악 소리를 높이자 사람들의 환호가 터져 나왔다.

물가에 유모차를 세우고 고개를 숙여 유모차 덮개 아래 카라를 확인했다. 카라는 좋아하는 토끼 인형을 턱 밑에 끼고 입을 벌린 채 곤히 잠들어 있었다. 잠시 딸의 숨 쉬는 모습을 가만히 바라보았다. 윗몸이 살며시 들리다 내려앉는, 소원을 비는 듯 보드라운 움직임이었다. 아이의 다리를 얇은 담요로 덮어주고 다시 휴대폰을 귀에 댔다.

"전화 주셔서 감사합니다, 켈러맨 씨. 내가—"

"소포를 받았다고 했죠?"

그는 술을 마셨는지 혀 꼬부라진 소리로 말했다.

"네."

"쪽지도요?"

"네. 농가에서 찾았어요. 내 이름이 적혀 있었고요. 당신이 뭔가 알고 있을 거라 생각했어요."

그가 뭐라고 대답했지만 때마침 파티장에서 떠들썩한 소리가 들려와 제대로 알아들을 수 없었다.

"미안해요. 다시 한번 얘기해 주실래요?"

휴대폰을 귀에 바짝 대고 다른 쪽 귀를 손가락으로 막았다. 여전히 음악 소리가 들려왔다. 양철 부딪치는 듯한 기타 리프와 따뜻하고 친근한 노랫소리였다.

"켈러맨 씨? 여보세요?"

그는 취기 어린 소리를 끙하고 내뱉었다. 유리잔에 얼음 조각 부딪히는 소리와 홀짝이는 소리, 꿀꺽 삼키는 소리도 들렸다.

"켈러맨 씨, 그 쪽지는 무슨 의미인가요?"

"그 의미는 그녀가…"

그는 말을 끊고 물 밖으로 나온 물고기같이 침을 꿀떡 삼키는 소리를 냈다.

"그녀는…"

마이클 켈러맨이 낸 다음 소리는 의심할 여지 없이 흐느끼는 소리였다.

"마이클, 혹시 부인과 대화할 수 있을까요?"

나는 부드럽게 말했다.

"르네 맞죠? 함께 있나요?"

"뭐요? 당연히 여기에 없소."

그가 딱딱하게 쏘아붙였다. 수화기 건너편에서 분명치 않은 쿵 소리와 의자 끄는 듯한 소리가 들렸다. 그러고는 완전히 조용해졌다. 순간 그가 전화를 끊었나 생각했다.

"여보세요? 아직 듣고 계세요?"

마이클이 목청을 가다듬었다.

"혹시 돈 있소, 알렉스?"

그의 목소리가 다시 거칠어졌다. 딱딱하고 날 선 목소리였다. 심장이 멎을 뻔했다.

"예?"

"돈 말이오. 가지고 있소? 아니면 지금 돈이 필요한 거요?"

나는 플라스틱 보관함과 그 안에 들어있는 돈뭉치를 떠올렸다.

"전… 무슨 말인지 모르겠네요."

"신경 쓰지 말아요. 알렉스, 잘 들어요. 지금 당신에게 무슨 일이 일어나고 있든지 간에 나와 르네가 겪은 일과는 달라요. 같을 수 없어요."

그는 힘겹게 두 번 숨을 들이쉬고 내뱉었다.

"왜인지 아시오? 우리에게 일어났던 일… 가브리엘에게 일어났던 일은……. 내 잘못이기 때문이오. 전부 내 잘못이었다고."

회관에서 또다시 환호성이 터져 나왔다. 개의치 않고 마이클의 바이올린 미끄러지는 듯한 목소리에만 집중했다. 작게 쿵 하는 소리와 도자기 그릇 덜거덕거리는 소리가 나더니 금속이 딸각거렸고 문이 삐걱거리는 소리가 몇 차례 이어졌다.

"가, 에보니."

마이클이 부드럽게 말했다.

"어서 나가."

개가 짖었다. 한 번 두 번 세 번. 개였구나. 그의 집 현관에서 들은 소리는 켈러맨 부인이 아니라 개가 움직이는 소리였다.

"내 잘못이오."

그가 다시 한번 말했다.

"르네는 내가 말해주지 않아 전혀 몰랐을 거요."

"마이클."

공기는 따뜻했지만 한기가 느껴졌다. 르네 켈러맨이 남편과 같이 있는 것이 아니라면 지금 어디에 있는 거지?

"당신이 그녀에게 말해 주겠소? 그렇게 해 줄래요? 나는 못 해요. 당신이 해야만 해요."

직감적으로 이상한 느낌이 들었다. 회관 쪽을 돌아보았다.

"이야기해 주겠소? 제발. 당신이 해야만 한다고."

그릴에는 갖가지 음식이 지글대고 무대는 춤추는 사람들로 넘쳐났다. 섀넌이 멀리서 나를 힐끔거리며 쟁반에 놓인 나무 막대 인형을 사람들에게 나눠줬고 마리코는 나무 밑에서 멜버른 출신 건축가와 술잔을 기울이며 대화에 한창이었다. 폴과 사이먼은 우스꽝스러운 파티 안경을 긴 채 깃털 장식을 두른 은퇴자 부부와 사진을 찍느라 여념이 없었다. 키트는 이중

문 바로 뒤에 서서 사람들을 바라보고 있었는데…

올리. 올리가 보이지 않았다. 제니 역시 없었다. 마지막으로 둘을 무대 근처에서 봤던 기억이 났지만 둘은 더 이상 그곳에 없었다.

"마이클."

다시 파티장으로 향하며 물었다.

"당신 아내는 지금 어디에 있어요? 르네, 르네는 지금 어디 있나요?"

"무슨 소리를 하는 거요?"

마이클은 다시 날카롭고 경계하는 태도로 돌변했다.

"그곳에 있지 않소? 지금 르네는 당신과 함께 파인 리지에 있을 텐데."

그가 한숨을 쉬었다. 전화기가 순간 지직거렸다.

"그녀는 그곳을 떠난 적이 없소."

르네

만화책에나 나올 법한 파란 하늘이었다. 르네는 따가운 햇살에 눈살을 찌푸리며 팔짱을 끼고 기다렸다. 마이클이 마지막 짐을 차에 싣고 있었다. 바람이 불어 자카란다 나무를 소란스레 흔들어댔다. 바람은 새로 피어난 자카란다꽃을 괴롭히는 걸로는 성에 차지 않는지 르네의 얼마 남지 않은 머리칼을 헝클어트리러 낮게 불어왔다.

얼굴에 붙은 구불구불한 머리카락을 떼 내려 했지만 손가락에 걸린 머리칼은 거미줄처럼 빠져버리고 말았다. 머리카락이 민들레 홀씨처럼 바람에 날아가 버렸다. 손바닥으로 머리를 쓸어 보니 숱이 없는 정수리 부분이 부드럽게 만져졌다. 의사는 정신적 외상 후에 흔히 나타나는 스트레스성 탈모가 갱년기와 겹쳐 악화한 것이라 말했다. 일시적인 증상이니 머리는 다시 자랄 겁니다. 하지만 아직도 머리카락이 뭉텅이로 빠졌다. 늘 배수구가 막혔고 빗에도 머리카락이 수북했다.

르네는 몸을 떨며 소매 밖으로 드러난 맨 팔을 비볐다. 초여름이었지만 밖은 아직도 선선했다. 그녀 앞에 세워진 마이클의 차에는 시동이 걸려 있었다. 열린 차창 너머로 손가락으로 튕기는 기타 선율을 따라 구슬프고 떨리는 목소리가 흘러나왔다. 당연히 폴 매카트니의 목소리겠지. 항상 폴이었다. 희망에 관한 노래였고 마이클이 제일 좋아했다. 하지만 르네는 부서진 영혼에 관한 노래라고 생각했다. 부부로서 마지막으로 듣는 노래가 이 노래라니 절묘했다.

트렁크에 짐을 쑤셔 넣은 마이클이 곧 휘파람을 불었다. 에보니가 뒷마당의 긴 풀숲에서 뛰어나와 뒤도 돌아보지 않고 차에 올라탔다. 마이클이 문을 닫자 개는 분홍색 혀를 늘어뜨리며 창밖으로 고개를 내밀었다. 르네는 개에게 손을 흔들어 주었다.

"잘 가, 엡스. 잘 지내렴."

둘 사이에 정적이 흘렀다. 남편과 아내 둘 다 무슨 말을 해야 할지 몰라 숨을 죽였다. 우르릉, 멀리서 들려오는 채굴작업 소리와 댕그랑거리는 소리가 그 침묵을 메꿨다. 르네는 이미 생태 마을 건설 작업이 시작된 언덕 아래를 내려다보았다. 이제 이 땅은 더 이상 알아볼 수 없게 변할 것이고 언젠가는 농장도 사라지겠지. 그러나 그녀에게는 이곳만이 영원한 집으로 남아 있을 것이었다.

"정말 혼자 남아도 괜찮겠어?"

마이클이 청바지에 엄지손가락을 찔러 넣은 채 이미 수백 번도 더 물어본 질문을 던졌다. 르네는 고개를 끄덕였다.

"정말로?"

그녀는 또 한번 고개를 끄덕였다.

"내 집이 첫 번째로 지어질 거래. 완공될 때까지는 부모님과 지낼 거야. 그리 오래 걸리지 않을 거래."

"내 말은 그런 뜻이 아니잖아."

"알아."

르네는 웃어 보이려 애썼지만 마이클의 시선을 마주하는 일이 고통스러웠다. 그녀는 대신 요란하게 움직이는 나뭇가지와 지평선 너머로 달음

질치는 구름을 바라보았다.

"르네, 같이 가자."

르네는 하늘에 시선을 고정한 채 침을 삼켰다.

"난 괜찮을 거야. 여길 지켜야 해. 아이가 돌아올지 모르잖아."

그게 가장 중요한 이유였지만 다른 이유도 있었다. 우린 너무 오랫동안 멀어지기만 했어. 더 이상 서로에게 맞지 않아. 스피커에서 흘러나오는 음악이 리본처럼 그들을 묶어 놓으려는 것 같았다. 부드러운 기타 선율, 단조 화음, 그리고 목관 악기의 반복되는 독주 구간. 상실감에 말을 잃고, 가난으로 집을 잃은 제니라는 여자에 관한 애절한 가사가 흘러나왔다. 사랑을 내던지고 삶의 의미를 잃어버린 제니 렌. 마이클이 한 걸음 앞으로 나와 손을 내밀었다. 그의 두터운 손이 르네의 뺨을 쓸었다. 그러나 그날은 오겠지. 폴이 노래했다. 이 망가진 세상이 어리석은 방식을 바꾸는 날, 제니 렌은 노래할 거라네.

"나의 제니 렌."

르네는 엎질러진 우유를 흡수한 스펀지같이 심장이 살며시 부풀어 오르는 것을 느꼈다. 뭔가 말하기 위해 입을 열었지만 마이클은 이미 등을 돌린 뒤였다. 부드러운 리듬 위로 자갈을 밟는 부츠 소리가 저벅저벅 멀어져 갔다. 그렇게 마이클은 가 버렸다. 그의 차는 추억과 소용돌이치는 먼지 구름만 남기고 사라졌다.

* * *

모래성 위에 깃발을 꽂듯 기중기가 거대한 A자 모양 지붕을 집의 뼈대 위에 얹었다. 르네는 그 모습을 가만히 지켜보았다. 농가에서 내려다 본 집은 성냥 더미같이 부실해 보였지만 가까이에서 지켜보니 훨씬 견고했다. 주방이나 거실, 혹은 계단이 지어질 위치는 대충 가늠할 수 있었지만 결과물이 어떤 모습일지는 전혀 상상이 안 됐다. 그녀에게는 너무 넓은 공간이었다. 이렇게 넓은 집에서 뭘 하지?

"안녕하세요!"

르네는 깜짝 놀라 뒤를 돌아보았다. 안전모를 쓴 남자가 옆에 서 있었다.

"네, 안녕하세요."

"죄송하지만 이걸 써 주시겠어요?"

남자는 안전모 하나를 건네며 예의 바르게 말했다.

"안전 차원에서요."

"오, 네. 알겠어요."

르네는 두피를 가릴 수 있어 내심 기쁜 마음으로 안전모를 받아 썼다. 남자가 그녀를 향해 웃어 보였다.

"그냥 둘러보시는 건가요?"

그가 고갯짓으로 목조 뼈대를 가리켰다.

"네. 저희 집이거든요."

르네는 움찔했다. 단어들이 입 안에서 낯설게만 느껴졌다.

"완성되고 나면요."

남자의 눈이 반짝였다.

"그런가요? 아, 만나서 반갑습니다! 입주민을 직접 뵙게 돼서 기뻐요. 건축 초기 작업 대부분을 대행사 단독으로 진행하는 게 말도 안 된다고 생각해요. 그렇지 않나요? 먼저 서로 만나 친해지는 게 좋을 거라고 생각하거든요. 그건 그렇고 사람들이 생태 마을에 새로 들어선 집을 못 사서 안달인가 봐요."

그가 활짝 웃었다.

"잘된 일이죠. 주민이 없으면 마을이 어떻게 만들어지겠어요. 그렇죠?"

남자가 손을 내밀었다.

"죄송해요. 제 소개를 안 했네요. 키트 베스티입니다."

르네 역시 손을 내밀었고 키트는 그녀의 손을 잡고 힘차게 악수했다. 르네는 그가 상냥한 사람이라고 생각했다. 놀랍도록 젊고 긍정적이었다.

"이웃으로 같이 살게 돼 정말 기쁩니다. 이곳은 훌륭한 마을이 될 거예요. 집을 잘 선택하신 것 같아요. 부지도 넓고, 경치도 좋고, 한적하네요. 마당도 넉넉해 정원을 가꿔도 좋겠어요. 숲 가까이에서 꽃과 채소를 키운다고 상상해 보세요."

그는 과장된 몸짓으로 숲을 가리켰다. 르네는 고개를 저었다.

"유감이지만 꽃은 안 되겠어요. 기르는 족족 죽여버려요."

키트는 온화해 보이는 웃음을 터뜨렸다.

"뭐, 다 잘할 수는 없는 노릇이죠. 사람마다 잘하는 게 다 다르니까요."

그들은 기중기가 머리 위에서 거대한 강철 팔을 느릿느릿 휘두르며 일하는 모습을 잠시 구경했다. 인부들이 서로에게 큰 소리로 외치며 콘크리트판을 밟고 다녔다. 그들의 정감 어린 농담이 르네의 머릿속에 맴돌던 노래 가사와 자갈길 지나는 타이어 소리와 함께 뒤섞였다.

"죄송하지만 이름 여쭤보는 걸 깜빡했네요."

"제니."

르네의 머릿속은 음악으로 가득 차 있었다.

"제니예요."

알렉스

알렉스는 인파 속에서 아들을 찾기 위해 호숫가 파티장을 미친 듯이 뒤지다가 올리에게 전화를 걸어 보았다. 신호음이 몇 번 울리더니 곧 끊겼다. 다시 전화를 걸었다. 또 걸고, 또 걸고, 계속 반복했다. 그러나 응답이 없었다. 올리가 사라졌다. 제니 역시 보이지 않았다. 마이클이 했던 말이 라디오 광고 음악처럼 귓속에 맴돌았다. 르네는 숲 근처 멀리 떨어진 집에 살고 있소. 파란 지붕이 있는 흰색 복층 집이에요. 그녀를 만나본 적이 정녕 없단 말이오? 그의 설명을 들을수록 그녀를 만난 적이 있다는 것이 확실해졌다. 그의 이름은 르네가 아니었다. 제니였다.

이해되지 않았다. 제니가 예전 그 농가에 살았던 가브리엘 켈러맨의 엄마이며 마이클의 아내란 말인가? 말도 안 돼… 하지만 모든 것이 들어 맞았다. 그녀의 외로움과 한사코 남의 눈을 피하는 은둔적 성향에 대해 생각했다. 나와 아이들 주변에 아른대며 함께 시간을 보내고 싶어 하면서도 한편으로는 거리를 두지 않았는가. 이따금 흐릿해지는 눈과 아래로 축 처진 입, 얼굴에 패인 깊은 주름은 질병이 아닌 비탄에서 비롯된 것이었다. 르네가 감당해온 삶의 무게와 고통의 깊이가 느껴져 온몸이 떨려 왔다. 어떻게 이토록 오랫동안 감출 수 있었던 걸까?

지난 달 일어난 사건들이 뇌리에 스쳐 지나갔다. 제니의 눈에 비친 우리 가족은 혼란 그 자체였을 것이다. 카라는 연신 울어대고, 나는 소리를 질러댔다. 깡마르고 퉁명스러운 올리의 현재 나이는 아들의 실종 당시 나이와 비슷했다.

과거 그녀의 삶이 어땠을지 상상했다. 얼굴에는 혈색 넘치고 삶은 꿈으로 가득했겠지. 농가 테라스에 서서 허리춤에 손을 얹고 자신의 땅을 살피곤 했으리라. 하지만 지금의 르네는 그저 골짜기 반대편에서 예전에 살던 집이 서서히 썩어 가는 모습을 지켜볼 뿐이었다. 그녀의 삶은 두 세계에 걸쳐 있었다. 마음의 고통으로 인해 그녀는 과거의 망령에 결박돼 살아왔다. 어떻게 견뎌낼 수 있었을까? 그때 먼지 하나 없이 깨끗한 농가의 창틀과 누군가 청소해 둔 바닥이 떠올랐다. 희망을 잃지 않는 사람만이 고통으로 가득한 세상을 견뎌낼 수 있다는 사실을 그제야 이해할 수 있었다.

내 아들은 납치됐어.

하지만 르네가 정말로 극복했을까? 만약 완전히 정신을 잃고 말았다면?

당신 아들도 그렇게 될 거야.

목구멍에 불안이 차올랐다. 유모차를 끌고 급하게 집으로 향했다.

"올리! 올리?"

현관문을 열고 아들을 불렀다. 유모차를 세워 둔 채 복도를 가로질러 아들의 침실로 뛰어갔다. 그는 방에 없었다. 여전히 이불은 뭉뚱그려져 있고 커튼도 내려져 있었다.

"올리? 어디 있니? 올리!"

다시 전화를 걸었지만, 이번에는 곧장 음성 사서함으로 연결되었다. 제길! 머리가 작동하지 않으니 몸이 앞서 나갔다. 행방이 묘연한 잡동사니를 찾아 헤매다 보면 결국 발견되듯이 올리도 결국 그렇게 나타나리라 생각하며 집 안을 빙글빙글 돌았다. 스튜어트의 목소리가 들리는 것만 같았다. 네 잠동사니 찾는 건 나랑 상관 없잖아. 구석구석 뒤졌지만 모든 방과 침대가 비어 있었다. 아들이 사라졌다.

위층 제니의 집에도 불이 꺼져 있었다. 심장이 마구 뛰었다. 인기척이 있는지 보기 위해 그녀의 집 창문을 곁눈으로 살피며 오르막길로 유모차를 끌고 갔다. 현관문을 가볍게 두드렸지만 대답이 없었다. 손잡이를 돌리자 문이 열렸다. 안에서 제니의 체취인 제라늄 향이 살짝 섞인 장미 향만 새어 나올 뿐 사람의 자취는 없었다.

"계신가요?"

유모차를 문틀 안으로 밀었다.

"제니?"

작고 네모난 입구에는 튤립 모양의 스테인드글라스 조명이 반짝반짝 빛나는 나무 바닥과 부드러운 꽃무늬 벽지가 도배된 벽을 은은하게 비추고 있었다. 하지만 집의 나머지 공간은 텅 비어있었다. 유모차를 고정해 놓은 후 안으로 살금살금 걸어 들어갔다. 화분이나 꽃, 사진, 그림, 그 어느 하나도 없었다. 지난 육 년간 그녀가 느꼈을 삶의 공허감을 대변하듯 제니의 집도 텅 비어 있었다.

"올리? 여기 있니?"

집 안 구석구석을 뒤지며 문을 하나하나 열어보았다. 두 개의 침실에 있는 침구 모두가 깔끔하게 정돈되어 있었다. 안방도 집안 전체 분위기와 별반 다르지 않았다. 널찍한 공간에 놓인 가구라고는 침대와 작은 사이드 테이블, 그리고 고풍스러운 서랍장이 전부였다. 서랍장 위에 놓여 있는 액자가 집 안의 유일한 장식품이었다. 자세히 보기 위해 불을 켰다. 지금보다 살집이 있고 뺨이 붉은 제니의 가족사진이었다. 제니 옆에는 마이클 켈러맨으로 보이는 남자가, 두 사람 사이에는 검은 머리칼의 창백한 소년이 어색하게 껴 있었다. 소년은 카메라가 마치 자신을 공격이라도 하는 듯한 표정이었다. 사랑이 듬뿍 담긴 제니의 시선은 아이의 얼굴에 고정되어 있었다. 목구멍에 단단한 덩어리가 차오르는 것을 느꼈다. 눈물이 고이는 것을 애써 참으며 액자를 내려놓고 불을 끈 후 방문을 닫았다.

거실에 세워둔 유모차 안에서 카라가 몸을 뒤척이고 있었다. 안 돼, 아가. 지금 깨면 안 돼, 제발. 최대한 조용하고 조심스럽게 유모차를 돌려 제니의 집을 빠져나왔다. 도로를 향했다. 제니의 집 지붕 너머로, 골짜기 반대편 언덕 위의 농가가 보였다. 멀리서 각설탕 같아 보이는 농가가 달빛에 잠겨 빛나고 있었다. 아이들 말을 좀 더 진지하게 받아들이면 좋을 것 같아요. 카라가 잠에서 깨 칭얼거리기 시작했다. 당신은 아이들을 보호해야 해요. 무슨 일이 있더라도. 카라의 칭얼거림이 곧 귀청을 찢을 듯한 울음소리로 변했다. 유모차 손잡이를 놓고 머리를 움켜쥐었다. 어떻게 해야 할지 통 알 수 없었다. 무슨 일이 생기면 어쩌지? 어쩔 줄 모르고 서 있는 사이 농가의 창 하나에서 불빛이 새어 나왔다. 네모난 창 밖으로 노란색 불빛이 어둠 속에서 빛을 발하는 손전등처럼 깜박이고 있었다. 조명탄이나 조난 신호일지도 몰랐다.

"알렉스?"

고개를 너무 급하게 돌리는 바람에 목에서 뚝 소리가 났다. 키트가 몇 걸음 떨어진 곳에 서 있었다. 그의 얼굴에 그림자가 비쳐 얼룩덜룩하게 보였다.

"깜짝이야."

나는 숨을 내쉬었다.

"뭐 하는 거예요, 키트! 심장 마비 걸릴 뻔했잖아요."

그는 항복이라도 하듯 두 손을 올리며 다가왔다.

"미안해요, 그냥… 당신이 파티장을 급하게 빠져나가는 걸 봤거든요. 놀란 기색이어서 확인해 보러 왔어요."

카라가 울음을 터뜨렸다. 유모차의 안전벨트를 풀고 아기를 어깨에 안아 올렸다. 품에 들어온 카라의 안정감 있는 무게가 감사하게 느껴졌다.

"괜찮아요?"

망설이며 다시 농가를 바라봤다. 맥박이 뛰는 것이 온몸으로 느껴졌다. 심장이 미친 듯이 날뛰었다. 키트가 놀란 듯 긴장한 표정을 지었다.

"왜 그래요? 무슨 일 있어요?"

내 아들, 지금 저 집에 있구나. 그 생각이 갑자기 확신으로 변했다. 그곳으로 가 봐야 했다. 내 아들은 엄마가 필요해. 하지만 카라를 데리고 숲으로 뛰어들 수는 없는 노릇이었다. 손으로 이마를 짚었다. 어떡하지?

"알렉스, 대체 무슨 일이에요?"

키트의 얼굴이 걱정으로 찌푸려졌다. 그를 쳐다보았다. 당신이 내 사람이라면 절대 해치지 않을 거예요. 언제나 당신을 보호해 줄 거예요. 하지만 그의 사무실에서 발견한 포장 용품과 그의 감추어진 과거가 마음에 걸렸다. 심장에 나비 떼가 날아가는 듯한 설렘이 일어났다. 동시에 이 두근거림은 위험을 알리는 경고 신호일 수도 있다고 생각했다.

"왜 날 그렇게 보는 거죠? 그렇게 무서운 표정으로 보지 말아요."

"쉬. 결정을 내리는 중이에요."

입술을 깨문 채 카라를 어르고 달래며 자리에서 빙빙 돌았다.

"왜 그러는데요? 내가 도울 일은 없고요?"

"바로 그거예요!"

자리에 멈춰 그를 마주 보았다.

"정말 도와줄 수 있어요?"

그는 영문을 모르겠다는 표정으로 나를 보았다.

"당신이 전에 고백한 얘기… 그 고백이 진심인지 어떻게 알죠? 키트, 당신을 믿어도 되는지 내가 어떻게 알 수 있을까요? 진짜 알 수 있는 방법 말이에요."

그는 한숨을 쉬더니 잠시 침묵했다.

"그런 의문이 드는 것도 무리는 아니죠."

그가 나와 눈을 맞추며 천천히 말했다.

"하지만 믿음이란 건 신뢰에 관한 거니까요. 당신의 신뢰를 얻기 위해 최선을 다할 겁니다. 그렇지만 날 믿고 뛰어들지 말지 선택하는 건 결국 당신 몫이에요."

나는 눈을 감고 딸을 꼭 안았다. 그의 말이 옳았다. 선택은 내 몫이었다. 결정을 내렸다. 온갖 악조건에도 불구하고 나는 그를 믿기로 했다. 이 순간 내게 남겨진 선택지가 없어서가 아니라 나의 본능적인 감각이 그렇게 하라고 말하고 있었기 때문이다. 만약 여기에서 키트를 믿지 않기로 선택한다면? 영원히 그 누구도 신뢰하지 못하며 살아간다면? 그런 인생을 선택하고 싶지는 않았다. 나는 다시 눈을 떴다.

"올리가 사라졌어요."

키트의 입이 벌어졌다.

"뭐라구요? 사라졌다는 게 혹시 실종됐다는 뜻인가요?"

제니 이야기까지 하기엔 시간이 없었다. 이런 일은 관여하는 사람이 많을수록 더 꼬일 뿐이다.

"그 정도는 아니고요. 어디에 있는지 대충 알 것 같아요. 올리를 찾을 동안 카라 좀 봐줄래요?"

"네?"

"오래 걸리지 않을 거예요. 휴대폰도 가져갈 거고. 부탁해요."

키트가 나를 빤히 바라봤다. 바로 그때 내 간절함을 알아차리기라도 한 듯 카라가 품 안에서 고개를 들더니 하품하며 키트를 향해 양팔을 벌렸다. 그는 망설이며 아기를 품에 안을 준비를 했다.

"그러죠."

카라는 키트에게 안기더니 그의 목을 꼭 끌어안고 얼굴을 비볐다. 내 얼굴에 미소가 번졌다. 내 귀여운 파트너. 키트는 엉거주춤 아기 등을 토닥거렸다.

"어……. 네, 괜찮겠죠."

"고마워요. 필요한 건 전부 우리 집에 있어요. 젖병은 개수대 옆에, 분유는 주방에, 설명서는 뒤에 적혀 있어요. 기저귀를 갈아준 다음 우유를 먹이고 트림시키면 돼요. 그 다음 바로 침대에 눕혀 줘요. 재울 때는 토끼 인형을 쥐어 주고 수면 등을 켜 주면 돼요. 백색 소음도 들려주면 도움이 될 거예요. 아이가 울면 조금 토닥여 주시구요."

카라에게 키스하고 키트의 팔을 꼭 잡았다. 다른 상황이었다면 지금 그의 표정이 꽤 우스꽝스러워 보였을 것이다.

"걱정하지 말아요. 당신은 잘 해낼 거예요. 금방 돌아올게요."

그에게 얘기했다.

르네

"이쪽이야, 올리버. 어서."

"우리 어디 가는 거예요?"

"안전한 곳."

"거기가 어딘데요?"

"어서 와. 빨리 가야 해."

르네는 속도를 늦췄다. 그녀는 이곳 길을 손바닥 보듯 훤히 알고 있었지만 올리버는 잘 모르는 눈치였다. 온실 근처에 있는 나무들 사이로 만들어진 더 쉬운 지름길을 택했으나 땅이 울퉁불퉁해 발을 잘 디뎌야 했다. 그래도 이 길로 간다면 금세 도착할 수 있었다.

"얼른 가자."

르네는 올리버의 손을 잡으려 뒤로 팔을 뻗었다. 그는 능장을 부리고 있었다.

"엄마한테서 계속 전화 와요."

그가 휴대폰을 들어 올렸다.

"걱정하지 않아도 돼. 너희 엄마도 우리가 같이 있는 걸 알잖니."

"걱정하는 게 아니에요."

올리가 휴대폰을 다시 주머니에 쑤셔 넣으며 중얼거렸다.

"엄마는 어차피 날 걱정하지도 않을 거니까요. 내 말을 믿지도, 듣지도 않아요."

"그렇지 않아. 요즘 일어나고 있는 그 불가사의한 일을 엄마와 라일라가 이해 못하는 것도 무리는 아니야. 이런 일을 겪어 본 적이 없었잖니. 하지만 아줌마는 다 봤어. 그래서 뭘 해야 하는지 알고 있단다."

방목장에 들어서니 나무들 사이로 농가가 모습을 드러냈다. 르네의 심장이 빠르게 뛰기 시작했다. 그녀는 본능적으로 생각했다. 집에 왔어.

"바이올렛은 어떡해요?"

올리버가 물었다.

"바이도 데려와야 하지 않을까요? 개도 상자를 받았으니 위험한 상황 아니에요?"

"네 친구도 이미 와 있어."

르네는 아무 생각 없이 말했다.

"거기서 우릴 만나기로 했거든."

"정말요? 나한텐 아무 말도—"

"모든 아이가 이곳으로 와야 한다는 걸 알아."

그녀의 입에서 거짓말이 나왔다.

"내 말은, 위험한 일이 일어나면 숨기에 제일 좋은 곳이니까. 이곳이 가장 안전해. 네 친구도 너도 이미 알고 있다고 생각할 거야."

올리는 조용했다.

"전화해 볼게요. …이런."

"왜 그러니?"

르네가 뒤를 돌아보았다. 올리가 절망적인 표정으로 휴대폰을 쳐다보고 있었다.

"폰이 꺼졌어요. 배터리 방전됐나 봐요. 이제 바이에게도 그 누구에게도 전화할 수 없어요. 충전기가 필요한데."

멀리에서 비명이 들리자 그의 말이 차츰 잦아들었다.

"방금 뭐예요?"

르네가 바로 속도를 늦췄다.

"파티장에서 나는 소리겠지."

그녀는 중얼거렸지만 그 비명이 마을에서 난 소리가 아니라는 건 둘 다 알고 있었다. 두 눈이 마주쳤다.

"가자. 서둘러."

르네는 현관문을 열고 올리를 안으로 들여보냈다. 엉덩이로 문을 밀어 닫고 걸쇠가 단단히 고정됐는지 확인한 후 청소 도구를 보관하는 욕실 찬장 위쪽 선반을 뒤졌다. 손전등을 찾아 전원을 켜니 따뜻한 노란 불빛이 복도 안을 가득 채웠다.

"아, 훨씬 낫네."

건전지를 미리 교체해 두길 다행이라고 생각했다. 올리버는 현관문 앞에 서서 벽에 걸린 농기구를 불안한 눈으로 바라보았다.

"휴대폰 충전기 있어요?"

르네는 대답이 없었다.

"돌아가서 엄마를 찾아봐야 할 것 같아요. 걱정하고 있을 거예요."

"괜찮을 거야."

르네는 손전등으로 앞을 비추며 최대한 상냥하게 웃음 지었다.

"엄마는 네가 어디에 있는지 결국 알게 될 테니까."

그녀는 서둘러 가브리엘의 방으로 들어가 가구에서 먼지막이 시트를 벗겨내고 창문이 단단히 잠겼는지 확인했다. 올리는 문턱에 서서 주머니에 손을 넣은 채 그녀가 하는 행동을 지켜보고 있었다. 르네는 방을 정돈한 후 올리에게 들어오라고 손짓했다.

"편하게 있어. 이불이 없어서 미안하구나. 하지만 날씨가 따뜻하니 없어도 될 것 같아. 이곳에 오래 있지는 않을 거야."

올리버가 머뭇거리며 느릿느릿 앞으로 나아갔다.

"그게 무슨 뜻이에요?"

르네가 방을 둘러보았다. 방은 휑하게 비어 있었다.

"어떻게 되든지 모든 게 곧 끝날 거야."

그녀는 침대로 가 매트리스를 가볍게 두드렸다.

"이리 와 앉아."

올리는 그녀의 말에 따랐지만 르네가 밖으로 나가려 하자 다시 일어났다.

"제니?"

그의 목소리가 떨렸다.

"어디 가요?"

"걱정하지 마. 밖에 있을 거야."

르네는 방문을 닫은 후, 걸쇠를 걸었다.

알렉스

숲 입구에 서서 잠시 망설였다. 저 멀리 파티장에서는 음악 소리가 변함없이 울려댔다. 따스하게 빛나는 회관의 불빛을 뒤로 하고 옹송그리며 모여 있는 거무스레한 나무들 속으로 들어가려니 썩 내키지 않았지만 언덕 위의 농가가 기다리고 있었다. 한 번 더 휴대폰을 꺼내 올리에게 전화를 걸어보았다. 여전히 아무런 응답이 없었다. 번호 하나를 검색해 문자를 보낸 다음 어깨를 펴고 숲을 향해 출발했다.

낮에 지나다닐 때도 음산한 숲은 밤이 되니 한층 더 무서웠다. 덩굴들이 보아뱀처럼 늘어져 있고 나뭇가지들은 뒤틀린 팔다리같이 울퉁불퉁 뻗어 나와 있었다. 휴대폰 불빛으로 길을 비췄지만 무성한 풀이 시야를 가려 앞이 잘 보이지 않았다. 뾰족한 잎들, 돌덩어리, 그리고 반쯤 숨어있는 나무뿌리들이 불쑥불쑥 튀어나와 잘 닦여진 길의 흔적을 지웠다. 숲이 살아 움직이는 것 같았다. 온기를 뿜어내며 잠든 용의 철갑 비늘처럼 고동쳤다. 내딛는 걸음마다 위험이 도사리고 있었다. 하지만 언덕으로 이어지는 좁은 길을 만나자 농가가 멀지 않았다는 것을 알 수 있었다.

언덕을 오르는 동안 심장이 쿵쾅거리고, 숨이 차고, 근육이 욱신거렸다. 날카로운 물체에 긁혀 종아리에 핏방울이 맺혔다. 악몽을 꿀 때 들었던 비명과 울부짖음이 상상을 비집고 들어와 현실처럼 귓속에서 울려 퍼졌다. 마침내 방목장에 도착했다. 따스한 공기가 온몸을 감쌌다.

곧바로 농가로 달려갔다. 바퀴 자국에 걸리고 구덩이에 발이 빠졌지만 아랑곳하지 않고 자카란다 나무 아래 진입로로 뛰어갔다. 테라스 계단을 지나 현관문에 이르러 문고리를 잡은 채 멈춰 섰다. 증기 기관차 같은 숨소리를 내뿜고 있을 때 집 내부에서 소리가 새어 나왔다. 목소리와 무언가 약하게 문을 두드리는 소리였다. 올리. 문에 새겨진 무늬를 보며 그 뒤의 복도를 머릿속에 그려보았다. 문과 방이 배치된 구조를 떠올렸다. 천천히. 긴장하지 마. 조심스럽게 문을 밀었다.

"제니? 나예요. 알렉스."

그녀는 상기된 얼굴로 눈을 부릅뜬 채 왼쪽 두 번째 침실 앞에 서 있었다. 머리에 두른 스카프가 뒤로 흘러내려서 가늘고 듬성듬성한 머리카락이 고스란히 드러났다.

"들어와요."

그녀가 뒤돌아서 나를 보며 말했다.

"문 닫아요."

제니의 손에 도끼가 들려 있었다.

르네

르네는 몇 번의 시도 끝에 벌목용 도끼를 꺼낼 수 있었다. 전시용 고리에 오랫동안 걸려 있던 탓에 손잡이가 거의 달라붙어 있었다. 몇 번 잡아당기고 나서야 겨우 떨어진 도끼의 손잡이는 부드러웠지만 부리 모양의 도끼날은 무거웠다. 그녀는 알렉스가 나타나길 기다리면서 도끼날을 어루만졌다.

여유롭게 기다리고 있었지만 가브리엘의 방에 갇힌 올리버가 문을 두드리는 소리는 몇 시간처럼 길게 느껴졌다. 진입로로 들어오는 서두르면서도 조심스러운 알렉스의 발소리가 들렸다. 현관에 다다른 알렉스는 문을 열고 틈 사이로 안을 들여다보았다.

"제니? 나예요. 알렉스."

"들어와요."

르네가 말했다.

"문 닫아요."

알렉스는 산울타리 사이로 이리저리 끌려다닌 듯한 몰골을 하고 있었다. 르네도 숲을 가로질러 왔다면 아마 비슷한 모양새였을 것이다. 알렉스의 칙칙한 갈색 머리 이곳 저곳에 나뭇잎이 붙어 있고 티셔츠에는 붓으로 그은 듯 흙이 묻어 있었다. 지저분해진 발에는 풀 독이 올라 붉은 반점이 퍼져 있었다.

"뭐 하는 거예요?"

알렉스가 속삭였다. 르네는 아무 말도 하지 않았다. 이 상황을 보고도 모르진 않을 테니. 침실 문 뒤에서 올리버가 소리쳤다.

"엄마? 엄마야?"

문고리가 두어 번 달그락거렸다.

"나야, 올리."

알렉스가 외쳤다.

"엄마 왔으니까 이제 걱정 마."

"엄마! 무슨 일이 벌어지고 있는 거야? 전화 안 받아서 미안해. 나 무서워. 제니가 도와주겠다 그랬어. 바이올렛도 여기에서 기다리고 있다고 해 놓고선 날 여기 가둔 거야. 어둡고 소름끼치고. 엄마, 그냥 집에 가고 싶어!"

올리가 문을 쾅쾅 두드렸다.

"오, 올리버."

르네는 불쌍한 올리에게 마음이 쓰였다.

"괜찮을 거야. 약속해. 아줌마도 겪어본 일이야. 하지만 이제는 달라. 이제는 내가 뭘 해야 할지 알고 있어."

"아뇨, 제니."

알렉스가 벽을 따라 천천히 다가왔다.

"밖엔 아무것도 없어요. 당신도 알고 있죠?"

밖에서 긴 울부짖음이 들렸다. 그 바람에 냉정을 유지하려고 했던 알렉스는 흠칫 놀랐다. 소 울음소리 같았다. 르네는 터져 나오는 한숨을 억눌렀다. 알렉스의 어깨를 잡아 흔들고 싶었다. 지금까지 일어났던, 그리고 지금도 일어나고 있는 일들을 두 눈으로 똑똑히 보고도 어떻게 그런 말을 할 수 있지? 알렉스가 이 정도로 머리가 나빴던가?

르네 자신도 알렉스만한 나이 때는 그리 현명하지 못했다. 어떻게 보면 모두 자기 탓이었다. 애초부터 아들과 부모님에 더 귀 기울였어야 했는데. 가브리엘의 실종 이후에도 르네는 그 누구의 말도 듣지 않았다. 르네는 아들이 가출하지 않았다는 것을 알고 있었다. 아이들의 소문을 듣고도, 또 숲에 새겨진 표식들을 보고도 전혀 믿지 않았다. 가브리엘이 언젠가 돌아올지도 모른다는 강박에 사로잡혀서 그저 다 터무니없는 일이라고만 생각했다.

그러나 저 여자, 알렉스가 아이들을 데리고 파인 리지에 나타났을 때 똑같은 일이 정확히 반복되지 않았는가? 알렉스가 이사 온 다음 날 아침 르네는 쓰레기통에서 죽은 새를 보았다. 똑같은 상자에 내용물도 비슷해 마치 따귀라도 얻어맞은 느낌이었다. 발소리 환청도 다시 들리기 시작했다. 창밖에서 누군가 천천히 땅을 밟는 소리, 나무 바스락대는 소리… 아래층에서 알렉스가 전자 기기와 휴대폰 중독, 다크웹과 관련해 올리와 끊임없이 싸우는 소리를 들으며 르네는 점점 더 불안해지기 시작했다. 또 알렉스의 전화도 노상 울려댔다. 모든 정황이 가브리엘 실종 때와 일치했다.

언젠가 알렉스가 아이들을 데리고 집을 비운 적이 있었다. 르네는 아랫집을 둘러볼 기회를 놓치지 않았다. 주방 찬장 안에서 밀랍 머리를 한 인형 상자를 발견했을 때 놀랍기보다는 덜컥 겁이 났다. 당신은 여기에 있으면 안 돼, 르네는 소리치고 싶었다. 당장 나가야 해. 오, 그 귀여운 아이들을 어떡하면 좋아! 그녀는 머리를 굴려 일일이 설명하지 않고도 알렉스에게 경고할 방법을 쥐어짜기 시작했다. 어떻게든 자기 자신의 정체를 밝히지 않으면서 알렉스가 아이들을 데리고 떠나게 만들어야 했다. 그다지 어려운 일은 아니었다. 알렉스는 감정을 잘 숨기지 못해 쉽사리 예상 가능한 사람이었기 때문이다.

어느 날 아침 그녀가 농가를 바라보는 모습으로 사건의 경과를 되짚어보고 있다는 것을 알아챘다. 궁금증에 못 이겨 직접 농가로 올라가길 바라며 르네는 그곳에 쪽지를 남겨두었다. 알렉스는 놀랍게도 예상대로 행동해 주었다. 그녀가 자신에게 아이들을 맡기던 날 르네는 감정을 주체할 수 없었다. 카라를 안고 창가에 서서 알렉스가 언덕 위로 걸어 올라가는 모습을 지켜보았다. 똑똑하네. 나중에 확인해 보니 쪽지는 사라지고 없었다. 하지만 어떤 이유에서였는지 알렉스는 떠나지 않았다. 그 선택에 르네는 놀랄 수밖에 없었다. 그런데도 떠나지 않는다고?

또 한번은 아랫집에 몰래 내려갔을 때 벽에서 붉은색 얼룩을 발견했다. 작은 핏빛 방울이 몰딩에 묻어 있었다. 또 올리가 팔에 깊은 상처를 입은 채 피를 흘리며 집에 돌아오던 날 그녀는 확신했다. 너무 늦었어. 그 사건이 다시 일어나고 있어. 하지만 지난번과는 달리 르네는 한 발자국 뒤에서 귀 기울이며 지켜보기로 했다. 이번만큼은 만반의 준비를 해야 했다.

"가족에게 일어난 일은 정말 유감이에요, 제니. 그 고통을 감히 상상도 할 수 없어요. 하지만 내 말을 믿어야 해요. 지금 일어나고 있는 일은 과거와는 완전히 다른 사건이에요. 만약 같다더라도 내 아들을 이곳으로 데려오는 게 어떻게 해결책이 될 수 있겠어요?"

르네는 침을 삼켰다. 올리버는 침실 안에서 이리저리 돌아다니며 가구를 옮기고 있었다. 책상을 질질 끄는 소리가 들렸다. 아마 창문 밑에 책상을 놓고 올라가 걸쇠를 열어 볼 심산인 듯했다.

"아이를 안전한 곳에 두려는 거예요."

"하지만 저긴 가브리엘이 사라진 날 머물던 방이잖아요. 심지어 가둔 것까지 똑같이⋯ 세상에! 이게 어떻게 안전하단 거죠?"

올리버가 또 한번 문을 쿵쿵 두드리자 르네는 움찔했다. 대답하려고 입을 열었지만 목구멍에서 말이 나오지 않았다. 어떻게 되는지 볼 거야. 올리버를 안전하게 보호하려는 마음은 진심이었다. 의심의 여지없는 진심. 동시에 부모님이 여러 차례 경고했던 악령이 정말로 존재하는지 두 눈 똑똑히 목격하고 싶었다. 직접 대면해 쓰러뜨리고 싶었다. 밖에서 또다시 피 끓는 비명이 들렸다. 소름 끼치도록 가까웠다. 그러고는 또 다른 소리가 들렸다. 누군가 목이 졸려 컥컥거리는 소리였다. 알렉스는 숨이 턱 막혔다.

"젠장, 방금 그거 뭐죠?"

"아마도⋯"

르네는 도끼를 든 두 손에 힘을 주었다.

"아마도 그놈이 오고 있는 것 같아요."

그녀는 현관문으로 향했다. 유리판 너머로 희미한 불빛이 보였다. 불빛은 서서히 밝아지기 시작했다. 야생 동물이 포효하듯 낮게 으르렁거리는 소리가 들렸다. 그녀는 도끼를 꽉 쥐었다.

"제니⋯⋯."

알렉스가 숨을 죽이고 말했다. 르네는 그녀를 무시했다. 어떤 움직임이 느껴졌다. 진입로로 가까이 다가오는 무거운 발소리가 들렸다. 검고 육중한 형태 앞으로 그림자가 지나갈 때 밝은 불빛이 깜빡였다. 그림자는 현관 계단을 오르기 시작했다. 아드레날린이 르네의 혈관 속을 질주했다. 공포가 목구멍까지 솟구쳐 피가 차오르듯 입 안을 가득 메웠다. 숨이 끊어질 것만 같았다.

이제 시작이야.

문이 벌컥 열렸다.

드디어 왔군.

르네

르네가 도끼를 들어 올렸다. 현관문에 비친 그림자는 사람의 형상과 거의 비슷했다. 그림자가 서서히 다가오자 그녀는 숨을 죽였다. 문 앞의 빛기둥, 악마 그 자체! 정말 과거 몇 년 동안 그녀가 잠들었을 때마다 찾아왔던 그놈일까? 그러나 그때 눈앞에 펼쳐진 물체들의 정체가 머릿속에서 천천히 정리되기 시작했다. 뿜어져 나오는 불빛은 다름 아닌 자동차 전조등이었다. 우르릉거리는 소리는 엔진 소리와 문 앞에 서 있는 형상 또한 익숙했다. 축 처진 어깨와, 목의 각도, 늘어진 팔. 다름 아닌 사람이었다. 르네가 손전등을 비췄다.

"마이클?"

"르네."

불빛 속으로 걸어 들어온 그녀의 남편이 말했다. 남편의 목소리에 르네는 따스하고 아늑한, 가구로 가득 차 있던 과거의 집으로 끌려 들어갔다. 너무 오랫동안 그를 만나지 않았다. 몇 년 동안이나 그의 얼굴을 보지 못했던 것이다. 물론 그는 이루 말할 수 없이 쇠약해져 있었지만 불그레한 피부, 녹색 눈동자, 지푸라기 같은 머리카락은 여전히 전과 똑같았다.

르네는 순간 자기가 우스꽝스러운 바보 같았다. 숨거나 도망치거나 땅속으로 꺼지고 싶었다. 부부가 마지막으로 서로를 보았을 때 그녀의 몸은 건강했다. 볼륨 있는 몸매에 많지는 않았지만 머리숱도 풍성했다. 마이클이 농장을 떠날 때쯤에 탈모가 시작되긴 했지만 이렇게까지 머리가 빠진 모습은 마이클도 처음 봤을 것이다. 이제 그녀는 야위어서 날카롭게 각이 져 있었다. 더 이상 아무것도 자라지 않는 황무지 같은 몸이었다. 수치심으로 얼굴이 붉어진 그녀는 스카프를 다시 망토처럼 뒤집어 쓰려고 머리를 더듬었다.

열린 문틈으로 바람이 불어왔다. 잔가지와 나뭇가지들이 지붕 위에 흩어졌고 어린아이가 머리 위에서 작은 발로 종종걸음치는 것 같은 소리가 들렸다. 마이클이 뒤로 손을 뻗어 문을 살며시 닫았다. 걸쇠가 잠기자 바람이 잦아들었다.

"문자 받았어요."

그가 알렉스를 향해 약간 어눌한 말투로 말했다.

"읽자마자 바로 차에 탔죠. 그러지 말았어야 했을 것 같지만 어쨌든 왔네요."

르네는 인상을 찌푸렸다. 마이클이 알렉스를 안다고? 문자를 주고받았다고?

"지금 무슨 말이야? 무슨 문자?"

"알렉스가 내게 연락했어."

뭐든 설명할 수 있다는 듯 간단하게 이야기했다.

"당신이 곤경에 처해 있다는 문자를 받았어. 농가에 와 있고 도움이 필요하다는 얘기도."

"도움 같은 건 필요 없어. 내가 알아서 처리해."

마이클의 시선이 르네의 도끼를 향했다.

"잘도 그러겠네."

"누군가 알렉스의 아들을 납치하려고 해."

르네는 알렉스를 가리키며 주장했다. 잠겨 있는 침실에서 또 한번 쾅 소리와 문고리 달그락거리는 소리가 들려왔다.

"괜찮아, 올리."

알렉스가 외쳤다.

"조금만 참아. 곧 집에 갈 거야."

마이클의 입이 딱 벌어졌다.

"세상에 맙소사, 르네! 애를 안에 가둔 거야? 대체 뭐 하는 거야?"

"당신은 몰라."

르네가 재빨리 말했다.

"게이브를 데려간 무언가, 혹은 누군가가 다시 그 짓을 벌이고 있어. 그때와 똑같이 구역질 나는 숨바꼭질을 하고 있다고. 알렉스를 가지고 장난하고 있어. 우리 아들을 해치기 전까지 우리에게 그랬던 것처럼."

"빌어먹을! 정말 왜 그래 르네? 무슨 영화라도 찍는 거야? 전에 일어 났던 일들은 가브리엘과 아무 상관 없어. 완전히 별개의 일이라고."

르네는 정확하게 무슨 일이 일어났는지 이야기하면서 그의 생각을 바 로잡으려다 말을 잇지 못하고 한숨만 내쉬었다. 더 이상 이상한 소리는 들리지 않았다. 위협적인 공기는 모두 사그라들었고 집은 악마의 놀이터가 아닌 그저 집일 뿐이었다. 갑자기 현실이 슬프고, 무기력하고, 가혹하게 느껴졌다. 또 한번 쾅 하는 소리가 들렸다.

"저 불쌍한 아이를 내보내 줘."

"당신 말이 무슨 뜻인지 말하고 나서. 게이브와 상관이 없다고?"

마이클이 한숨을 쉬었다. 르네는 그의 답을 기다렸다.

"먼저 당신이 이해해야 할 게 있어."

마이클이 입을 열었다.

"당신과 나는 완전히 다른 삶을 살았어. 당신은 내 아내로 풍족한 농장에서 살았고, 가족도, 돈도 있는 안락한 인생을 살았지."

안락이라니. 자신의 인생을 표현하기 위해 르네가 절대 떠올리지 않을 단어였다. 피투성이가 된 아이보리가 떠올랐다. 게이브의 그늘진 눈가, 그리고 길을 따라 버스 정류장으로 향하던 그의 굽은 등, 점점 작아져 눈앞에서 사라져가는 그의 모습……. 부모님과 마이클의 침묵이 떠올랐다. 위스키 냄새를 풍기던 그의 숨결도.

"하지만 나는, 나는 빌어먹을 감옥 속에서 살았어."

르네의 발밑에서 마룻바닥이 흔들렸다. 몸이 떨려왔다.

"무슨 말이야?"

마이클은 다른 발로 체중을 옮겨 실으며 손바닥으로 이마를 훔쳤다.

"하루 24시간 일주일 내내. 아버지가 늘 하던 말이야. 하루도 쉬면 안 된다고 매일 노래를 하다시피 했지. 기억나? 일은 절대 줄어들지를 않았어. 일중독이라고 생각했고 그건 아버지 당신의 선택이었어. 농장 일도 그리 어려워 보이질 않았어. 아버지가 돌아가셨을 때 가련한 인생이라고 얕잡아 보기까지 했다니까. 죽을 때까지 일만 하다가 결국 스트레스에 잡아먹혀 버리다니 아버지는 대체 뭘 바랬던 걸까?"

돌풍이 세차게 불자 집이 낮게 신음했다. 천장이 노인의 뒤틀린 등뼈처럼 뚜두둑 소리를 내자 르네는 위를 올려다보았다.

"농장을 물려받았을 때 나는 다른 방식으로 해내겠다고 결심했어. 절대로 아버지처럼 인생을 전부 바치지는 않겠다고 맹세했지. 열심히 살아 엄청나게 많은 돈을 손에 쥐고 싶었고, 나를 항상 못난 놈이라고 여긴 아버지에게 그렇지 않다는 걸 증명해 보이고 싶었어. 아버지보다, 빌어먹을 돔 해솝보다 훨씬 더 잘 해낼 수 있다는 것을 보여 주려고 했지. 모두를 이기고 싶었던 거야. 그리고… 누구보다 당신에게도 증명하고 싶었어, 렌."

그의 말소리가 목에 걸렸고 눈썹이 떨렸다.

"하지만 어떻게 보여주어야 하는지 몰랐어."

르네는 과거로 던져졌다. 그녀의 입술에 의문이 맴돌았다. 마이클은 그의 다짐을 전부 이뤄냈고 농장도 성공적으로 운영했다. 물론 힘든 시기도 있었지만 함께 헤쳐 나가지 않았던가?

"나는 모든 것을 직접 해내고 싶었어. 하지만 곧 깨달았지. 아버지는 본인이 원해서 그렇게 힘들게 일하신 게 아니었다는 걸 말이야. 그렇게 할 수밖에 없었던 거지. 그게 내 눈에 그리 어려워 보이지 않았던 건 아버지가 어마어마하게 일을 잘했기 때문이었어. 그런데 나는 그렇지 못했지. 손대는 일마다 실패의 연속이었어. 너무 많은 일을 벌이고, 장부 관리도 엉망이고, 가뭄에도 적절히 대처하지 못했어. 장기적으로 볼 안목이 부족했고, 모든 것을 너무 성급하게 처리하려 했지."

마이클은 고개를 숙였다.

"대출금이 연체되기 시작했어. 결국엔 은행에서 압류 통지를 받게 됐고. 그때는 모두가 나를 비웃는 것만 같았어. 완벽하게 땅을 관리해서 순식간에 엄청난 돈을 버는 완벽한 돔 해솝같은 작자들에겐 농장 일은 별다른 노력도 들일 필요 없는 쉬운 일이었을 테니까. 게다가 장인어른까지 나를 항상 닦달했지. 이곳을 보니 내 간담이 서늘해지는구먼. 자네는 가족을 실망시키고 있네. 자네 아버지가 무덤에서 벌떡 일어나실 거야."

마이클은 냉소 섞인 웃음을 터트렸다.

"아버지가 왜 나 대신 해솝에게 농장을 물려주지 않았는지 모르겠어. 재수 없는 놈. 그 자식은 내 아버지와 막역한 친구사이였지. 둘만의 비밀

모임이라도 있는 것처럼 굴었어."

그는 잠시 말을 멈췄다. 르네는 폭우에 불어난 강물처럼 그의 수치심이 부풀어 오르는 것을 보았다. 그는 붕괴하는 댐을 막으려는 듯 손으로 가슴을 지그시 눌렀다.

"차마 당신에게 말할 수가 없었어, 렌. 누구에게도 말이야. 그러다 어느 날 밤에 술집에서 완전히 무너져 버려서는 결국 한 친구에게 털어놓았어."

그는 시선을 떨구었다.

"그 친구가 도와줄 수 있다며 몇 사람과 연결해 주더군. 나도 그놈들 얘기를 들어보긴 했어. 위험한 놈들이라는 건 알았지만 그땐 너무 절박했지. 그래서 돈을 좀 빌렸고… 아니, 사실 많이 빌렸어. 상당히 많이. 당장 눈에 보이는 구멍만 메꿀 수 있으면 다시 정상 궤도에 오를 수 있을 거라 생각했으니까. 다시 웃으며 지낼 수 있을 거라 믿었어."

하지만 아무리 새로운 장비를 마련하고, 건물을 높이고, 광고를 늘려도 계속 어려워지기만 했어. 연체를 거듭해서 빚은 점점 쌓여만 갔지. 두 배로 갚아야 했으니까. 결국 빚쟁이들이 생지옥을 보여주겠다고 협박하기 시작했어. 그렇게 그 염병할 짓거리들이 일어난 거야. 죽은 고양이, 붉은 페인트칠, 전화질, 사이버불링, 빌어먹을 크리스마스 천사. 다 그 빚쟁이들이 벌인 일이라고. 그놈들이 게이브마저 걸고 넘어지더군. 아이를 죽이겠다고 협박해 대는 통에 나는 겁이 나서 그 말을 믿어 버렸어. 우리 모두를 죽일 거라 생각했지. 그놈들은 낮에 농장 근처를 맴돌았고 숲에 서서 나를 감시하곤 했어. 절대 떠나지 않고."

"전혀… 몰랐어."

르네가 나직이 말했다.

"어떻게 내가 몰랐을 수 있지?"

마이클은 어깨를 으쓱였다.

"내가 당신이 알 수 없도록 철저히 조치했으니까. 당신은 게이브 때문에 바쁘기도 했고."

"당신이 곁에 없었으니까 그랬지."

르네가 반박했다.

"아버지가 되기란 결코 쉬운 일이 아니었어, 렌."

"시도라도 해 봤어?"

"아냐, 난 정말 노력했다고. 하지만 게이브는… 나에 대한 존중 따위는 없었어. 뭘 해 줘도 게이브는 날 무시했어. 그게 날 너무 화나게 했었고."

마이클이 침을 튀기며 말했다. 그는 턱을 소매로 닦았다.

"아버지가 나한테 그랬듯이 흠씬 두들겨 패주고 싶었어. 게이브는 어떻게 해도 바뀌지 않았으니까. 방 안에 틀어박혀 왕이라도 되는 것처럼 은식기에 갖다주는 걸 받아먹는 놈이었잖아. 애처로운 표정만 지어도 곧장 당신이 달려갔으니까 그랬겠지. 제 아비는 빚더미에 허우적대면서 없는 돈에 일손을 구해야 했는데 자식 놈이라고 하나 있는 게 방에서 나올 생각이 없고."

마이클의 입이 혐오로 뒤틀렸다.

"건방진 녀석. 자기밖에 모르는 놈!"

도끼가 르네의 옆에서 앞뒤로 흔들렸다. 손바닥에 닿는 도끼 손잡이의 마모된 감촉이 만질만질했다. 아들의 얼굴, 인상을 찌푸리면 눈썹 사이에 생기던 주름이 떠올랐다. 개를 스케치했을 때, 트랙터 모형을 만들었을 때, 마이클에게 보여주려고 한껏 들어 올리던 모습… 이것 봐요, 아빠!

"굴욕적이었어."

마이클이 허공에 삿대질하며 말했다.

"나를 나약해 보이도록 만들었기 때문이야. 그래, 어느 정도 질투하고 있었는지도 몰라. 난 농장에서 일하고 싶지 않았어. 농장이 죽도록 싫었지만 게으름을 피울 수 없었으니까. 어쩌다 그걸 물려받아서는 능력도 더럽게 안 되면서 운영해내야만 했던 내 인생이…"

호흡을 가다듬던 그의 온몸이 축 처졌다. 표출하지 못하고 남아 있던 분노가 공기 중에서 타오르는 것 같았다.

"게이브의 생일날, 화가 머리 끝까지 뻗쳐서 견딜 수가 없었어. 이성을 잃었던 것 같아. 평소처럼 방에서 꼼짝도 하지 않더니 노크만 해도 돔해숍에게는 문을 열어 주더군. 함께 계획이라도 짠 것처럼 말이야. 천진한 얼굴로 저기 서 있는 게이브를 모두가 안쓰럽게 여겨주는데… 화가 머리 끝까지 치밀어 올라서…….."

마이클의 시선이 가브리엘의 침실 문을 향했다. 그는 가쁜 숨을 크게 들이마셨다.

"저녁 내내 씩씩거리며 깨어 있다가 저 방으로 들어갔어. 가브리엘을 깨워 억눌러 왔던 감정을 다 쏟아냈지. 게으르고 이기적인 놈. 태어나지 말았어야 할 새끼라고. 우리를 내버려 두고 당장 이 집에서 꺼지면 좋겠다고 했어. 그러니 애가 울더라고. 그 순간만큼은 애를 마음대로 할 수 있어서 만족했던 것 같아."

그는 떨리는 숨을 들이마셨다.

"내가 얼마나 후회하고 있는지, 얼마나 시간을 되돌리고 싶은지 당신은 모를 거야. 어떤 아이도 아버지에게 그런 얘길 들어선 안 돼. 누구보다 내가 잘 알아."

마이클의 말이 마법이라도 부린 듯 르네는 미처 알아차리지 못했던 과거의 일들이 서서히 이해되기 시작했다. 남편의 비밀스러운 태도와 눈앞에서 서서히 몰락해가던 모습……. 아들은 아버지의 분노의 무게를 못이겨 무너지고 말았다. 그런 줄도 모르고 가브리엘의 영혼이 곤경에 처해있다는 둥, 악마가 호시탐탐 노리고 있다는 둥 아이의 방문 앞에서 상황을 더 악화시키기만 했던 부모님이 떠올랐다. 그녀는 축 처져 벽에 몸을 기댔다. 그녀는 부질없이 뛰고 있는 심장이 멈추길 바랐다. 모든 것이 멈춰 평온에 도달하기를.

"사채업자들이…"

르네가 속삭였다.

"그 사람들이 그랬던 거야? 게이브를 데려간 게… 사채업자야?"

그러나 마이클은 고개를 저었다.

"아냐, 르네. 바로 그게 중요한 점이야. 그들이 그런 게 아니야."

"그럼, 그 사람들 아니면 누가 그랬다는 거야?"

"가브리엘은 스스로 떠났어."

"당신이 그걸 어떻게 알아!"

"내가 떠나는 걸 봤어."

르네는 아무 말도 할 수 없었다. 모래를 한 움큼 삼킨 것처럼 입이 바싹 말랐다. 이를 너무 꽉 깨물어 턱이 아팠다. 그녀는 몸을 떨기 시작했다.

"게이브가 실종되던 날, 한밤중에 눈을 떴어. 이유 없이 깬 줄 알았는데 밖에서 소리가 들리더라고. 일어나서 창밖을 바라보니 게이브가 진입로에 서서 학교 가는 것처럼 등에 가방을 메고 옷을 다 챙겨 입고선 집을 바라보고 있었어."

그는 목이 멘 듯 작게 말했다.

"아마도 나를 봤던 것 같아. 아냐, 봤던 것 같은 게 아니라 분명히 나를 똑바로 바라봤어. 그러고는 떠나 버리더군. 뒤돌아서 어둠 속으로 걸어 갔어. 나는 그 애가 사라지는 걸 지켜만 봤지."

르네가 손을 들어 침실 문에 걸려있는 빗장을 만져보았다.

"어떻게 나갔다는 거야? 아이 방문에 잠금장치가…"

"창문 걸쇠? 부수고 나갔을 거야."

르네는 눈을 감았다.

"당신을 못 믿겠어."

그녀가 속삭였다.

"당신이 꿈을 꾼 거겠지, 마이클. 아니면 다른 사람이었을 거야. 애 얼굴은 직접 본 거 맞아?"

"게이브 맞았어."

마이클이 무겁고 단호한 목소리로 그녀의 말을 재빨리 자르며 말했다.

"처음에는 나도 다른 사람들처럼 걱정했어. 하지만 게이브가 이 농장에 묶여 있지 않고 나에게서 벗어나 살아간다고 생각하니 오히려 마음이 홀가분해지더라고. 그 애는 이곳에서 불행했으니까 차라리 떠나는 게 나았을 거야. 나도 그 나이 때는 몇 번이나 가출 생각을 했는지 몰라. 결국 용기가 부족해서 저지르지는 못했지. 그래서 오히려 잘 됐다고 생각했어."

르네는 분노에 휩싸여 부들부들 떨고 있었다. 오히려 잘 됐다고?

"왜, 왜 내게 아무 말도 안 한 거야?"

"말할 수 없었어! 감당할 수 없이 일이 커져 버렸으니까. 경찰이 들락거리고, 이성적으로 생각할 수 있는 상황이 아니었어. 내 잘못이 맞아, 르네. 정말 미안해."

"아냐."

르네의 숨소리가 거칠어졌다.

"거짓말이야. 만약 게이브가 가출한 거라면 지금쯤은 돌아왔어야 해. 목격자가 나타나거나 흔적이라도 있겠지. 내 신용 카드는 어쩌고? 한 번도 사용된 적이 없었잖아."

"렌, 미안해."

마이클은 지쳐 보였다.

"게이브는 그저 누구의 눈에도 띄고 싶지 않았던 거야."

"당신이 받은 소포들은 뭐였지?"

르네가 도끼를 들어 알렉스를 가리켰다. 그녀는 움찔했다.

"똑같은 일이 반복되었잖아. 또 다시 사채업자들이 벌인 짓일 리는 없고. 그 상자가 증거 아니야?"

알렉스가 유령처럼 창백한 얼굴로 고개를 들었다.

"아뇨, 나는… 내 경우는 그게 아닌 것 같아요."

알렉스가 속삭였다.

"당신이 생각하는 것처럼 두 사건이 연관되어 있는 것 같지는 않아요."

"내가 말했잖아."

마이클이 끼어들었다.

"누군가 당신을 가지고 장난치는 거야. 우리에게 일어났던 일을 알고 있는 사람이겠지."

"아냐."

"받아들여야 해, 렌. 가브리엘이 떠난 건 본인 선택이었어. 스스로 가출한 거라—"

"아니야!"

르네가 소리쳤다.

"난 받아들일 수 없어!"

"르네, 이미 지나간 일이야! 대체 왜 믿지 못하는 거야?"

"왜냐하면 난 느낄 수 있으니까!"

그녀는 자기 가슴팍을 주먹으로 내리쳤다.

"난 그 애 엄마니까! 그런 일이 일어나지 않았다는 걸 아니까… 뭔가 다른 일이 있었다는 걸 느끼고 싶지 않아도 느껴지니까…….."

르네는 상상했다. 도끼를 움켜쥐고 그대로 들어 올려 마이클의 머리를 내리치는 모습을. 도끼날 부딪히는 소리, 달걀 깨지듯이 쪼개지는 두개골, 뇌에서 쏟아져 나오는 걸쭉한 피…….

"마이클 당신이 애한테 상처를 줬어! 당신이 내 아들을 해쳤다고. 난 절대, 절대로 용서 못 해. 그때나 지금이나 당신은 거짓말을 하고 있어. 가브리엘은 떠난 게 아니야. 그 애는 납치된 거야!"

르네가 도끼를 들어올려 휘둘렀다.

알렉스

대참사를 예상하고 나도 모르게 눈을 질끈 감아 비명을 질렀다. 그와 중에 왜 그런 생각을 했는지는 모르겠다. 거대한 농기구에 살해당하면 어떤 소리가 날까? 곧 나무를 찍는 금속 소리가 쾅 들려 왔다. 그리곤 조용해졌다. 눈을 떠 보니 제니는 여전히 마이클 앞에 서 있고 도끼날은 바닥에 놓여 있었다. 흐느끼는 아내 앞에서 마이클은 겁에 질려 구석에서 팔로 머리를 감싸고 있었다.

"가."

그녀가 눈물을 흘리며 말했다.

"제발. 그냥 가."

몇 분 후, 르네의 말에 따라 그는 천천히 뒷걸음질 쳐 문을 열고 고요한 밤공기 속으로 발을 내디뎠다. 곧 차 떠나는 소리가 들렸다. 우리만 남겨진 집 안에서 제니는 비틀거리며 올리가 갇힌 방으로 걸어갔다. 문 앞에 힘없이 무릎을 꿇었다.

"미안해.

그녀가 공처럼 몸을 웅크리고 말했다. 눈물이 그녀의 코 양옆으로 흘러내렸다.

"미안해, 미안해, 미안해."

그녀에게 천천히 다가가 가만히 안아주었다. 제니는 한동안 내 어깨에 머리를 기대 오들오들 떨면서 흐느꼈다. 폭풍 가운데 놓인 배를 붙잡고 있는 듯한 기분. 그 배는 사실 나였을지도 모른다. 내 손까지 주체할 수 없이 떨렸다. 속이 울렁거렸다. 섬뜩한 침묵 속에서 작은 소리가 들려 왔다. 문 저편에서 올리가 조심스레 문을 두드렸다.

"엄마?"

그가 속삭였다.

"응, 여기 있어."

나는 조용히 대답했다.

"다 괜찮아. 이제 집에 갈 거야, 우리 모두."

고개를 든 제니의 얼굴은 잿빛이었다. 그녀는 이까지 딱딱 부딪히며 사시나무 떨 듯 떨고 있었다.

"나는 못 가요."

거의 들리지 않는 목소리로 그녀가 말했다.

"아니, 당신은 할 수 있어요."

나는 최대한 부드럽게 말했다.

"저 문을 열고 함께 집에 가면 돼요."

"아냐. 난 못 가요."

그녀는 고르지 못한 숨을 계속 들이마셨다. 제니의 말뜻을 알고 있었기에 그저 조용히 기다렸다. 제니는 아직 해답을 찾지 못해 앞으로 나아갈 수 없을 뿐이었다. 이윽고 나는 그녀의 마음을 돌릴 수 있는 결정적인 말을 건넸다.

"당신은 혼자가 아니에요. 당신 곁에 있을게요. 이리 오세요. 우린 함께 해낼 거예요."

제니는 한참 동안 울음을 멈추지 못했다. 그러다 눈물을 훔치고 도끼를 내려놓았다. 그녀는 나를 쳐다보았다. 나는 고개를 끄덕였고 우리는 함께 일어났다. 그녀가 올리가 갇혀 있는 방문을 열었다. 방 안에 아무도 없는 상상에 심장이 조여왔다. 점차 열리는 방문 사이로 내부가 드러났다. 예상했던 광경은 아니었다. 책상은 창가로 밀려나 있고 매트리스가 바닥에 반쯤 떨어져 있었다. 침대 역시 벽에서 끌려 나와 있었다. 그리고 아들 올리가 보였다. 마룻바닥에 앉아 따분한 듯 고개를 숙이고 누렇게 바랜 종이를 찢고 있었다.

"하마터면…"

그는 종이를 구기며 고개를 들었다.

"지릴 뻔했다구."

얼굴 근육이 아플만큼 활짝 웃으며 아이를 안았다. 이토록 많은 감정을 담기에는 내 몸이 너무나도 작고 유약하게 느껴졌다. 서로를 끌어안기에 피와 뼈만으로는 충분하지 않았다. 바위나 무쇠, 티타늄 같은 재질로 만들어졌다면 사랑의 무게를 충분히 지탱할 수 있지 않을까?

달이 높이 밝게 떠 있는 하늘에 별이 촘촘하게 박혀 반짝거렸다. 우리 셋은 천천히 함께 걸었다. 올리는 내 옆에서, 제니는 우리 뒤를 따라 걸었다. 언덕 중간쯤에서 다시 한번 아들을 안아보려고 발걸음을 멈추었다. 단한 사람의 등을 감싸 안았을 뿐인데 우주를 품은 듯 경이로운 느낌이었다.

"뭐지?"

올리가 고개를 돌리며 물었다. 웃음이 터져 나왔다.

"왜?"

아들을 더 세게 끌어안으며 말했다.

"이제 껴안기엔 네가 다 컸다 이거야?"

"그게 아니고."

그가 몸을 떼 내며 인상을 쓰고 말했다.

"저 아래에서 무슨 일이 일어나고 있냐구."

언덕 아래, 마을 한가운데에서 불빛이 한데 모여 번쩍거리고 있었다. 점멸하는 구급차 불빛이 한눈에 들어왔다.

알렉스

카라! 올리를 두고 숲을 향해 뛰어갔다. 곧 올리가 뒤쫓아오더니 반대편으로 나를 이끌었다. 왼쪽 어딘가를 가리키며 말했다.

"엄마! 여기가 지름길이야."

잔디 위를 서둘러 뛰어 언덕을 내려갔다. 떨어진 낙엽과 진흙 덩어리, 나무뿌리에 걸려 넘어져 가며 처음 가보는 나무 사이 길로 나아갔다. 비명을 질러대는 폐를 부여잡고 온실을 지나 호수 옆 자전거 도로로 전력 질주할 때 온갖 끔찍한 생각들이 머릿속에 들이닥쳤다. 카라가 혹시 넘어졌거나, 목에 뭔가 걸렸거나, 세제를 삼켰거나, 자다가 숨을 안 쉬는 거면 어떡하지? 키트가 할 수 있는 모든 걸 해 봤지만 어쩔 수 없이 일어난 일이라면? 숨이 빠져나가 움직이지 않는 채로 발견되어 카라의 그 예쁜 얼굴이 천으로 덮여 있으면 난 어떡해.

마을 회관에 도착했을 때 파티는 이미 중단되어 있었다. 음악은 꺼지고, 사람들은 삼삼오오 모여서 작게 속삭이고 있었다. 디스코장 조명같이 번쩍거리는 불빛에 비친 주민들의 얼굴이 찌그러져 보였다. 나는 곧바로 키트를 발견했다. 구급 대원과 이야기하는 그의 표정이 심각해 보였다. 딸의 모습은 어디에도 보이지 않았다.

"카라야!"

아이의 이름을 외치며 달려갔다. 키트의 앞에서 미끄러져 멈춰 서며 그의 팔을 잡았다.

"카라 어디 있어요? 무슨 일이에요! 우리 카라 괜찮아요?"

뒤에 바짝 붙어 따라오던 올리가 갑자기 멈춘 내 등에 부딪혔다.

"괜찮아요."

키트가 내 어깨에 손을 올리며 차분하게 말했다.

"카라는 괜찮아요. 아무 문제 없어요."

"지금 어디에 있는데요! 세상에! 아기를 두고 떠나는 게 아니었는데."

그를 밀치고 구급차 뒤로 갔다. 열린 문 안을 살피며 최악의 경우를 상상했다. 하지만 조명등 아래 뜻밖의 매기가 눈을 감은 채 들것에 실려 있는 것이 눈에 들어왔다. 그녀의 팔에는 구불구불한 링거 줄이 꽂혀 있었다. 나는 다시 키트를 보았다.

"…대체 이게 무슨 일이죠?"

"아기는 무사해요. 저 앞 운전석에 있어요."

구급차 앞좌석으로 뛰어갔다. 카라는 한 구급대원의 무릎에 앉아서 운전대를 잡고 신나게 놀고 있었다.

"오, 하느님 감사합니다."

안도감으로 몸에 온기가 돌며 한숨이 터져 나왔다.

"우리 아가 여기 있네! 안녕, 귀염둥이!"

엄마, 다시는 내 곁을 떠나지 마! 나를 보고 울음을 터뜨리며 안길 것이라 생각했는데 양손을 내밀자 카라는 내 손을 떨쳐내고는 입을 쩝쩝대며 작은 주먹으로 운전대만 두들길 뿐이었다.

"제2의 아일톤 세나[8]로 이름을 떨치는 거 아닌가 몰라요."

---

8. 3번의 우승을 차지했던 브라질 출신 F1 챔피언.

구급대원이 웃으며 말했다.

"운전하는 거봐요. 여기에서 일해도 되겠어요!"

나는 희미하게 미소 지으며 신나게 까르륵거리는 카라를 바라보았다. 그때 등에 키트의 손길이 느껴졌다.

"아, 미안해요! 매기는 무슨 일이죠?"

그에게 몸을 돌리며 물었다.

"매기가 쓰러졌어요. 몇몇 사람들이랑 같이 낡은 농장 창고에서 비밀 파티를 벌이다가 아야와스카를 마시고 환각에 빠진 거 같아요."

"아야-뭐요?"

"아야와스카. 환각제의 일종이죠. 디메틸트립타민 같은 환각제 계열 식물성 마약이에요. 아마존 지역에서는 홍차처럼 마시면서 치료제로 쓴다더군요. 여기에선 불법이고요. 매기가 친구들과 함께 어떻게 구했나 봐요. 안전하다고 여겼던 것 같아요. 이번엔 좀 과다 복용했을 뿐이라고 하더군요.

"과다 복용이라니 그게 무슨 말이죠?"

키트는 난처한 표정을 지었다.

"말하자면 치료 요법 같은 거예요. 자아 깨우치기, 내면의 악마와 마주하기, 원시적으로 절규하기, 뭐 그런 거요. 과거의 나쁜 기억을 끌어내 해결하는 거라더군요."

"…강렬하네요."

"뭔가 배출 효과도 있나 봐요. 사람을 구토하게 만들고 어떤 때는… 알잖아요. 다른 것까지. 모두 정말 요란스럽고 지저분한 것들이죠. 매기가 환각 상태에서 창고를 벗어나 온갖 헛소리를 지껄이며 파티장으로 걸어오다 풀밭에서 기절한 걸 누군가 보고 구급차를 부른 거예요."

세상에. 손으로 입을 틀어막았다. 농가 근처 창고에서 봤던 매트리스와 양동이, 플라스틱병이 떠올랐다. 이상한 흙냄새가 났던 기억도 함께. 며칠 뒤 일하려고 들어간 잡화점에서도 같은 냄새가 났었다. 밤마다 들리던 울부짖음도 좀 전에 들었던 비명과 비슷했다. 악마나 괴물이 아닌 매기였다니. 흑당 시럽처럼 새카맣고 윤기 나던 그녀의 눈동자가 떠올랐다. 눈을 뜨라고, 빨간 망토 씨.

"그래서 무사한 건가요?"

키트가 고개를 끄덕였다.

"탈수 증세가 조금 있을 뿐이에요. 그리고 아마 좀 창피하겠죠. 정신 차리고 나면. 꽤 큰 소동이었거든요. 그건 그렇고 당신 일은 어떻게 됐어요? 올리는 괜찮아요? 아, 물어보지 않는 편이 좋을까요?"

"네. 나중에 얘기해요. 올리도 무사하니 걱정 말아요."

뒤를 돌아보았다. 창백하고 지친 얼굴을 한 올리가 여전히 구급차 뒤에 서 있었다. 그는 주머니에 손을 찔러넣은 채 사람들을 둘러보았다. 사람들의 시선을 따라가 보니 모두가 매기를 더 잘 보려고 목을 빼고 있었다. 지상 최대의 쇼라는 생각이 들었다. 혼자만 의로운 척하더니 인과응보라는 생각이 들어 웃음이 나왔지만 동시에 왜인지 측은한 마음도 들었다.

들것에 실린 매기의 모습은 무척이나 왜소했다. 허세가 완전히 벗겨진 매기는 여느 평범한 사람과 다를 바 없어 보였다. 매기는 다른 사람들을 겁박해 자기 생각과 행동을 따르게 하려는 두려움에 사로잡힌 인간 중 하나였다. 그런 면에서는 나에게 쪽지를 남겨준 제니도 별반 다르지 않았다. 자기 아들의 귀에 대고 절대 용서받지 못할 말을 속삭인 마이클 켈러맨과도 비슷했다. 조각난 이야기를 이것저것 뒤섞어 경고를 만들어 퍼뜨리고 다녔던 베스 해숍, 주변 사람을 괴롭히며 세상을 통제하려 들던 스튜어트도 나에게 그런 사람이었다. 나도 예외는 아니었다. 공포에 질린 채로 행동해 왔고, 결국 그 행동은 더 큰 두려움으로 이어져 질병처럼 주위로 퍼져 나갔다. 공포가 아이들에게 미친 영향을 떠올렸다. 올리와 미스터리 박스, 바이올렛의 겁 먹은 표정, 가브리엘 켈러맨이 겪었을 두려움과 어린 에이미가 감내해야 했던 혹독한 상처—

갑자기 몸이 얼얼해졌다. 생각을 멈췄다. 다시 한번 모여 있는 사람들을 집중해서 관찰했다. 머릿수를 세어 보고, 얼굴을 확인하고, 흩어져 있는 사람들까지 유심히 살펴보았다. 모두 이곳에 모여 있었다. '그들'만 제외하고. 그때 군중 속에서 '그들'을 발견했다. 라일라, 바이올렛, 그리고 에이미. 라일라는 수면 가운을, 아이들은 잠옷을 입은 채 회관 밖에 함께 서 있었다. 바이올렛은 상당히 불안한 눈치였다. 나처럼 주변을 살피며 사람들의 얼굴을 하나하나 확인하다가 올리를 발견하고는 환한 얼굴로 뛰어 나갔다. 올리가 거의 뒤로 넘어질 정도로 돌진하더니 그를 꼭 껴안았다. 올리도 그녀의 머리에 얼굴을 묻고 미소 지었다. 그 광경에 내 마음도 조금씩 녹아내렸다. 하지만 곧 라일라를 보고 굳어버렸다. 그녀는 불안감에 딱딱하게 굳은 표정으로 평소처럼 에이미의 깡마른 어깨에 팔을 두르고 있었다. 나는 그간 얽히고 섥켜 있던 문제의 해답과 마주하면서 부분적이나마 진실에 도달할 수 있었다. 그걸 생각하니 뱃속이 요동쳤다.

"저기, 알렉스."

키트가 등 뒤에서 말했다.

"오늘밤은 푹 자고 아침에 아이들이랑 식사하러 우리 집에 올래요? 내가 시리얼을 아주 잘 말거든요."

"시리얼… 좋죠."

나는 두루뭉술하게 말했다.

"정말 좋아하는 거 맞아요?"

"아뇨, 그게. 내 말은… 좋은 생각 같아요."

나는 다시 뒤를 돌아보았다. 올리가 바이올렛과 함께 서서 각자의 휴대폰 화면을 보느라 고개를 숙이고 있었다. 뒤에서는 라일라가 어두운 표정으로 그들을 주시하고 있었다.

"미안해요."

키트의 어깨에 손을 얹으며 말했다.

"꼭 해야 할 일이 있어요. 아무 데도 가지 말아요. 알겠죠? 곧 돌아올게요."

깊은 숨을 들이쉬고 라일라와 에이미 쪽으로 걸어갔다.

"알렉스."

내가 다가오는 걸 본 그녀가 입술을 모으며 말했다.

"만약 올리버 얘기를 하러 온 거라면 적절한 때가 아닌 것 같네요."

"그런 것 같아요. 그건 다음에 따로 얘기하죠. 지금은 상자 얘기를 하고 싶어요."

한 번 던져본 말이었다. 백 퍼센트 옳다고 확신하는 것도 아니었고, 증거조차 없었다. 하지만 가장 타당한 유추라 밀고 나가기로 했다. 라일라는 눈을 깜빡였다.

"말했잖아요. 그 얘기를 할 적절한 시간도, 장소도 아니라고. 만약 당신 아들이 본인의 행동에 대해 사과한다면—"

"올리가 사과해야 할 어떤 행동도 하지 않았기 때문에 지금 말하는 거예요."

나는 에이미를 내려다보았다.

"에이미. 그렇지?"

에이미는 시선을 바닥에 고정한 채 꼼짝도 하지 않았다.

"무슨 소리예요?"

라일라가 물었다. 나는 에이미와 시선을 맞추기 위해 쭈그리고 앉았다. 그날 회의에서 매기가 뭐라고 했던가. 모두에게 줄 선물을 가지고 왔어요. 이 아이디어의 공로는 우리의 아름다운 파인 리지 아이들에게 돌아가야 해요. 아이들의 창의성에서 많은 영감을 받았죠. 우리 어른들이 아이들의 상상력과 순수함의 절반만 있어도 좋을 텐데 말이에요.

"에이미."

나는 부드럽게 말했다.

"네가 학교에서 겪었던 일은 유감이야. 그건 정말이지 너무 끔찍한 일이었어."

"지금 애한테 뭐라고 한 거예요?"

라일라가 씩씩거렸다.

"알렉스 당신은 에이미와 그걸 논할 자격이 없어요. 그건 당신이 상관할 바가―"

"맞아요. 내가 상관할 바는 아니죠. 알아요. 그리고 이 말을 꺼낸 건 미안해요."

나는 다시 에이미를 보았다.

"에이미, 올리가 엘렌허스트 학교에 다녔다는 걸 언제부터 알고 있었니?"

에이미는 어깨를 으쓱이더니 얼굴을 떨구었다.

"우리 가족이 파인 리지에 오기 전부터 알고 있던 거야?"

그녀가 고개를 끄덕였다.

"키트의 사무실에 있는 화이트보드에서 우리 개인 정보를 본 거 맞지?"

또 한번 끄덕였다.

"사람들이 여기에 도착하기 전에 모두 확인한 거지? 안전한 사람들이 맞는지 확인하느라구. 그렇지?"

에이미는 점점 몸을 움츠렸다.

"에이미, 올리는 나쁜 오빠가 아니야. 곤란한 상황에 휘말렸을 뿐이야. 올리는 절대, 절대로 널 해치지 않아."

에이미는 대답하지 않았지만 나를 보는 그녀의 눈빛이 분명히 이렇게 말하고 있었다. 어떻게 알았어요? 솔직히 말하면 아는 게 없었다. 확신이 있는 것도 아니었다. 하지만 키트가 이전에 했던 말이 맞았다. 믿음이란 결국 신뢰에 관한 것이었다. 지금은 내 아들을 신뢰해야 할 때였다.

"알렉스! 애한테 지금 무슨 이야기를 하는 거예요?"

나는 그녀의 대답을 기다렸다.

"에이미?"

에이미는 아랫입술을 떨며 자기 엄마를 올려다보았다.

"엄마, 정말 미안해. 화내지 마."

"오, 애야."

라일라가 잔디밭에 무릎을 꿇고 딸의 두 손을 꼭 잡으며 말했다.

"엄마가 네게 왜 화를 내겠니?"

"왜냐하면… 내가 그 상자를 만들었으니까. 내가 올리에게 그 소포들을 보냈어. 엘렌허스트에서 왔다는 걸 알았거든. 퇴학당했다는 것도―"

"미안하지만 퇴학 아니고 정학. 정학이란다."

내가 끼어들었다.

"―그리고 올리의 페이스북에 들어가 봤더니 온갖 이상한 영상들이 있고, 그래서 나는… 나는 올리가 여기에 오는 게 싫었어."

에이미가 화난 표정으로 라일라를 보았다.

"엄마가 여기는 좋은 곳이라고 했잖아. 아이들도 착할 거라고. 그런⋯ 그런 나쁜 짓을 하는 남자아이들 걱정은 하지 않아도 될 거라고 말했잖아."

"우리 딸."

라일라가 에이미의 뺨을 손으로 감쌌다.

"왜 엄마에게 말하지 않았니?"

"또 이사 가자고 할 것 같았으니까. 그 일이⋯ 그 일이 있고 나서도 그랬잖아. 언니는 나 때문에 잘 다니던 학교를 그만두고 이곳으로 와야 했다고 날 싫어해. 여기 오고 싶지 않았는데 다 내 탓이라면서 늘 못되게 굴어. 만약 엄마가 또 이사해야 한다고 하면 언니는 나를 죽이려 들거야. 그래서 내가⋯ 혼자 해결하려 했어."

라일라가 미간을 찌푸렸다.

"그래서 상자를 보낸 거니? 죽은 동물을 넣어서?"

"아냐, 죽인 게 아니라 이미 죽어 있던 걸 넣었어."

"오, 에이미."

라일라는 할 말을 잃은 듯이 보였다.

"에이미가 키트의 사무실에서 소포 보낼 재료들을 찾은 것 같아요."

조용히 알려주었다.

"택배 용품이 많고 항상 문이 열려 있거든요. 인형도 마찬가지예요. 잡화점에서 양초와 거즈를 구해서 만든 것 같아요. 가게에서 매기도 그 물건들을 가져가는 걸 제가 봤거든요. 에이미의 작품을 보고 여름 파티에서 나눠 줄 선물을 생각해 낸 것 같아요. 우리 집에 칠해진 붉은 건⋯ 글쎄요. 잘 모르겠네요. 옥수수 시럽과 식용 색소려나? 맞니?"

에이미가 작게 고개를 끄덕였다.

"그리고 그 표식들은 뭐야? 숲에 있는 나무들에 새겨진 것 말이야. 그 것도 전부 네가 새긴 거야?"

에이미는 눈을 크게 뜨더니 고개를 저었다.

"전부는 아니에요. 다른 아이들도 새기고 다녀요. 우리가 하는 놀이 같 은 거예요."

"그러면 우리 집에 들어와서 액자를 가져갔던 것도 너희들 '놀이'인 거야?"

에이미의 몸이 굳더니 다시 입을 다물었다.

"세상에, 에임스."

라일라는 두 손으로 얼굴을 가렸다.

"도대체 왜 그런 짓을 했니?"

"베스 해숍의 이야기를 믿었기 때문이죠."

내가 대신 대답했다.

"무슨 이야기요?"

라일라가 물었다.

"파인 리지의 마녀요. 에이미는 그 이야기에 나온 순서대로 상자를 보 내면 마녀와 괴물들이 와서 올리를 데려갈 거라고 생각했던 모양이에요. 옛날에 그 농장에 살던 소년을 데려갔던 것처럼 말이죠."

제니가 떠올라서 일순 목이 메었다.

"올리가 사라지면 에이미는 자기가 안전할 거라 생각한 모양이에요."

"잠깐, 뭐라고요?"

라일라가 말했다.

"마녀 이야기가 거기에서 시작된 거였나요? 저 위에 사는 할머니, 베스 해숍이요?

나는 고개를 끄덕였다. 라일라는 다시 자기 딸을 보았다.

"그 이야기를 믿은 거야?"

"아니야……."

에이미는 창피하다는 듯이 말했다. 아이의 시선이 잠깐 내 눈과 마주친 후 다시 바닥을 향했다.

"그런 게 아니고 아줌마가 겁을 먹고 떠나게 하려고 한 거야. 진짜로 마녀가 온다면 그러면…"

에이미는 어깨를 으쓱였다. 나도 한 마디 덧붙였다.

"베스가 이야기대로 될 거라고 했지? 그 일이 진짜로 일어날 거라고 말했을 거야."

물건들이 도착하면 널 데려갈 거야.

"에이미."

라일라가 고개를 저으며 말했다.

"그럼 네가 우리 가족에게까지 그걸 보낸 거구나. 심지어 언니에게 도."

에이미는 잠시 망설였다. 그녀의 턱이 떨렸다.

"언니가… 날 그만 미워했으면 했어."

에이미가 속삭였다.

"언니가… 나한테 잘 해주길 바랐을 뿐이야……."

아이는 라일라 쪽으로 가더니 엄마의 목을 양팔로 감싸 안고 엉엉 울었다.

알렉스

파인 리지의 크리스마스는 완벽했다. 계획상으로는 말이다. 나와 아이들은 함께 트리를 세우고, 크리스마스 양말과 장식을 달고, 음식과 과자와 선물을 준비했다. 산타가 제일 좋아하는 연예인은 누구게? 비욘-슬레이[9]지! 따위의 시시한 농담도 오갔다.

주방은 다진 미트 파이와 크리스마스 전통 케이크로 가득 찼다. 나 자신을 위해서 스파클링 와인 또한 넉넉하게 준비해 두었다. 마을 회관에서는 근사한 점심 식사가 기다리고 있었다. 데코레이션 팀은 겨울 테마 꾸미는 데 심혈을 기울인 듯했다. 종이로 만든 고드름과 눈송이, 스프레이를 뿌려 만든 인공 눈꽃이 눈 닿는 곳마다 있었다. 나는 음식 준비 팀에 속해 있었는데 마련해둔 요리가 생각보다 훨씬 많았다. 샐러드와 치즈, 수제 과일청, 채소 구이가 접시마다 그득했다. 모두 온실에서 직접 기른 작물로 마련한 음식들이었다. 해산물 요리, 통닭구이와 햄, 크리스마스 케이크, 과실주 푸딩, 거대한 딸기 파블로바[10], 갓 구워낸 빵과 마을에서 직접 만든 버터도 보였다. 렌즈콩도 넉넉하게 준비했다. 불쌍한 폴은 누군가의 꼬드김에 넘어가 산타 복장을 하게 됐다. 조그만 루돌프 옷을 입은 퍼그종 강

---

9. 가수 비욘세(Beyonce)와 썰매(sleigh)를 합친 말장난.
10. 머랭 과자, 휘핑 크림, 그리고 과일로 만드는 호주, 뉴질랜드의 케이크.

아지 알도 특별히 등장할 예정이었다.

여름 파티 이후 며칠 동안은 분위기가 완전히 달라져 있었다. 매기의 기절 소동과 에이미의 상자 이야기가 마을 사람들 사이에 화제로 떠올랐던 것이다. 지금까지는 농가에서 일어난 일은 어찌저찌 덮어둘 수 있었지만 마을 사람들이 에이미와 '마녀' 이야기를 계속 떠들어댄다면 그 일이 알려지는 것은 시간문제였다. 작은 동네라 어쩔 수 없었다.

제니는 비극적인 기억에 다시 휩싸여 막다른 길에 이른 도망자처럼 안절부절못했다. 크리스마스 계획을 묻는 말에 드러난 그녀의 얼굴 표정이 너무나 슬퍼 보여 나는 우리 가족과 크리스마스 아침을 함께 보내자고 즉흥적으로 제안했다. 하지만 지금 생각해보니 시기가 너무 이른 감이 없잖아 있었다.

"우와! 고마워, 엄마!"

올리가 선물로 받은 최신형 플레이스테이션의 포장지를 뜯으며 말했다.

"굉장해!"

제니는 차 한 잔을 손에 감싸 쥐고 소파에 몸을 수그리고 앉아있었다. 애써 밝은 표정을 지어 보였지만 힘든 티가 역력했다. 아이들은 금방 일상을 되찾았다. 카라는 이전과 다를 바 없이 콧물 범벅이 되어 코를 훌쩍여대고 모두의 잠을 빼앗기 일쑤였다. 카라의 요즘 최대 관심사는 콧구멍에 음식이나 물건을 쑤셔 넣는 일이었다. 올리도 의외로 빨리 회복했다. 농가에서 겪은 일로 제니를 꺼리지 않을까 생각했지만 크리스마스 아침을 제니와 함께 보내자는 제안에 올리는 성숙한 반응을 보였다.

"제니가 안쓰러워. 정신적으로 힘들어하는 거 충분히 이해가 가. 자기 아들을 잃고서 아무렇지도 않을 사람은 없을 것 같아. 제니는 그저 나를 보호하려고 했던 거겠지. 제니 주변에는 아무도 없으니까……."

가슴 속에 아들에 대한 자랑스러움이 차올랐다. 올리가 트리 옆에 앉아서 또 다른 선물을 풀고 있었다.

"VR 헤드셋이잖아? 헐 대박! 엄마 진짜 짱이야!"

걱정되어 제니를 흘긋 보며 입만 벙긋거려 물었다. 괜찮아요? 제니는 고개를 끄덕였다. 흐릿한 눈으로 애써 미소를 지어 보였다. 사실 내 상태도 그녀와 다를 바 없었다. 가슴속 불안 덩어리를 떨쳐낼 수 없었던 것이다. 제니의 마음이 언덕 위 농가에서 산산조각이 났다면 내 마음은 조각난 파편에 찔린 것만 같았다.

이제는 행복해야 정상이었다. 불길한 소포, 기괴한 소리, 쪽지, 표식… 모든 퍼즐이 맞춰졌는데도 여전히 불안했다. 마이클의 이야기 중 어떤 부분은 내 어린 시절 상처를 불편하게 건드렸다. 우리 아빠 역시 화를 많이 냈고 나 또한 침대 밑에 가방을 싸 두곤 했었으니까. 제일 좋아하는 책에서 찢어낸 페이지가 생각났다. 나만의 위대한 탈출 계획.

베스가 떠올랐다. 그녀의 쉰 듯한 목소리가 귓속에 계속 맴돌았다. 그들은 밤에 찾아온다. 들어봐, 그 소리가 들릴 거란다. 목소리, 그리고 발소리. 그들은 하늘길을 따라가. 무성한 녹색 언덕의 잔디, 다이아몬드 달, 가장 푸른 하늘… 바로 저곳에서 일어났지. 새들이 날아가는 곳. 저 새들은, 북쪽으로 가고 있어. 달을 향해 가는 거야. 돔의 목소리도 들렸다. 가끔은 그 집에서 수상한 일이 일어나고 있었단 생각을 해요.

생각할수록 의문스러운, 얽히고 뒤틀린 상황이었다.

"엄마, 이거 지금 설치해도 돼?"

올리가 나를 향해 VR 헤드셋을 흔들었다.

"응? 제발."

제니를 잠깐 보았다.

"지금은 시간이 없어. 곧 회관에 갈 시간이야. 가서 옷 갈아입어. 헤드셋 설치는 점심 먹은 다음에 할까?"

아들은 온몸으로 불만을 표시했다. 엄마 때문에 짜증나. 바로 그때 누군가 문을 두드렸다. 현관에 키트가 서 있었다.

"바쁘죠? 금방 갈 거예요. 그냥 이걸 전해주려고 왔어요."

등 뒤에서 갈색 종이에 노끈으로 묶인 뭔가를 꺼내 수줍게 건넸다.

"불공평해요! 난 아무것도 준비 못 했단 말이에요."

"나는 안 받아도 괜찮아요. 별 거 아니니까 너무 기대하진 말고 열어봐요."

안에는 패들보드를 타고 있는 사람 모양을 어설프게 깎은 나무 조각상이 들어 있었다.

"조금 투박하죠? 아직 배우는 중이에요. 호숫가에서 찾은 나무인데 이걸 보니 당신 생각이 났어요."

"예뻐요!"

나는 진심으로 감동했다.

"고마워요, 키트. 그리고 축제날 우리 딸을 돌봐 줘서 고마워요. 그렇게 도와줬는데 제대로 감사 인사할 기회도 없었네요."

"뭘요. 기회 얘기가 나와서 말인데 실은 나도 당신에게 말할 기회를 엿보고 있었어요."

키트가 목을 가다듬으며 긴장한 표정으로 내 어깨 너머를 힐끗 보았다.

"둘이서만 얘기할 수 있을까요?"

"아, 그럼요."

밖으로 나가 현관문을 닫았다.

"무슨 일이에요?"

"그러니까, 음……."

키트가 잠시 입술을 깨물었다.

"당신이 그날 밤 신뢰에 대해 했던 얘기, 기억해요? 이제 당신에게 완전히 솔직해지고 싶어요. 하지만 그 전에 아무한테도 말하지 않겠다고 약속해야 해요."

"뭐길래 이러죠? 당신 혹시 스파이인 거 아녜요?"

반쯤 웃으며 물었다.

"스파이?"

"당신 이름을 구글에 검색해 봤거든요. 그런데 아무 결과도 안 나오더라고요. 그래서 CIA 소속 첩보원인가 했죠."

웃기려고 한 소리였지만 그의 표정은 한층 심각해졌다.

"물론 스파이는 아니지만 비슷한 얘기를 할 거예요."

그는 목소리를 낮추고 어색하게 다른 발에 무게를 옮겨 실었다.

"내가 부모님과 연락을 끊었다고 얘기했죠?"

혼란스러워하며 고개를 끄덕였다.

"수많은 이유가 있지만 가장 큰 이유는 음……."

키트는 얼굴을 손으로 쓸었다.

"그냥 얘기할게요. 우리 아버지는 글로벌 식품제조기업 대표예요."

그는 마치 무겁고 커다란 마음의 짐을 내려놓았다는 듯이 깊은 한숨을 쉬며 양팔을 벌렸다. 나는 눈을 깜빡였다.

"그렇군요. 알겠어요."

"삼림 파괴로 엄청난 이득을 보는 회사죠."

키트가 뻔하다는 듯이 설명했다.

"팜유를 불법으로 사들이고 노동자를 착취하는 회사요."

나는 고개를 저었다.

"미안한데 아직 이해가 잘 안 돼요."

키트는 잠시 말을 멈추고 땅을 쳐다보며 중얼거렸다.

"원래 이름은 키트 베스티가 아니에요."

내 입이 딱 벌어졌다.

"네?"

"크리스에요. 크리스 란젤라."

"네? 란젤라라면 패스트푸드 체인점의 소유주인 그 란젤라 말인가요? 당신도 패스트푸드 체인점을 운영해요?"

"아뇨, 그건 내가 아니라 아버지예요."

키트의 말이 갑자기 속사포처럼 빨라졌다.

"너무 긴 얘기라 그 얘긴 다음에 할게요. 간단하게 말하자면 우리 가족은 그다지 좋은 사람들이 아니고 난 불행한 유년 시절을 보냈어요. 다행히도 다리에서 있었던 사건 후에 활동가들과 교류하게 되었고 그들과 거의 가족 같은 관계가 되었어요. 하지만 죄책감 때문에 아버지 얘기를 할 수 없었죠. 누군가 내 이름을 물었을 때는 얼결에 학교에서 얼굴만 알던 친구 이름을 얘기해 버렸어요. 그렇게 시간이 흘렀고 사실대로 말하기엔 너무 늦어버려 결국 법적으로 개명을 했죠. 처음에는 별거 아니라고 생각했지만 이곳에 대한 애착이 점점 커지면서 누구도 알아서는 안 된다고 생각했어요. 신탁 자금을 파인 리지에 쏟아부었다는 사실이 언론에 알려지면 일파만파 퍼질 거예요. 마을 사람들에게는 아버지의 부정한 돈을 쓴 부잣집 망나니로 찍힐 거고요. 소셜 미디어도 사용하지 않고 정보 수집 사이트에 올라온 글도 모두 삭제했고요. 자취를 완전히 지운 건 아니고 이메일 정도는 아직 써요. 개인 정보가 더 이상 없을 뿐이죠. 그래서 검색해도 나오지 않는 거예요."

키트는 가게에서 도둑질하다 걸린 아이처럼 얼굴을 붉히며 말을 멈췄다.

"데이트도 많이 하지 못했어요. 게다가 몇 년간 그렇게 조심스럽게 지내다 보니 나 자신을 드러내는데 서툴러요. 그 문제로 어색해졌다면 미안해요. 당신이 더 이상 관계를 진전시키고 싶지 않다고 해도 이해해요."

키트를 가만히 바라보았다. 평생 흐릿한 시야로 살다가 갑자기 안경을 쓴 기분이었다. 그의 곁에 있을 때마다 느꼈던 불편함, 공연한 노력, 가식. 그 모든 것이 사라지고 그의 모습이 처음으로 선명하게 보였다.

"내 상황을 설명할게요."

키트에게 한 걸음 다가가며 말했다. 우리 사이의 간격이 좁아졌다.

"나는 평생을 사람들한테서 도망치며 살았어요. 문제가 생길 때마다 나의 해결책은 회피였어요. 숱한 실수를 저질렀고 상처도 수없이 받았지만 어쨌든 계속 옮겨가는 게 더 쉬웠어요. 하지만 언젠가는 멈춰 서고 싶네요. 조용하게, 평온하게 살고 싶어요."

손을 내밀어 내 손가락으로 그의 손을 쓸었다.

"당신과는 그렇게 할 수 있을 것 같아요."

키트의 한쪽 입에 걸려 있던 미소가 얼굴 전체로 퍼져나갔다.

"나와 함께… 평온하게… 살고 싶다고요?"

심장이 유리병에 갇힌 나비처럼 파닥였다.

"항상 그럴 순 없겠죠. 그래도 당신과 함께라면 가끔 평온하지 않아도 좋을 것 같아요. 스펙터클해도 좋을 것 같고요. 어쨌든 그래요. 당신과 있을 때면 내게도 평온이라는 선택권이 있다고 느껴져요."

짧은 정적이 흘렀다. 그 무게에 짓눌릴까 봐 두려운 순간이었다. 키트가 미소 지으며 내 손을 잡았다. 우리는 서로를 향해 나아갔다.

"엄마!"

집 안에서 올리가 소리쳤다.

"내 초록색 후디 못 봤어?"

우리는 얼어붙었다. 그가 웃었다. 무르익던 분위기는 거품처럼 사라졌다.

"늘 있는 일이에요."

수줍게 웃으며 말했다.

"아이들이 분위기 브레이커라서요. 곧 익숙해질 거예요."

"기대되네요."

키트는 내 손을 꼭 잡았다.

"그럼, 이만 가 볼게요. 점심 때 볼 수 있죠?"

"네, 그때 봐요."

"그리고 그 후에도 몇 번 더 볼 수 있을까요?"

"운이 좋으면요."

키트는 내 손을 놓고 계단을 내려갔다. 하늘에 남겨진 비행기 구름처럼 그의 손가락이 내 피부에 온기를 남겼다.

제니가 거실 바닥에 앉아 카라의 색깔 블록 쌓는 것을 도와주고 있었다. 그녀는 나를 보더니 다 알고 있다는 듯 미소 지었다.

"키트는 어때요?"

"잘 지내요."

얼굴에 미소가 번지는 것을 막을 길이 없었다.

"그런 것 같네요."

붉게 물든 얼굴을 숨기려고 등을 돌렸다.

"후디는 찾았니, 올리? 빨래 바구니 안에 있을 거야. 그렇지만 입고 외출하지는 마. 아직 안 빨았거든. 그날 밤…"

농가에서… 라는 말이 입 밖으로 나오기 직전에 간신히 멈췄다.

"여름 파티에서 입었잖니."

"찾았어!"

올리가 빨래 더미에서 후디를 찾아 손에 뭉쳐 들고나오며 말했다.

"내 눈엔 괜찮아 보이는데."

올리는 옷을 가져와 흔들어 펼쳤다. 후디의 주머니에서 구겨진 종이 한 장이 떨어졌다. 종이는 제니의 무릎 근처에 떨어졌다. 그녀는 종이를 주우려다 멈칫했다.

"이게 뭐지?"

그녀가 중얼거렸다.

"미안해요, 제니."

사용한 휴지라고 생각하며 말했다.

"갖다 버리게 이리 줘요."

그러나 제니는 움직이지 않았다. 그녀가 접힌 종이를 천천히 펼쳤다.

"이건… 이건 가브리엘 거예요."

제니의 얼굴이 급격히 창백해졌다. 걱정스러울 정도였다.

"네?"

종이를 더 잘 보려고 제니 옆으로 갔지만 그녀가 들고 있는 각도에서는 무엇이 적혀 있는지 보이지 않았다.

"그게 무슨 말이에요? 이게 뭔데요?"

"게이브의 그림 중 하나예요."

제니가 조용히 말했다. 입꼬리가 축 처진 제니가 올리를 올려다보았다.

"이걸 어디에서 찾았니?"

올리는 어깨를 으쓱였다.

"아줌마가 살던 집이요. 그때 거기에서 주웠어요. 내가 있었던, 어…"

올리 뺨이 붉게 달아올랐고 그는 헛기침했다.

"'그 방'에 있었을 때요. 그 안에서 나가려고 할 때."

불편한 침묵이 흘렀다. 애써 외면하던 주제가 주변을 천천히 맴돌았다.

"창문으로 빠져나가려고 책상을 옮기다가 바닥에서 찾았어요. 책상에서 떨어졌나 봐요."

제니는 손가락으로 그녀의 입술을 누른 채 그림에 시선을 고정했다. 그녀의 턱이 떨리기 시작했다.

"내가 뭘 잘못했나요? 죄송해요. 주머니에 넣은 사실도 기억이 안 나요. 그냥 보기만 했거든요. 방 안에서 할 게 없어서… 그냥 잘 그린 그림이라고 생각했던 거예요."

"그래."

제니가 속삭였다. 눈물 한 방울이 그녀의 콧등을 타고 흘렀다.

"오, 정말 잘 그렸지. 우리 아들은 예술에 재능이 있었어."

"나도 좀 봐도 될까요?"

더 자세히 보기 위해 허리를 구부렸다. 제니가 종이를 뒤집어 보여주었다. 목탄으로 그린 거위 그림이었다. 긴 목에 흰색 턱끈을 맨 것 같은 검은 머리의 거위였다. 다리는 몸통 아래에 숨겨져 있고 활짝 펼쳐진 거대한 날개의 깃털이 하나하나 섬세하게 표현되어 있었다. 그림을 바라보는데 머리에 따끔거리는 작은 통증이 오는 듯 했다.

"게이브는 동물을 그리는 걸 참 좋아했어요. 그중에서도 새들을 가장 좋아했죠. 날아가는 새들이요."

따끔한 느낌이 소름처럼 온몸으로 퍼졌다. 갑자기 목이 메어 숨이 막혔다.

"왜 그래요?"

제니가 황급히 몸을 돌렸다. 날아가는 새들. 올빼미와 거위 떼.

"엄마, 괜찮아?"

새 떼가 무리 지어 높이, 높이, 높이 날아간다. 고개를 세차게 가로저으며 제니의 손에 있는 종이를 집어 들었다. 온몸의 피가 증발한 듯 감각이 없었다. 베스가 횡설수설 내뱉던 이야기가 비로소 이해되기 시작했다.

"이 그림…"

나는 가까스로 입술을 움직여 말했다.

"본 적 있어요."

알렉스

제니와 함께 해숍 농장에 도착했을 때 농장은 섬뜩하리만치 고요했다. 근처 도로의 차 소리도, 기계 돌아가는 희미한 소리마저 들리지 않았다. 매미 소리마저 뚝 끊겼다. 나는 매미들이 무성한 초록 잎사귀 아래 침대 밑에서 엎드린 개처럼 숨어 있는 모습을 상상했다.

다시 한번 과수원의 아름다운 광경에 감탄하며 천천히 운전해 나갔다. 살랑이는 나뭇잎을 어루만지던 햇빛이 잔디 위로 얼룩덜룩한 나뭇잎 그림자를 만들어냈다. 그림자는 호수의 표면처럼 반짝반짝 일렁였다. 지난번에 미처 보지 못한 장소들이 다시 보였다. 레몬 나무 사이로 금방이라도 무너질 듯한 헛간도 보였고 연꽃이 핀 커다란 연못과 나무판자로 지은 낚시터, 그리고 대형 플라스틱 통도 눈에 들어왔다. 구석에는 양동이를 뒤집어쓴 허수아비가 나무 십자 모양 몸통에 검은 천을 늘어뜨리고 서는 모습이었다. 이전에 놓쳤던 것들을 더 찾아보기 위해 운전대를 꽉 잡고 앞으로 몸을 기울였다.

옆자리에는 제니가 창백한 얼굴로 뻣뻣하게 앉아 있었다. 그녀의 시선은 길 끝에 마구잡이로 지어진 집에 고정되어 있었다. 사실 제니와 같이 올 생각은 없었다. 제니에게 크리스마스 용품을 사러 가는 김에 해숍 농장에 들러 베스 안부나 확인하고 오겠다고 둘러댔는데 내 의중을 간파한 제니가 함께 가겠다고 우긴 것이다. "라일라가 이십 분쯤은 카라를 돌봐줄 수 있을 거예요." 제니가 단호하게 말했고 잘못을 만회하고 싶었던 라일라는 정말 흔쾌히 카라를 맡아주었다.

은색 트럭 옆에 차를 세웠다. 지난번에 봤던 돔의 트럭이었지만 주인의 행방은 묘연했다. 주변 역시 사람의 흔적이라곤 전무했다. 시동을 끄고 차에서 내렸다. 뙤약볕이 강렬해 손으로 눈을 가리며 집을 유심히 살폈다. 창틀과 처마에서 그림자가 페인트처럼 흘러내리고 있는 집의 전면은 슬프고 우울한 인상이었다. 제니와 나는 부드러운 흙을 밟으며 현관문을 향해 묵묵히 나아갔다. 문은 잠겨 있지 않았고 패널까지 살짝 열려 있었다.

"실례합니다."

나는 방충망 너머로 외쳤다.

"돔? 아무도 안 계세요?"

이전처럼 초인종을 눌렀다. 집 전체에 벨 소리가 울려 퍼졌다. 또다시 눌러 보았지만 아무도 나오지 않았다. 방충망 문을 열고 제니가 들어올 때까지 기다린 후 함께 안으로 들어갔다. 복도에서 발걸음을 멈췄다. 코트 걸이와 거실, 조리실 주방이 순서대로 보였다. 내 시선은 금간 가죽 소파와 어두운 색 나무 패널 벽을 지나 계단으로 향했다.

"제니."

그녀를 쿡 찌르며 말했다.

"저기 봐요."

제니는 대각선으로 늘어선 액자들을 보고 인상을 찡그리더니 그림을 자세히 보기 위해 계단으로 조용히 다가갔다.

"저 그림들은…"

그녀가 작은 숨소리로 말했다.

"저것들은…"

새들이었다. 모두 다른 종류였지만 V자를 그리며 떼 지어 날아가고 있었다. 날개를 활짝 펼친 채였다. 목은 한 방향으로 뻗어 있고 부리들은 일제히 위쪽을 가리켰다. 저 새들, 북쪽으로 날아가고 있어. 달을 향해 가는 거야.

"세상에. 이해가 되지 않네요."

제니가 중얼거리며 벽에 닿을 듯이 가까이 다가갔다.

"게이브는 정말 비밀스럽게 그림을 그렸어요. 다른 사람에게 절대로 보여주지 않았거든요."

"게이브와 베스가 친하지 않았나요? 돔 말로는 둘이 가까웠다더라고요."

"오래전에는 친했을 수도 있지만…"

제니는 고개를 저었다.

"그냥 이해가 안 되네요."

나 역시 그랬다. 베스의 첫소리가 하나하나 떠오르기 시작했다. 하늘 길, 무성한 녹색의 언덕, 다이아몬드 달과 가장 푸른 하늘… 베스가 아는 '그 사건'이 일어난 곳이었겠지. 나는 베스가 켈러맨 농장에 관한 이야기를 하는 줄로만 알았다. 하지만 가장 가까이 있는 창 밖을 바라보니 녹색 잔디와 푸른 하늘이 펼쳐져 있었다.

"여기 계세요. 둘러보고 올게요."

밖으로 나가 농장이 얼마나 넓은지 경계를 확인해 보았다. 집 주위를 둘러싼 포장로를 따라가 보니 낡은 에어컨 실외기와, 물탱크, 축 처진 빨랫줄이 마구잡이로 늘어서 있는 조그만 땅이 나왔다. 잔디가 무성한 부분에는 나무판자 몇 개가 벽에 기대어 쌓여 있고 그 너머로는 오래된 시트러스 과수원이 보였다. 낡은 나무 오두막 세 채를 발견한 후 더 자세히 보기 위해 뛰어갔다. 가까이서 보니 사용하지 않는 헛간이었다. 과거에 농장 인부들이 사용한 장소인 듯했다. 특별히 눈길을 끄는 점은 없었다. 오두막 한곳에 들어갔다. 나무 들보, 낡은 트레일러, 콘크리트 벽돌, 둘둘 말린 호스, 울타리 기둥 몇 개뿐이었다. 녹색 언덕이나 잔디로 덮인 길은 찾아볼 수 없었다. 다이아몬드 달은 더더욱.

돔은 아직 나타나지 않았다. 거의 한 바퀴쯤 돌았을 때 작업장 하나를 발견했다. 별 특징 없는 구조물이었다. 무성한 나무들 사이에 반쯤 숨겨져 골판지 모양의 지붕이 썩어가는 나무 서까래 위에 덮여 있었다. 가까이 다가가니 거미줄이 쳐져 있는 창문 뒤에 레이스 커튼이 눈에 들어왔다.

작업장 안에는 습기를 머금어 뒤틀린 낡은 선반 위에 원예 도구가 놓여 있고 여기저기 온갖 쓰레기가 쌓여 있었다. 그때 한쪽 구석에서 뭔가 이상한 것을 발견했다. 나무판자가 가로놓인 두 개의 플라스틱 통이었다. 식탁처럼 쓴 흔적이 보였다. 판자 위에는 두 개의 찻잔과 찻주전자, 우아한 앞접시, 그리고 손잡이에 장식이 있는 작은 찻숟가락 세 개가 놓여 있었다. 곰팡이가 핀 자투리 카펫 위에는 쓸쓸해 보이는 야외용 플라스틱 의자 두 개가 서로 마주 보고 있었다. 인상이 찌푸려졌다. 파인 리지 아이들이 여기 숨어서 소꿉놀이를 했나?

바닥에서 구겨진 종이를 발견했다. 네 귀퉁이에 흙 묻은 테이프가 붙어 있었다. 종이 위에는 보라색 크레용으로 삐뚤빼뚤하게 글씨가 쓰여 있었다. 베스의 집, 노크하세요. 무거운 마음으로 베스 해솝의 상상 속 세계를 따라가 보았다. 한쪽 구석에는 침대 같아 보이는, 수건을 깔아 둔 작은 보관함이 있었다. 스펀지와 고무 오리 인형, 낡은 곰 인형이 양동이 안에 함께 앉아 있었다. 흙먼지에 뒤덮인 연분홍색 빈티지 여행 가방이 양동이를 받치고 있었다. 겉에는 알아보기 힘든 필기체가 적혀 있었다. 베스의 비밀 물건. 허리를 숙여 양동이를 치우고 여행 가방을 끌어내 잠금쇠를 풀고 뚜껑을 열었다. 안에는 망가진 뮤직 박스, 머리핀 몇 개, 모난 데 없이 동그란 돌멩이, 그리고 선명한 녹색 깃털 한 개가 있었다. 가방 바닥에는 오래되어 잔뜩 부풀어 오른 두꺼운 스케치북이 놓여 있었다.

스케치북을 꺼내 쭈글쭈글해진 페이지를 엄지손가락으로 넘겨보았다. 과일과 돌, 꽃, 바싹 마른 낙엽 조직, 둥글게 말려 있는 양배추 단면과 네 개의 매끈한 알이 놓인 이끼 둥지가 연필로 가득 그려져 있었고 이는 유황 앵무, 백조, 갈라 코카투[11], 그 밖에도 여러 종류의 앵무새들이 있었다. 해숍네 집 안에 있는 그림들과 비슷했다. 손이 떨리기 시작했다. 내가 가브리엘의 스케치북을 들고 있었던 것이다!

계속해서 페이지를 넘겼다. 군데군데 찢어져 사라진 부분도 있었다. 반쯤 넘기니 그림의 분위기가 점점 변하기 시작했다. 그림의 대상도 자연에서 인물로 바뀌었다. 책 읽는 소녀, 토끼 인형을 들고 있는 아이, 긴 머리에 눈이 살짝 가린 채 미소 짓는 여인. 제니를 닮은 사람이었다. 섬뜩한 그림들도 있었다. 삼지창 꼬리와 뿔 달린 뱀 같은 검은 생물체⋯ 괴물은 근육질의 다리와 펼친 발톱을 빛내며 열린 창으로 들어가고 있었다. 내장이 생선처럼 손질된 마이클 켈러맨이 정육점 갈고리에 걸려 있는 그림도 보였다.

뒷부분에서 또 한번 분위기가 바뀌었다. 끔찍한 분위기는 점점 부드럽고 평온해졌다. 천사의 후광을 머리에 두른 베스 해숍, 잡지 광고 모델 같은 포즈로 트랙터에 기대서 경치를 바라보고 있는 돔. 페이지를 더 넘기니 가브리엘 본인의 그림이 나오기 시작했다. 돔과 함께 사과나무 옆에 서

---

11. 호주에서 흔히 발견되는, 분홍색과 회색이 섞인 우관이 있는 앵무새.

있거나 베스를 도와 파이를 굽거나 해숍 집 앞에서 환하게 웃고 있는 셋의 모습. 그 뒤에는 얼기설기 확장한 집이 연한 목탄으로 따뜻하게 그려져 있었다.

문득 어릴 때 늘 끼고 다니던 그림책이 떠올랐다. 그림에 재능이 없어 책의 페이지를 찢어 내긴 했지만 몰래 보고 또 보곤 했던 책이었다. 환상적인 풍경을 모조리 머릿속에 담으며 현실이 되길 간절히 바라곤 했다. 불현듯 깨달았다.

세상에.

세상에 맙소사.

그는 집을 나와 여기 와있었던 것이다. 가브리엘은 가출한 게 맞았다. 단지 멀리 가지 않았을 뿐. 바로 이것이 가브리엘의 환상 속 풍경이었다. 이상적인 가족의 모습, 그가 꿈꾸던 삶. 이 농장에서 비로소 안정을 찾은 것이다. 그래서 짐을 싸서 한밤중에 집을 떠났고… 괴물이 있어. 바로 여기 숲 속에. 괴물이! 나는 뒤돌아 문을 향했다. 기압계의 바늘이 꺾이듯 주변의 공기가 확 가라앉았다.

그때, 외마디 비명이 들렸다.

르네

돔의 집에 혼자 남겨진 르네는 계단 아래에서 새들을 가만히 바라보았다. 액자에 손가락을 대어 유리 뒤로 보이는 가벼운 선과 섬세한 음영, 작고 솜털 같은 아들의 마음을 느껴보려 했다. 이 그림들이 어떻게 이런 어둡고 우중충한 집에 오게 된 걸까? 르네가 해숍의 집을 방문한 건 수 년만의 일이지만 여전히 친숙한 느낌이었다. 옛날과 똑같은 치킨 스톡 냄새, 주방 세제 냄새, 가구와 소품… 그러나 지금은 사람의 흔적은 찾아볼 수 없고 불도 꺼져 있었다. 르네는 손톱을 물어뜯었다. 알렉스는 어디에 간 거지?

문득 희미하게 뭔가 똑똑 떨어지는 소리가 들렸다. 수도꼭지 물이 새는 건가? 주방 쪽에서 들리는 것 같아 르네는 다가가 들여다보았다. 아무도 없었다. 소리가 끊이지 않더니 점점 르네의 바로 뒤까지 쫓아왔다. 뒤를 돌아보고 너무 놀란 나머지 온몸에 경련이 일었다. 긴 수면 가운을 입은 베스가 벽난로 옆에 서 있었다. 베스의 가는 흰머리가 관자놀이 근처에서 미세하게 떨렸다.

"세상에나, 베스."

르네는 가슴을 눌렀다.

"깜짝 놀랐어요."

베스는 르네를 그저 멍하니 바라볼 뿐이었다. 턱은 살짝 비뚤어지고 입이 떨리고 있었다. 그녀의 피부는 마치 나방의 날개처럼 허옇고 푸석푸석했다.

"나예요, 르네. 기억나죠?"

베스가 한 번 더 혀 차는 소리를 냈다.

"너는 르네와 하나도 닮지 않았어. 난 르네를 똑똑히 기억해. 이제는 떠났어. 어디로 갔으려나?"

르네는 마음이 아팠다. 그녀는 지난 6년 동안 해숍 가족과 연락이 닿지 않도록 조심했었다. 물론 가끔 마주치긴 했지만 그들이 자신을 절대 보지 못하도록 몸을 숨기곤 했다. 과거와 현재의 두 세계를 연결할 생각이 전혀 없었기 때문인데 지금 생각해보니 숨어 지낸 것은 실수였다.

"아무 데도 가지 않았어요. 계속 이곳에서 살고 있었는 걸요."

"아. 그집 아들처럼 말이지."

르네는 인상을 찌푸렸다.

"네? 뭐라고요?"

"뭐라고요?"

베스가 르네의 말을 따라했다. 베스의 눈이 가늘어지더니 놀라운 사실이라도 발견한 듯 다시 크게 눈을 떴다.

"가브리엘은 여기 어딘가에 있어. 항상 숨을 곳을 잘 고르지. 내가 절대 찾아낼 수 없도록 말이야!"

베스의 쭈글쭈글한 입술에 미소가 번졌다. 그녀는 손가락을 흔들었다.

"하지만 아이는 나를 언제나 찾아내. 매번."

르네는 온몸에 소름이 돋았다.

"그게 무슨 말이에요?"

"그는 그녀에게 말했어야 해."

"누구요?"

"그녀에게 아이가 왔었다고 말했어야 해!"

"게이브가 왔었다고요? 언제요?"

"그 일에 대해 말했어야 해. 떠돌아다녀선 안 돼. 그러다 다칠 지도 몰라."

르네가 천천히 다가갔다.

"뭔가 알고 있나요, 베스? 아이가 실종되던 날 뭔가 봤어요?"

베스의 크레페같이 얇은 눈꺼풀이 파닥거렸다.

"뼈였어. 뼈가 먼저 와. 누구도 원치 않는 선물이지. 다음으로, 인형이야. 닮은 얼굴, 약속. 그리고 피는 선택을 표시하지. 얼굴을 찾으면 알 수 있어."

르네는 답답함에 소리를 지르고 싶었지만 간신히 참았다. 또 이 얘기야.

"베스? 베스, 날 좀 봐요."

르네는 베스에게 걸어가 그녀의 희뿌연 눈을 들여다보았다.

"벽에 걸린 그림들, 저기 계단에 걸린 그림들, 왜 여기 있는 거죠? 혹시 가브리엘이 준 건가요?"

"도와주세요."

베스가 말했다.

"도움이 필요해요. 천사 가브리엘이 그렇게 말했어. 똑똑히 기억해."

"누가요? 누가 그렇게 얘기했다구요?"

"그날 밤 들었던 목소리가 기억나……."

갈비뼈가 열리는 동시에 닫히는 듯한 느낌이 들었다. 내장 대신 풍선들이 들어앉아 점점 부풀어 오르는 것만 같았다.

391

"언제요? 그게 언제냐구요!"

"…그리고 발소리가 들렸지. 녹색 카펫을 밟는 부드럽고 느린 발걸음은 잔디가 무성한 길을 지나서 푸른 하늘과 다이아몬드 달이 있는, 새들이 날아가는 북쪽으로 올라갔어. 그곳에서 일어난 일이야."

베스는 한 대 얻어맞은 것처럼 주춤했다.

"또 한번 소리가 났어. 아니, 두 번 잇따라서. 처음엔 작았지만 그 다음은 큰 소리. 오오! 사방이 피로 물들었어."

르네는 심장이 멈추는 듯했다. 베스는 알고 있었다. 무슨 일이 일어났는지 알고 있었지만 정신은 다른 곳에 가 있고 눈은 텅 비어 있었다. 극심한 공포가 부풀어 르네의 목구멍을 조였다.

"그만 해요, 베스. 제발 멈춰서 생각 좀 해 봐요."

베스는 점점 불안한 모습을 보였다.

"어떻게 해야 할지 몰랐어."

그녀는 무언가로부터 벗어나려는 듯 손을 마구 휘저었다.

"어떻게 도와야 할지 몰랐다고!"

"기억하셔야 해요."

이제 르네는 소리를 지르고 있었다. 베스의 어깨를 쥐고 마구 흔들고 싶은 충동을 온 힘을 다해 참았다.

"기억해 내요, 베스."

"모든 게 기억나. 하지만 금세 잊어버려. 법칙이 있어. 절대 잊어버리지 않아. 뼈, 인형, 피. 잘 듣고 따라 해. 뼈, 인형, 그리고 피. 이 순서대로 올 거야. 그럼, 마술이 펼쳐지지. 눈 깜짝할 사이에, 사라져 버리는 거야. 어디로 갔는지는 아무도 몰라."

"당신만이 알고 있어요, 베스. 분명해요."

"아무도 몰라."

"젠장, 그냥 말해 달라구요!"

르네의 분노가 폭발했다. 울화통이 터진 나머지 그녀의 팔이 치켜 올라갔다. 금방이라도 베스를 후려칠 기세였다.

"새들만 알아."

베스는 르네의 뒤를 가리켰다.

"새들은 알고 있어. 모든 걸 봤거든."

르네는 동작을 멈추고 손을 내렸다. 그리고 천천히 뒤를 돌아보았다. 그때 액자 근처에 있는 무언가가 눈에 들어왔다. 계단이었다. 올리브색 계단. 녹색 카펫이 깔려 있었다. 르네의 시선이 새들이 그려진 그림을 따라 계단 위로 향했다. 연한 푸른색 천장에는 섬세하게 깎아놓은 유리 전등이 달려 있었다. 반짝이는 둥근 형체였다. 녹색 길, 다이아몬드 달, 푸른 하늘.

"그의 잘못이 아니야."

베스가 속삭였다.

"어쩔 수 없었어. 그들이 올 거야. 그리곤 데려가 버리지."

르네는 끌려가듯 간신히 발을 움직여 계단으로 갔다. 그때, 뒤에서 가볍게 딸각하는 소리가 나면서 현관문이 열렸다.

"누구시죠? 내 집에서 뭐 하는 겁니까?"

르네가 뒤를 돌았다. 현관문에는 돔 해숍이 서 있었다.

"그의 잘못이 아니야."

베스가 다시 한번 희미하게 말했다. 돔의 눈이 휘둥그레졌다.

"르네 켈러맨? 당신입니까?"

"무슨 일을 저지른 거야……."

르네의 입에서 미처 생각하기도 전에 말이 튀어나왔다. 돔의 얼굴에서

393

핏기가 가셨다.

"뭐라고요?"

"그 애는 어디 있어!"

난생 처음 겪는 경험이었다. 르네 자신도 몰랐던 감정이 온몸을 휘감았다. 온몸의 관절이 풀리고 뼈가 으스러져 먼지처럼 바스러질 것만 같았다.

"애한테 무슨 짓을 한 거냐구……"

피. 피로 넘쳐났어.

"당신이 저지른 일을 얘기해! 다 알고 있으니까!"

돔의 입이 열렸지만 아무 말도 나오지 않았다. 르네는 난간을 짚고 간신히 한 걸음 나아갔다.

"그만 해요, 르네. 제발요."

또 한 걸음. 한 걸음. 높이, 더 높이.

"사고였어요."

그의 말이 총알처럼 르네의 등에 꽂혀 몸을 찢고 나갔다. 르네는 그 자리에 굳어 버렸다.

"아이가 갑자기 한밤중에 나타났어요. 어떻게 올라왔는지 일어나 보니 거기 서 있더군요."

극도로 흥분한 돔의 목소리가 떨렸다. 그가 르네 뒤를 따라 계단을 오르며 그녀에게 점점 가까이 다가왔다.

"커다란 형상이 무언가를 속삭이며 침대 발치에 서 있었죠. 순간적으로 나는 내가 공격 당할 거라 생각했어요. 잠이 덜 깨 멍한 상태였으니까요."

르네는 더 파고들었다. 분노를 동력 삼아 계속 올라갔다. 그녀의 시선은 천장에 고정되어 있었다. 2층에 올라가 벽지와 바닥을 유심히 쳐다보았다.

"잠을 제대로 못 자 수면제를 먹을 때였어요. 제정신이 아니라 제대로 판단할 수가 없었죠. 아이를 보자마자 바로 반응했어요. 레이첼과 아이들 문제로 전전긍긍하던 때였고, 당신 집에서 주거 침입이니 기물 파손이니 하는 사건도 당신 집에서 일어난 뒤였죠. 어머니까지 횡설수설하며 악마 얘기를 하는 통에 나는 불안에 떨었어요. 편집증마저 도져서… 그때는 침대 아래에 크리켓 방망이까지 두고 잤어요. 그 애가 들어왔을 때 내가……."

계단은 어두웠고 톰의 침실 문은 살짝 열려 있었다. 그의 셔츠 하나가 침대 위에 널브러져 있었다. 방은 소박하고 깔끔했다. 올이 다 드러난 이불, 얇은 베개, 그리고 장롱. 나무판자로 만든 작은 사이드테이블 위에는 머그잔이 놓여 있었다. 르네는 문틀을 꼭 움켜잡았다. 벽 쪽 양탄자에 얼룩이 보였다. 지우려던 흔적이 있는 어두운 자국. 진흙일까, 잉크일까, 커피일까? 만약 다른 것이라면?

"도와주세요."

거실에서 장작 불꽃이 튀는 듯한 베스의 목소리가 들려왔다.

"도움이 필요해요."

"끝까지 내가 뭘 하고 있는지 몰랐어요."

톰이 가까이 있었다. 그가 계단 맨 위까지 올라왔다. 턱을 덜덜 떨며, 쉰 목소리로 말을 더듬었다.

"바닥에 쓰러뜨리고 보니 후디 차림의 그 아이가, 처음에는 다른 사람인 줄 알았는데 자세히 보니 게이브였어요. 받아들이기도 어렵고 뭘 어떡해야 할지 몰랐어요."

르네는 아직 죽음으로 인한 상실과 비탄을 제대로 경험해 본 적이 없었다. 치이거나 도살된 동물의 피범벅 된 참혹한 모습을 막연히 상상하곤 했다. 하지만 아들의 죽음에 관한 진실을 알게 되자 그녀의 눈에 비친 이미지는 칠흑 같은 하늘이었다. 비탄의 구렁텅이는 숨 쉴 공기도, 빛도 없는 진공 상태였다. 가만히 있는 것처럼 보이지만 초고속으로 낙하하는 우주 비행사와 다름 없었다. 돔이 어느새 르네 바로 뒤에 와 있었다.

"제발, 르네. 내 말을 믿어줘요."

그가 르네의 손목을 잡고 팔을 잡아당겼다. 그녀를 진정시켜 자기 말을 듣게끔 하려고 애를 썼다.

"맹세컨데, 사고였어요. 난 감옥에 갈 수 없어요. 내 딸들, 내 소중한 딸들을 생각하면……."

돔이 르네의 어깨를 움켜쥐자 그녀의 이가 딱딱 부딪혔다. 동공이 확장되고 입술은 하얗게 질린 채 돔의 얼굴이 붉게 변해 있었다. 르네는 그를 올려다보았다. 둘의 시선이 마주쳤다. 르네는 그의 내면을 꿰뚫어 보았다. 그가 벌인 짓, 그가 안고 살아온 비밀, 그리고 여태까지 숨겨 왔던 사실까지 모두 보았다. 그녀는 아들의 마지막 숨결과 마지막으로 알고, 느끼고, 생각했을 것들을 상상했다. 그 고통이 르네를 무너뜨렸다.

"살인자."

침을 뱉고 그에게서 몸을 돌렸다. 그러자 돔이 그녀의 목에 팔을 두르고 그녀를 뒤로 끌고 갔다.

"아니, 아니에요. 르네, 제발! 미안해요. 정말 미안해요."

순식간에 터진 일이었다. 르네는 난간을 붙잡기 위해 손을 뻗었지만 그저 허공에서 맴돌 뿐이었다. 결국 그녀는 돔과 함께 계단으로 굴러 떨어지고 말았다. 르네는 돔에게서 팔을 빼려 해도 제대로 움직일 수 없었다. 그녀의 발이 공중으로 떠올랐다. 무언가를 잡으려고 애썼지만 아무것도……. 르네의 온 몸이 요란한 소리와 함께 벽과 충돌했다. 눈앞이 흐릿해지며 온몸이 불타올랐다. 골반이, 머리가, 손가락이, 무릎이 으스러지고 부서지고 박살났다. 다리에서 끔찍한 고통이 느껴졌다. 르네의 얼굴에 돔의 숨결이, 두개골에 그의 이가, 그녀의 뼈에 그의 뼈가 부딪혔다. 그리고는—

쿵.

르네는 바닥으로 추락했다. 움직이려 했지만 끔찍한 고통이었다. 폐가 불타오르고 온몸의 뼈가 비명을 질렀다. 르네의 몸 아래 바닥이 없어졌다. 모든 감각이 서서히 사라졌다.

***

르네가 눈을 떴을 때 그녀는 둥둥 떠 있었다. 거울 앞을 날아다니며 거울에 비친 자기 모습을 보았다. 그녀는 움직였지만 거울에 비친 모습은 움직이지 않았다. 르네의 주위에서 그림자들이 돌아다니고 있었다. 그림자는 물에 풀린 잉크처럼 소용돌이치며 모양을 바꿨다. 어둠은 살아있는 듯 주위를 가득 채웠다. 빛이 소멸한 공간이 아닌 어둠만 존재하는 공간을 보는 듯했다. 갑자기 무언가 움직였다. 쿵쿵거리는 발소리와 화살을 당기듯 천천히 숨을 들이켜는 소리였다. 아래에 있는 거울에 또 다른 모습이 비쳤다. 구석진 바닥에 몸을 웅크리고 있는 한 덩어리의 끔찍한 형상. 흰색 옷을 입은 노쇠한 모습으로 옆방을 맴돌고 있던 그녀는 고개를 좌우로 돌려 보았다. 그녀는 혼자였다. 비로소 무슨 일이 일어나고 있는지 깨달았다.

움직임 없이 누워있는 자기 몸 위를 고요히 떠다니던 르네는 알렉스가 뛰어 들어오는 것을 바라보았다. 알렉스는 바닥에 몸을 던지며 르네의 이름을 외쳤다. 그녀는 맥박을 확인한 다음 일어나 주머니를 미친 듯이 뒤졌다. 결국 필요한 물건을 찾지 못한 그녀는 바닥에 누워 있는 형체에게 외쳤다.

"돔! 휴대폰을 못 찾겠어요. 휴대폰 좀 줘요!"

돔은 정신 착란 상태였다. 왼쪽 눈썹 위가 찢어지고 입술에서는 피가 났다. 그는 양손에 작고 검은 직사각형 물체를 꽉 쥐고 있었다. 그가 움직이지 않자 알렉스는 그에게 달려들어 낚아채려고 했다. 돔이 날카롭게 알렉스를 밀쳐냈다. 그에게서 두려움이 연기처럼 피어올랐다. 검은 덩굴이 르네에게 다가와 고양이 꼬리처럼 그녀의 팔다리를 휘감았다.

"제발, 어서, 돔!"

알렉스가 소리쳤다.

"이러다간 르네 죽겠어요!"

그래, 르네는 생각했다. 바닥에 쓰러진 그녀의 머리 아래로 타르같이 찐득하고 걸쭉한 액체가 고이는 것만 같았다. 돔은 움직이지 않았다. 그는 머리를 굴리고 있었다. 구급대원이 오면 경찰도 오겠지. 오지 않으면 르네는 죽을 거야. 또 하나의 생명이 가고 또 하나의 무의미한 사고가 되겠지. 거짓과 공포, 끝없는 순환을 잇는 또 다른 고리.

"돔!"

알렉스가 다시 외쳤다.

돔의 손이 움찔했다. 그는 벽에 머리를 기댔다. 어깨가 축 처져 작은 몸집이 더 작아 보였다. 돔 해숩은 전에는 하지 않았던 행동을 했다. 휴대폰을 들어 올려 전화를 걸었다. 거짓과 공포의 순환을 깨고 그의 운명을 결정짓기로 했다. 그때, 르네는 빛을 보았다.

가브리엘.

손전등을 든 아들이 방 안에 그녀 곁에 와 있었다. 검은색 머리칼, 푸른 눈, 도톰한 입술, 살짝 벌어진 앞니.

가브리엘이구나. 오, 정말 내 아들이야.

눈부시고 소중한 아들. 겹겹이 쌓인 세월로 만들어진 사람. 마트료시카 인형 같은 아이! 이 아이가 천 번의 생을 산다면 다음 생은 이전 생보다 늘 더 기적적일 것이다. 아들의 형상을 한 빛은 앞으로 몸을 굽혀 르네의 손을 잡았다.

엄마, 다 괜찮아질 거예요. 그들이 곧 와요. 조금만 참아요.

보고 싶었어, 게이브. 오, 엄마가 우리 아들 너무 보고 싶었어.

르네는 아들을 향해 손을 뻗었다. 빛은 더욱 밝게 빛났고 가브리엘의 형상은 희미해지기 시작했다. 그녀가 쥐고 있던 그의 손가락이 서서히 빠져나갔다. 안 돼. 그를 붙잡았다. 떠나지 마. 게이브가 고개를 저었다. 저 바로 여기 있어요. 르네는 상상도 할 수 없을 만큼 망가져 있었지만 아들의 미소로 인해 몸에 기묘한 감정이 흘러 퍼졌다. 따뜻하고 평화로운 불빛이 온몸 구석구석을 채워나갔다. 어쩌면 모든 게 정말로 괜찮아질 수도 있으리라는 생각이 들었다. 아들을 향한 그녀의 사랑은 영원히 끝나지 않을 것이며 아들을 향한 그리움 또한 영원히 빛날 것이었다. 마침내 르네는 더 이상 아이를 찾아다니지 않아도 되겠다고, 충만한 기분이 되어 모든 것을 내려놓았다.

빛이 눈을 뜰 수 없을 정도로 강하게 빛났다. 뒤얽힌 감정들이 실타래 풀리듯 르네의 마음속에서 풀려나갔다. 환영들이 휘몰아쳤다. 죽음은 용의 모양을 한 수면 등, 텐트 안 손전등의 모습이 되었다. 곧 아이의 눈에 비친 생일 초가 되더니 정원용 호스에서 뿜어져 나오는 고운 물보라가 빚어낸 무지개의 모습이 되었다.

다 괜찮아질 거예요.

반면에 생명은 고통스러운 자외선 불빛, 거대한 불덩이, 그리고 은빛 하늘에 걸린 새털구름이었다.

조금만 참아요.

생명은 저 멀리 밝은 녹색 잎을 뚫고 나아오는 금빛 기둥이 되어 대지에 온기를 전하며 마법을 일으켰다.

저 바로 여기 있어요.

불빛이 르네를 집어삼키던 순간, 그녀는 깨달았다. 영원히 끝나지 않는 것도 있구나. 다른 삶이 조심스럽게 시작될 수도 있겠구나. 르네는 마침내 준비된 기분이 들었다. 모든 것을 내려놓고 그녀만의 빛을 향해 나아갔다.

에필로그
6주 후

빈자리 하나 없이 회관을 가득 메운 사람들이 모두 나를 주목하고 있었다. 나는 사람들 앞에 서서 발표하는 것을 별로 좋아하지 않았다. 노상 손바닥에 땀이 차고 다리가 후들거렸다. 몇 주 동안 노력을 거듭했다. 이제 나는 기절하거나, 구역질하거나, 바보 같은 말을 하지 않고도 수많은 청중 앞에 당당히 설 수 있게 되었다. 가장 중요하고도 흥미로운 부분을 혼자 발표할 수 있게 된 것이다. 정말 비약적인 발전이었다. 거의 다 왔어, 몇 분만 더 하면 다 끝날 거야. 마이크를 고쳐 잡고 떨리는 숨을 들이마신 뒤 메모해 둔 종이를 보았다.

"요약하자면, 주요 목표는 일하는 부모의 역량을 극대화하고 아이들의 안전을 보장하며 학습과 발달의 증진을 돕는 것입니다. 비용 명세를 포함한 건설 및 사업 계획은 제안서에 모두 정리되어 있습니다. 그리고, 어…"

나는 화이트보드를 보며 모든 사항을 짚고 넘어갔는지 재확인했다.

"네, 이상입니다. 마쳐도 될 것 같네요."

옆에 앉아 있던 키트가 자리에서 일어났다.

"고마워요, 알렉스. 아주 잘하셨어요. 정말 멋진 발표였어요. 자, 그럼 이제—"

"아, 미안해요. 마지막으로 하나 더 말씀드릴 게 있어요."

나는 메모를 접어 팔 밑에 끼워 넣고 청중석에 앉아 있는 기대에 찬 얼굴들을 둘러보았다. 매기가 떠났기 때문에 이제는 사람들을 봐도 겁먹지 않았다. 처음에 키트는 매기의 이사를 만류했지만 매기는 마을이 너무 북적인다며 이사를 고집했다. 그녀는 자신의 '영적 우선순위'에 부합하는 곳이라며 선샤인 코스트 근처에 있는 다른 마을로 이사를 가버렸다. 그 말에 키트도 그곳이 그녀에게 최적의 장소일 것 같다고 받아들였다.

"저희는 지금 많은 프로젝트를 진행하고 있고 중요한 결정을 눈앞에 두고 있습니다. 저는 이 마을을 더 획기적으로 발전시킬 수 있을 거라 믿어요. 가족들의 삶이 더욱 평온해지고 공동체로서 유대감도 더 증진할 수 있을 겁니다. 그뿐 아니라 지역을 확장하고 수입원을 다각화하는 것도 가능하지 않을까 생각합니다. 자격을 갖춘 보육사로서 저는 이 시설이 성공적으로 운영되도록 최선을 다해 도울 겁니다. 왜냐하면…"

청중석을 바라보았다. 뒤에서 라일라가 응원의 미소를 보내며 엄지를 치켜 올렸다.

"…아이를 키우려면 온 마을이 필요하니까요. 이제 정말로 마칩니다."

마이크를 키트에게 건네주고 자리에 앉았다. 키트가 환하게 웃으며 발표석으로 갔다.

"좋아요. 이제 여러분 의견을 들어 봅시다. 파인 리지 어린이집에 반대하시는 분?"

심장이 목구멍까지 치고 올라오는 기분이었다. 도저히 지켜볼 수가 없어서 눈을 감았다.

"그럼, 찬성하시는 분?"

사람들이 부스럭거리는 소리가 들렸다. 키트는 내가 숨 참는 모습을 보면서 슬며시 웃었다.

"괜찮아요, 알렉스. 눈 떠요."

눈을 떴다. 방 안의 모든 사람이 손을 들고 있었다. 그들의 손바닥은 일제히 활짝 펴져 있었다. 만장일치로 찬성이었다.

* * *

"축하해요."

호수를 따라 집으로 가고 있을 때, 키트가 어깨에 팔을 두르며 말했다.

"훌륭한 발표였어요."

"믿을 수 없어요."

같은 말을 11번째 반복 중이었다.

"모두가 찬성할 거라곤 전혀 예상 못 했어요."

"흠. 나는 잘 해낼 거라 믿었는 걸요."

"절대 못 하겠다고 했을 때도요?"

"네, 그때도요. 당신은 대단해요. 자기 자신을 좀 더 믿어 봐요."

머리 위로 뙤약볕이 맹렬히 내리쬐고 있었다. 바람이 세차게 불자 유칼립투스 나무들이 숫숫거리며 몸을 흔들어 댔다. 대기는 습기를 머금어 무거웠지만 비가 오지 않아 땅은 바싹 말라 있었다. 늘푸른나무의 잎사귀들은 여전히 나무에 꼭 매달려 있었고 언덕 위 잔디들은 칙칙한 성냥개비같이 노르스름하게 변하고 있었다. 이 모든 것이 연기 속에 사라지는 것도 충분히 예상할 수 있는 일이었다. 호주의 숲에서 살게 되면 특히 산불 조심 기간에 걱정거리가 많아졌다. 사업 계획은 이미 실행되고 있었고 산불 대피 역시 철저하게 훈련하고 있었다. 실제로 대피할 일이 없기를 간절히 바랄 뿐이었다.

키트의 허리를 꼭 안고 그를 향해 미소 지었다. 그의 얼굴은 지도를 보는 것처럼 편안했다. 눈, 코, 입이 마치 목적지를 알려 주는 표지판들 같아서 아무리 봐도 싫증이 나지 않았다.

"진짜 재밌는 건 지금부터인데요."

키트가 말했다.

"보험과 허가 검토에 아직 도움이 필요한가요?"

나는 고개를 저었다.

"감 잡았어요. 키트 당신도 할 일이 많잖아요. 해숍 농장은 소식 없구요?"

키트의 얼굴에서 웃음기가 사라졌다. 확신이 없어 보였다.

"오늘 아침 돔의 변호사에게 전화가 왔어요. 우리가 원한다면 농장을 넘기겠대요."

"좋은 소식이네요. 그렇죠?"

"맞아요."

키트는 천천히 고개를 끄덕였다.

"은행에 연락해 보니 성사될 수 있을 것 같더군요. 확장할 수도 있겠다 생각하니 가슴이 뛰어요. 과수원이 있으면 할 수 있는 사업도 많고요. 그렇지만… 잘 모르겠어요. 왠지 좀 불편해요. 아직은 너무 이른 감도 있고요. 그렇지 않나요? 아무래도 인수는 미뤄야 할 것 같아요. 혹시 모르니까요. 내 말은, 아직 재판이 시작도 안 됐잖아요."

키트가 무슨 말을 하고 있는지 정확히 알고 있었다. 해숍 농장의 소유권 이전 논의는 어쩐지 불쾌하게만 느껴졌다. 돔의 판매 제안을 받아들인다면 비극에서 좋은 것만 골라내 이득을 보는 거나 마찬가지였다. 아직 유죄판결이 나지 않았기 때문에 외람된 일이기도 했다. 하지만 크리스마스 날 사건 현장에서 나는 혼란스럽고 두려운 마음으로 똑똑히 지켜보았다. 구급대원과 경찰이 도착했을 때 돔이 자수하는 장면을. 무거운 것에 깔린 듯 숨차고 떨리는 목소리로 가브리엘 켈러맨이 실종된 날 밤에 일어난 사건에 대해 설명해 주었다. 진술과 동시에 그토록 무너져 내리는 남자를 나는 처음 목격했다. 돔은 이미 후회에 짓눌려 파괴되어 있었다. 거짓말 탐지기를 사용할 필요조차 없었다. 아무리 변호사가 있다고 해도 장기 복역을 면치 못할 테니까. 설사 기적적으로 무죄를 선고받아도 나는 돔이 해슙 농장으로 돌아가는 것을 원치 않았다. 적어도 지금은.

그 생각을 날숨과 함께 몸에서 몰아내기라도 하겠다는 듯 무거운 한숨을 내쉬었다. 그 모든 고통과 상실, 그리고 파괴된 삶들을 생각했다.

"가서 직접 이야기하고 싶지만 돔이 모든 면회를 거부했다더군요."

"그래도 베스는 잘 지내는 것 같아요."

내가 조용히 말했다.

"농장에 있을 때보다 행복해 보여요. 불안해하지도 않고요. 바다를 바라보는 걸 좋아하는 것 같아요. 잘된 일이죠."

키트가 희미하게 미소 지었다.

"불행 중 다행이네요."

블루 베이 요양원에 방문했을 때 베스는 창가 의자에 평화롭게 앉아 있었다. 직원 말로는 베스가 앉아서 낮잠을 자기도 하고 행복한 표정으로 창가에서 파도를 바라보면서 대부분의 시간을 보낸다고 했다. 이제는 더이상 노쇠한 무릎으로 숲을 정처 없이 헤매지 않아도 되니 베스의 몸도 고마워하고 있을 것이다. 베스가 상상 속 이야기에 소질이 있다는 것을 들었을 때는 등줄기에 약간의 소름이 돋았다. 돌아다니면서 이야기를 퍼뜨리지 않는 이상 앞으로는 해를 끼치진 않을 것이다.

"다른 소식도 있어요."

분위기를 바꾸고 싶었다.

"이제 제안서가 통과되었으니 사무실에서 더 많은 시간을 보내게 될 것 같네요. 어쩌면 야근도 해야 할 것 같고요."

"아, 야근이라고요? 흠, 어쩌죠? 사무실이 비좁은데요."

"그렇죠. 아마 꼭 붙어 있어야 할지도 모르겠어요."

"그 정도로 비좁으면 문제 있는 거 아니에요?"

"오히려 좋을 것 같기도 하고요."

"글쎄요. 과연 그럴까?"

"전 모르겠는데요."

3미터도 가기 전에 키트는 나를 안고 진하게 키스를 했다.

"이제 모르는 척은 그만하죠?"

그의 손이 내 머리를 어루만졌다.

"사무실을 재미있게 만들 방법이 수십 가지는 떠오르거든요."

조금 후 키트와 헤어졌다. 그는 자전거 도로를 타고 집으로 가고 나도 집으로 향했다. 현관 계단에 도착했을 무렵, 반대편에서 오고 있는 올리가 보였다. 새로 맞춘 교복 셔츠를 바지 위로 꺼내 입고 처음 사귄 여자친구의 어깨에 무심한 듯 팔을 두르고 구부정하게 걷고 있었다. 자기 집을 가리키는 바이올렛과 작별 인사를 나누는 모습을 나는 미소 지으며 구경했다. 올리가 그녀의 귀에 뭔가 속삭이니 바이올렛이 깔깔거렸다. 이마를 맞댄 두 아이가 햇빛에 반짝이는 모습은 우리와 다른 물질체인 것처럼 환히 빛났다. 마법 같이 아름다운 장면을 망치고 싶지 않아 바이올렛이 떠날 때까지 기다렸다.

"아들."

올리가 가까이 다가왔을 때 그를 불렀다.

"학교는 어땠어?"

"좋았어."

"오늘은 학교에선 뭐 배웠어?"

"어… 직접 웹사이트 만들었어."

"진짜? 수준이 상당한데? 엄마 학교 다닐 땐 팸플릿을 만들었어. 그것도 손으로."

"엄마는 백악기 시절에 학교를 다녔으니까 그렇지."

"그렇긴 해."

우리는 나란히 계단을 올라갔다.

"엄마, 그거 알아?"

계단 꼭대기에 도달했을 때 올리가 말했다.

"저기 아래 동네에 소프트웨어 개발이랑 프로그래밍을 전공할 수 있는 대학이 있대.

"그래? 처음 들어 보네."

"IT 보안도 배울 수 있다나 봐."

"흠, 흥미롭겠는데. 아래 동네라는 게 어디를 말하는 거야?"

"해변 근처."

올리가 내 표정을 눈치채고 재빨리 덧붙였다.

"그리 멀지 않아. 운전해서 다녀도 될 거야."

심장이 조여왔다. 올리가 맞았다. 몇 주 후면 올리는 열다섯 살이 된다. 내년이면 임시 면허증도 받을 수 있었다. 수많은 모험을 할 수 있겠지만 수많은 난관 또한 예상해야겠지.

"미래 계획에 관한 얘기는 먼저 이번 학기를 무사히 끝낸 다음에 하는 게 어때?"

올리는 어깨를 으쓱하더니 문을 열고 집으로 들어갔다. 자랑스러움과 슬픔이 기묘하게 뒤섞인 감정으로 문 앞에 잠시 서 있었다. 내 아들은 훗날 어떤 남자가 될까? 올리는 지난 한 해 동안 큰 변화를 겪었다. 오랫동안 아들과 나의 관계는 지저분한 이별을 반복하는 지독한 연인 같았다. 우리 그냥 끝내자. 노력해 봤자 쓸데없어. 그러나 지금은 이 관계가 회복될 수도 있을 것 같다는 생각이 들었다.

사실 나는 아직도 무력감으로 초조했다. 어떤 면에서 카라와는 모든 것이 훨씬 수월했다. 아기가 요구하는 건 비교적 단순했고 해결 방법 또한 분명했다. 하지만 올리와는 해가 갈수록 어떻게 대해야 할지, 무엇을 해 줘야 할지 막막했다. 우리 아빠 같은 사람이 되지 않으려면 나는 어떻게 해야 할까? 스튜어트나 불쌍한 가브리엘 켈러맨같이 되면 어쩌지? 올리를 암흑 속에서 구출해 내려면 뭘 해야 할까? 하지만 내가 알고 있는 답은 많지 않았다. 더 이상 아이를 안거나 업고 다닐 수는 없는 노릇이었다. 젖을 먹이거나 밖으로 나올 수 없는 요람에 넣어 둘 수도 없었다. 곧 나는 그의 삶의 사소한 부분조차 통제할 수 없을 것이다. 하지만 두려워할 필요는 없었다. 아이와 계속 대화를 나누고, 가깝게 지내며, 항상 믿어 줘야지. 더 이상 도망치지 않을 거야. 물론 다짐으로 그치지 않고 행동으로 옮기기 위해 노력해야만 하겠지.

살며시 문을 열자 시원한 실내 공기가 찬물 샤워처럼 들이쳤다. 열기로 달아오른 피부가 진정되었다. 행복한 한숨을 내쉬었다. 올리는 주방에서 토스트를 구웠고 카라는 거실 카펫에 앉아 소방차 장난감을 굴리는 데

집중하느라 미간을 찌푸리고 있었다. 거실로 들어가 복숭아 같은 뺨에 입을 맞췄다.

"안녕, 아기 천사. 혼자 뭐 해?"

주변을 둘러보았다. 복도 끝에서 변기 물 내리는 소리가 들리더니 팔에 석고붕대를 감은 제니가 화장실에서 나왔다.

"알렉스. 와 있었군요."

제니가 눈을 크게 뜨더니 다리를 절뚝거리며 내 쪽으로 걸어왔다.

"어떻게 됐어요?"

"아, 맞다. 엄마 발표 있었지. 미안, 까먹었네. 어떻게 됐어?"

올리가 입 안 가득 토스트를 우물거리며 말했다.

"굉장했지."

나는 활짝 웃으며 말했다.

"전원 찬성이었어. 우리가 해냈다고!"

제니가 소리를 지르며 환호했다.

"잘 됐다, 엄마!"

올리가 다가와 하이 파이브를 하며 말했다.

"엄마는 해낼 줄 알았다니까!"

제니는 붕대를 감지 않은 팔의 주먹을 허공에 올리다 움찔하며 놀랐다.

"아이구. 아직 이런 걸 하면 안 되는데 자꾸 잊어버리네."

"어머! 카라 돌보는 건 괜찮았어요? 미안해요, 미처 생각을—"

"쉬이, 그만 해요. 난 중환자가 아니라니까요. 사십 분 정도는 거뜬해요."

"머리는 좀 어떠시구요?"

"나쁘지 않아요."

제니가 두건을 만졌다.

"크림을 바르니 상처가 조금 가라앉은 것 같아요. 좋은 신호죠."

"다른 건 괜찮아요?"

제니는 얼굴을 찌푸렸다.

"갈비뼈는 아직 욱신거리지만 어깨는 많이 좋아졌어요. 의사가 다음 주면 붕대를 풀어도 된다니까…"

"아뇨, 제니. 몸이 아니라 이런저런 마음들이요."

제니의 표정이 조금 슬퍼졌다.

"당신도 알잖아요. 차근차근히 해 나가야죠."

그녀는 희미하게 미소 지었다.

"내일 부모님을 뵈러 가기로 했어요. 나 강해지고 있는 것 같아요. 그렇죠, 알렉스?"

나는 미소 지었다.

"맞아요."

"아, 그리고 보여줄 게 있어요."

제니가 절뚝거리며 주방 조리대로 걸어가 종이 한 뭉치를 건넸다.

"이게 뭐예요?"

"오늘 막 도착한 초소형 주택의 최종 설계도예요."

제니가 벅찬 목소리로 말했다. 그녀는 종이 한 장을 집어 조리대 위에 펼쳤다.

"멋지지 않아요?"

"오, 제니."

설계도를 유심히 보았다.

"정말 훌륭해요."

"공간이 넓어서 위층뿐만 아니라 아래층에도 침실을 둘 수 있어요. 그럼 사다리와 낮은 천장을 염려하지 않아도 될 거예요. 나이 들면 아래층 침실을 사용하면 되니까요. 이 식사 공간은 식탁을 둬도 공간이 넉넉할 거구요."

"놀라워요."

나머지 종이를 훑어보며 말했다. 제니가 조심스럽지만 빠르게 문으로 움직였다.

"이리 와 봐요. 집이 들어갈 곳을 한 번 더 보여 줄게요."

그녀는 문을 열고 신이 나서 내게 손짓했다. 제니를 따라나서며 말했다.

"올리, 카라 좀 봐줄래? 오 분이면 돼."

"알았어."

올리가 대답했다.

"대신 제니가 이사 가면 위층 나한테 전부 주기."

"꿈 깨렴. 그럴 일은 없을 테니까."

"왜에? 그렇게 될 거야."

"글쎄."

"사랑하는 엄마가 나한테 위층 안 주려나아?"

"애교로 넘어갈 생각 하지 마."

"알렉스! 이쪽 땅을 평평하게 할 거예요. 봐요."

제니가 팔을 뻗어 정원 맨 끝 쪽을 가리켰다.

"현관은 저쪽이고 주방 창으로 숲 속 경치가 보일 거예요. 이렇게!"

그녀가 내 손에 들린 설계도를 짚으며 말했다.

"정말 멋질 거예요, 제니."

바람에 휘날리는 종이를 꼭 잡고 말했다.

"완벽해요."

제니는 내 목소리에서 불안을 감지하고 표정을 살폈다.

"무슨 일 있어요?"

"아무것도 아니에요. 그냥… 제니, 있잖아요, 정말 파인 리지에서 계속 살고 싶어요? 물론 나는 제니가 여기에 머무르면 좋겠어요. 하지만 너무 많은 일이 있었잖아요. 혹시 다른 곳에서 살고 싶지는 않구요? 모든 걸 뒤로 하고 새로 시작할 수도 있잖아요."

제니가 살짝 웃었다.

"나도 생각해 봤어요. 하지만 떠난다 해도 내가 남겨둔 것들은 결국 나를 따라올 거예요. 그럼 무슨 의미가 있겠어요? 나는 이 땅을 사랑해요. 내 존재의 일부거든요. 이곳 사람들도 좋아해요. 상황에 관해 말하자면… 글쎄요. 시간이 지나면 나아지겠죠. 그렇지 않을까요?"

나는 고개를 끄덕였다. 파인 리지에는 벌써 건설 계획이 실행 단계에 접어들었다. 아마 일 년 내로 골짜기 너머에 새로운 집들이 들어서겠지.

"알렉스는 어때요? 마음 정했어요?"

그녀를 쳐다보았다.

"무슨 말이에요?"

"당신 가족도 적응해야 할 게 많잖아요. 나랑 공동체 생활을 하고 땅을 공유하는 것 말이에요. 그리고 모아둔 당신 돈을 모조리 이 집 짓는 데 썼잖아요. 겁이 날만도 한데 혹시 다시 생각해 볼 마음은 없나요?"

"아니에요. 모든 걸 걸었거든요."

돌풍에 헝클어진 머리카락을 한 손으로 쓸어 넘겼다.

"별로 겁나지 않아요. 그 돈으로 제니가 우리 근처에 함께 살 수 있는 집을 마련한 거잖아요."

실제로 전혀 두렵지 않은 결정이었다. 제니가 집과 마음의 고향 모두를 잃은 것을 생각하면 오히려 마땅했다. 이야기를 듣고 뒷조사를 좀 해 봤는데 스튜어트는 돈세탁 혐의로 경찰에게 수배받는 중이었다. 숙명적으로 그 돈은 제니의 몫이었다. 르네라고 하는 편이 나으려나? 아무튼, 제니는 범죄자들에게 돈과 집을 잃었고 나는 범죄자들에게서 회수한 돈으로 그녀에게 새로운 집을 마련할 수 있도록 해 주었으니 이보다 더 적절한 쓰임새는 없었다. 그녀는 마침내 애정을 쏟을 수 있는 새로운 집을 직접 설계해 소유하게 되었다. 스튜어트가 나 혹은 돈을 찾으러 이곳에 온다 해도 상관없었다. 예전의 알렉스가 아닌 완전히 다른 사람을 마주하게 될 테니까. 소중한 친구를 곁에 둔, 주체적으로 사고하는 여성이 눈앞에 있을 테니 말이다. 플라스틱 보관함이 떠올랐다. 세탁실 싱크대 대신 찬장 안에 놓여 있겠지. 이제 지폐 대신 쿠키가 가득할 거야. 미소가 절로 나왔다.

그때, 바람이 다시 한번 세차게 불어와 손에 있던 설계도가 공중으로 날아갔다.

"아!"

하늘에 뜬 종이 세 장이 비둘기 떼처럼 나무들 쪽으로 날아가자 나는 탄성을 내뱉었다.

"아, 안돼!"

"얼른 잡아요!"

제니가 외쳤고 나는 종이를 쫓아갔다. 종이는 나와 장난이라도 치듯 빙글빙글 돌며 내 손가락에 닿을 듯 말 듯 벗어났다. 숲으로 굴러가더니 나무들 사이에서 잠깐 춤을 추다 멈췄다. 한 장은 길에 떨어지고 한 장은 웅덩이에 빠졌다. 나머지 한 장은 커다란 삼나무의 거친 껍질에 착 달라붙어 버렸다. 숨을 헐떡이며 바닥에 떨어진 종이들이 다시 날아가기 전에 잡아채 흙을 털어내고 구김을 폈다. 진흙 덩어리가 종이 귀퉁이에 붙어 떨어지지 않았다. 셔츠 자락으로 진흙을 닦아내자 마을의 로고가 드러났다.

파인 리지.

원하는 삶을 이루세요.

잠시 숨을 고르기 위해 멈춰 섰다. 숲은 시원했고 나무들이 바람을 막아주었다. 방울새가 풍경처럼 맑은소리로 울고 쿠카부라 새들이 깍깍거렸다. 덤불 깊숙한 곳에서 졸졸 흐르는 물소리가 들려왔다. 머리 위 우거진 나뭇가지 사이로 햇빛이 반짝거리며 자갈길에 반짝이는 명암 무늬를 드리웠다.

주위에서 자연이 제 할 일을 하는 동안 나는 파인 리지에 도착한 후 일어난 사건들을 떠올렸다. 각기 다른 경험과 의미가 함께 뒤섞였다. 흩어진 퍼즐 조각들, 그리고 그 조각들이 한데 모여 새로운 것을 만들어낸 방식. 거미줄처럼 얽힌 소문, 눈덩이처럼 불어난 험담, 깊고 어두운 숲속의 무서운 이야기, 그리고 항상 길을 찾던 빛……

원하는 삶을 이루세요.

난생 처음으로 내가 진정으로 원하는 삶이 나타나 마침내 손에 닿을 것 같았다. 아니, 어쩌면 그 삶은 항상 그 자리에 있었을지도 모른다. 내가 발견해 주기만을 기다리면서. 이제 집에 돌아갈 시간이다. 바람에 휩쓸렸던 종이들을 가슴에 꼭 끌어안은 채 나는 숲 밖으로 걸어 가족에게 돌아갔다.

작가의 말

『섀도 하우스』를 읽어 주셔서 고맙습니다! 재미있게 읽으셨기를 진심으로 바랍니다. 감상을 남기고 싶으시다면 연락 부탁드릴게요. 첫 작품 『안전한 장소 The Safe Place』를 출간했을 때 받은 메시지들을 보고 많이 감격했던 기억이 있거든요. 그때 작가의 말에 남겨 주셨던 반응들은 특별히 더 감동이었어요. 거기까지 생각이 미치자 이 책이 어떻게 만들어졌는지 말씀드리고 싶었습니다.

둘째 아이나 두 번째 음악 앨범 같이 책 또한 두 번째 출간이 더 어렵다는 사실은 익히 알려진 바입니다. 이 책 또한 예외는 아니었습니다. 사실 저는 한동안 극도의 공포에 사로잡혀 있었어요. 첫 작품에 이미 모든 것을 쏟아부은 상태라 걱정에 시달렸죠. 더 이상 전달할 내용이 없으면 어쩌지? 출판사는 후속편을 기다리고 있는데 결국 출간할 수 없으면 어떡해? 아이디어가 떠오르지 않으면? 제 첫 '작가의 말'을 읽으신 분들은 아시겠지만 저는 원래 걱정이 좀 많은 편입니다.

둘째 아이 출산 후 산후우울증을 겪은 뒤로는 걱정하는 버릇이 생겼어요. 공포라는 이름의 쳇바퀴에 갇혀 버렸다고나 할까요? 하지만 두려움의 정체를 명확히 설명할 수 없었습니다. 수면 부족으로 모든 것이 공포스럽고 위협적으로 보이더라구요. 이보다 더 최악일 순 없다 하고, 끔찍히 힘들던 어느 밤 생각했더랬습니다. 그 무렵, 싱글맘인 친구와 대화를 나눌 기회가 있었습니다. 그 친구는 열네 살짜리 아들과 힘든 시기를 보내고 있는 중이었죠.

"나는 내 아들을 정말 사랑해. 하지만 아이가 좀 변한 것 같아. 한때 가장 친한 친구였는데 지금은 아이가 뭔가에 정신이 팔린 것 같다니까. 맨날 지지고 볶아. 어떻게 소통해야 할지 모르겠어."

저는 제 아들과 딸이 저와 거리를 두고 대화조차 거부한다면 어떨까 생각해 봤어요. 아, 심장이 떨려오더군요. 이보다 더 괴로운 상황도 상상해 보았어요. 수면 부족과 십 대 아이의 조합이면 아, 너무 막강하다. 갑자기 여기서 작품화할 수 있는 아이디어와 주인공에 관한 아주 작은 힌트, 씨앗을 얻게 되었어요. 본인의 문제도 해결해야하는 데다 몇 개월 안 된 아기와 십 대 아들을 돌봐야 하는 여성에 관한 이야기였죠.

그로부터 얼마 후 휴대폰, 컴퓨터 등 디지털 기기 중독을 다루는 팟캐스트를 듣게 되었어요. 집에 있는 모든 기기를 내다 버리고 싶을 만큼 충격적이었죠. 2017년에 실제로 유행했던 다크웹 미스터리 박스도 경악할 만한 이야기였습니다. 또 멜버른의 어느 가족에 대한 기사도 접하게 되었습니다. 무려 4년 동안이나 방 안에 틀어박혀 아동 착취 웹사이트를 제작한 스물세 살 아들의 이야기였는데 경찰이 그를 급습해 체포한 이후, 온 가족의 삶이 붕괴한 사건이었습니다. 부모는 아들이 그저 게임을 하는 줄로만 알았다고 전해집니다. 세상에, 이거는 진짜 훨씬, 훨씬 더 심각한데?

2020년 2월, 코로나 바이러스가 추한 얼굴을 들이밀었고, '최악'은 완전히 새로운 의미를 갖게 되었습니다. 제가 설명할 필요는 없겠죠. 우리 모두 겪은 일이니까요. 끔찍했어요. 다같이 공포에 사로잡혔잖아요. 기존의 삶의 방식을 더 이상 이어갈 수 없었죠. 새롭게 다시 시작해야 했어요.

집에 갇혀서는 생산적으로 살기 위해 노력했습니다. 오히려 훌륭한 기회일 수 있을 거야! 글 쓸 시간이 많아진 것 같았거든요. 하지만 코로나 감염자는 계속 늘어났고 뉴스에서는 기후 변화 현상과 충격적인 인종 차별 사건들이 쏟아져 나왔습니다. 이 시기에 저희 가족은 소중한 사람을 잃었지만 영국으로 돌아가 함께 시간을 보낼 수조차 없었습니다. 미래에 대한 두려움, 슬픔, 고립, 그리고 홈스쿨링 사이에서 시간은 뒤틀리고 쪼그라드는 것 같았습니다. 아이들은 넘치는 에너지를 감당하지 못해 광란 직전이었죠. 매일 똑같은 날의 반복이었습니다.

마침내 글을 쓸 시간을 마련했을 때는 또 단어들이… 적절하지 않다고 느껴졌습니다. 아이디어를 초고로 써내도 어쩐지 잘못된 것만 같았고 아무리 노력해도 향상될 기미가 안 보였어요. 마감 기한은 다가오고 있었는데 말이죠. 저는 극심한 공포에 시달렸습니다.

하지만 최악의 상황 속에서도 언제나 희망은 있는 법이죠. 제 첫 작품을 읽은 많은 독자가 제게 긍정적인 감상평을 남겨 주셨거든요. 또 여동생의 임신 소식도 있었습니다! 영국에 있는 가족과 떨어져 지내기 너무 힘들었지만 연락을 지속할 방법도 찾았습니다. 아이들과 남편의 사랑은 힘든 시기를 버티는 원동력이었습니다. 전자 기기 사용 시간이 늘어나고 홈스쿨링이라는 힘든 시간 속에서도 살아남을 수 있었죠. 이 당시 화덕도 구입했어요. 바다에서 수영하며 새로운 산책로도 발견했구요. 딸아이는 드디어 밤에 온전히 잠을 자기 시작했습니다. 여동생은 아이를 무사히 낳았고, 좋은 책들이 머릿속을 가득 채웠고, 친구들의 사랑이 제 마음을 따뜻하게 품어주었습니다. 가까운 곳에서 생태 마을을 발견하는 행운도 따랐습니다. 새로운 삶의 방식을 찾아가는 즐거운 공동체였죠.

그때까지만 해도 저는 여전히 형편없는 초고와 씨름하고 있었습니다.

어느 날 책상앞에서 몇 시간 골머리를 앓은 어느 날은 밖으로 나가서는 소리를 지르고 싶었습니다. 난 할 수 없어! 불가능해! 이건 악몽이야! 하지만 정원으로 걸어가 오렌지 나무 아래 의자에 앉아 우거진 나뭇가지를 바라보는 것으로 대신했습니다. 대뜸 소리를 지르면 이웃들이 이상하게 볼 수도 있으니까요. 좌절감에 터져버린 눈물 사이로 바람에 살랑거리는 나뭇잎이 보였습니다. 심호흡으로 마음을 가라앉히려 애를 썼죠. 머리 위에서는 태양이 윙크를 하고 있었고 발치에서는 새가 바닥을 쪼고 있었어요. 근육에 긴장이 풀리기 시작했습니다. 바로 그 순간, 저는 깨달았어요. 과거의 악몽일 뿐이라고. 모든 면에서 최악이긴 했어요. 크게는 팬데믹이 지구를 집어삼켰고, 작게는 제 초고가 풀리지 않았으니까요. 하지만 저는 어떻게든 살아 나가고 있었습니다. 햇살은 여전히 반짝이고, 나무는 여전히 자라나고, 주변에서는 여전히 좋은 일들이 일어나고 있었습니다.

바로 그때 아이디어가 떠올랐습니다! 새로운 이야기와 등장인물, 희망이 비처럼 제 머리 위로 내리더군요. 물론 그 한순간의 깨달음이 모든 문제를 마법처럼 해결해주지는 못했습니다. 그래도 그 순간을 기점으로 상황은 많이 좋아졌습니다. 안으로 뛰어 들어가 당장 초고를 인쇄했습니다. 그것을 오려서 바닥에 펼친 후 퍼즐 조각을 맞추듯 이리저리 옮겨 보곤 했어요. 어떤 부분은 남겨 뒀지만 조각의 많은 부분을 버렸습니다. 그때 깨달았죠. 앞으로 나아가기 위해선 알고 있다고 생각하는 걸 버리고 사물을 다르게 볼 수 있어야 한다는 것을요. 지워 버리고, 다시 시작하자.

마침내 제가 써낸 이야기, 그러니까 당신이 방금 읽은 이야기는 두려움에 관한 내용입니다. 하지만 동시에 회복과 치유에 관한 이야기이기도 합니다. 떠나보내고 희망을 품는 것 말이죠. 2020년과 이 책이 제게 준 교훈이 있습니다. 최악인 것 같은 상황에도 희망은 늘 깃들어 있다는 거예요. 가끔 이 두 가지는 동시에 일어나기도 해요. 이렇게요. 2021년 7월에 이 글을 쓰고 있는데 시드니는 다시 국경봉쇄에 들어갔고 홈스쿨링이 다시 시작됐어요. 하지만 동시에 제 소설을 완성했고 오늘 아침 바닷가에서 돌고래를 봤으니 아주 틀린 말은 아니죠?

상황은 좋아질 겁니다. 우리는 나아갈 수 있어요.

당장은 불가능해 보이지만 사실은 아닐 수 있어요.

만약 당신이 저와 같이 걱정이 많은 사람이라면 이런 사실을 잠시 잊어버릴지도 몰라요. 저는 가끔 그렇거든요. 하지만 함께 노력해 볼 수는 있지 않을까요?

그 모든 순간마다 책은 늘 우리 곁에 머무를 겁니다.

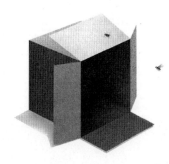

THE SHADOW HOUSE

Copyright © 2022 by Anna Downes
Korean translation copyright © 2023 by Korean Studies Information Co., Ltd.
Korean edition is published by arrangement with Curtis Brown Group Limited
through Duran Kim Agency.

이 책의 한국어판 저작권은 듀란킴 에이전시를 통한
Curtis Brown Group Limited와의 독점계약으로 한국학술정보(주)에 있습니다.
저작권법에 의하여 한국 내에서 보호를 받는 저작물이므로 무단전재와 무단복제를 금합니다.

섀도 하우스

초판인쇄 2023년 09월 27일
초판발행 2023년 09월 27일

지은이 안나 다운스
옮긴이 박순미
발행인 채종준

출판총괄 박능원
국제업무 채보라
책임편집 박민지
디자인 홍은표
마케팅 문선영 · 전예리
전자책 정담자리

브랜드 그늘
주소 경기도 파주시 회동길 230 (문발동)
투고문의 ksibook13@kstudy.com

발행처 한국학술정보(주)
출판신고 2003년 9월 25일 제406-2003-000012호
인쇄 북토리

ISBN 979-11-6983-652-4   03840

그늘은 한국학술정보(주)의 SF/판타지/스릴러 큐레이션 출판 전문브랜드입니다.
더운 여름날 그늘 밑에서 편하게 읽을 수 있는 책,
사건의 내막을 들여다보며 느끼는 음습한 그늘이라는 의미를 중의적으로 담았습니다.
나무 아래에서 혼자 편히 쉬고 싶을 때, 넓은 그늘이 되어 주는 책을 만들고자 합니다.

@geuneul_book